Tom Clancy

Né à Baltimore, État de Maryland aux États-Unis, le 12 avril 1947, Thomas Lanier Clancy Jr. fut élevé par un père postier et une mère employée dans un supermarché. Il étudie dans une école catholique tenue par des jésuites puis s'inscrit au Loyola College de Baltimore où il obtient un diplôme d'anglais en 1969. Fasciné dès l'enfance par les machines militaires et la technologie spatiale, il rejoint pendant ses études l'"U.S. Army Officers Training Corp.", mais sa myopie l'empêche de servir pendant la guerre du Vietnam.

À sa sortie de l'université, Tom Clancy épouse Wanda Thomas, dont il aura quatre enfants, et devient agent d'assurance. Il continue de dévorer des revues militaires avec le désir d'écrire. Quatre ans plus tard, il publie *À la poursuite d'Octobre rouge* aux presses de l'institut naval. Le bouche à oreille et un commentaire fortuit de Ronald Reagan feront de ce livre un best-seller mondial.

Fort de ce succès, à 37 ans, Tom Clancy abandonne son travail et se consacre à l'écriture. Ses livres, de *Jeux de guerre* à *Danger immédiat*, sont tous des succès internationaux et beaucoup sont adaptés au cinéma où à la télévision. Écrivain, Tom Clancy est aussi propriétaire de l'équipe de base-ball de sa ville natale, les Baltimore Oriolles, et comanager d'une société de développement de jeux, Red Storm Entertainment.

OP-CENTER 5
Rapport de force

DES MÊMES AUTEURS
CHEZ POCKET

1. OP-CENTER
2. IMAGE VIRTUELLE
3. JEUX DE POUVOIR
4. ACTES DE GUERRE
5. RAPPORT DE FORCE
6. ÉTAT DE SIÈGE

TOM CLANCY ET STEVE PIECZENI
présentent

TOM CLANCY
OP-CENTER 5
Rapport de force

ALBIN MICHEL

NOTE DU TRADUCTEUR

L'action de ce livre et les événements décrits se déroulent dans un univers « parallèle » où le contexte géopolitique, malgré certains éléments communs, a progressivement dérivé par rapport à la réalité actuelle. On ne s'étonnera donc pas de certains décalages par rapport à celle-ci : une Espagne pas vraiment démocratique, une Italie bicéphale, des jésuites bien proches de l'Opus Dei, des institutions européennes absentes, une tutelle insistante de la diplomatie américaine, bref, pour reprendre la mention légale : « Ceci est une œuvre de fiction. Les personnages et les situations décrits dans ce livre sont purement imaginaires : toute ressemblance avec des personnages ou des événements existant ou ayant existé ne serait que pure coïncidence » ; et l'on pourrait ajouter *a contrario* que tout écart avec la réalité est voulu et démontre à l'envi qu'il s'agit ici, avant tout, d'un roman et non d'un essai politique...

Par ailleurs, pour tous les termes techniques, sigles et acronymes non explicités dans le corps du texte, le lecteur pourra toujours se reporter avec profit aux glossaires des précédents ouvrages de la série parus dans cette collection.

Titre original :
TOM CLANCY'S OP-CENTER
BALANCE OF POWER
A Berkley Book
publié avec l'accord de Jack Ryan Limited Partnership
et S&R Literary, Inc.

Traduit de l'américain par Jean Bonnefoy

ISBN : 2-266-08803-3

1.

Lundi, 16 : 55, Madrid, Espagne

« Franchement, t'es débile », lança Martha Mackall. Elle semblait visiblement scandalisée par sa jeune voisine, et il lui fallut un moment pour retrouver son calme. Elle se pencha alors à l'oreille d'Aideen pour ne pas être entendue des autres voyageurs. « Débile, et en plus, inconsciente. Tu te rends quand même compte de ce qui est en jeu ! Me faire un plan pareil, c'est inexcusable. »

La sculpturale Martha et sa frêle assistante Aideen Marley se tenaient à la barre dans le couloir central, près de la porte avant de l'autobus. La jeune femme aux joues pleines, presque aussi rouges que ses longs cheveux roux, malaxait inconsciemment la lingette humide serrée dans sa main droite.

« Tu n'es pas d'accord ? demanda Martha.

– Non !

– Eh bien, ça, c'est la meilleure !

– Je veux dire si ! rectifia Aideen. Je n'ai pas dit que je n'étais pas d'accord. J'ai eu tort. Absolument, complètement tort. »

Aideen le croyait volontiers. Elle s'était conduite de manière impulsive dans une situation qu'elle aurait sans doute mieux fait d'ignorer. Mais tout comme sa propre réaction quelques minutes plus tôt, cette engueulade de Martha était un tantinet excessive. Depuis deux mois qu'elle avait intégré la cellule géopolitique de l'Op-Center, Aideen avait été plus d'une fois avertie par ses trois collègues d'éviter de braquer la patronne. À présent, elle voyait pourquoi.

« Je ne sais pas ce que tu avais besoin de prouver », poursuivit Martha. Elle était toujours penchée sur son assistante. On sentait la colère dans son débit haché. « Mais je ne veux plus jamais que ça se reproduise à l'avenir. Maintenant, on fait du tourisme ensemble... C'est bien compris ?

– Oui », fit Aideen, contrite. *Mon Dieu*, songea-t-elle, *j'en ai déjà marre.* L'image lui revint d'un séminaire sur le lavage de cerveau auquel elle avait assisté à l'ambassade américaine de Mexico. Les prisonniers étaient toujours harcelés par leurs ravisseurs au moment où leur mental était fragilisé. La culpabilité était une arme particulièrement efficace. Elle se demanda si Martha avait étudié la technique ou si c'était une disposition naturelle.

Mais presque aussitôt, Aideen se demanda si elle était juste envers sa patronne. Après tout, c'était leur toute première mission ensemble pour l'Op-Center. Et une mission essentielle.

Martha finit par regarder ailleurs – mais cela ne dura qu'un instant. « C'est quand même incroyable », reprit-elle en se retournant. Sa voix couvrait le bruit du puissant moteur. « Dis-moi un truc. Est-ce que l'idée t'est venue qu'on aurait pu se faire embarquer par la police ? Comment aurions-nous expliqué ça à l'oncle Miguel ? »

Oncle Miguel était le nom de code de l'homme qu'elles étaient venues voir dans la capitale espagnole, le député Isidro Serrador. Jusqu'à leur arrivée au Congreso de los Diputados pour l'entretien, c'était ainsi qu'elles étaient tenues de faire référence à leur contact.

« Embarquées pour quelle raison ? demanda Aideen. Franchement non, ça ne m'est pas venu à l'idée. On se protégeait, c'est tout.

– On se protégeait ? » répéta Martha.

Aideen la fixa. « Oui.

– De quoi ?

– Comment cela ? demanda Aideen. Ces hommes...

– Ces *Espagnols*, précisa Martha, toujours penchée sur elle. C'eût été notre parole contre la leur. Deux Américaines criant au harcèlement auprès de policiers mâles qui y ont sans aucun doute leur part. La *policía* nous aurait ri au nez. »

Aideen secoua la tête. « Je ne peux pas croire que ça aurait pu en arriver là...

– Je vois, dit Martha. Tu en es sûre. Tu peux le garantir ?

– Non, je ne peux pas, admit Aideen. Mais malgré tout, la situation aurait été...

– Quoi ? Réglée, peut-être ? T'aurais fait quoi si on nous avait arrêtées ? »

Aideen regarda défiler derrière les vitres les devantures et les hôtels du centre commerçant de Madrid. Elle avait récemment participé à l'une des GUEPES informatiques de l'Op-Center (Guerre par exercice de simulation), exercice obligatoire pour tous les membres du personnel diplomatique. Cela leur donnait un aperçu de ce qu'auraient à subir leurs collègues en cas d'échec de la diplomatie : des pertes incommensurables. En comparaison, l'expérience avait été plus facile que celle-ci.

« Si on nous avait arrêtées, dit Aideen, j'aurais présenté mes excuses. Qu'aurais-je pu faire d'autre ?

– Rien du tout. C'est bien ce que je voulais te faire remarquer – même s'il est un peu tard pour y songer.

– Vous voulez que je vous dise ? rétorqua Aideen en regardant de nouveau Martha. Bon d'accord, vous avez raison. Parfaitement raison ! Il est trop tard. Alors, ce que j'aimerais, maintenant, c'est vous présenter mes excuses et qu'on passe à autre chose.

– Je sais bien que c'est ce qui te plairait, grogna Martha. Mais ce n'est pas mon style. Quand un truc ne me plaît pas, je ne l'envoie pas dire. »

Tu l'as dit, bouffie, songea Aideen.

« Et si ça ne me plaît pas du tout, je l'envoie dans les dents. Je ne peux pas me permettre d'être charitable. »

Aideen n'était pas d'accord avec cette politique d'excommunication. Vous montez une bonne équipe, vous vous faites chier pour la tenir à niveau ; tout gestionnaire efficace et avisé sait que la passion doit être entretenue, à la rigueur canalisée, surtout pas réprimée. Enfin, c'était un trait de Martha auquel il faudrait bien qu'elle s'accoutume. Comme l'avait remarqué le directeur adjoint de l'Op-Center, le général Mike Rodgers, lorsqu'il l'avait engagée : « Chaque activité a sa politique propre. Et c'est encore plus flagrant quand cette activité est justement la politique. »

Il avait poursuivi en soulignant que, dans chaque profession, les gens avaient un ordre du jour à suivre. En général, cela n'affectait que quelques dizaines, voire quelques centaines d'individus au maximum. En politique, même les actes les plus infimes avaient des répercussions incalculables. Et il n'y avait qu'un moyen d'y remédier. Aideen lui avait demandé lequel. La réponse de Rodgers avait été simple : « Améliorer l'ordre du jour. »

Pour l'instant, Aideen était trop irritée pour tenir compte de l'ordre du jour de sa supérieure. Le sujet était une tarte à la crème parmi le personnel de l'Op-Center. Les opinions divergeaient pour savoir si les membres du groupe d'analyse géopolitique s'échinaient à servir la nation ou la carrière de Martha Mackall. La plupart avaient la nette impression qu'il y avait des deux.

Aideen regarda les autres voyageurs autour d'elle. Elle nota que certains n'avaient pas l'air plus heureux qu'elle, même s'ils n'avaient pas le même genre de souci. Le bus était bondé d'employés retournant au travail après la pause de midi – qui ici durait de treize à seize heures – auxquels se mêlaient des touristes bardés d'appareils photo. Certains avaient vu ce que la jeune femme avait fait à l'arrêt d'autobus. Le bruit s'était vite répandu : déjà ses voisins s'écartaient d'elle. Plusieurs contemplaient ses mains, l'air dégoûté.

Martha garda le silence alors que le gros bus rouge s'immobilisait dans un grand crissement de freins. Les deux femmes s'empressèrent de descendre à l'arrêt de la Calle Fernanflor. Déguisées en touristes – anorak, jean, sac à dos et boîtier-photo –, elles se retrouvèrent sur le trottoir, parmi la cohue. Derrière elles, l'autobus redémarra, poussif. À l'intérieur, plusieurs voyageurs leur jetèrent des regards de désapprobation.

Martha toisa son assistante. Malgré sa réprimande,

les yeux gris de la jeune femme brillaient encore d'un reflet d'acier derrière les paupières couvertes de taches de rousseur.

« Bon, écoute, tu es nouvelle dans la maison. Je t'ai amenée avec moi parce que tu es une linguiste hors pair, et que tu es loin d'être bête. Tu as un superpotentiel pour les affaires étrangères.

– Je ne suis pas tout à fait une béotienne, nota Aideen, sur la défensive.

– Non, mais tu débarques sur la scène européenne, et tu n'es pas encore habituée à mon style. Tu aimes bien attaquer de front – raison sans doute pour laquelle le général Rodgers t'a piquée à l'ambassadeur Carnegie. Notre directeur adjoint apprécie ce genre de méthode. Mais je t'ai déjà prévenue : si tu veux bosser avec moi, t'as intérêt à mettre la sourdine. Ce qui marchait à Mexico ne marchera pas forcément ici. Quand tu as accepté le poste, je t'ai dit que si tu bossais pour moi, ce serait à ma façon. Et moi, je préfère une approche en douceur. Piéger l'ennemi plutôt que le prendre de front. Surtout quand les enjeux sont aussi importants qu'aujourd'hui.

– Je vois, dit Aideen. Comme je disais, le contexte est peut-être nouveau pour moi, mais je ne suis pas non plus une débutante. Quand je connais les règles, je suis capable de les suivre. »

Martha se détendit légèrement. « OK, je veux bien te croire. » Elle regarda son assistante jeter la lingette humide dans une poubelle. « Ça ira ? » Elle reprit un air renfrogné : « Tu sais, j'arrive toujours pas à croire à ce que t'as fait.

– Je le sais et je suis sincèrement désolée. Que puis-je dire de plus ?

– Rien. » Martha hocha lentement la tête. « Rien du tout. J'avais déjà vu pas mal de rixes, mais là, j'avoue que c'était de l'inédit. »

Martha secouait encore la tête quand elles se dirigèrent vers l'imposant palais des Cortés où elles devaient retrouver le député Serrador pour un entretien discret et absolument pas officiel. D'après les révélations de ce vieux routard de la politique, révélations confiées sous le sceau du secret à l'ambassadeur Barry Neville, la tension grandissait entre les Andalous du Sud en crise et les Castillans des riches provinces du Nord et du Centre. Le gouvernement voulait un coup de main en matière de renseignement, il avait besoin de savoir d'où venaient les frictions, de cerner le rôle éventuel joué par la Catalogne, la Galice ou le Pays basque. Serrador redoutait la menace que faisaient peser les mouvements autonomistes sur la démocratie. Trois quarts de siècle auparavant, une guerre civile opposant d'un côté l'Église catholique, l'aristocratie et l'armée, de l'autre les forces communistes et anarchistes, avait amené au pouvoir une dictature. De nouveaux troubles pouvaient conduire à l'éclatement du pays, surtout si des militants extrémistes venus des provinces frontalières, voire des groupes terroristes étrangers, en profitaient pour intervenir. Cela risquait de déstabiliser le flanc méridional de l'OTAN, avec des résultats catastrophiques – alors même que celle-ci cherchait à étendre sa sphère d'influence en Europe orientale.

L'ambassadeur Neville s'était fait l'écho des inquiétudes du parlementaire espagnol auprès du Département d'État, le ministère américain des Affaires étrangères. Av Lincoln, le ministre, avait transmis le dossier à son sous-chef de cabinet, Carol Lanning, spécialiste de la région. D'un commun accord, ils avaient estimé qu'à ce stade ils ne pouvaient engager officiellement les Affaires étrangères. Si jamais la situation devenait explosive et qu'on découvrait l'implication des États-Unis, ils auraient par la suite du mal à se poser en arbitres. Lanning avait donc demandé à Martha d'établir un premier contact et de voir quel rôle pourraient éventuellement jouer les États-Unis pour désamorcer la crise potentielle.

Martha remonta le zip de son anorak bleu pour se protéger du froid soudain de la fin d'après-midi. « Je ne le soulignerai jamais assez, reprit-elle. Madrid n'est pas Mexico. Faute de temps, on n'a pas eu l'occasion d'aborder la question, mais si différents que puissent être les Espagnols, tous croient en une valeur forte : l'honneur. Bien sûr, comme dans toute société, il y a des brebis galeuses. Et bien sûr, cette notion d'honneur aura des connotations différentes selon qu'on a affaire à des politiciens ou à des tueurs. Mais chacun dans son domaine suit toujours les règles de sa profession.

– Bref, coupa sèchement Aideen, ces trois minables qui tenaient absolument à nous faire visiter la ville dès la sortie de l'hôtel... et celui qui m'a placé la main au cul... ils suivaient je ne sais trop quel code d'honneur, c'est ça ?

– Non, bien sûr. Ils suivaient le code des petites gouapes.

– Pardon ?

– Ces types ne nous auraient pas fait de mal. C'eût été déroger à la tradition. Qui est de suivre les femmes, de les tanner, de leur coller aux basques jusqu'à ce qu'on leur refile la pièce pour qu'ils vous foutent la paix. C'est ce que j'allais faire quand tu es intervenue.

– Pas possible ? »

Martha acquiesça. « C'est la coutume ici. Quant aux flics, certains n'hésitent pas à leur extorquer un pourcentage pour fermer les yeux. Mets-toi bien ça dans la tête. Suivre les règles, si corrompues soient-elles, cela relève toujours de la diplomatie.

– Mais si vous n'aviez pas été au courant de ce fameux "code professionnel" ? Comme moi..., admit la jeune femme en baissant la voix. J'ai eu peur qu'on nous pique nos sacs et que notre couverture soit démasquée...

– Elle l'aurait été bien plus vite en cas d'arrestation », observa Martha. Elle prit Aideen par le bras et l'attira près d'un immeuble, à l'écart du flot des passants. « En fait, quelqu'un aurait bien fini par nous dire comment nous en débarrasser. Les gens sont comme ça. C'est la règle du jeu, et j'estime devoir obéir aux règles, quel que soit le jeu, quel que soit le pays où je me trouve. Quand j'ai fait mes premiers pas dans la diplomatie, au début des années soixante-dix, au sixième étage du ministère des Affaires étrangères, j'étais excitée comme une puce. J'étais au sixième, là où se traitent les affaires sérieuses. Et puis j'ai fini par découvrir la vraie raison de ma présence. Malgré tous mes espoirs, mon foutu talent n'y était pour rien ; j'étais là pour négocier avec les leaders de l'apartheid en Afrique du Sud. J'étais l'"aiguillon" du service. Genre : "Si vous voulez discuter avec les États-Unis, faudra accepter de le faire en traitant les Noirs en égaux." » Martha grimaça. « Tu sais l'impression que ça fait ? »

Aideen l'imaginait sans peine.

« C'est bien pis que de se faire gentiment tapoter le

popotin, je peux te le dire. Pourtant, j'ai fait ce que j'étais censée faire parce que très tôt j'avais appris un truc. Si tu enfreins les règles ou les adaptes au gré de ton tempérament, même un tantinet, ça devient une habitude. Et qui dit habitude dit négligence. Et un diplomate négligent n'a aucun intérêt pour le pays – ni pour moi. »

Aideen se sentit brusquement écœurée d'elle-même. À trente-quatre ans, bien que haut fonctionnaire des Affaires étrangères, elle admettait bien volontiers qu'elle n'avait pas la carrure de diplomate de sa supérieure, son aînée de quinze ans. Bien peu pouvaient l'égaler, d'ailleurs. Non seulement Martha Mackall savait évoluer comme personne dans les cercles politiques d'Europe et d'Asie – conséquence en partie des étés et des vacances qu'elle avait passés à suivre en tournée son père, Mack Mackall, le célèbre chanteur *soul* des années soixante, également militant des droits civiques. Mais elle était diplômée en gestion financière du MIT (avec félicitations du jury), était liée avec les plus grands banquiers de la planète et avait ses entrées au Capitole. Martha était une femme redoutée mais respectée. Et Aideen devait bien reconnaître qu'en ce domaine elle avait également raison.

Martha jeta un œil à sa montre. « Allez, viens, on a rendez-vous au palais dans moins de cinq minutes. »

Aideen acquiesça et la suivit. Elle n'était plus en colère contre sa patronne. Au contraire, elle s'en voulait et ruminait dans son coin, comme souvent quand elle avait gaffé. Elle n'en avait guère eu l'occasion lors de ses quatre années passées dans le renseignement militaire, à Fort Meade. Il s'agissait pour l'essentiel de tâches de courrier répétitives, de transferts de fonds et de dossiers « secret défense » pour les agents en mission à l'intérieur ou à l'étranger. Vers la fin de son affectation, elle était chargée de l'ELINT, le renseignement électronique, pour le compte du Pentagone. Comme l'essentiel du travail incombait aux satellites et aux ordinateurs, elle en avait profité pour suivre des cours de tactique avancée et de techniques de surveillance – histoire de compléter sa formation dans ces domaines. Aideen n'avait guère eu non plus l'occasion de gaffer à son entrée dans la fonction publique comme stagiaire à l'ambassade des États-Unis à Mexico. La plupart du temps, elle recourait au renseignement électronique pour participer à la surveillance des trafiquants de drogue au sein de l'armée mexicaine, même si, à l'occasion, elle avait eu le droit d'intervenir sur le terrain et de mettre en pratique sa formation aux techniques d'action clandestine. L'un des aspects les plus profitables de ce séjour de trois ans au Mexique avait été d'apprendre le stratagème qui venait peu auparavant de montrer son efficacité – et de scandaliser aussi bien Martha qu'un plein autobus de banlieusards. Alors qu'un soir elle accompagnait une amie fonctionnaire au ministère mexicain de la Justice, les deux jeunes femmes avaient été agressées par deux hommes de main d'un cartel de la drogue ; Aideen avait alors découvert que le meilleur moyen de se défaire d'un agresseur n'était ni d'avoir sur soi un sifflet ou un couteau, ni de tenter de lui envoyer son pied dans les couilles ou de lui griffer les yeux. C'était d'avoir dans son sac un stock de lingettes humides… pour se laver les mains et les avant-bras après avoir balancé quelques *mierda de perro.*

Des crottes de chien. Ana en avait discrètement

récolté dans la rue avant de les jeter sur les loubards qui les filaient. Puis elle s'en était tartiné les bras pour être sûre que personne ne chercherait à l'agripper. Ana affirmait qu'avec une telle méthode aucun agresseur n'avait jamais insisté... Et certainement pas les trois loubards madrilènes.

Sans échanger une parole, Martha et Aideen se dirigèrent vers la majestueuse colonnade blanche du Palacio de las Cortés. Édifié en 1842, le bâtiment était le siège du Congreso de los Diputados, l'une des deux chambres, avec le Sénat, formant le Parlement espagnol. Le soleil était couché mais des projecteurs illuminaient deux lions de bronze plus grands que nature, la patte posée sur un boulet de canon. Fondues dans le bronze des canons pris à l'ennemi, les statues flanquaient des degrés de pierre accédant à une imposante porte de métal, utilisée exclusivement pour les cérémonies. Sur la gauche de l'entrée officielle se déployait une haute grille en fer forgé surmontée de piques. Près du portail d'accès, une petite guérite aux vitres blindées. C'était par là que passaient les députés se rendant à la chambre.

Toujours muettes, les deux femmes longèrent l'imposante façade de granit du palais. Bien qu'entrée depuis peu à l'Op-Center, Aideen savait que, mentalement, sa patronne était déjà à la réunion. Martha était en train de récapituler les questions qu'elle désirait poser à Serrador. Pour sa part, elle devait tirer parti de son expérience des insurgés mexicains et de sa maîtrise du castillan pour éviter tout malentendu.

Si seulement nous avions eu un peu plus de temps pour nous préparer, songea Aideen, alors qu'elles jouaient les touristes déambulant et prenant des photos, tout en s'approchant de la grille. L'Op-Center était à peine sorti de la prise d'otages dans la vallée de la Bekaa[1], quand l'ambassade à Madrid lui avait confié la présente affaire. Confié avec une telle discrétion que seuls en avaient connaissance le député Serrador, l'ambassadeur Neville, le président Michael Lawrence ainsi que ses plus proches conseillers et la direction du centre de gestion de crise. Et tous garderaient le silence. Si le député Serrador avait vu juste, c'était l'existence de dizaines de milliers d'individus qui était en jeu.

La cloche d'une église sonna au loin. Pour Aideen, quelque part, cette cloche avait une résonance plus sacrée ici en Espagne qu'à Washington. Elle compta les coups. Six heures. Elles se dirigèrent vers la guérite.

« *Nosotros estamos aqui para un viaje todo comprendido* », expliqua Aideen dans l'hygiaphone. Pour parachever leur portrait de touristes avides de connaissances, elle ajouta qu'elles avaient rendez-vous avec un ami commun pour une visite privée de l'édifice.

Le planton, un jeune colosse à la mine impassible, s'enquit de leur identité.

« *Señorita Tremblón y Señorita Serafico* », répondit Aideen en lui donnant leurs noms d'emprunt. Avant de quitter Washington, elle avait réglé cela en collaboration avec le bureau de Serrador. Des billets d'avion aux réservations d'hôtel, tout était déclaré à ces noms.

Le garde se retourna pour vérifier une liste sur son fichier. Aideen en profita pour admirer les alentours, la cour, le ciel d'un outremer profond. Au fond de la

1. Voir *Op-Center 4, Actes de guerre,* Pocket, 1999.

cour, un petit bâtiment de pierre abritait des services annexes du gouvernement. Derrière, on apercevait un nouvel édifice à la façade vitrée, qui accueillait les bureaux des députés. L'ensemble formait un complexe imposant qui ne pouvait que lui rappeler le chemin parcouru par les Espagnols depuis la mort de Franco en 1975. Le pays était désormais une monarchie constitutionnelle au régime démocratique. Le bâtiment des Cortés était évocateur des épreuves subies par l'Espagne dans le passé. On voyait encore les impacts de balles au plafond de la chambre, souvenir de la tentative de coup d'État d'extrême droite en 1981. Le palais avait subi d'autres attaques, la plus notable ayant eu lieu en 1874, sous la présidence d'Emilio Castelar, quand, à la suite de la perte d'une motion de confiance, des soldats avaient ouvert le feu dans les galeries du Parlement.

L'Espagne avait surtout connu des conflits internes au cours de ce siècle, elle était restée neutre durant la Seconde Guerre mondiale et, jusqu'à son entrée dans l'Union européenne, elle était demeurée à l'écart de la scène internationale. Si Aideen s'était intéressée à ce pays et à ses problèmes, c'était finalement grâce à son professeur d'espagnol, le Señor Armesto. Elle se rappelait encore une de ses remarques : « Quand on a trois Espagnols devant soi, on est sûr d'avoir quatre opinions. Et il se pourrait bien qu'un jour elles se fassent entendre avec force. »

Et il était vrai qu'en cette fin de siècle on avait assisté à un regain des tendances à la balkanisation : que ce soit en Europe, avec l'éclatement de l'Union soviétique et de l'ex-Yougoslavie ou en Amérique, avec le mouvement sécessionniste québécois ou l'ethnocentrisme croissant aux États-Unis. L'Espagne n'était pas à l'abri. Si les craintes de Serrador étaient fondées – et les informations recueillies par l'Op-Center les avaient corroborées –, le pays était sur le point de subir la crise la plus grave de son histoire. Pour reprendre l'expression du chef du renseignement, Bob Herbert, avant leur départ de Washington : « En comparaison, la guerre civile risque de faire l'effet d'une simple rixe. »

Le planton reposa sa liste. « *Un momento* », dit-il en décrochant le téléphone au fond de sa guérite. Il composa un numéro en se raclant la gorge.

Pendant que la sentinelle s'entretenait avec un secrétaire à l'autre bout du fil, Aideen se retourna pour contempler la large avenue encombrée à cette heure de pointe, *la hora de aplastar*, l'« heure d'écrasement » comme on disait ici. Les feux stop des voitures progressant par saccades étaient éblouissants au crépuscule, clignotant au rythme du passage des piétons traversant la chaussée. De temps en temps, on voyait l'éclair du flash d'un touriste s'arrêtant pour photographier le palais.

Aideen était encore éblouie par un de ces éclairs quand le jeune homme qui venait de prendre la photo rangea l'appareil dans la poche de son jean. Il se tourna vers la cabine. Elle ne put distinguer ses traits, cachés sous la visière de la casquette, mais vit son regard peser sur elle. *Encore un importun qui s'amuse à jouer les touristes ?* se dit-elle en le voyant approcher d'un pas tranquille. Aideen décida de laisser Martha s'en occuper, ce coup-ci. Alors qu'elle se retournait, elle remarqua une voiture qui se garait juste derrière le type. La berline noire arrivait lentement, comme si elle venait de démarrer du coin de la rue. Aideen s'immobilisa. Brusquement, elle eut l'impression de contempler la scène au ralenti. Elle regarda le jeune homme sortir de son blouson ce qui ressemblait à un pistolet.

Interdite, Aideen éprouva un bref instant d'incrédulité. Mais rapidement, son entraînement reprit le dessus.

« *Fusilar !* s'écria-t-elle. Un homme armé ! »

Martha se retourna au moment où l'arme crépitait en jetant des éclairs. Martha fut projetée contre la guérite puis s'effondra sur le côté tandis qu'Aideen bondissait dans la direction opposée. Son premier réflexe était de détourner le tir de l'agresseur. Elle y réussit. Comme elle se jetait au sol, le jeune facteur qui marchait devant elle s'arrêta, regarda, ébahi, et prit une balle dans la cuisse gauche. Il tombait quand un second projectile l'atteignit au flanc. Il atterrit sur le dos et Aideen s'aplatit à côté de lui. Elle se tassa le plus près possible de lui tandis qu'il se tortillait, au supplice. Voyant le sang s'échapper en pulsant de son côté, elle tendit le bras pour plaquer la paume sur sa blessure, en espérant que la pression suffirait à contenir l'hémorragie.

Immobile, Aideen prêta l'oreille. La fusillade avait cessé et elle releva la tête avec précaution, juste pour voir la voiture démarrer sur les chapeaux de roue. Quand elle entendit au loin des cris, elle se releva lentement. Elle se mit à genoux, sans cesser de presser sur la blessure du jeune homme.

« *Ayuda !* cria-t-elle à l'adresse d'un garde qui s'était précipité vers la grille du Parlement. À l'aide ! »

L'homme déverrouilla le portail et se porta à son secours. Aideen lui dit de s'occuper du blessé. Ce qu'il fit, tandis qu'Aideen se tourna vers la guérite. Tapie au fond, la sentinelle téléphonait pour appeler des renforts. On voyait la foule qui s'était rabattue sur la chaussée et le trottoir d'en face. Sur celui-ci, côté palais, il ne restait qu'Aideen, le facteur blessé, le garde… et Martha.

Aideen regarda sa patronne dans l'obscurité grandissante. Les voitures qui passaient ralentissaient et s'arrêtaient, leurs phares illuminant la scène du carnage. Martha gisait étendue sur le côté, face à la guérite. Une grosse mare de sang se formait sur le trottoir sous et derrière elle.

« Oh, mon Dieu », souffla Aideen, d'une voix étranglée.

La jeune femme voulut se relever mais ses jambes étaient incapables de la soutenir. Elle rampa rapidement vers la guérite pour s'agenouiller auprès de Martha. Elle se pencha au-dessus d'elle et contempla son beau visage. Il était parfaitement immobile.

« Martha ? » dit-elle doucement.

Pas de réaction. Les badauds avaient commencé à faire cercle derrière les deux femmes.

« *Martha ?* » fit-elle avec plus d'insistance.

Martha ne bougeait toujours pas. Aideen entendit un bruit de pas précipités dans la cour du Parlement. Puis des voix assourdies criant aux badauds de se disperser. Aideen avait les tympans cotonneux à cause des détonations. Timidement, du bout des doigts, elle effleura la joue de Martha. Toujours aucune réaction. Lentement, comme dans un rêve, Aideen avança l'index. Elle le plaça sous le nez de Martha, près des narines. Pas un souffle.

« Mon Dieu… oh, mon Dieu… », bafouilla-t-elle.

Elle caressa délicatement les paupières de Martha. Aucune réaction. Alors, au bout d'une seconde, elle retira sa main. Et resta assise sur les talons, à contempler la silhouette immobile. Les bruits alentour devenaient plus distincts maintenant que ses oreilles se débouchaient. Le monde semblait avoir repris son rythme normal.

Un quart d'heure plus tôt, Aideen l'avait maudite en silence. Martha s'était emportée pour une chose qui avait paru essentielle – si bougrement essentielle. Sur le coup, les détails paraissaient toujours essentiels jusqu'à ce que le destin se charge de les remettre en perspective. Ou peut-être le devenaient-ils justement parce qu'ils étaient appelés à ne plus se reproduire. Non que cela eût une quelconque importance désormais. Que Martha ait eu tort ou raison, qu'elle ait été bonne ou mauvaise, qu'elle se soit montrée visionnaire ou obsédée du pouvoir, elle était morte. Son temps était écoulé.

La grille de la cour s'ouvrit en grand, livrant passage à plusieurs hommes qui vinrent entourer Aideen ; cette dernière continuait de fixer Martha sans la voir. Elle caressa son épaisse toison de cheveux bruns.

« Je regrette..., dit-elle d'une petite voix tremblante en fermant les yeux. Je regrette tellement, tellement... »

Elle sentait ses membres lui peser, elle était malade de constater que ses réflexes, si prompts avec ces jeunes loubards, lui avaient ici complètement fait défaut. D'un point de vue intellectuel, elle savait qu'elle n'avait rien à se reprocher. Lors de la semaine de séminaire qu'elle avait suivie à son entrée dans le service, Liz Gordon, la psychologue, les avait mis en garde, elle et les deux autres nouveaux, en leur expliquant que leur première confrontation avec une arme pouvait se révéler dévastatrice. La brusque apparition d'un pistolet ou d'une arme blanche dans un environnement familier détruit cette illusion d'être invulnérable lorsqu'on accomplit une tâche routinière – en l'occurrence, se promener dans la rue. Liz avait expliqué aux trois novices qu'à l'instant du choc, la température corporelle, la tension artérielle, le tonus musculaire s'effondrent brutalement et qu'il faut un certain délai pour que l'instinct de survie reprenne le dessus. « Les agresseurs comptent sur cet instant de paralysie », avait ajouté Liz.

Mais la compréhension théorique était d'un maigre secours. Elle ne diminuait en rien la souffrance et le sentiment de culpabilité. Qu'elle ait réagi une fraction de seconde plus tôt, qu'elle ait été un rien plus attentive, et Martha aurait sans doute survécu.

Et toi, comment vas-tu vivre avec cette culpabilité ? se demanda-t-elle tandis que les larmes lui montaient aux yeux.

Elle n'en savait rien. Elle n'avait jamais réussi à se montrer à la hauteur. Elle n'avait su que faire en voyant son veuf de père effondré en larmes sur la table de la cuisine alors qu'il venait de perdre son emploi dans l'usine de chaussures de Boston où il travaillait depuis qu'il était gamin. Pendant des semaines entières, elle avait vainement essayé de le faire parler, mais il avait préféré se tourner vers le whisky. Elle était entrée à la fac peu après, convaincue de l'avoir trahi. Elle n'avait pu supporter son sentiment d'échec quand elle avait vu son petit ami, l'amour de sa vie, sourire avec chaleur à l'une de ses vieilles copines, en dernière année. Il l'avait plaquée une semaine plus tard, et Aideen s'était engagée dans l'armée sitôt décroché son diplôme. Elle n'avait même pas assisté à la cérémonie de remise ; elle n'aurait pas supporté de le voir.

Et maintenant, c'était Martha qu'elle venait de trahir. Elle était secouée de sanglots.

Un jeune sergent moustachu de la garde du palais la prit doucement par les épaules pour l'aider à se relever. « Vous vous sentez bien ? » s'enquit-il en anglais.

Elle acquiesça, essaya de s'arrêter de pleurer. « J'ai l'impression.

– Vous voulez un médecin ? »

Elle fit non de la tête.

« Vous en êtes sûre, *señorita* ? »

Aideen inspira profondément. Ce n'était ni le lieu ni l'heure de perdre les pédales. Il allait lui falloir contacter Darrell McCaskey, l'agent de liaison de l'Op-Center avec le FBI. Il était resté à l'hôtel pour attendre une visite d'un collègue d'Interpol. Et elle voulait toujours voir le député Serrador. Si cette fusillade avait été destinée à empêcher la rencontre, elle allait tout faire au contraire pour qu'elle ait bien lieu.

« Oui, oui, ça ira, reprit-elle. Est-ce que… est-ce que vous avez arrêté l'auteur de cette agression ? Avez-vous une idée de qui ça peut être ?

– Non, *señorita*. Il va falloir qu'on visionne ce que les caméras de surveillance auront pu enregistrer. Entre-temps, est-ce que vous êtes en état de faire votre déposition ?

– Oui, bien sûr », fit-elle, un rien hésitante. Il restait toujours la mission, la raison réelle de sa présence ici. Elle ne savait trop si elle devait en parler à la police. « Mais… *por favor*…

– *Sí ?*

– Nous avions rendez-vous avec quelqu'un au palais. J'aimerais pouvoir le rencontrer au plus tôt.

– Je vais faire le nécessaire...

– J'aurais également besoin de contacter une personne au Princesa Plaza.

– Je m'en occupe. Mais le commissaire Fernandez devrait arriver sous peu. C'est lui qui est chargé de mener l'enquête. Plus on traînera, plus cela risque de compliquer les recherches.

– Bien sûr, je comprends. Je lui parlerai et contacterai notre guide ensuite. Je peux me servir d'un téléphone ?

– Je vais voir ça, dit le sergent. Puis j'irai personnellement avertir la personne que vous deviez rencontrer. »

Aideen le remercia et voulut se lever toute seule. Elle chancela. Le sergent dut la rattraper par le bras.

« Vous êtes sûre de ne pas vouloir voir le médecin d'abord ? Il y en a un sur place.

– *Gracias, no* », fit-elle avec un sourire reconnaissant. Pas question d'offrir à leur agresseur une seconde victime. Elle allait tenir le coup, tant bien que mal. Le sergent lui rendit un sourire chaleureux et l'accompagna, à pas lents, jusqu'à la grille ouverte. Au même instant, le médecin du palais sortit précipitamment. Quelques instants plus tard, elle entendit une ambulance. Elle se retourna à moitié pour voir le véhicule s'arrêter à l'endroit précis où s'était garée la voiture des terroristes. Tandis que les infirmiers déployaient une civière, Aideen vit le médecin qui s'était accroupi près du corps de Martha se relever rapidement et dire quelques mots à un garde puis se précipiter vers le facteur, toujours étendu. Il se mit à déboutonner sa veste d'uniforme en criant aux infirmiers d'accourir. Dans le même temps, le garde ôtait sa vareuse et la déposait sur la tête de Martha.

Aideen regarda dans le vide. Et voilà, c'était fini. En quelques secondes, tout ce que Martha Mackall avait connu, prévu, ressenti, espéré avait disparu. Irrévocablement.

La jeune femme avait toujours du mal à contenir ses larmes alors qu'on la menait dans un petit bureau attenant à la grande galerie d'apparat. La pièce, confortable, était décorée de boiseries, et elle se laissa tomber dans un canapé de cuir près de la porte. Elle avait mal aux coudes et aux genoux, aux endroits où elle s'était éraflée en se jetant au sol, et n'était toujours pas sortie de son état d'incrédulité hébétée. Mais le contrecoup de l'agression n'allait pas tarder à se faire sentir et à lui rendre la plénitude de ses moyens. De surcroît, elle était consciente d'avoir le soutien de Darrell, du général Rodgers, du directeur Paul Hood comme de l'ensemble du personnel de l'Op-Center. Elle était peut-être seule pour le moment, mais elle n'était pas abandonnée.

« Vous pouvez vous servir du téléphone, lui dit le sergent en indiquant l'antiquité à cadran posée au bout d'une tablette vitrée. Composez le zéro pour avoir l'extérieur.

– Merci.

– Je vais faire poster un garde à la porte pour qu'on ne vous dérange pas. Ensuite, je m'occupe d'aller retrouver votre guide. »

Aideen lui renouvela ses remerciements. Il la quitta en fermant la porte sur lui. La pièce était silencieuse, hormis le sifflement d'un radiateur dans le fond et le bruit assourdi de la circulation. De la vie qui continuait.

Inspirant à nouveau, Aideen sortit de son sac un calepin fourni par l'hôtel et vérifia le numéro imprimé au bas de la page. Elle n'arrivait toujours pas à croire à la disparition de Martha. Elle sentait encore son mécontentement, elle voyait encore ses yeux, sentait encore ses parfums. Elle l'entendait encore lui dire : « Tu te rends quand même compte de ce qui est en jeu ! »

Aideen déglutit douloureusement et composa le numéro. Elle demanda qu'on lui passe la chambre de Darrell McCaskey. Elle plaqua un brouilleur sur le micro, un modèle simplifié qui émettait une porteuse ultrasonique suffisante pour assourdir une oreille indiscrète. Un filtre à l'autre bout de la ligne permettrait à son interlocuteur d'éliminer le bruit parasite.

Aideen se rendait effectivement compte de ce qui était en jeu : le destin de l'Espagne, de l'Europe et peut-être du monde. Et, quoi qu'il advienne, elle avait bien l'intention cette fois-ci de se montrer à la hauteur.

2.

Lundi, 12 : 12, Washington, DC

Quand ils étaient au quartier général de l'Op-Center sur la base aérienne d'Andrews, dans le Maryland, ou à la base des Attaquants hébergée par l'Académie du FBI à Quantico, Virginie, les deux hommes de quarante-cinq ans étaient respectivement le général Mike Rodgers, directeur adjoint de l'Op-Center, et le colonel Brett Van Buren August, commandant de sa force de déploiement rapide.

Mais ici, chez Ma Ma Bouddha, un petit restaurant setchouanais du quartier chinois de la capitale, il n'y avait ni supérieur ni subordonné. C'étaient deux amis proches, nés l'un et l'autre à la maternité de l'hôpital Saint-Francis de Hartford, Connecticut ; qui s'étaient connus au jardin d'enfants et partageaient une passion commune pour la construction de maquettes d'avions ; qui avaient été cinq ans dans la même équipe cadet de base-ball, courant l'un et l'autre après la reine du *home run*, Laurette DelGuercio, sur le terrain comme dans la vie ; et qui avaient passé quatre ans à jouer du cornet dans la fanfare de la Housatonic Valley. Ils avaient fait leur service dans des armes différentes au Vietnam – Rodgers avec les Forces spéciales de l'armée de terre,

August au renseignement de l'armée de l'air – et ne s'étaient plus revus qu'épisodiquement au cours des vingt années suivantes. Rodgers avait accompli deux périodes de service dans le Sud-Est asiatique, après quoi on l'avait muté à Fort Bragg, Caroline du Nord, pour épauler le colonel Beckwith, dit « Charlie la Charge », chargé de l'instruction du premier détachement opérationnel des Forces spéciales de l'armée de terre – la Force Delta. Rodgers était resté à ce poste jusqu'à la guerre du Golfe, où il avait commandé une brigade mécanisée avec un enthousiasme si digne de Patton que ses premiers chars abordaient les faubourgs de Bagdad quand son soutien logistique était encore dans le sud du pays. Un zèle qui lui avait valu une promotion et un travail de bureau à l'Op-Center.

August avait accompli quatre-vingt-sept missions d'espionnage au-dessus du Nord-Vietnam au cours d'une période de deux ans, avant d'être abattu avec son F-4 au-dessus de Hué. Il avait passé un an dans un camp de prisonniers, mais il avait réussi ensuite à s'évader et à regagner le Sud. Après avoir été envoyé se retaper en Allemagne, il était retourné au Vietnam. Il y avait aussitôt monté un réseau d'espionnage afin de récupérer les autres prisonniers de guerre américains, puis il était demeuré encore un an clandestinement sur place après le retrait des États-Unis. À la demande du Pentagone, August avait passé les trois années suivantes aux Philippines à aider le président Ferdinand Marcos à lutter contre les mouvements sécessionnistes. Il détestait Marcos et son régime policier répressif, mais le gouvernement américain d'alors le soutenait, aussi était-il resté. Après la chute du dictateur, il avait cherché une planque dans un travail de bureau peinard, raison pour laquelle il s'était retrouvé officier de liaison de l'armée de l'air auprès de la NASA, avec pour mission de superviser la sécurité des satellites-espions, après quoi il était entré au SOC comme spécialiste de l'action antiterroriste. Après la disparition du chef des Attaquants, le lieutenant-colonel W. Charles Squires, tué en mission en Russie[1], Rodgers avait aussitôt contacté le colonel August pour lui proposer le poste[2]. August avait accepté, et les deux copains d'enfance n'avaient eu aucun mal à renouer leur vieille amitié.

Les deux hommes s'étaient rendus chez Ma Ma Bouddha après avoir passé la matinée à discuter du projet de création d'une nouvelle Division d'intervention internationale pour l'Op-Center. L'idée de ce groupe venait de Rodgers et Paul Hood. À la différence de la force d'élite secrète formée par les Attaquants, cette D2I serait une petite unité chargée d'opérations clandestines, formée d'agents étrangers sous commandement américain – des hommes comme Falah Shibli du Sayeret Ha'Druzim, l'unité de reconnaissance druze de l'armée israélienne, qui avait aidé les Attaquants à récupérer le ROC (l'engin de reconnaissance de l'Op-Center régional) avec son équipage dans la vallée de la Bekaa[3]. La D2I devait avoir pour tâche d'entreprendre des missions clandestines dans des zones de crises internationales potentielles. Le général Rodgers était resté à la fois silencieux et attentif durant la plus grande partie de

1. Voir *Op-Center 2, Image virtuelle,* Pocket, 1999.
2. Voir *Op-Center 3, Jeux de pouvoir,* Pocket, 1999.
3. Voir *Op-Center 4, op. cit.*

la réunion, à laquelle avaient également assisté Bob Herbert, leur chef du renseignement, ses collègues Donald Breen, du renseignement naval, Phil Prince, du renseignement militaire, et bien sûr Pete Robinson, ami personnel d'August et légende du renseignement de l'Air Force.

À présent, Rodgers était simplement silencieux. Il touillait avec ses baguettes son plat de pousses de soja frites. Son visage buriné sous la brosse poivre et sel avait les traits tirés et gardait les yeux baissés. Les deux hommes étaient revenus depuis peu du Liban. Rodgers et un petit groupe de civils et de militaires étaient allés tester près de la frontière libano-turque un nouveau blindé de reconnaissance hypersophistiqué quand ils avaient été capturés puis torturés par des extrémistes kurdes. Avec l'aide d'un agent israélien, August et les Attaquants avaient pu s'introduire dans la vallée de la Bekaa pour les libérer. Après avoir mis fin à leur épreuve et réussi à éviter le déclenchement d'une guerre entre la Turquie et la Syrie, le général Rodgers avait dégainé son arme et exécuté de sang-froid le chef des Kurdes. Lors du vol de retour, August avait empêché son ami et supérieur, désemparé, de retourner son arme de service contre lui.

August se servait d'une fourchette pour faire tourner ses nouilles sautées au porc. Depuis qu'il avait eu tout loisir de regarder ses gardiens manger alors qu'il crevait de faim dans son camp au Vietnam, il ne pouvait plus supporter la vue des baguettes. Tout en mangeant, il fixait de ses yeux bleus son compagnon. August connaissait les effets du combat et de la captivité, il ne savait que trop quelles étaient les conséquences de la torture sur le mental, sans parler du corps. Il se doutait qu'il faudrait du temps à Rodgers pour s'en remettre. Certains ne s'en remettaient même jamais. Quand la profondeur de leur déshumanisation se faisait trop apparente, soit par ce qu'ils avaient subi, soit par ce qu'ils avaient pu être contraints de faire, nombre d'anciens otages se donnaient la mort. Liz Gordon l'avait fort bien expliqué dans un article publié dans le bulletin d'*Amnesty International* : « Un otage est un individu qui est passé de la marche à la reptation. Arriver à marcher de nouveau, affronter ne serait-ce que les risques de la vie courante ou se plier à nouveau à l'autorité s'avère souvent plus difficile que de s'étendre et de renoncer. »

August souleva la théière métallique. « Je te sers ?

– Oui, volontiers. »

August garda l'œil sur son ami alors qu'il retournait les deux petites tasses. Il les emplit, reposa la théière. Puis il se versa un demi-sachet de sucre, saisit la tasse, but une gorgée. Sans cesser de lorgner Rodgers derrière les volutes de vapeur.

Le général gardait les yeux baissés.

« Mike ?

– Ouais.

– Ça ne te vaut rien. »

Rodgers leva la tête. « Quoi ? Les nouilles sautées ? »

August fut pris de court. Il sourit. « Ma foi, c'est un début. Ta première blague depuis... depuis quand ? Le cours préparatoire ?

– Quelque chose comme ça », répondit Rodgers, maussade. Il prit machinalement sa tasse, but une gorgée de thé. Il la tint près de ses lèvres, plongea son regard au fond. « Qu'est-ce qu'il a pu y avoir de marrant, depuis ?

– Des trucs, moi je trouve.

– Par exemple ?

– Certaines permissions de week-end avec les quelques copains que tu es arrivé à te garder. Deux ou trois boîtes de jazz dont tu m'as parlé, à New York, Chicago ou La Nouvelle-Orléans. Un bon paquet de films vraiment extra. Plus d'une chouette nana. T'as quand même eu de sacrés bons moments dans ta vie... »

Rodgers reposa la tasse et changea de position, douloureusement. Les brûlures subies durant les séances de torture aux mains des Kurdes étaient encore loin d'être cicatrisées – même si c'était peu de chose par rapport aux blessures émotionnelles...

« Tout ça, c'est de la diversion, Brett. Je ne crache pas dessus, mais ce n'est que du réconfort. Des loisirs.

– Et depuis quand faut-il cracher sur les loisirs et le réconfort ?

– Depuis qu'ils sont devenus une raison de vivre plutôt que la récompense du travail accompli.

– Oh-oh, fit August.

– Oh-oh toi-même... »

August avait touché un point sensible et Rodgers avait manifestement décidé de tout déballer.

« Tu veux savoir pourquoi je n'arrive pas à me décrisper ? Parce qu'on est devenu une société qui ne vit plus que pour les week-ends, les vacances, pour fuir ses responsabilités. On est fier de sa capacité à tenir l'alcool, du nombre de femmes qu'on a pu se faire, des exploits de l'équipe sportive qu'on soutient.

– Autant d'éléments que tu appréciais naguère encore, observa August. Surtout les femmes...

– Eh bien, peut-être que j'en ai ma claque. Je n'ai plus envie de vivre ainsi. J'ai envie de *faire* des choses.

– Tu as toujours fait des choses. Et en trouvant malgré tout le temps d'apprécier la vie.

– J'imagine que je ne m'étais pas rendu compte de l'état de délabrement du pays. Tu fais face au communisme international. Tu mets tout dans ce combat. Et puis soudain cet ennemi disparaît et tu te mets à regarder autour de toi. Et tu t'aperçois alors que tout le reste est parti à vau-l'eau pendant que tu livrais ton combat dans ton coin. Les valeurs, l'esprit d'initiative, la compassion, tout... Du coup, j'ai décidé de me défoncer encore plus pour botter le cul de tous ceux qui n'ont pas la fierté de leur travail.

– Tout cela me paraît fort sincère, dit August. Sauf que là n'est pas la question, Mike. T'aimes bien la musique classique, n'est-ce pas ?

– Bien sûr. Et alors ?

– Je ne sais plus quel écrivain a dit que la vie devrait ressembler à une symphonie de Beethoven. Les fortissimo représentent nos actions publiques. Les pianissimo évoquent nos réflexions intimes. Je pense que la plupart des gens ont réussi à trouver un honnête équilibre entre les deux. »

Rodgers regarda le fond de sa tasse. « Je n'en crois rien. Si c'était vrai, on se débrouillerait mieux.

– On a quand même survécu à deux guerres mondiales plus une guerre froide nucléaire, rétorqua August. Pour une bande de carnivores territoriaux tout juste sortis de leur caverne, c'est déjà pas si mal. » Il but lentement une longue gorgée de thé. « Du reste, laisse tomber cette histoire loisirs et week-ends. Toute cette discussion a démarré à cause d'une simple blague que tu avais faite et que j'avais appréciée. L'humour n'est pas une faiblesse, vieux, alors commence pas à te reprocher d'en faire. C'est un exutoire, Mike, un contrepoids nécessaire. Quand j'étais hôte de l'Oncle Ho, je suis arrivé à rester à peu près sain d'esprit en me racontant toutes les mauvaises blagues qui me passaient par la tête. Des "Toc-toc-qui-k'est-là ?" aux "Monsieur et madame ont un fils", en passant par les histoires de squelette. Tu sais : "Un squelette entre dans un bar, commande un gin tonic… et une serpillière." »

Rodgers demeura impassible.

« Bon… C'est incroyable comme ce genre d'histoire peut te sembler poilant quand t'es pendu par les poignets au-dessus d'un marécage infesté de moustiques. Ce que je veux dire, Mike, c'est que c'est un truc qui te remet le pied à l'étrier. Pour te permettre de rebondir et te sortir de la merde.

– Toi, peut-être. Moi, ça me fout en rogne. Je m'énerve. Je broie du noir.

– Je sais. Et tu rumines tout ça. T'es arrivé à inventer la musique symphonique du troisième type : les passages fortissimo à se jouer intérieurement. Ça peut pas te faire de bien.

– Que ça me fasse du bien ou pas, c'est ma nature. C'est mon carburant. C'est ce qui me donne la force de réparer les dégâts et de me débarrasser des connards qui nous bousillent l'existence.

– Et quand tu n'arrives pas à réparer ou à t'en prendre aux connards ? Hein ? Où va ce plein de super ?

– Nulle part. Je me le garde en réserve. C'est toute la beauté du truc. Ça vient de la sagesse orientale : le *chi*, l'énergie intérieure. Quand t'en as besoin pour livrer le combat suivant, elle est là, prête à couler.

– Ou bien à exploser. Qu'est-ce que tu fais quand t'es gonflé à bloc ?

– T'en brûles une partie. C'est là qu'intervient le défoulement du loisir. Tu la dépenses avec de l'exercice. Tu cours, tu fais une partie de squash ou de jambes en l'air. Ce ne sont pas les moyens qui manquent.

– Pas très convivial, tout ça.

– Avec moi, en tout cas, ça marche. Du reste, pour toi aussi, si tu t'amusais pas à larguer comme de vieilles chaussettes les nanas qu'on te refile... »

August sourit. Au moins son copain s'était mis à parler, et d'autre chose que de la misère du monde ou de la décadence de la civilisation. « Après mon week-end prolongé avec Barb Mathias, j'ai dû me prendre un congé sabbatique. »

Ce fut au tour de Rodgers de sourire. « Moi qui pensais te rendre un service. Elle t'aimait bien quand on était gosses.

– Ouais, mais maintenant, elle a près de quarante-cinq balais et tout ce qui l'intéresse, c'est le sexe et la sécurité. » August enroula les nouilles autour de sa fourchette et les porta à sa bouche. « Malheureusement, je n'ai qu'un des deux articles en magasin. »

Rodgers souriait encore quand son messager de poche se manifesta. Il se tourna pour le consulter et grimaça, gêné par ses pansements.

« On dirait que ces trucs sont faits exprès pour se décrocher de votre ceinture, crut bon de remarquer August.

– Merci du tuyau. C'est comme ça que j'ai perdu le précédent. » Il regarda le numéro affiché.

« Qui te demande ?

– Bob Herbert. » Il fronça les sourcils et saisit sa serviette. Puis il se leva laborieusement et la posa sur sa chaise. « Je vais le rappeler de la voiture. »

August se cala contre le dossier. « Moi, je reste ici. Je me suis laissé dire qu'il y avait trois femmes pour un homme à Washington. Peut-être que l'une d'elles voudra finir ton assiette de pousses de soja en train de refroidir.

– Bonne chance. » Et Rodgers sortit en hâte du petit restaurant bondé.

August termina ses nouilles sautées, vida sa tasse, se resservit. Il but lentement en contemplant la salle alentour. Il serait difficile de tirer Rodgers de sa morosité. August avait toujours été le plus optimiste des deux. Certes, il ne pouvait pas regarder le mémorial des anciens combattants du Vietnam, ou se passer un documentaire sur la guerre diffusé sur le câble, ou même entrer dans un restaurant vietnamien. Jamais du moins sans avoir les yeux qui brillent, le ventre qui se noue, les poings qui se serrent avec une envie de cogner. Malgré son naturel optimiste, August ne pouvait pas tout pardonner. Cependant, il ne se complaisait pas dans l'amertume et les regrets comme son compagnon. Et le problème de Mike était moins d'avoir été abandonné par la société que de s'être laissé aller lui-même. Et il ne pourrait pas remonter la pente sans une sérieuse reprise en main.

Quand Rodgers revint, August sut aussitôt qu'il y avait un pépin. Ignorant les pansements et la douleur, le général traversait la salle avec assurance, bousculant serveurs et clients au lieu d'attendre qu'ils s'effacent. Mais sans se presser, toutefois. August et lui étaient en uniforme et les journalistes et correspondants étrangers qui fréquentaient l'établissement prêtaient une attention toute particulière au personnel militaire : que l'un d'eux doive s'absenter en hâte, et cela révélait aux observateurs quel secteur de l'armée était impliqué dans un éventuel scoop.

August se leva calmement avant que Rodgers n'arrive. Il s'étira délibérément, but avec une lenteur forcée une dernière gorgée de thé. Laissa vingt dollars sur la table et se porta au-devant de son ami. Ils ne se parlèrent qu'une fois dehors. Dans l'air déjà frisquet de cette mi-automne, ils marchèrent jusqu'à la voiture.

« Parle-moi des bons côtés de la vie, fit amèrement Rodgers. Martha Mackall s'est fait assassiner il y a moins d'une demi-heure. »

August sentit le thé lui remonter dans la gorge.

« Ça s'est produit devant les Cortés, à Madrid », poursuivit Rodgers d'une voix basse, hachée, les yeux fixés au loin. Même si l'ennemi était encore non identifié, Rodgers avait enfin trouvé un exutoire à sa colère. Il poursuivit : « Rien de changé pour ton équipe jusqu'à ce qu'on en sache plus. L'assistante de Martha, Aideen Marley, s'explique avec la police. Darrell était à Madrid avec elles et, à l'heure qu'il est, il se dirige vers le palais. Il doit appeler Paul à quatorze heures pour lui donner les dernières nouvelles. »

L'expression d'August était demeurée impassible, même s'il sentait un flot de bile lui emplir la gorge. « Une idée des auteurs ?

– Aucune. Elle voyageait incognito. Une poignée de personnes seulement était au courant. »

Ils montèrent dans la Camry neuve de Rodgers. August prit le volant. Il démarra et s'insinua dans le trafic. Tous deux restèrent silencieux. August n'avait pas eu le temps de bien connaître Martha, mais il savait qu'elle n'était pas vraiment aimée de ses collègues. On lui reprochait son arrogance et son arrivisme. Une femme tyrannique, mais bougrement efficace. Sa perte affaiblirait incontestablement l'équipe.

August contempla le ciel couvert derrière le pare-brise. Dès leur arrivée au QG de l'Op-Center, Rodgers descendrait à l'étage de la direction, à l'entresol, tandis qu'August filerait en hélico rejoindre l'Académie du FBI à Quantico, où étaient basés les Attaquants. Pour l'heure, ils étaient en stand-by. Mais il restait encore deux membres du groupe en Espagne. Si jamais la situation s'aggravait, ils pouvaient être amenés à quitter précipitamment le pays. Rodgers ne lui avait pas dit ce que Martha était allée faire en Espagne parce qu'il voulait éviter d'être entendu par des oreilles indiscrètes. Le piégeage et la surveillance électronique de véhicules appartenant aux personnels militaires n'étaient pas une pratique rare. Mais August connaissait toutefois la gravité de la situation en Espagne. Tout comme il connaissait l'intérêt de Martha pour les problèmes de minorités. Et il supposa qu'elle avait également participé aux efforts diplomatiques visant à empêcher les diverses minorités politiques et culturelles de la péninsule de succomber au piège du séparatisme, avec les conséquences catastrophiques qu'auraient ces luttes de pouvoir.

Il avait encore une autre certitude : celui qui l'avait tuée devait être au courant des raisons de sa présence. Ce qui soulevait une autre question qui dépassait le choc de la nouvelle : ce coup serait-il le premier ou le dernier d'une série menant à la destruction de l'Espagne ?

3.

Lundi, 18 : 45, Saint-Sébastien, Espagne

Une infinité d'éclats de lune argentés miroitaient sur les eaux sombres de la baie de La Concha. Ils éclataient en pluie de paillettes scintillantes quand les vagues se brisaient avec fracas sur la Playa de la Concha, la somptueuse plage incurvée bordant l'élégante cité cosmopolite. Un kilomètre plus à l'est, yachts et bateaux de pêche se serraient dans le Vieux Port. Leurs mâts craquaient sous la brise de terre, tandis que les vaguelettes clapotaient contre les coques. Quelques traînards, espérant encore une dernière prise, revenaient seulement au mouillage. Les oiseaux de mer, affluant par dizaines durant la journée, étaient retournés nicher en silence sous les pontons ou sur les récifs escarpés de l'Isla de Santa Clara qui barrait l'entrée de la baie.

Au-delà, à un peu plus d'un demi-mille nautique au nord de la côte espagnole, un long yacht blanc oscillait sur les eaux baignées par le clair de lune. Le *Veridico* était un voilier de treize mètres. L'un des quatre membres de l'équipage, tout de noir vêtu comme ses compagnons, faisait le guet sur le pont, tandis qu'un autre était à la barre. Un troisième dînait dans le carré, près de la cambuse, et le dernier dormait dans la cabine à l'avant.

Il y avait également cinq passagers, tous réunis dans la cabine ultra-privée au milieu de la coque. La porte était fermée et les lourds rideaux tirés devant les hublots. Les passagers, tous des hommes, étaient assis autour d'une grande table couleur d'ivoire. Un épais classeur de cuir était posé au centre de la table, à côté d'une bouteille de madère millésimé. Les assiettes du dîner avaient été débarrassées et il ne restait que des verres de vin presque vides.

Vêtus de blazers bleu pastel et d'amples pantalons de bonne coupe, les convives, cheveux taillés en brosse stricte, exhibaient chevalières et colliers d'or ou d'argent. Ils portaient des chaussettes de soie et leurs souliers sur mesure étaient impeccablement cirés. Ils fumaient des havanes dont quatre étaient encore en train de se consumer depuis déjà un certain temps ; il y en avait d'autres dans un humidificateur au milieu de la table. Ces hommes avaient les mains douces et l'expression détendue. Quand ils parlaient, c'était d'un ton léger et chaleureux.

Le propriétaire du *Veridico*, le Señor Esteban Ramirez, était également fondateur des chantiers navals Ramirez, d'où était sorti le yacht. Contrairement aux autres, il ne fumait pas. Non par refus mais parce qu'il estimait que le moment n'était pas encore aux célébrations. Il n'avait pas non plus envie de fêter leur succès depuis que leurs grands-parents avaient quitté leur Catalogne natale pour élever des moutons ou cultiver le blé ou la vigne sur les terres fertiles de la province de León. Si important que soit son héritage, il avait la tête ailleurs pour l'instant. Son âme et son esprit étaient préoccupés par ce qui aurait pu arriver. Son imagination était consumée par tous les éléments qui étaient en jeu – tout autant qu'au long des années de rêve, des mois de préparatifs, des heures d'exécution.

Qu'est-ce qui le soutenait ?

Ramirez songea tranquillement à ces lointaines années où, installé à cette même place, il attendait le coup de fil des agents de la CIA avec qui il collaborait. Ou bien attendait d'avoir des nouvelles des membres de sa *familia*, le groupe restreint d'hommes de confiance formé de ses employés les plus dévoués. Parfois, les hommes de main de la *familia* étaient en mission pour livrer un colis, récupérer de l'argent ou briser les os d'individus qui n'avaient pas saisi l'intérêt de coopérer avec lui. Certains de ces infortunés avaient travaillé pour l'un ou l'autre des types assis maintenant à cette table. Mais tout cela, c'était du passé, avant qu'un objectif commun ne les réunisse.

Une part de son esprit regrettait cette période moins tendue. Un temps où il était un simple intermédiaire apolitique, qui gagnait sa vie grâce au trafic d'armes ou en faisant passer des clandestins, voire en se renseignant sur les activités secrètes de Russes ou de musulmans intégristes. Un temps où il recourait aux gros bras de la *familia* afin d'obtenir les prêts que les banques lui refusaient ou de trouver des camions pour livrer ses marchandises quand il n'y en avait aucun de disponible.

Ce n'était plus comme ça aujourd'hui. Plus vraiment.

Ramirez n'avait rien dit jusqu'à ce que son portable se mette à sonner. Au bip, il le sortit sans hâte de la poche intérieure droite de son blazer. Ses petits doigts boudinés tremblaient légèrement quand il déplia le micro. Il plaqua le téléphone contre son oreille. Après avoir énoncé son nom, il se tut. Se contentant d'écouter en regardant les autres.

Quand le correspondant eut terminé, Ramirez referma délicatement le téléphone et le remit dans sa poche. Il considéra le cendrier propre posé devant lui. Choisit un cigare dans l'humidificateur et huma son emballage noir. Ce n'est qu'à cet instant qu'un sourire brisa l'impassibilité de son visage plein et rond.

L'un des autres ôta le cigare de sa bouche. « Qu'y a-t-il, Esteban ? Qu'est-ce qui s'est passé ?

– C'est fait, répondit-il avec fierté. Une des cibles, la cible initiale, vient d'être éliminée. »

L'extrémité des autres cigares se mit à luire dans la pénombre, quand les quatre hommes tirèrent dessus. Des sourires apparurent, des mains mimèrent des applaudissements polis mais sincères. Ramirez coupa l'embout du cigare au-dessus du cendrier. Puis il le passa sur la haute flamme du gros briquet de table à gaz. Après l'avoir fait rouler jusqu'à ce que les bords rougissent, incandescents, il tira dessus avec enthousiasme. Il laissa la fumée lui caresser la langue, puis la fit rouler dans sa bouche et l'exhala.

« Le Señor Sanchez est maintenant à l'aéroport de Madrid », poursuivit Ramirez. Il employait le nom choisi par le tueur pour cette mission. « Son avion se pose dans une heure. J'appellerai l'usine pour demander à un de mes chauffeurs d'aller le chercher. Et puis, comme prévu, il nous l'amènera ici.

– Pour un bref séjour, j'espère, s'enquit un des hommes, inquiet.

– Un très bref séjour, confirma Ramirez. Dès qu'il

arrivera, je monterai sur le pont le régler. » Il tapota sa poche de gilet, où il avait glissé une enveloppe bourrée de devises. « Il ne verra personne d'autre ; donc, aucun risque qu'il puisse vous trahir.

– Pourquoi le ferait-il, du reste ? demanda un autre.

– Le chantage, Alfonso, expliqua Ramirez. Les types comme Sanchez, d'anciens militaires venus à cela par goût du lucre, ont tendance à vivre largement, au jour le jour. Quand ils sont à court d'argent, il leur arrive de revenir réclamer un supplément...

– Et s'il s'avise de le faire ? demanda Alfonso. Comment comptes-tu te protéger ? »

Sourire de Ramirez. « L'un de mes hommes était présent avec un caméscope. Si Sanchez me trahit, la cassette se retrouvera aux mains de la police. Mais assez de suppositions. Voici ce qui va se passer : une fois Sanchez payé, on l'escortera jusqu'à l'aéroport et il quittera le pays jusqu'à ce que l'enquête soit close, comme convenu.

– Et le chauffeur à Madrid ? s'enquit un autre. Il file à l'étranger, lui aussi ?

– Non. Il travaille pour le député Serrador. Comme il brigue une promotion, il restera bouche cousue. Et à l'heure qu'il est, le véhicule qu'ils ont utilisé est en train d'être désossé dans un garage. » Ramirez tira sur son cigare, l'air satisfait. « Fais-moi confiance, mon cher Miguel. Tout a été pensé avec le plus grand soin. Jamais on ne fera le lien avec nous.

– Je te fais confiance, renifla l'autre. Mais je n'en dirai pas autant de Serrador. C'est un Basque.

– Le tueur aussi est basque, et il a suivi les instructions, observa Ramirez. Le député Serrador fera également ce qu'on lui dit, Carlos. C'est un ambitieux.

– Certes, mais ça ne l'empêche pas d'être basque. »

Ramirez sourit à nouveau. « Serrador n'a pas envie de rester éternellement le porte-parole des pêcheurs, bergers ou mineurs. Il a envie de les diriger.

– S'il veut les diriger, qu'il les conduise de l'autre côté des Pyrénées, chez les Français. Ce n'est pas moi qui les regretterai.

– Moi non plus, admit Ramirez. Mais dans ce cas, qui ira pêcher, faire de l'élevage ou descendre à la mine ? Les chefs d'agence ou les comptables qui travaillent dans ta banque, Carlos ? Les journalistes qui écrivent dans les journaux de Rodrigo ou collaborent à la chaîne de télévision d'Alfonso ? Les pilotes qui volent pour la compagnie de Miguel ? »

Les trois autres sourirent, haussèrent les épaules ou acquiescèrent. Carlos rougit mais admit l'argument avec un signe de tête.

« Allons, assez parlé des travers de notre ami, dit Ramirez. L'important est que l'émissaire américaine ait été tuée. Les États-Unis n'auront aucun indice sur l'auteur ou les motifs de cet acte, mais ils veilleront à ne pas s'ingérer dans la politique intérieure du pays. Serrador ne va d'ailleurs pas manquer de les mettre en garde quand il rencontrera le reste de leur contingent dans la soirée. Il leur assurera que la police fait son possible pour appréhender l'assassin, mais sans pouvoir garantir que de tels actes ne se reproduiront pas. Surtout en ces temps troublés. »

Carlos acquiesça avant de se tourner vers Miguel. « Et comment ça se passe, de ton côté ?

– Excellemment, répondit le cadre d'aviation rondouillard aux cheveux grisonnants. Notre campagne de billets à tarif réduit au départ des États-Unis à destination du Portugal, de la France, de l'Italie et de la Grèce a rencontré un succès sans précédent. Le trafic à destination de Madrid et Barcelone a chuté respectivement de onze et huit pour cent par rapport à l'an dernier. Hôtels, restaurants et transports se sont ressentis de la perte. Les effets induits ont touché bon nombre d'entreprises locales.

– Et les revenus vont continuer de décroître, prédit Ramirez, quand le public américain apprendra que la femme assassinée était une touriste, victime d'un attentat aveugle. »

Ramirez tira sur son cigare et sourit. Il était particulièrement fier de cette partie du plan. Le gouvernement américain ne révélerait jamais l'identité réelle de la défunte. Elle travaillait pour un service de renseignements, pas pour les Affaires étrangères. Pas plus qu'il ne révélerait le fait qu'elle s'était rendue à Madrid pour y rencontrer un député influent qui redoutait une nouvelle guerre civile. Si jamais l'Europe apprenait qu'un diplomate américain de ce niveau devait avoir une entrevue avec Serrador, on accuserait les États-Unis de chercher à placer leurs pions. Ce qui était précisément la raison pour laquelle Serrador avait sollicité la venue de Martha Mackall. Avec une seule balle, Ramirez et son groupe étaient parvenus à peser à la fois sur la Maison-Blanche et le tourisme espagnol.

« Et pour ce qui est de la phase suivante, reprit Ramirez, comment ça se présente, Carlos ? »

Le jeune banquier se pencha en avant. Il posa son cigare dans le cendrier, croisa les mains sur la table. « Comme vous le savez, classes populaires et classes moyennes ont été rudement touchées par les récentes réductions d'emploi. Au cours du dernier semestre, la Banco Cedro a restreint ses prêts de telle sorte que nos partenaires dans cette opération (il indiqua ses voisins autour de la table) ainsi que d'autres hommes d'affaires ont été contraints d'augmenter de près de sept pour cent leurs prix à la consommation. Dans le même temps, ils ont dû réduire leur production, ce qui a entraîné une baisse de huit pour cent du commerce extérieur de l'Espagne avec le reste de l'Europe. Les ouvriers ont été également frappés, même si, jusqu'ici, on n'a pas touché aux formes de crédit populaire. Nous nous sommes même montrés extraordinairement généreux. Nous avons même facilité les modalités d'aide au remboursement des anciennes dettes. Bien sûr, une partie seulement de cet argent sert à renflouer les ménages. Les gens s'empresseront de faire de nouveaux achats, tablant sur une extension du crédit. La conséquence est que les intérêts des prêts ont atteint des taux records supérieurs de plusieurs points à ceux de la même époque l'an dernier. »

Ramirez sourit. « Si l'on y ajoute la décrue du tourisme, le choc financier va être sévère quand les restrictions de crédit vont être appliquées.

– Extrêmement sévère, dit Carlos. Les consommateurs se retrouveront tellement endettés qu'ils accepteront n'importe quoi pour s'en sortir.

– Mais tu es malgré tout certain de pouvoir maîtriser le phénomène ? s'enquit Alfonso.

– Tout à fait, répondit Carlos. Grâce aux réserves en liquidités et aux crédits auprès de la Banque mondiale et d'autres institutions, notre couverture monétaire restera saine. La crise affectera modérément les grosses entreprises et les couches supérieures de la société. » Il sourit. « C'est un peu comme cette plaie d'Égypte, quand l'eau s'est changée en sang. Elle n'a pas affecté ceux qui, prévenus, avaient pris soin d'emplir d'eau potable leurs jarres et leurs citernes. »

Ramirez se cala contre le dossier de son siège. Il tira longuement sur son cigare, l'air ravi. « Messieurs, tout cela me paraît excellent. Et une fois que tout sera en place, notre tâche se limitera à maintenir la pression jusqu'à ce que les classes moyennes et inférieures finissent par céder. Jusqu'à ce que le reste de l'Espagne, des Basques aux Castillans, des Andalous aux Galiciens, admette que le pays est aux mains des partisans de notre mouvement. Et ce jour-là, quand le Premier ministre sera contraint de provoquer des élections anticipées, nous serons prêts. » Ses petits yeux noirs passèrent de visage en visage avant de se poser sur le classeur en cuir posé devant lui. « Prêts à édicter la nouvelle Constitution... prêts à faire naître une Espagne nouvelle. »

Les autres acquiescèrent avec enthousiasme. Miguel et Rodrigo applaudirent. Ramirez sentit sur ses épaules le poids de l'histoire passée et de l'histoire à venir, et la sensation était agréable.

Il ignorait qu'un type débraillé, assis à deux cents mètres de là, avait une autre notion de l'histoire – et une arme bien différente à sa disposition.

4.

Lundi, 19 : 15, Madrid, Espagne

Aideen était toujours installée dans le canapé de cuir quand le Comisario Diego Fernandez entra dans la pièce. C'était un homme de taille et de carrure moyennes. Rasé de près, le teint rougeaud, il arborait un petit bouc taillé avec soin. Ses cheveux bruns, assez longs, étaient toutefois impeccablement coiffés. Il la dévisagea attentivement derrière ses lunettes à monture dorée. Il portait des gants de cuir noir, des souliers de daim noir, et un imperméable, noir également, sous lequel on devinait un costume gris foncé.

Un fonctionnaire de police tira la porte derrière lui. Quand elle fut refermée, Fernandez s'inclina poliment devant Aideen.

« Recevez nos plus sincères condoléances pour la perte de votre amie », dit-il. La voix était grave, l'accent marqué. « Si je peux faire quoi que ce soit, moi ou mes hommes, n'hésitez pas à le demander.

– Merci, commissaire, dit Aideen.

– Soyez assurée que tous les moyens de la police madrilène seront mis en œuvre pour découvrir le ou les responsables de cet acte barbare. »

Aideen considéra le policier. Il ne pouvait pas être en train de s'adresser à elle. La police ne pouvait pas rechercher l'assassin d'une personne qu'elle connaissait. Les titres de la presse et de la télé ne pouvaient pas évoquer la femme avec qui, moins d'une heure auparavant, elle était en train de s'habiller dans leur chambre d'hôtel. Elle avait eu beau vivre l'assassinat, voir le corps de Martha gisant dans la rue, l'expérience ne lui paraissait toujours pas réelle. Aideen était tellement habituée à modifier le cours des choses – rembobiner la bande pour revoir un passage qu'elle avait raté, ou effacer des données inutiles sur un disque – que le caractère irrévocable d'un tel événement lui semblait impossible.

Mais intellectuellement, elle savait pourtant qu'il s'était bel et bien produit. Et qu'il était irréversible. Après qu'on l'eut conduite ici, elle avait appelé l'hôtel et brièvement informé Darrell McCaskey. Ce dernier lui avait dit qu'il allait avertir l'Op-Center. Il lui avait paru curieusement peu touché – ou bien peut-être était-il toujours aussi flegmatique. Elle ne le connaissait pas suffisamment pour le dire. Puis, assise sur le canapé, elle avait essayé de se convaincre qu'il ne s'agissait que d'un acte terroriste aveugle, et pas d'un attentat prémédité. Après tout, ce n'était pas la même chose qu'à Tijuana, deux ans plus tôt, quand son ami Odin Gutierrez Rico s'était fait littéralement pulvériser par quatre tueurs armés de fusils d'assaut. Rico était le juge chargé des procès criminels en Baja California. C'était un personnage public qui, malgré les menaces de mort permanentes, avait continué de défier les trafiquants de drogue du pays. Sa mort était une perte tragique mais en aucun cas une surprise. Il était de notoriété publique que la pègre ne pouvait tolérer qu'on s'en prenne aux pontes de la drogue.

Martha s'était rendue à Madrid avec un objectif connu uniquement d'une poignée de fonctionnaires officiels : aider le député Serrador à mettre en œuvre un plan destiné à empêcher une alliance entre Basques et Catalans pour faire éclater l'Espagne. La poussée autonomiste basque des années quatre-vingt avait été trop sporadique pour aboutir mais assez violente pour être restée dans toutes les mémoires. Martha et Serrador estimaient qu'une révolte organisée par des groupes issus de ces deux régions autonomes – surtout s'ils étaient bien armés et mieux préparés que leurs prédécesseurs des années quatre-vingt – serait terriblement meurtrière, mais aurait surtout, cette fois, de bonnes chances d'aboutir.

S'il s'agissait bien d'un assassinat politique, si Martha en était la cible, cela signifiait qu'il y avait une fuite quelque part. Auquel cas, le processus de paix était sérieusement menacé. Cruelle ironie du sort, quelques heures auparavant, Martha insistait encore pour qu'aucun obstacle ne vienne compromettre les pourparlers.

Tu te rends quand même compte de ce qui est en jeu...

Sur le moment, bien sûr, Martha avait été surtout agacée par la réaction excessive d'Aideen dans la rue.

Si seulement on n'avait pas connu d'obstacle plus gros, songea la jeune femme. *On se fait chier sur des détails, et on finit par rater ce qu'on a sous le nez...*

« *Señorita ?* » dit le commissaire.

Aideen plissa les paupières. « Oui ?

– Vous vous sentez bien ? »

Aideen avait eu le regard perdu vers les fenêtres obscures. Mais elle fixa de nouveau le policier. Il était toujours debout devant elle, sourire aux lèvres.

« Oui, oui, ça va… Mais je suis tellement retournée, commissaire. Je pensais à mon amie.

– Je comprends, répondit le policier, d'une voix douce. Si ce n'est pas trop vous demander, pourrais-je vous poser quelques questions ?

– Bien entendu. » Elle s'était avachie sur le canapé mais se redressa soudain. « Mais avant toute chose, commissaire, pouvez-vous me dire si les caméras de surveillance vous ont révélé quoi que ce soit ?

– Hélas non. Le tireur se tenait hors champ.

– Délibérément ?

– En apparence, oui, admit le policier. Malheureusement, il va nous falloir du temps pour retrouver tous ceux qui connaissent les caractéristiques de notre réseau de surveillance… et les interroger.

– Je vois. »

Le commissaire sortit un petit calepin jaune de sa poche d'imper. Le sourire s'évanouit tandis qu'il le consultait, puis décrochait un stylo coincé dans la reliure à spirales. Sa lecture achevée, il considéra la jeune femme.

« Votre amie et vous, étiez-vous venues à Madrid pour raisons touristiques ?

– Oui, oui, tout à fait.

– Vous avez informé le planton à la grille que vous veniez au Congreso de los Diputados pour une visite personnelle.

– C'est exact.

– Une visite arrangée par qui ?

– Je n'en sais rien, dit Aideen.

– Voyez-vous ça.

– C'est mon amie qui s'en était occupée, par le truchement d'une relation, aux États-Unis.

– Seriez-vous en mesure de me fournir le nom de cette relation ?

– J'ai peur que non. Je n'étais pas du tout au courant. En fait, je me suis décidée pour ce voyage un peu à la dernière minute.

– Sans doute un collègue aura-t-il arrangé cela, suggéra le commissaire. Ou bien un voisin ? Une personnalité politique locale ?

– Je n'en sais vraiment rien. Je suis désolée, commissaire, mais je n'étais pas censée le savoir. »

Le commissaire la dévisagea un long moment. Puis il baissa lentement les yeux et consigna les réponses sur son calepin.

Aideen n'avait pas l'impression qu'il la croyait ; c'est ce qu'elle déduisit en tout cas de son rictus désapprobateur et des profondes rides entre ses sourcils. Elle répugnait à bloquer ainsi l'enquête. Mais tant qu'elle n'aurait pas de nouvelles instructions de Darrell McCaskey ou de Serrador, elle n'avait d'autre choix que de continuer à jouer son rôle de touriste.

L'air pensif, le Comisario Fernandez tourna lentement la page de son calepin, pour attaquer un feuillet vierge. « Avez-vous pu voir votre agresseur ?

– Je n'ai pas vu son visage. Il a pris une photo au flash juste avant de dégainer son arme.

– Avez-vous remarqué un parfum d'eau de Cologne ? D'après-rasage ?

– Non.

– L'appareil photo… avez-vous pu en relever la marque ?

– Non. J'étais trop loin… et puis, il y a eu le flash. Je n'ai vu que ses vêtements.

– Ah-ah ! » Il se pencha avidement. « Pouvez-vous me les décrire ? »

Aideen inspira profondément. Ferma les yeux. « Il portait un blouson en jean, moulant. Une casquette de base-ball. Noire ou bleu foncé, élimée, la visière devant. Un pantalon kaki, ample. Des souliers noirs. J'aurais tendance à dire qu'il était jeune, mais sans en être certaine.

– Qu'est-ce qui vous a donné cette impression ? »

Aideen rouvrit les yeux. « Il y avait quelque chose dans sa dégaine… Les pieds écartés, les épaules effacées, la tête bien droite. Un gars costaud, robuste, sûr de lui.

– Vous aviez déjà rencontré ce genre d'attitude ?

– Oui. » Le tueur lui avait fait penser à un Attaquant, même si bien sûr elle ne pouvait rien en dire. Elle mentit : « Quand j'étais à la fac, il y avait des gars qui faisaient leur préparation militaire. Le tueur avait la dégaine d'un soldat. Ou en tout cas d'un individu habitué au maniement des armes à feu. »

Le commissaire le nota dans son calepin. « Vous a-t-il parlé ?

– Non.

– A-t-il crié quelque chose ? Un slogan ? Une menace ?

– Non plus.

– Avez-vous relevé le type d'arme utilisée ?

– Je suis désolée, non. Une espèce d'arme de poing.

– Un revolver ?

– Je ne saurais dire », mentit-elle. C'était un automatique. Mais elle ne voulait pas révéler au policier qu'elle était capable de faire la différence.

« A-t-il marqué un temps entre les coups ?

– Je crois.

– Les détonations étaient-elles fortes ?

– Pas trop. Et même étonnamment peu bruyantes. » L'arme avait été dotée d'un silencieux, mais là non plus, elle ne voulait pas lui dévoiler qu'elle le savait.

« Il avait sans doute un silencieux, dit le flic. Avez-vous noté le véhicule avec lequel ils ont pris la fuite ?

– Oui. Une berline noire. Je ne saurais dire la marque.

– Propre ou sale ?

– Moyen.

– D'où venait-elle ?

– Elle avait démarré de vingt ou trente mètres plus loin. Il m'a semblé qu'elle rasait le trottoir derrière l'homme, quelques secondes avant qu'il n'ouvre le feu.

– Y a-t-il eu des coups de feu en provenance du véhicule ?

– Je n'ai pas l'impression. Les seuls tirs que j'ai remarqués venaient de l'homme armé.

– Vous étiez placée derrière l'autre victime, le facteur, durant une partie de l'agression. Vous vous êtes ensuite très obligeamment occupée de sa blessure. Un second tireur aurait pu vous échapper.

– Je ne pense pas. Je n'étais derrière lui que tout à la fin. Au fait, dites-moi... comment va le jeune homme ? Il s'en sortira ?

– Hélas, *señorita*, il est mort. »

Aideen baissa les yeux. « Je suis désolée.

– Vous avez fait tout votre possible pour le sauver. Vous n'avez rien à vous reprocher.

– Rien..., marmonna Aideen, sinon de m'être portée dans sa direction... Avait-il une famille ?

– *Si*, répondit le commissaire. Le Señor Suarez avait une femme, un bébé, et sa mère. »

Aideen sentit une boule lui monter dans la gorge. Non seulement elle n'avait pas réussi à sauver Martha, mais sa réaction instinctive pour détourner le tir de l'agresseur avait coûté la vie à un innocent. Rétrospectivement, elle se rendit compte qu'elle aurait dû bondir dans la direction de Martha. Peut-être aurait-elle pu lui faire un rempart de son corps, ou tenter de tirer la blessée à l'abri de cette putain de guérite. Elle aurait dû faire n'importe quoi sauf ce qu'elle avait fait.

« Voulez-vous que je vous apporte un verre d'eau ?

– Non merci. Ça ira. »

Le commissaire hocha la tête. Il se mit à faire les cent pas, en regardant par terre, avant de fixer à nouveau la jeune femme. « *Señorita*, reprit-il, croyez-vous avoir été, vous et votre compagne, la cible de l'agresseur ?

– Je le crois, oui », répondit-elle. Elle s'était attendue à la question et savait qu'il fallait faire attention à sa réponse.

« Voyez-vous une raison ?

– Aucune.

– Avez-vous des soupçons ? Avez-vous une activité politique quelconque ? Êtes-vous inscrite à un parti ? »

Elle fit non de la tête.

On frappa à la porte. Le commissaire fit comme si de rien n'était. Il continuait de fixer durement Aideen, sans rien dire. « Señorita Tremblón, reprit-il enfin, pardonnez mon insistance dans ces circonstances douloureuses, mais un tueur se balade librement dans les rues de Madrid. Je veux lui mettre la main dessus. Vous ne voyez aucune raison justifiant qu'on ait voulu s'en prendre à vous et à votre amie ?

– *Comisario*, c'est la première fois que je mets les pieds en Espagne, je ne connais personne ici. Mon amie était venue il y a plusieurs années, mais à ma connaissance elle n'y a – elle n'y avait – aucun ami ou ennemi. »

On frappa de nouveau. Le commissaire alla ouvrir. Aideen ne put voir qui se tenait sur le seuil.

« *Sí ?*

– *Comisario*, dit une voix masculine, le député Serrador exige qu'on conduise immédiatement la jeune femme à son bureau.

– Pas possible ? » fit le commissaire. Il se retourna vers Aideen. Plissa les paupières. « Peut-être, *señorita*, que ce parlementaire désire vous exprimer personnellement ses regrets pour cette terrible tragédie. »

Aideen se garda de rien dire.

« Ou peut-être cette audience a-t-elle un autre motif ? » suggéra le policier.

Aideen se leva. « Si tel est le cas, Comisario Fernandez, je ne le saurai qu'après avoir vu ce monsieur. »

Le commissaire referma son calepin et s'inclina courtoisement. Si sa réponse l'avait agacé, il n'en laissa rien paraître. Il la remercia au contraire de son aide, renouvela ses excuses pour ce qui était arrivé, puis tendit le bras pour l'inviter à sortir. Aideen franchit la porte. Le sergent qui l'avait amenée attendait dehors. Il la salua d'un signe de tête, puis la reconduisit au bout du couloir.

Aideen avait des scrupules vis-à-vis du commissaire. Il avait une enquête à mener, et elle ne lui avait fourni aucun indice. Mais, comme l'avait souligné Martha, il y avait des règles pour chaque société, pour chaque couche de la société. Et quels que soient le pays, sa constitution ou son économie, ces règles étaient toujours différentes pour le gouvernement. Des expressions comme « secret défense » ou « sécurité de l'État » avaient le pouvoir de mettre un terme définitif à toute enquête judiciaire. Et malheureusement, dans bien des cas – et celui-ci en faisait partie – de telles obstructions étaient aussi nécessaires que légitimes.

Le bureau du député Serrador était situé à deux pas. Il était de la même taille que la pièce qu'elle venait de quitter, avec une décoration fort semblable, malgré quelques touches personnelles. Sur trois des murs étaient affichées des photos encadrées des arènes de Madrid, de la Plaza de las Ventas. Sur le dernier, derrière le bureau, étaient encadrées des unes de journaux consacrées aux activités des autonomistes basques durant les années quatre-vingt. Enfin, des photos de famille étaient disposées sur les diverses étagères.

Le député Serrador était installé à son bureau quand Aideen entra. Darrell McCaskey était assis sur le canapé. Tous deux se levèrent. Serrador s'avança, un rien pompeux, les bras ouverts, un air de profonde commisération sur les traits, le regard triste. Le front haut était barré de rides sous les cheveux blancs ramenés en arrière. La bouche avait un pli amer. Ses grosses mains douces enserrèrent délicatement celles de la jeune femme.

« Mademoiselle Marley, je suis, tellement... tellement désolé. Pourtant, dans mon chagrin, je suis également soulagé de vous voir indemne.

– Merci, monsieur le député. » Aideen regarda McCaskey. Maigre, sec, les cheveux prématurément gris, le sous-directeur adjoint se tenait très raide, les mains croisées devant lui. Il n'exprimait pas cette sorte de compassion toute diplomatique qui exsudait de Serrador : son expression était grave, mesurée. « Darrell, fit-elle. Comment allez-vous ?

– Je me suis senti mieux, Aideen. Et vous, ça va ?

– Pas vraiment. J'ai merdé, Darrell.

– Comment cela ?

– J'aurais dû réagir… autrement. » L'émotion la fit s'étrangler. « J'ai vu arriver ce qui se passait, et j'ai merdé, Darrell. Franchement, j'ai merdé.

– C'est insensé, ce que vous me dites là. Estimez-vous déjà heureuse d'être arrivée à vous en sortir.

– Au prix de la vie d'un innocent…

– C'était inévitable.

– M. McCaskey a raison », intervint Serrador. Il n'avait toujours pas lâché ses mains. « Vous ne devez pas vous mettre martel en tête. Vous verrez tous ces événements sous un jour plus limpide une fois… comment dire, une fois que vous les aurez laissé reposer.

– C'est cela, grommela McCaskey, cachant mal son irritation. Tout est toujours plus limpide après les faits. »

Aideen jeta un regard interrogatif vers McCaskey. « Darrell, où est le problème ?

– Il n'y a aucun problème. Aucun, sinon que le député Serrador est peu enclin dorénavant à débattre.

– Quoi ? s'étonna Aideen.

– Ce serait tout à fait inopportun, confirma le parlementaire.

– Nous sommes en désaccord, reconnut McCaskey, en regardant Aideen. Le député Serrador affirme que cet entretien avait été prévu avec Martha. Que c'était son expérience et son vécu personnel qui étaient susceptibles de convaincre Basques et Catalans d'accepter une médiation américaine. »

Aideen considéra Serrador : « Martha était une diplomate de grand talent, fort respectée…

– Une femme remarquable, renchérit le parlementaire.

– Certes, mais si bonne négociatrice qu'ait été Martha, elle n'était pas non plus indispensable », poursuivit Aideen.

Serrador recula d'un pas, l'air dépité. « Vous me décevez, *señorita.*

– Pas possible ?

– Votre collègue vient de se faire assassiner !

– Je suis désolée, monsieur le député, dit Aideen, mais il ne s'agit pas pour moi d'une question d'opportunisme…

– Certes, admit Serrador. C'est une question d'expérience et de sécurité. Et jusqu'à plus ample informé, je considère que les pourparlers doivent être reportés. Je n'ai pas dit annulés, Señor McCaskey, Señorita Marley. Simplement retardés.

– Monsieur le député, répondit McCaskey, vous savez aussi bien que moi que nous n'avons pas le temps d'attendre. Avant que Mlle Marley n'arrive, je vous donnais ses références, pour tenter de vous convaincre de son aptitude à poursuivre les négociations. Mlle Marley a l'expérience nécessaire et elle n'a pas sa langue dans sa poche, comme vous pouvez le constater. »

Le parlementaire espagnol gratifia la jeune femme d'un regard réprobateur.

« Nous pouvons tout à fait poursuivre, insista McCaskey. Et pour ce qui est de la sécurité, supposons un instant que certains aient eu vent de cette réunion. Que Martha ait bien été la cible d'un assassinat. Qu'en conclure ? Que certains cherchent à mettre en fuite des diplomates américains. Qu'ils désirent voir éclater votre pays.

– Peut-être l'objectif n'est-il même pas politique, nota Aideen. Martha estime... estimait qu'il pouvait s'agir d'extorsion de fonds pour financer une rébellion armée. »

Serrador se racla la gorge. Détourna les yeux vers son bureau.

« Monsieur le député, je vous en prie, dit McCaskey. Asseyez-vous avec nous. Dites-nous ce que vous savez. Nous répercuterons l'information et vous aiderons à mettre en œuvre un plan avant qu'il ne soit trop tard. »

Serrador hocha lentement la tête. « J'en ai parlé avec mes alliés à la chambre. Ils sont encore plus réticents que moi à vous impliquer désormais. Vous devez bien comprendre, Señor McCaskey, que nous avions déjà engagé des pourparlers avec les divers partis séparatistes avant cet incident, et nous les reprendrons. J'avais personnellement l'espoir que si les États-Unis pouvaient participer aux discussions à titre officieux, et que si l'on pouvait convaincre les dirigeants des deux camps de faire des concessions, l'Espagne serait sauvée. Mais à présent j'ai bien peur qu'on doive se résoudre à régler le problème tout seuls.

– Et quelle issue voyez-vous à la crise ? demanda Aideen.

– Je n'en sais rien. Ce que je sais, en revanche, c'est qu'hélas votre collaboration doit prendre fin.

– C'est cela, dit Aideen. Et merci encore pour la mort de celle qui eut le cran de foncer... quant à celle qui n'a pas eu ce courage, elle n'a plus qu'à rentrer par le premier avion.

– Aideen ! » dit McCaskey.

Serrador leva la main. « Je vous en prie, Señor McCaskey. La Señorita Marley est surmenée. Je vous suggère de la ramener à l'hôtel. »

Aideen fusilla du regard le parlementaire. Elle n'allait pas se laisser clore le bec comme ça.

« Fort bien, dit-elle. Agissez avec prudence, monsieur le député. Mais n'oubliez pas ceci. Quand j'ai dû affronter des factions révolutionnaires au Mexique, les résultats ont toujours été les mêmes. Le gouvernement tablait inévitablement sur la force pour écraser la rébellion. Mais sans jamais pouvoir la détruire entièrement, bien sûr, et les insurgés passaient dans la clandestinité. Les seuls à être éliminés étaient ceux pris dans les fusillades. Et c'est ce qui risque de se produire ici, monsieur le député. Vous ne pouvez espérer étouffer des siècles de mécontentement même sous une très grosse botte.

– Ah. Auriez-vous une boule de cristal ?

– Non, répondit-elle sèchement. Juste un minimum d'expérience en matière de psychologie de l'oppression.

– Au Mexique, nota Serrador. Pas en Espagne. Vous aurez l'occasion de découvrir que notre peuple n'est pas seulement divisé en nantis et en exclus. Tous partagent l'amour de leur pays.

– Aideen, intervint McCaskey d'une voix cassante. Ça suffit. Personne ne peut préjuger des événements à venir. C'était bien la raison de ces entretiens. Ils devaient servir à ouvrir des pistes, partager des points de vue, avoir une chance de trouver une solution pacifique aux tensions.

– Et nous pouvons encore reprendre ce processus,

nota Serrador, redevenu diplomate. Sans vouloir manquer de respect à votre collègue, nous venons hélas de manquer une occasion. Il y aura d'autres moyens d'éviter que coule le sang. Notre souci immédiat est de retrouver le responsable de ce crime et de déterminer comment l'information a filtré de mes services. Ensuite… eh bien, nous aviserons.

– Cela risque de prendre des semaines, des mois, objecta McCaskey.

– La précipitation, Señor McCaskey, pourrait nous coûter bien plus de vies encore.

– Je suis prête à courir le risque, grommela Aideen. Le coût de l'attentisme risque d'être bien supérieur. »

Serrador repassa derrière son bureau. « Prudence ne signifie pas attentisme. » Il pressa un bouton sur son téléphone. « J'espérais l'aide de l'éminente Señorita Mackall. Elle nous a été arrachée. J'espérais, et j'ose encore espérer, l'aide des États-Unis. Est-elle encore possible, Señor McCaskey ? Puis-je compter dessus ?

– Vous le savez bien, monsieur le député.

– *Gracias.*

– *De nada* », répondit McCaskey.

La porte s'ouvrit. Un jeune homme en complet sombre avança d'un pas et s'immobilisa, au garde-à-vous.

« Hernandez, dit le parlementaire, veuillez faire sortir discrètement nos hôtes et dites à mon chauffeur de veiller à les reconduire à leur hôtel. » Il regarda McCaskey. « C'est bien votre destination ?

– Pour le moment, oui. En revanche, j'aimerais si possible pouvoir accompagner ceux qui seront chargés de l'enquête.

– Je vois. Vous avez eu une formation dans la police, si ma mémoire est bonne…

– C'est exact. J'ai longuement collaboré avec Interpol quand j'étais au FBI. »

Serrador acquiesça. « J'y veillerai, bien sûr. Puis-je faire autre chose pour vous ? »

McCaskey fit non de la tête. Aideen ne broncha pas. Elle était furibonde. La politique politicienne, encore et toujours. Aucune direction, aucune perspective. Juste cette politique des « petits pas », comme on se plaisait à dire dans les milieux diplomatiques…

« J'ai une voiture blindée et deux de mes gardes vont vous raccompagner, précisa Serrador. Vous n'aurez rien à craindre. Entre-temps, je m'en vais parler avec ceux de mes collègues qui devaient participer à la réunion d'aujourd'hui. Je vous recontacterai dès votre retour à Washington pour vous indiquer comment – et si – nous désirons poursuivre.

– Entendu.

– Merci. » Serrador eut un sourire crispé. « Et merci encore. »

Le député tendit la main au-dessus du large plateau d'acajou. McCaskey la serra. Serrador se tourna vers Aideen. Elle lui serra la main brièvement. Il n'y avait aucune chaleur dans le bref regard qu'ils échangèrent.

McCaskey avait posé une main dans le dos de sa jeune collaboratrice. Il la poussa à moitié vers la porte et ils parcoururent le corridor en silence.

Une fois dans la voiture du député, McCaskey se tourna vers Aideen. « Bon…

– Allez, ne vous gênez pas. Dites-moi si j'ai dépassé les bornes.

– Absolument. –

– Je sais. Je suis désolée. Je vais rentrer par le premier avion. » Décidément, cela devenait un leitmotiv. Aideen Marley était peu faite pour la diplomatie de la tour d'ivoire.

« Il n'en est pas question. Vous avez dépassé les bornes mais il se trouve que je suis d'accord avec ce que vous avez dit. Je ne pense pas que notre numéro fortuit du bon et du mauvais flic ait marché, mais il y a quand même un truc à creuser. »

Elle le fixa. « Vous étiez d'accord avec moi ?

– En gros, oui. Mais attendons de pouvoir rappeler Washington et de voir ce qu'en pense le reste de l'équipe », poursuivit McCaskey.

Aideen acquiesça. Elle savait que ce n'était qu'une explication partielle au mutisme de Darrell. Les chauffeurs de limousine n'étaient jamais aussi invisibles que ne l'imaginaient leurs passagers : ils voyaient et entendaient tout. Et la séparation vitrée ne garantissait pas l'intimité des conversations. Il y avait de bonnes chances que le véhicule soit pourvu de micros cachés et leur dialogue surveillé. Ils attendirent donc d'avoir regagné la chambre d'hôtel de McCaskey pour poursuivre. Darrell avait installé un petit générateur de champ électromagnétique mis au point par Matt Stoll, le sorcier de l'Op-Center en matière d'électronique. Le boîtier, à peine plus gros qu'un Discman, émettait des impulsions qui brouillaient tout signal électronique dans un rayon de trois mètres, le rendant inexploitable. Au-delà, ordinateurs, magnétos et autres appareils numériques n'étaient pas affectés.

Aideen et McCaskey s'assirent au bord du lit, l'Œuf – c'est ainsi qu'ils l'appelaient – placé entre eux.

« Serrador estime qu'on ne peut pas faire grand-chose sans sa coopération, commença McCaskey.

– Croyez-vous ?

– Il se pourrait qu'on lui fasse une surprise.

– Il se pourrait également qu'on n'ait pas vraiment le choix, observa Aideen.

– C'est vrai », admit Darrell. Il regarda la jeune femme. « Vous voyez autre chose avant que j'appelle le patron ? »

Aideen fit non de la tête, même si ce n'était pas entièrement vrai. Elle en aurait eu à dire. L'une des leçons qu'elle avait tirées de son expérience mexicaine avait été de savoir reconnaître quand les choses ne tournaient pas rond. Et c'était le cas ici. Ce qui l'avait mise en rogne dans le bureau du député n'était pas dû simplement au contrecoup émotionnel de la mort de Martha. C'était le virage à cent quatre-vingts degrés de leur interlocuteur, passant d'un coup de la coopération à quelque chose qui ressemblait à de l'obstruction. Si Martha était morte assassinée – et elle en était intimement convaincue –, Serrador redoutait-il d'être la prochaine victime ? Si oui, pourquoi ne prenait-il pas des mesures de sécurité renforcée ? Pourquoi les bureaux jouxtant le sien étaient-ils si vides ? Et pourquoi avait-il supposé, avec une telle assurance, que la simple annonce de l'annulation des pourparlers suffirait à remonter la piste des criminels ? Comment pouvait-il être certain qu'il y aurait une fuite ?

McCaskey se leva pour décrocher le téléphone qui se trouvait hors de portée du brouilleur. Tout en se laissant bercer par le bourdonnement de l'Œuf, elle contempla les lampadaires dans la rue, onze étages plus bas. Elle se sentait trop déprimée, trop écorchée pour vouloir approfondir la question pour le moment. Mais elle était certaine d'une chose. Les Espagnols avaient peut-être leurs règles, en tout cas ils venaient d'enfreindre trois de celles auxquelles elle tenait : *primo*, on ne descend pas les gens qui viennent vous prêter main-forte. *Secundo*, si on estime cela nécessaire pour votre propre bien, il faut alors s'attendre à être confronté à la règle numéro trois : les Américains – et elle en particulier – ne se laissent pas marcher sur les pieds.

5.

Lundi, 20 : 21, Saint-Sébastien, Espagne

La coque du petit bateau de pêche venait d'être repeinte. L'odeur de peinture imprégnait la cale encombrée et mal éclairée. Elle masquait l'âcreté de la cigarette roulée main que fumait Adolfo Alcazar, ainsi que les relents de caoutchouc mouillé de la combinaison suspendue à un crochet derrière la porte close. Ce coup de neuf avait été une folie dépassant les moyens du patron pêcheur, mais c'était indispensable. Il pourrait y avoir d'autres missions après celle-ci et il n'était pas question de se retrouver alors bloqué en cale sèche à remplacer des lattes pourries. Quand il avait accepté de travailler pour le général, Adolfo avait su que son vieux rafiot allait devoir tenir jusqu'à l'issue de cette affaire. Et si jamais quelque chose coinçait, ça risquait d'être long. On n'organisait pas un coup d'État, on n'orchestrait pas une contre-révolution du jour au lendemain – ou en une seule frappe. Même une frappe d'envergure, comme le serait celle-ci.

Même si le général fait le maximum, songea Adolfo avec une admiration aussi profonde que sincère. Si quelqu'un pouvait réussir en vingt-quatre heures à renverser le gouvernement d'un grand pays, c'était le général.

Il y eut un déclic. Le petit homme râblé cessa de regarder dans le vide. Il baissa les yeux vers le magnétophone qui se trouvait sur la table en bois à côté de lui. Il posa sa cigarette dans un cendrier rouillé, se cala contre le dossier de son pliant. Il pressa la touche lecture et coiffa le casque pour vérifier que le micro émetteur avait bien enregistré. Le technicien du général à Pampelune qui avait fourni l'équipement lui avait garanti que l'appareil était d'une sensibilité extrême. Convenablement réglé, il pourrait enregistrer les voix malgré les clapots de l'océan et le grondement des moteurs.

Il avait raison.

Après presque une minute de silence, Adolfo Alcazar entendit une voix métallique mais parfaitement audible annoncer : « C'est fait. » Elle fut suivie d'une sorte de crépitement.

Non, rectifia Adolfo après une écoute attentive. Ce n'étaient pas des parasites mais des applaudissements. Ceux des autres passagers du yacht.

Adolfo sourit. Malgré leur fortune, malgré leurs combines, leur absence totale de scrupules, ces types étaient des crétins naïfs. Le patron pêcheur était ravi de constater que l'argent ne les avait pas rendus plus malins – juste plus suffisants. Il était également ravi de constater que le général avait eu raison. Le général avait toujours raison. Il avait eu raison de chercher à armer les Basques pour graisser les rouages de la révolution. Et raison de s'effacer discrètement quand ils avaient commencé à s'entre-tuer – autonomistes contre antiautonomistes. S'entre-tuer et ainsi détourner l'attention de la véritable révolution.

La petite « oreille » en forme de soucoupe que le

pêcheur avait installée sur le toit de sa cabine, juste derrière le feu de navigation, avait capté le moindre mot de la conversation entre le hautain Esteban Ramirez et ses *compadres*, tout aussi arrogants que lui, à bord du *Veridico*.

Adolfo arrêta la cassette et la rembobina. Son sourire se dissipa quand il se tourna vers un autre appareil posé à sa droite. Légèrement plus petit que le magnétophone, c'était un boîtier oblong de trente centimètres, large de douze, épais de dix, réalisé en acier de Pittsburgh. Au cas où il serait découvert, une analyse métallurgique désignerait son pays d'origine. Ramirez, le traître, était lié à la CIA américaine. Après avoir pris le pouvoir, le général pourrait toujours les accuser d'avoir supprimé un collaborateur désormais inutile.

Il y avait deux témoins, un vert et un rouge, sur la face avant du boîtier. Le vert était allumé. Juste en dessous, deux touches blanches et carrées. Celle du dessus était surmontée d'un bout d'adhésif marqué ARMEMENT à l'encre bleue. Cette touche était déjà enfoncée. La seconde saillait encore. Au-dessous, un autre morceau d'adhésif, avec DÉTONATION écrit dessus. C'était également l'expert en électronique du général qui lui avait donné cet appareil, avec plusieurs pains de plastic de l'armée américaine et un détonateur télécommandé. Le pêcheur avait fixé deux kilos de C-4, avec une amorce, juste sous la ligne de flottaison du yacht, avant sa sortie du port. Quand l'explosion se produirait, elle déchirerait la coque avec une vitesse de sept mille huit cents mètres-seconde – près de quatre fois celle d'une masse équivalente de dynamite.

Le jeune homme passa une main calleuse dans ses

cheveux bruns et bouclés. Puis il regarda sa montre. Esteban Ramirez, le riche fils de pute qui devait tous les soumettre à la poigne de fer de ses cohortes catalanes, avait précisé que l'assassin devait atterrir une heure plus tard. Sitôt connue l'information, Adolfo avait pris sa radio de bord et averti ses complices Daniel, Vicente et Alejandro, en attente dans les montagnes pyrénéennes. Ils avaient aussitôt filé vers l'aéroport de Saint-Sébastien, situé une vingtaine de kilomètres plus à l'est, juste à la frontière française... Moins de deux minutes auparavant, ils lui avaient confirmé l'atterrissage de l'appareil. L'un des hommes de main de Ramirez était chargé de venir le récupérer et de l'amener ici. On réglerait ultérieurement le sort des autres membres de la *familia.* À moins que, pris de panique, ils ne décident eux-mêmes de se disperser. Contrairement à Adolfo, ces salopards n'étaient efficaces que lorsqu'ils agissaient en bande.

Adolfo récupéra sa cigarette, tira une dernière fois dessus avant de l'écraser. Il éjecta la cassette, la glissa dans sa poche de chemise, sous son gros chandail noir. Ce faisant, sa main effleura l'étui d'épaule contenant son Beretta 9mm. L'arme provenait des commandos de marine américains en Irak et avait été récupérée par les forces de la coalition. Elle était parvenue au général via des trafiquants d'armes syriens. Adolfo introduisit dans le magnéto une cassette de musique de sa Catalogne natale et pressa la touche lecture. Le premier morceau intitulé « Salou », une ode nostalgique, était composé pour deux guitares. La première jouait la mélodie, l'autre, par ses pizzicatos, évoquait les gouttes d'eau tombant dans la vasque d'une fontaine.

À contrecœur, Adolfo arrêta la bande. Il prit une brève inspiration, saisit le détonateur. Puis il baissa la lanterne à piles qui se balançait au plafond et remonta sur le pont.

La lune venait de glisser derrière une mince bande de nuages. Excellent. L'équipage du yacht ne prêterait sans doute pas garde à un bateau de pêche croisant à quelque deux cents mètres sur bâbord arrière. Dans ces eaux, on pratiquait souvent la pêche de nuit au chalut. Mais les hommes du yacht risqueraient encore moins de l'apercevoir si la lune était cachée. Adolfo regarda le navire dont on ne voyait que les fanaux et une lueur filtrant derrière le rideau tiré sur un hublot de la cabine centrale.

Au bout de quelques minutes, Adolfo perçut le ronronnement assourdi d'un canot à moteur. Le bruit venait de derrière, du rivage. Il se retourna et découvrit une petite silhouette noire se dirigeant vers le yacht. L'embarcation filait à près de soixante kilomètres-heure. À en juger par sa forme, Adolfo estima qu'il s'agissait d'un petit canot biplace. Il le regarda aborder le yacht. Une échelle de corde fut déployée. Un homme se redressa, chancelant, dans le canot.

Ce devait être l'assassin.

Le détonateur glissait dans la main en sueur d'Adolfo. Il serra plus fort, le doigt en suspens au-dessus de la touche inférieure.

La mer était inhabituellement agitée. Comme un reflet de cette période difficile et troublée. Il n'y avait que quatre ou cinq secondes d'une crête à l'autre. Mais, malgré le roulis, Adolfo se tenait au bastingage avec l'assurance d'un vieux loup de mer. D'après le général, il devait se trouver exactement dans l'axe de la charge explosive. Ils auraient certes pu lui fournir une commande à distance plus perfectionnée, mais celles-ci étaient plus aisément disponibles et c'étaient les moins faciles à détecter.

Adolfo regardait le yacht qui roulait doucement. L'assassin se mit à gravir l'échelle d'un pied mal assuré, tandis que le canot s'écartait légèrement pour éviter d'être projeté contre la coque du yacht. Un homme monta sur le pont – un gros type à cigare – visiblement pas un matelot. Adolfo attendit. Il savait précisément où il avait disposé les explosifs et il savait à quel moment précis le roulis les rendrait visibles.

Le yacht s'inclina sur bâbord, révélant sa coque. Il ne resta que quelques instants dans cette position avant d'être ramené par le roulis sur tribord. Le pouce d'Adolfo vint effleurer le bouton du bas. *Au prochain coup,* songea-t-il. Avec un mouvement gracieux, le bateau se redressait déjà avant de repartir dans l'autre sens. Le creux de la vague fit apparaître la ligne de flottaison. Il faisait nuit et Adolfo ne pouvait le voir, mais il savait que le paquet qu'il y avait fixé était toujours là. Son pouce écrasa la touche. Le témoin vert s'éteignit, le rouge s'alluma.

La partie inférieure gauche de la coque explosa dans un éclair blanc-jaune. L'homme sur l'échelle s'évapora, emporté par le souffle filant presque en ligne droite de l'avant à l'arrière. Le gros type fut englouti par les ténèbres tandis que le pont s'affaissait et que le yacht tremblait de toutes ses membrures. Des éclats de bois, des plaques de fibre de verre et des morceaux de métal déchiqueté furent propulsés dans les airs. Des fragments incandescents jaillirent vers le ciel comme des pétards, tandis que d'autres, éjectés au ras des flots, ricochaient en grésillant, jusqu'à quelques mètres à peine du bateau d'Adolfo. D'épaisses volutes de fumée s'élevèrent de la coque éventrée, jusqu'au moment où l'épave prit une gîte accentuée. Il y eut alors un nuage de vapeur. Le yacht parut se stabiliser en position inclinée, tandis que l'eau s'engouffrait dans l'énorme brèche ; Adolfo entendait le grondement caractéristique de l'eau remplissant la coque. Bientôt, le navire se coucha. Moins de trente secondes après son chavirage, la vague vint faire rouler le bateau de pêche d'Adolfo. Ce dernier garda sans peine son équilibre. La lune choisit cet instant pour ressortir de derrière les nuages, avec son reflet éclatant agité par les remous.

Le jeune patron pêcheur laissa tomber le détonateur à la mer et se hâta de réintégrer la cabine et de prévenir par radio ses associés que la mission était accomplie. Puis il reprit la barre et mit le cap sur l'épave. Il voulait pouvoir affirmer aux enquêteurs qu'il s'était précipité sur le lieu du naufrage pour repêcher d'éventuels survivants.

Il sentit le poids du 9mm sous son chandail. Il voulait également s'assurer qu'il n'y en aurait aucun.

6.

Lundi, 13 : 44, Washington, DC

Bob Herbert, chef du renseignement, broyait du noir en entrant dans le bureau brillamment éclairé de Paul Hood, au sous-sol. Contrastant avec l'éclat des rampes fluo du plafond, l'humeur générale n'était pas gaie. Ils avaient eu à déplorer presque coup sur coup la disparition de deux membres des Attaquants : Bass Moore, tué en Corée du Nord, et le lieutenant-colonel Charles Squires, disparu en Sibérie alors qu'il essayait d'empêcher un coup d'État militaire en Russie[1].

Herbert avait sa façon à lui de faire face à la mort. Chaque fois qu'il apprenait la disparition d'ennemis de son pays – ou quand, comme au début de sa carrière dans le renseignement, il participait lui-même à ces disparitions – il n'avait jamais le moindre problème. La vie et la sécurité de sa patrie passaient avant toute autre considération. Comme il le disait si souvent : « Les actes sont sales mais j'ai la conscience nette. »

Mais là, c'était différent.

---

1. Voir *Op-Center 1,* Pocket, 1998, et *Op-Center 2, Image virtuelle,* Pocket, 1999.

Même si Yvonne, son épouse, avait été tuée, près de seize ans plus tôt, dans l'attentat à la bombe contre l'ambassade des États-Unis à Beyrouth, il continuait de pleurer sa mort. La perte lui semblait encore récente. *Trop récente*, se répétait-il presque chaque nuit depuis l'attentat. Les restaurants, les cinémas qu'ils avaient fréquentés, et jusqu'aux bancs publics devenaient pour lui des lieux de pèlerinage. Chaque soir, au lit, il contemplait sa photo posée sur la table de nuit. Parfois, le clair de lune éclairait le petit cadre, d'autres soirs, ce n'était qu'une forme obscure. Mais qu'elle soit visible ou n'apparaisse que dans ses souvenirs, pour le meilleur ou pour le pire, Yvonne ne quittait jamais son chevet. Ni ses pensées. Herbert s'était depuis bien longtemps adapté à la perte de ses jambes à la suite de l'explosion. Mieux qu'adapté : son fauteuil roulant avec tout son arsenal électronique était désormais comme un prolongement de son corps. Mais il ne s'était jamais adapté à la perte d'Yvonne.

Yvonne avait été une collègue à la CIA – agent redoutable, amie dévouée, et la plus chic fille qu'il ait jamais connue. Elle avait été sa vie et son amour. Quand ils étaient ensemble, même dans le travail, les frontières physiques de l'univers lui semblaient se rétrécir : il n'était plus défini que par ses yeux, la courbe de sa nuque, la chaleur de ses doigts. Mais quelle richesse et quelle plénitude dans cet univers... Une richesse telle qu'il y avait encore des matins où, à demi réveillé, il lui arrivait de tâtonner sous l'oreiller pour lui prendre la main. Et quand ses doigts se refermaient sur le vide, il maudissait encore une fois les tueurs qui la lui avaient arrachée. Des tueurs qui s'en étaient tirés en toute impunité. Qui avaient, eux, encore le droit de profiter de la vie, de leurs amours...

Et voilà que Herbert devait maintenant pleurer la disparition de Martha Mackall. Il se sentait coupable. Quelque part, il était soulagé de ne pas être cette fois le seul à souffrir. Vécu dans la solitude, le chagrin pouvait se révéler oppressant. Par ailleurs, Herbert n'était pas non plus enclin à encenser les morts pour la seule raison qu'ils étaient morts, et il savait qu'il allait avoir à entendre quantité d'éloges au cours des prochains jours. Certains seraient justifiés. D'autres moins.

Martha avait été l'une des pierres angulaires de l'Op-Center depuis sa création. Quelles que fussent ses motivations personnelles, elle n'avait jamais donné moins que le meilleur d'elle-même. Herbert allait regretter son intelligence, son intuition, sa confiance en soi parfaitement justifiée. Au gouvernement, peu importait qu'un individu ait raison ou tort. L'essentiel, c'était qu'il sache mener les gens, susciter des passions. Le jour même de son arrivée à Washington, ç'avait été le cas de Martha.

Pourtant, au cours de ces presque deux années passées auprès de Martha Mackall, Herbert avait découvert une femme au caractère corrosif, parfois condescendante. Plus d'une fois, elle s'était attribué le mérite du travail effectué par ses collaborateurs – péché répandu à Washington, mais plutôt rare au sein de l'Op-Center. Il faut dire qu'elle ne se consacrait pas exclusivement au centre de gestion de crise. Depuis qu'il l'avait connue, alors qu'elle travaillait encore aux Affaires étrangères, Martha s'était toujours appliquée à faire progresser la seule cause qui semblait importante à ses yeux : Martha Mackall. Depuis au moins cinq ou six mois, elle avait lorgné plusieurs postes d'ambassadeur et n'avait jamais caché que sa fonction à l'Op-Center n'était pour elle qu'un tremplin.

D'un autre côté, songea Herbert, *quand le patriotisme ne suffit pas à vous pousser à vous dépasser, l'ambition peut constituer un substitut valable.* Tant que le boulot était fait, Herbert n'y trouvait rien à redire.

Son cynisme s'éteignit rapidement, toutefois, lorsqu'il franchit le seuil du petit bureau aux murs couverts de boiseries. Le « pape » Paul avait ce genre d'effet sur les individus. Hood croyait en la bonté intrinsèque de l'homme, et sa conviction, renforcée par son tempérament égal, pouvait se révéler contagieuse.

Hood termina de se servir un verre d'eau du robinet et reposa la carafe sur son bureau. Puis il se leva et se dirigea vers la porte. Hood le salua d'une poignée de main, les lèvres serrées, solennel. Herbert ne fut pas surpris de ne pas retrouver dans les yeux sombres du directeur la vigueur et le pétillement coutumiers. Cela flanquait déjà un sale coup d'apprendre la disparition d'un de vos agents lors d'une mission clandestine. Ces drames étaient inévitables, du point de vue statistique, et quelque part, on s'y préparait. À chaque signal de la ligne privée de téléphone ou du fax, on s'attendait plus ou moins à un communiqué codé avec une phrase terrible du style « Le marché boursier a baissé d'un point » ou bien « Perdu carte de crédit – annuler le compte ».

Mais apprendre la mort d'un membre de l'équipe lors d'une banale mission diplomatique pour un pays ami en temps de paix, c'était une autre affaire. C'était inquiétant, quelle que soit l'opinion qu'on puisse avoir sur l'individu en question.

Hood s'assit au coin de son bureau et croisa les bras. « Du nouveau venant d'Espagne ?

– Vous avez eu mon message sur l'explosion au large de Saint-Sébastien, sur la côte nord de l'Espagne ? »

Hood acquiesça.

« Ce sont les dernières nouvelles que j'ai eues, répondit Herbert. La police locale est toujours en train de repêcher dans la baie les morceaux de corps et les débris du yacht, pour essayer d'identifier les cadavres. À l'heure qu'il est, personne encore n'a revendiqué l'attentat. Nous surveillons également les communications privées et professionnelles, au cas où les auteurs seraient en veine de confidences.

– Votre message précise que le yacht aurait sauté par le milieu, nota Hood.

– C'est ce qu'indiquent deux témoins oculaires sur le rivage, répondit Herbert. Il n'y a pas encore eu de confirmation officielle.

– Et il est peu probable qu'il y en ait. La police espagnole n'est pas spécialement bavarde. L'endroit de l'explosion a-t-il une signification quelconque ? »

Herbert acquiesça. « La déflagration n'a pas eu lieu à proximité des machines. On est en droit de soupçonner un sabotage. L'horaire pourrait en outre fournir un indice : elle s'est produite peu après qu'on eut abattu Martha.

– Les deux événements seraient liés ?

– C'est ce qu'on cherche à déterminer.

– À partir de quels éléments ? »

Hood était plus pressé que d'habitude, mais cela n'avait rien d'étonnant. Herbert avait eu la même réaction après Beyrouth. Non seulement on voulait voir l'assassin retrouvé et châtié, mais il était important d'avoir de quoi s'occuper l'esprit. La seule autre solution étant de rester à se lamenter dans son coin, et à se laisser écraser par le remords.

« L'agression contre Martha correspond aux méthodes de l'ETA, expliqua Herbert. En février 1997 à Grenade, ils ont tué un juge espagnol siégeant à la Cour suprême, Rafael Martinez Emperador, dans un attentat à la voiture piégée.

– Quel lien avec Martha ?

– Le juge Emperador s'occupait de questions de droit du travail. Il n'avait rien à voir avec les affaires de terrorisme ou d'activisme politique.

– Je ne vous suis pas. »

Herbert croisa les mains dans son giron et expliqua patiemment : « En Espagne, comme dans nombre d'autres pays, les juges chargés d'instruire les affaires de terrorisme ont des gardes du corps. De vrais gorilles, pas là pour faire de la figuration. De sorte que les groupes terroristes s'en prennent de préférence à des amis ou à des associés de leur cible principale. Ce fut leur méthode dans une demi-douzaine d'attentats par balle depuis 1995, après des tentatives d'assassinat contre le roi Juan Carlos, le prince Felipe et le Premier ministre Aznar. L'échec de cette dernière tentative a eu pour effet de refroidir leur ardeur.

– Donc, plus d'attaque frontale, dit Hood.

– C'est cela. Et plus de personnalités de premier plan choisies pour cible. Plutôt des hauts fonctionnaires, des chefs d'entreprise, pour ébranler les fondements de la société. »

Deux autres personnes étaient arrivées sur ces entrefaites.

« On en reparlera dans une minute », coupa Hood.

Il but une gorgée d'eau avant de se lever pour accueillir Liz Gordon, la psychologue de l'équipe, et Ann Farris, l'attachée de presse, qui arborait une mine particulièrement sombre. Herbert vit les yeux d'Ann croiser fugitivement ceux de Paul Hood. C'était un secret de polichinelle dans les couloirs de l'Op-Center que la jeune divorcée éprouvait un doux penchant pour son patron, bien que celui-ci soit marié. Ce dernier restait toutefois si indéchiffrable (un talent apparemment cultivé lorsqu'il était maire de Los Angeles) que personne n'aurait su dire quels étaient au juste ses sentiments à l'égard d'Ann. Il était toutefois indéniable que les longues heures passées à l'Op-Center avaient eu une fâcheuse influence sur ses relations conjugales. Et qu'Ann était une femme séduisante et attentionnée.

Ron Plummer, le bras droit de Martha, arriva peu après, visiblement choqué, accompagné de Lowell Coffey II, le conseiller juridique, et de Carol Lanning, sous-chef de cabinet du ministre des Affaires étrangères. Cette femme mince de soixante-quatre ans aux cheveux grisonnants avait formé Martha, et c'était une amie proche. Officiellement, toutefois, ce n'était pas la raison de sa présence ici. Hood l'avait convoquée à l'Op-Center parce qu'une « touriste » américaine avait été abattue à l'étranger. L'affaire relevait donc de son service aux Affaires étrangères, qui était chargé de tout ce qui avait trait aux questions de sécurité – des faux passeports à la libération des Américains prisonniers à l'étranger. La tâche de Lanning et de son équipe était de collaborer avec les services de police locaux pour enquêter sur les agressions contre des ressortissants américains. Comme Hood, Carol Lanning était d'un naturel calme et optimiste. Pourtant, lorsqu'elle s'assit près de Herbert, le chef du renseignement s'inquiéta de lui voir les yeux rouges et les lèvres serrées.

Mike Rodgers arriva bon dernier. Il entra d'un pas décidé, l'œil brillant, bombant le torse. Son uniforme était comme toujours impeccable, ses souliers parfaitement cirés.

Béni soit le général, songea Herbert. De l'extérieur, en tout cas, Rodgers était le seul à ne pas être tenaillé par le doute. Herbert constata avec plaisir qu'il semblait avoir retrouvé en partie l'élan perdu au Liban. Les autres allaient devoir se ressaisir s'ils voulaient tenir le coup et redonner du courage à Darrell McCaskey et Aideen Marley en Espagne.

Hood retourna s'installer derrière son bureau. Tout le monde prit un siège, sauf Rodgers. Les bras croisés, le dos droit, il se plaça derrière la chaise de Carol Lanning.

« Comme vous le savez tous, commença le directeur Hood, Martha Mackall a été assassinée à Madrid, aux environs de dix-huit heures, heure locale. »

Bien que s'adressant à tous, il gardait les yeux fixés sur son bureau. Herbert le comprenait. Croiser en ce moment le regard des autres pouvait le désarçonner. Et il avait besoin de tous ses moyens.

« La fusillade a eu lieu alors que Martha et Aideen Marley se trouvaient devant la guérite du garde à l'entrée du palais des Cortés, à Madrid, poursuivit le directeur. Le tireur isolé a tiré à plusieurs reprises en pleine rue avant de s'échapper dans une voiture qui l'attendait. Martha est morte sur le coup. Aideen n'a pas été touchée. Darrell l'a retrouvée au palais. Ils ont regagné leur hôtel sous escorte policière. »

Hood s'arrêta pour déglutir. Herbert prit le relais : « L'escorte policière était composée d'agents attachés à Interpol. C'est Interpol qui continuera de chapeauter la surveillance tant que nos personnels seront en Espagne. La négligence de la sécurité au palais nous a en effet conduits à nous interroger sur une éventuelle complicité parmi les gardes. C'est pourquoi nous avons décidé de nous reposer sur les collègues de Darrell à Interpol plutôt que sur la police nationale espagnole. Nous avons tous les renseignements voulus sur ces personnels, depuis que María Corneja est venue travailler en binôme avec Darrell à Washington, précisa Herbert. De ce côté, nous n'avons aucun souci à nous faire : Darrell et Aideen seront bien gardés.

– Merci, Bob », dit Hood. Il releva la tête. Il avait les yeux brillants. « La dépouille de Martha doit être ramenée à l'ambassade pour être rapatriée dans les plus brefs délais. Un service religieux est prévu à l'église baptiste évangélique d'Arlington, mercredi matin à dix heures. »

Carol Lanning tourna la tête et ferma les yeux. Herbert avait gardé les mains croisées et il contempla obstinément ses pouces. Avant d'avoir assisté au séminaire annuel de sensibilisation aux relations sociales, il n'aurait pas songé à mal en se penchant pour lui passer un bras autour des épaules. Désormais, s'il voulait la réconforter, tout ce qu'il était censé faire, c'était lui demander si elle désirait quelque chose.

Hood le coiffa sur le poteau. « Madame Lanning, voulez-vous un verre d'eau ? »

La femme rouvrit les yeux. « Non merci. Ça ira. Je préfère qu'on poursuive. »

Il y avait une étonnante vigueur dans son ton.

Herbert lui jeta un œil à la dérobée. Elle avait une moue décidée, le regard assuré. À ses yeux, si Carol Lanning désirait quoi que ce soit, ce n'était pas de l'eau mais du sang. Herbert connaissait parfaitement cette sensation. Après l'attentat contre l'ambassade de Beyrouth, il n'aurait eu aucun scrupule à atomiser toute la ville rien que pour se débarrasser des salopards qui avaient tué sa femme. Le chagrin s'accordait mal avec la miséricorde.

Hood consulta sa montre. Il se cala dans son siège. « Darrell doit appeler dans cinq minutes. »Il regarda Plummer. « Ron, que décidons-nous pour la mission ? Aideen est-elle suffisamment qualifiée pour la poursuivre ? »

Plummer se pencha et Herbert l'observa. Plummer était un type de petite taille, brun, légèrement dégarni, avec de gros yeux derrière des lunettes à monture noire posées sur un grand nez busqué. Il était vêtu d'un complet gris foncé qui aurait bien besoin d'un nettoyage à sec et chaussé de souliers noirs élimés. Ses chaussettes tirebouchonnaient sur ses chevilles. Herbert n'avait guère eu l'occasion de travailler avec l'ancien analyste de la CIA pour l'Europe occidentale. Mais Plummer devait être bon. Aucun type négligé à ce point n'aurait pu faire carrière sans une once de talent. Du reste, Herbert avait jeté un œil sur son profil psychologique, dressé par Liz Gordon avant son engagement. Plummer détestait autant que lui le directeur de la CIA sous les ordres duquel il travaillait. Pour Herbert, c'était une qualification suffisante.

« Je ne peux pas me mettre à sa place, dit Plummer en adressant un signe de tête à Liz Gordon. Mais, cela mis à part, je dirais qu'Aideen est tout à fait capable de poursuivre la mission.

– D'après son dossier, intervint Carol, elle n'a pas eu jusqu'ici une grande expérience de diplomate.

– Certes, admit Plummer. Les méthodes de Mlle Marley sont plutôt moins diplomatiques que l'étaient celles de Martha. Mais vous voulez mon avis ? C'est peut-être justement ce qu'il nous faut maintenant.

– Personnellement, ça ne me déplaît pas », commenta Herbert. Il se tourna vers Paul : « Et vous, avez-vous décidé de poursuivre la mission ?

– Je ne prendrai ma décision qu'après avoir parlé à Darrell. Mais je pencherais pour les laisser là-bas.

– Pourquoi ? » demanda Liz Gordon.

Herbert n'aurait su dire si c'était une question ou un défi. Liz pouvait avoir des manières intimidantes.

« Parce qu'il se pourrait qu'on n'ait pas le choix, répondit le directeur. S'il s'agit d'un attentat aveugle – et l'on ne peut pas écarter l'hypothèse, puisque Aideen est en vie et que l'autre victime est un postier madrilène –, alors ce meurtre est tragique mais ne visait pas les pourparlers. Auquel cas, il n'y a aucune raison de les laisser en plan. Mais même si l'attentat nous visait effectivement, nous ne pouvons pas nous permettre de faire machine arrière.

– Il ne s'agit pas de faire machine arrière, rétorqua Liz, mais ne serait-il pas plus sage d'aviser, en attendant d'être sûrs ?

– La politique étrangère américaine est déterminée par le gouvernement, pas par un canon de revolver, dit Carol Lanning. Je partage l'opinion de M. Hood.

– Darrell peut voir avec ses collègues d'Interpol quelles mesures prendre pour qu'un tel incident ne se reproduise pas, précisa Hood.

– Paul, insista Liz, la raison que j'évoquais n'a rien à voir avec la logistique. Il y a un point que vous devez considérer avant de décider si Aideen doit être intégrée au processus.

– Lequel ?

– À l'heure qu'il est, elle doit tout juste se remettre de la première phase du processus de réaction, à savoir le choc, lui expliqua Liz. Bientôt va suivre le contrecoup, avec un brusque accroissement du taux d'hormones stéroïdiennes. Elle va se sentir gonflée à bloc.

– C'est plutôt bon, non ? nota Herbert.

– Non, pas du tout. Après le contrecoup s'instaure une phase de résistance. La récupération émotionnelle. Aideen va chercher le moyen d'évacuer ce surplus d'énergie. Si elle n'était déjà pas spécialement diplomate, elle risque de se transformer en missile non guidé. Mais ce n'est pas encore le pire.

– Comment cela ? »

Liz se pencha vers les autres, les coudes posés sur les genoux. « Aideen vient de survivre à une fusillade où sa partenaire a trouvé la mort. D'où un sentiment de culpabilité exacerbé. Allié à la volonté de voir la tâche accomplie à tout prix. Elle en oubliera le sommeil, et sans doute le boire et le manger. Un sujet est capable de se maintenir à ce niveau de stress réactionnel pendant un temps assez long.

– Long comment ?

– Deux à trois jours, cela dépend des individus. Par la suite, le sujet entre dans une phase d'épuisement clinique. Qui peut déboucher sur un état de dépression mentale et physique. Si le contrecoup n'a pas été traité dans l'intervalle, il y a de sérieux risques pour que notre amie se retrouve un bon bout de temps en maison de repos.

– Quel pourcentage de risques ? insista Herbert.

– Je dirais quarante à soixante pour cent. »

Dans l'intervalle, le téléphone du directeur s'était mis à sonner. Dès que Liz eut terminé son exposé, il décrocha. Son assistant personnel, Bugs Benet, l'informa que Darrell McCaskey était au bout du fil. Hood mit l'ampli.

Herbert se cala contre le dossier de son fauteuil roulant. Jusqu'à tout récemment, un pareil appel n'aurait pu transiter sur une ligne non protégée. Mais Matt Stoll, le superviseur logistique du centre – et accessoirement sorcier de l'électronique – avait conçu un brouilleur numérique qui se branchait sur le port de données des cabines téléphoniques. Quiconque espionnait la communication n'entendait que des parasites. Un petit haut-parleur fixé au brouilleur du côté de McCaskey filtrait le bruit et lui permettait d'entendre en clair la conversation.

« Bonsoir, Darrell, dit Hood d'une voix douce. Je vous ai mis sur l'ampli.

– Qui est avec vous ? » s'enquit McCaskey.

Hood le lui dit.

« Laissez-moi d'abord vous dire une chose, commença Darrell d'une voix étranglée. Vous ne pouvez pas savoir ce que ça signifie d'avoir une équipe comme la vôtre. Merci.

– On va se serrer les coudes », dit Hood.

Hood se pinça les lèvres. Jamais Herbert n'avait vu son patron si près de craquer.

Hood se reprit rapidement. « Comment allez-vous, tous les deux ? Avez-vous besoin de quelque chose ? »

La compassion était sincère. Herbert avait toujours considéré que, de ce côté, Hood détonnait par rapport au reste du personnel politique.

« On est encore bigrement secoués, répondit McCaskey, comme vous l'êtes tous, j'en suis certain. Mais j'imagine qu'on va surmonter ça. À vrai dire, Aideen serait même d'une humeur plutôt combative. »

Liz hocha la tête d'un air entendu. « Le contrecoup », murmura-t-elle.

Mais Hood poursuivait la conversation : « Comment cela ?

– Ma foi, elle a quasiment accusé le député Serrador d'avoir les jetons, expliqua McCaskey. J'ai dû la remettre à sa place mais j'avoue que j'étais plutôt fier d'elle. Il l'avait bien mérité.

– Darrell, coupa Hood, Aideen est-elle près de vous ?

– Non. Je l'ai laissée dans sa chambre avec Gawal, la secrétaire d'ambassade. Elles sont au téléphone avec mon ami Luis, d'Interpol, pour réfléchir aux mesures de sécurité à prendre si vous décidez de nous maintenir ici. Comme je disais, elle est plutôt remontée et je voulais lui laisser le temps de se calmer un peu. Mais je ne voulais pas non plus lui donner l'impression d'être mise sur la touche.

– Bien vu, Darrell, êtes-vous vraiment sûr d'être en état de discuter maintenant ?

– Il le faut, et j'aime mieux régler ça tout de suite. Je serai nettement moins bien quand j'aurai commencé à réaliser. »

Liz regarda Hood et leva le pouce.

Herbert hocha la tête. Il était passé par là.

« Très bien, dit Hood. Darrell, on parlait justement

de l'éventualité de vous laisser là-bas. Qu'est-ce que vous en pensez ? Et quel est le problème avec le député Serrador ?

– Pour être franc, je ne vois pas d'inconvénient à rester. Le problème, ce n'est pas moi. Aideen et moi sortons juste du bureau de Serrador. Il nous a fait clairement comprendre qu'il ne désirait pas nous voir poursuivre.

– Pourquoi ?

– Il a les jetons, suggéra Herbert.

– Non, Bob, je ne pense pas, répondit McCaskey. Le député Serrador nous a dit qu'il voulait s'entretenir avec les enquêteurs et avec ses collègues avant de décider si l'on devait poursuivre les discussions. Mais il m'a semblé – et ce n'est là que l'intuition d'un ancien agent du FBI – que c'était du bidon. Aideen a eu la même impression. Je crois qu'il préférerait nous voir repartir avec nos cliques et nos claques.

– Darrell, ici Ron Plummer. C'est Serrador qui a pris l'initiative de ces discussions préparatoires, par le truchement de l'ambassadeur Neville. Que gagnerait-il à y mettre un terme ?

– Y mettre un terme ? grommela Herbert. Ce fils de pute ne les a même pas entamées ! »

D'un geste, Hood lui intima le silence.

« Je ne sais pas trop ce qu'il y gagnerait, Ron, admit McCaskey. Mais je crois que ce que vient de dire Bob... c'est bien toi que j'ai entendu bougonner, n'est-ce pas ?

– Qui d'autre, à ton avis ?

– Je crois que sa remarque était pleine de bon sens, reprit McCaskey. Depuis le moment où l'ambassadeur Neville a mis Serrador en contact avec Martha – à la demande du député, notez-le –, ce dernier n'a cessé de souligner qu'il ne voulait discuter qu'avec elle. Maintenant qu'on l'a assassinée, Serrador ne veut plus parler. La conclusion, évidente, est que quelqu'un ayant accès à l'agenda politique de Serrador – et à son emploi du temps personnel – l'a tuée pour l'intimider.

– Pas seulement pour l'intimider, remarqua Plummer, mais pour faire taire tous les partisans de son mouvement pronationaliste.

– Exact, dit McCaskey. En outre, en s'en prenant à Martha, ils envoient un message clair à nos diplomates : restez en dehors de cette affaire. Mais je suis persuadé que c'est justement ce qu'on voudrait nous amener à penser. Je ne crois pas qu'il s'agisse des véritables raisons de ce meurtre.

– Monsieur McCaskey, c'est Carol Lanning, des Affaires étrangères. » Elle avait peine à se contrôler. « Je débarque peut-être un peu tard. Mais quels autres intérêts sont en jeu ? Pourquoi voudrait-on écarter nos diplomates ?

– Je veux bien répondre, Darrell, intervint Hood en fixant Carol. Comme vous le savez, madame, l'Espagne a connu un certain nombre de troubles sérieux, ces derniers mois.

– J'ai lu les rapports quotidiens, répondit Carol. Mais il s'agissait pour l'essentiel de conflits entre séparatistes et antiséparatistes basques.

– Ça, ce sont les querelles qui ont lieu sur la place publique, confirma Hood. Ce que vous mesurez peut-être mal, c'est l'inquiétude des dirigeants de la péninsule au sujet de la récente série d'attentats visant des membres des principaux mouvements régionalistes. Le gouvernement a tout fait pour garder le secret. Ann, vous avez recueilli des informations là-dessus. »

La mince et séduisante attachée de presse acquiesça, très professionnelle, mais ses yeux noisette souriaient à Hood. Herbert le remarqua ; il se demanda si le « pape » Hood aussi.

« Le gouvernement espagnol a tout fait pour convaincre la presse d'en dire le moins possible dans les journaux et sur les ondes, expliqua Ann Farris.

– Vraiment ? s'étonna Herbert. Se faire dicter des directives par le pouvoir n'est pas vraiment dans les traditions de la presse européenne...

– Eh bien, pour parler crûment, on les a achetés. Je peux citer trois incidents sur lesquels on a fait silence. Les bureaux d'un éditeur catalan ont été incendiés après la diffusion d'un roman pour le moins critique à l'égard des Castillans. À Ségovie, en Castille, une noce a été attaquée à la sortie de l'église. La famille était d'origine andalouse. Enfin, un militant traditionaliste navarrais s'est fait tuer par des séparatistes alors qu'il était hospitalisé.

– Incidents isolés, commenta Plummer.

– Certes, admit Hood. Mais s'ils se multiplient, ils pourraient mettre le feu à la péninsule.

– Raison pour laquelle on a fortement incité la presse locale à enterrer ces affaires, poursuivit Ann, tandis que les journalistes étrangers étaient carrément empêchés de faire leur travail. Plusieurs organes de presse ont d'ailleurs adressé une plainte officielle aux autorités espagnoles. Sans grand effet. Les faits remontent à un peu plus d'un mois.

– Or, nos premiers contacts avec les Espagnols datent de trois semaines environ, poursuivit Hood. Le député Serrador a rencontré dans le plus grand secret notre ambassadeur à Madrid. Au cours de ce tête-àtête officieux, qui avait lieu dans les locaux de notre ambassade, Serrador a informé Neville que le Parlement venait de constituer une commission, présidée par lui, et chargée d'enquêter sur la tension croissante entre les diverses communautés du pays. Il a ajouté qu'au cours des quatre mois précédents, outre les crimes mentionnés par Ann, plus d'une douzaine d'autres dirigeants locaux avaient été enlevés ou assassinés. Serrador désirait qu'on l'aide à recueillir des renseignements sur plusieurs de ces groupes activistes. Neville a aussitôt contacté Carol aux Affaires étrangères, laquelle nous a transmis le dossier, ainsi qu'à Martha… »

Hood baissa lentement les yeux.

« Et si vous vous souvenez bien, s'empressa d'enchaîner Herbert, sitôt qu'on eut soumis au député Serrador la liste de notre personnel diplomatique, il a réclamé tout spécialement Martha. Qui a été trop contente de bondir sur l'occasion pour accaparer le dossier. Inutile donc de vous reprocher ce choix…

– Tss-tsss », fit doucement Ann Farris.

Hood leva la tête. Il les remercia tous les deux d'un regard, avant de se retourner vers Carol Lanning. « Bref, reprit-il, voici comment nous nous sommes retrouvés embringués dans cette histoire.

– Que réclament ces groupes ? demanda Carol. L'indépendance ?

– Certains, oui », lui répondit Hood, toujours aussi surpris par le manque de culture géopolitique d'une bonne partie du personnel des Affaires étrangères. Pour sa gouverne, il se tourna vers son ordinateur et chargea le fichier documentaire sur l'Espagne. « D'après le député Serrador, il y a deux problèmes majeurs. Le premier se situe entre les factions basques. Les Basques ne représentent que deux pour cent de la population du pays et se battent déjà depuis un demi-siècle. Une écrasante majorité est composée de loyalistes qui tiennent à demeurer dans le giron de l'Espagne. Les séparatistes représentent moins de dix pour cent.

– Soit 0,2 pour cent de la population espagnole, constata Lanning. C'est infime.

– Effectivement. Dans le même temps, il reste le problème latent des Castillans des deux provinces principales, au nord et au centre de l'Espagne, le León et la Manche. Les Castillans représentent soixante-deux pour cent de la population. Ils se sont toujours considérés comme les seuls authentiques Espagnols de souche…

– Les autres provinces étant composées de squatters, railla Herbert.

– C'est un peu cela. Serrador nous a révélé que les Castillans cherchent depuis un certain temps déjà à semer la zizanie au sein des diverses factions séparatistes basques, dans le but de faire éclater ces minorités. En commençant par les plus actives politiquement, les Basques et les Catalans, puis en continuant avec les Galiciens et les Andalous. D'après Serrador, le résultat de cette politique pour le moins aberrante est que, selon ses informations, une partie de ces groupes envisageraient désormais de s'allier pour renverser le gouvernement central – par des voies politiques, voire, à défaut, par un putsch militaire.

– Et l'affaire ne se limite pas aux frontières de l'Espagne, ajouta McCaskey. D'après mes sources à Interpol, la France soutient les antiséparatistes basques. Ils redoutent la contagion au Pays basque français en cas de regain d'influence des indépendantistes.

– Y a-t-il vraiment un risque ? demanda Herbert.

– Tout à fait. De la fin des années soixante au milieu des années soixante-dix, les deux cent cinquante mille Basques français ont soutenu les Basques espagnols dans leur lutte contre la répression franquiste. Les liens entre les deux communautés sont si étroits que Basques français ou espagnols ne voient dans le Pays basque qu'une seule région, découpée artificiellement par une frontière.

– Basques et Castillans sont les deux groupes sur lesquels Serrador voudrait au plus tôt qu'on enquête, enchaîna Hood. Mais il ne faut pas oublier les Catalans, au nord-est du pays, qui représentent seize pour cent de la population. Ils sont extrêmement riches et influents. Une bonne partie des impôts que verse la région aident au soutien de provinces déshéritées du sud du pays, en particulier l'Andalousie. Ils seraient ravis de voir disparaître les autres groupes.

– Jusqu'à quel point ? s'enquit Carol. Jusqu'à provoquer eux-mêmes cette disparition ?

– N'allons pas jusque-là... »

Carol haussa les épaules. « Il suffit parfois de quelques meneurs forts en gueule pour répandre la haine et le soupçon...

– Les occupants du yacht étaient catalans, nota McCaskey.

– Et les Catalans ont toujours été séparatistes, reprit Carol Lanning. Ils ont joué un rôle clé dans le soulèvement républicain, il y a soixante ans.

– Certes, admit Ron Plummer. Mais les Catalans ont également un respect ancré pour les minorités.

– Je serais enclin à suivre Ron, renchérit Hood. Il leur aurait sans doute été plus facile d'exercer une pression financière que de recourir à la violence physique.

– On pourra vérifier cette hypothèse dès qu'on en saura plus sur le reste de l'équipage du bateau », conclut Herbert avec confiance.

Hood acquiesça avant de se tourner de nouveau vers son moniteur. « Après les Basques, les Castillans et les Catalans, nous avons les Andalous. Ils représentent environ douze pour cent de la population et soutiendront le groupe au pouvoir, quel qu'il soit, à cause de leur dépendance économique. Restent les Galiciens, avec huit pour cent de la population. Ce sont des paysans, très espagnols, d'esprit indépendant, et sans doute enclins à se tenir à l'écart de troubles éventuels.

– Pour résumer, reprit Carol Lanning, nous sommes confrontés à une situation complexe. Et compte tenu du contexte historique, je comprends que le pouvoir préfère ne pas envenimer la situation. Ce que je comprends moins, en revanche, c'est un point soulevé par M. Herbert : pourquoi ce député désirait nommément voir Martha s'occuper de la question.

– Le député Serrador semblait rassuré par sa connaissance de la langue et de la culture hispaniques, expliqua Hood. Il appréciait également le fait que ce soit une femme, appartenant qui plus est à une minorité ethnique. Pour reprendre ses termes, il savait pouvoir compter à la fois sur sa discrétion et sa perspicacité.

– Certes, intervint Herbert, mais j'en viens à me demander si elle n'aurait pas non plus constitué la cible idéale pour ces groupes nationalistes… »

Tous les regards convergèrent sur lui.

« Que voulez-vous dire ? demanda Hood.

– Pour appeler un chat un chat, une partie des Catalans ne portent pas les Africains dans leur cœur. Une animosité qui remonte à neuf siècles, au temps des guerres contre les Maures. Si quelqu'un avait formé le plan de se mettre les Catalans dans la poche – et qui cracherait sur un allié aussi riche et influent ? –, ce genre d'agression contre une femme noire pourrait s'expliquer. »

Il y eut un instant de silence. « C'est pour le moins tiré par les cheveux, non ?

– Pas tant que ça. J'ai déjà vu des plans plus tordus... C'est triste à constater, mais dès qu'on remue la boue de la nature humaine, on doit s'attendre à des surprises.

– D'où est originaire ce Serrador ? demanda Mike Rodgers.

– C'est un Basque, général, répondit McCaskey, au téléphone. Sans le moindre passé nationaliste. On a vérifié ses antécédents. Bien au contraire. Il a toujours voté contre tous les textes favorisant le séparatisme.

– Ce pourrait être une taupe, observa Carol Lanning. L'espion soviétique le plus dangereux que nous ayons eu sur le territoire américain était issu de la communauté blanche bon teint de Darien, Connecticut, et il votait Barry Goldwater[1].

– Je vois que vous commencez à saisir », sourit Herbert. Il pressentait déjà ce qui allait suivre. Il n'y a pas plus enthousiaste qu'un converti.

1. Sénateur de l'Arizona dans les années cinquante, leader américain ultraréactionnaire, et adversaire malheureux de Johnson à la présidentielle de 1964 (*N.d.T.*).

Carol Lanning fixa Hood. « Plus je réfléchis à ce que vient de nous dire M. Herbert, et plus je suis inquiète. Il nous est déjà arrivé d'être manipulés par des intérêts étrangers. Supposons un instant que ce soit ici le cas. Que Martha ait été attirée en Espagne pour y être assassinée, quelles qu'en soient les raisons. Le seul moyen pour nous de le découvrir est d'avoir accès à tous les volets de l'enquête. Est-ce le cas, monsieur McCaskey ?

– À votre place, je ne compterais pas dessus. Serrador a promis de s'en occuper mais il s'est empressé de nous faire reconduire à notre chambre d'hôtel et on n'a pas eu d'autres nouvelles depuis.

– Ouais, le gouvernement espagnol n'est jamais trop disposé à fournir des éclaircissements sur ses activités intérieures, observa Herbert. Durant la Seconde Guerre mondiale, ce pays soi-disant neutre a garanti le transit de convois et de trains entiers de butin nazi transféré de Suisse au Portugal. Tout cela en échange de faveurs futures dont ils n'ont jamais eu l'occasion de profiter…

– C'était du temps de Franco, nota Ron Plummer. Entre dictateurs, on se rend service. Cela ne veut pas dire que les Espagnols sont ainsi.

– Certes, mais les dirigeants espagnols ne sont pas non plus blancs comme neige. Dans les années quatre-vingt, leur ministère de l'Intérieur n'a pas hésité à financer des milices paramilitaires, les GAL. Ces Groupes antiterroristes de libération étaient composés de mercenaires et de truands, chargés de liquider des indépendantistes basques, dont certains réfugiés en France. Il leur a même fourni des armes achetées en Afrique du Sud. Et n'a pas vraiment cherché à les récupérer ensuite. Bref, conclut Herbert, je ne compterais pas trop sur le gouvernement espagnol pour soutenir l'action des États-Unis. »

Hood éleva les deux mains. « Nous sommes en train de nous écarter du sujet. Darrell, ce qui m'importe pour l'heure, ce n'est pas Serrador ou ses motivations. Je veux d'abord savoir qui a tué Martha et pourquoi. Mike... (il se tourna vers Rodgers), c'est toi qui as recruté Aideen. Que vaut-elle ? »

Rodgers était resté debout derrière le siège de Carol Lanning. Il déplia les bras, se dandina d'un pied sur l'autre. « Elle a réussi à résister à des trafiquants de drogue au Mexique, des clients sérieux. C'est une fille solide.

– Je vois où vous voulez en venir, Paul, intervint Liz. Mais je tiens à vous mettre en garde. Aideen est encore sous l'effet du stress. Qu'on l'engage sans délai dans une action clandestine et la pression risque de la faire craquer.

– Ce pourrait être également la solution à ses problèmes, rétorqua Herbert.

– Vous avez tout à fait raison, répondit Liz. Chacun réagit différemment. La question est de savoir ce qui convient à Aideen. Si elle craque au beau milieu d'une action clandestine, elle pourrait être le clou du sabot du cheval qui a coûté le royaume... »

Herbert se tourna vers Hood. « Par ailleurs, si nous envoyons quelqu'un d'autre à sa place pour reprendre la piste, on perd du temps.

– Darrell, vous avez entendu ?

– J'ai entendu, patron.

– Votre avis ?

– Deux points : Mike a raison. Cette fille a du cran à

revendre. Elle n'a pas craint de dire à Serrador ses quatre vérités. Et j'aurais tendance à penser la même chose que Bob : je serais enclin à la lâcher au milieu des hidalgos. D'un autre côté, l'argument de Liz n'est pas à négliger. Alors, si vous êtes d'accord, je vais déjà essayer de la sonder. Je serai assez vite fixé sur sa capacité à poursuivre la mission. »

Hood tourna son regard vers la psychologue de l'équipe.

« Liz, si nous décidons de poursuivre en faisant intervenir Aideen, quels sont les signes auxquels Darrell doit prêter attention en priorité ? Y a-t-il des attitudes particulières ?

– Une agitation extrême, répondit Liz. Un débit précipité, une tendance à soupirer… taper du pied, faire craquer ses phalanges, ce genre de comportement. Elle doit être capable de se concentrer. Si elle se laisse aller à la tristesse ou au remords, elle risque de tomber au fond d'un trou dont elle ne pourra pas ressortir.

– Des questions, Darrell ? demanda Hood.

– Non, aucune.

– Parfait. Darrell, je vais demander à Bob et à son équipe de m'analyser tous les renseignements nouveaux qui pourraient nous parvenir. S'il y a quoi que ce soit d'utile, ils vous contacteront.

– De mon côté, je vais contacter deux ou trois personnes. Je connais des gens à Interpol qui pourraient nous aider.

– Excellent. Autre chose ?

– Monsieur Hood ? » C'était Carol Lanning. « Ce n'est pas mon domaine mais j'aurais quand même une question.

– Allez-y. Et je vous en prie… appelez-moi Paul. »

Elle acquiesça, se racla la gorge. « Puis-je vous demander si vous cherchez à obtenir des renseignements pour les transmettre aux autorités espagnoles ou bien… » Elle hésita.

« Ou bien quoi ?

– Ou bien pour exercer une vengeance ? »

Hood hésita un instant. « Pour être franc, madame Lanning, les deux.

– À la bonne heure », dit-elle en se levant. Elle lissa sa jupe, redressa les épaules. « J'avais peur d'être la seule. »

7.

Lundi, 22 : 56, Saint-Sébastien, Espagne

Personne n'avait survécu à l'explosion du yacht de Ramirez.

Adolfo n'avait pas escompté autre chose. Le souffle avait couché le navire sur le flanc avant que le moindre occupant ait pu s'en échapper. Ceux qui n'avaient pas été tués par l'explosion avaient été noyés lors du chavirage. Seul le pilote de la vedette en avait réchappé. L'homme n'était pas inconnu d'Adolfo : c'était Juan Martinez, un des chefs de la *familia* Ramirez, réputé pour être plein de ressources et dévoué corps et âme à son patron. Mais Adolfo ne craignait pas grand-chose de Martinez, pas plus que des autres gros bras de Ramirez. Très bientôt, la *familia* aurait cessé d'être un adversaire. Et avec sa disparition de la scène, les autres *familias* éviteraient de mettre des bâtons dans les roues du général. Curieux comme la puissance cessait d'être un argument quand votre survie était en jeu.

Deux autres chalutiers étaient restés avec lui sur les lieux du naufrage pour apporter leur témoignage aux enquêteurs de la police maritime. Quand deux jeunes agents de la capitainerie du port étaient montés à bord, Adolfo avait fait semblant d'être bouleversé par les événements de la soirée. Les policiers lui avaient dit de se calmer, ce qu'il fit, mais en restant encore faussement nerveux. Il leur expliqua qu'il était rentré au port quand l'explosion s'était produite. Ajoutant qu'il n'avait vu que la fin de la boule de feu, l'averse de débris incandescents qui retombaient dans l'eau en grésillant. Il s'était aussitôt dérouté vers le lieu de la catastrophe. L'un des enquêteurs prenait rapidement des notes tandis que son collègue menait l'interrogatoire. Tous deux semblaient surexcités de voir enfin un événement spectaculaire se produire sur leurs côtes.

Les policiers relevèrent son nom, son adresse et son numéro de téléphone avant de le libérer. Dans l'intervalle, Adolfo s'était apparemment suffisamment ressaisi pour leur souhaiter de réussir dans leur enquête. Puis il remonta sur la passerelle et remit les gaz. Dans le claquement sourd du diesel, le vieux rafiot mit cap vers le port.

Tandis que la coque fendait les eaux clapoteuses, Adolfo sortit de sa poche de pantalon une des cigarettes qu'il se roulait avant de partir. Il l'alluma et tira profondément dessus, empli d'une satisfaction comme jamais encore il n'en avait connu. Ce n'était pourtant pas sa première mission pour la cause. Au cours de l'année écoulée, il avait préparé un colis piégé adressé à la rédaction d'un journal, trafiqué un car de reportage télévisé pour qu'il saute lorsqu'on ôtait le bouchon du réservoir d'essence. Deux actions couronnées de succès. Mais celle-ci était la plus importante et elle s'était déroulée sans anicroche. Mieux encore, il l'avait réalisée seul. Le général l'en avait chargé pour deux raisons. *Primo,* s'il était pris, la cause n'aurait perdu qu'un soldat dans la région. *Secundo,* en cas d'échec, le général aurait su à qui s'en prendre. Ce n'était pas à négliger. Avec toutes les tâches importantes qui les attendaient, il n'y avait pas place pour l'incompétence.

Adolfo ramena rapidement son bateau vers la côte, la main droite sur la barre, la gauche tenant la corde usée de la vieille cloche suspendue devant la timonerie. Il avait pêché dans ces eaux depuis qu'il était mousse à bord du chalutier de son père. Le son grave et embrumé de cette cloche était l'un des deux souvenirs qui lui évoquaient intensément ce passé. L'autre étant l'odeur du port dès qu'il approchait de la côte – cette odeur marine plus intense encore ici qu'en plein océan. Cela lui avait toujours paru illogique jusqu'à ce qu'il s'en ouvre à son frère. Roberto lui avait alors expliqué que les composantes de cette odeur – sel, poisson mort, algues en décomposition – étaient toujours ramenées à la côte. Voilà pourquoi le rivage sentait beaucoup plus la mer que la mer elle-même.

« Sacré père Norberto, soupira Adolfo. Si instruit, et pourtant si égaré. » Son frère aîné était un prêtre jésuite qui n'avait jamais eu d'autre vocation. Après son ordination, sept ans plus tôt, il s'était vu confier la paroisse locale de Saint-Ignace. Norberto savait quantité de choses sur quantité de sujets. Ses paroissiens le surnommaient affectueusement « le Lettré ». Il pouvait vous dire pourquoi l'océan avait cette odeur, ou pourquoi le soleil se teintait de rouge au couchant, ou pourquoi on pouvait voir les nuages alors qu'ils étaient formés de minuscules gouttes d'eau. En revanche, Norberto n'y connaissait pas grand-chose en politique. Il avait un jour défilé avec d'autres manifestants contre le gouvernement espagnol, soupçonné de financer les milices paramilitaires qui avaient fait des dizaines de victimes au milieu des années quatre-vingt. Mais, pour lui, c'était moins une croisade politique qu'humanitaire. Il n'était pas non plus très au fait des positions de l'Église. Norberto détestait s'éloigner de sa paroisse. Deux ou trois fois l'an, le père González – préposé général des jésuites, et prélat le plus puissant du pays – tenait audience et invitait à dîner les dignitaires de l'Église à Madrid. Norberto ne s'y rendait que lorsqu'on le lui ordonnait, ce qui était rare. Son manque d'ambition personnelle avait fait que le pouvoir et les subsides revenaient plutôt au père Iglesias, dans la ville voisine de Bilbao.

Dans la famille, c'était Adolfo l'expert en politique, ce que Norberto n'avait jamais admis. Les deux frères discutaient rarement ; ils s'étaient toujours méfiés l'un de l'autre depuis qu'ils étaient gosses. Mais la politique était le seul sujet où leurs divergences s'exprimaient avec passion. Norberto était un fervent partisan de l'unité nationale. Il avait un jour noté, amer : « C'est déjà bien assez triste que la chrétienté soit divisée. » Son souhait était de voir l'Espagne de Dieu vivre en harmonie.

Contrairement à Norberto, Adolfo ne croyait ni en Dieu ni en une nation espagnole. Si Dieu existait, comment expliquer que le monde ne tourne pas plus rond... Il ne devrait y avoir ni guerre ni misère. Quant à cette hypothétique créature baptisée l'« Espagnol », le pays avait été de tout temps un fragile patchwork de cultures différentes. C'était déjà vrai avant l'ère chrétienne, quand Basques, Ibères, Celtes ou Carthaginois avaient été pour la première fois unifiés sous l'égide de Rome. C'était vrai encore en 1469, quand Aragon et Castille avaient constitué une alliance bancale grâce au mariage de Ferdinand II avec Isabelle la Catholique. C'était encore vrai en 1939, quand Franco était devenu *El Caudillo,* le guide de la nation, après les déchirements de la guerre civile. C'était toujours vrai aujourd'hui.

Comme il était vrai aussi qu'au sein de cette confédération, les Castillans avaient toujours eu le sort le moins enviable. Composant le groupe le plus important, ils étaient souvent jalousés par les autres communautés. Résultat, c'était toujours eux qu'on envoyait les premiers au combat, ou que les riches exploitaient. Le plus ironique était que si la notion d'« Espagnol pure souche » signifiait quelque chose, alors le Castillan était le mieux placé pour l'incarner. À la fois travailleur et sachant s'amuser, sa vie était une vie de labeur et de passion, son cœur était plein de musique, d'amour et de rire ; et sa terre, la terre du Cid, était composée de vastes plaines ponctuées de moulins à vent et de châteaux sous un ciel bleu infini.

Adolfo était fier de cet héritage et il savourait le coup qu'il avait porté ce soir en son nom. Mais, en entrant au port, il reporta son attention sur les navires qui y mouillaient. Les quais s'étiraient à l'abri de la masse imposante de l'Ayuntamiento, l'hôtel de ville du XIXe siècle. Adolfo n'était pas mécontent qu'il fasse nuit. Il n'aimait pas rentrer quand les devantures des restaurants et des boutiques de souvenirs étaient encore visibles. L'argent des investisseurs catalans était responsable de la transformation de l'ancien bourg de pêcheurs qu'était Saint-Sébastien en cité touristique.

Adolfo manœuvra pour contourner avec adresse les nombreux bateaux de plaisance ancrés dans la rade.

Les pêcheurs mouillaient plutôt à l'écart, près des quais. Cela facilitait le déchargement du poisson. Mais les plaisanciers avaient la sale manie de jeter l'ancre où bon leur semblait, puis de gagner la côte en canot. Aux yeux d'Adolfo, ces embarcations étaient le rappel quotidien que, pour les gens riches, les exigences des travailleurs ne comptaient guère. Les revendications des pêcheurs ne comptaient ni pour ces propriétaires influents et fortunés ni pour les touristes qu'ils encourageaient à venir fréquenter leurs hôtels, leurs restaurants ou leurs compagnies de transport.

Quand Adolfo toucha quai, il s'amarra à son emplacement habituel. Puis, passant son sac de jute à l'épaule, il se fraya un passage au milieu de la foule de badauds attirés par le bruit de l'explosion au large. Quelques-uns, l'ayant vu arriver de la baie, lui demandèrent ce qui s'était passé. Il se contenta de hausser les épaules et de hocher la tête, puis, s'enfonçant entre deux rangées de boutiques de souvenirs, il passa devant le nouvel aquarium. Ce n'était jamais une bonne idée de s'arrêter pour discuter une fois sa tâche accomplie. Faiblesse bien humaine, on avait alors tendance à pontifier ou à se vanter, et c'était toujours dangereux. Langue trop bien pendue, navires perdus, disait-on. La maxime valait aussi pour les auteurs du naufrage.

Adolfo poursuivit sa route pour rejoindre le parc du mont Urgull. Fermé à la circulation automobile, il occupait le site d'anciennes fortifications. Il abritait également un cimetière militaire britannique, datant de la campagne du duc de Wellington en 1812, contre les armées napoléoniennes. Enfant, Adolfo avait l'habitude de venir y jouer – avant que les ruines couvertes de ronces soient transformées en site historique protégé. Il s'imaginait alors dans le rôle d'un cavalier. Sauf qu'il ne se battait pas contre les occupants français mais contre les « *bastardos* de Madrid », comme on disait autour de lui. Les exportateurs qui avaient entraîné la mort prématurée de son père. Ceux qui achetaient le poisson à la tonne pour l'expédier dans le monde entier, et qui encourageaient des pêcheurs sans expérience à épuiser la mer au large de Saint-Sébastien. Les exportateurs ne cherchaient pas à instaurer une chaîne d'approvisionnement régulière. Et l'équilibre écologique de la région était le cadet de leurs soucis. Quelques pots-de-vin suffisaient à rendre les instances officielles moins sourcilleuses. Tout ce qu'ils cherchaient, c'était à pouvoir répondre à la demande croissante des marchés d'Europe et d'Amérique du Nord. Cinq ans plus tard, en 1975, ces opportunistes avaient commencé à s'approvisionner auprès des Japonais, laissant de nouveau les eaux côtières aux pêcheries locales. Mais il était trop tard pour son père. Le vieil Alcazar était mort l'année suivante, après avoir longuement et durement lutté pour survivre. Sa mère l'avait peu après suivi dans la tombe. Depuis, Norberto était tout ce qui lui restait comme famille.

Sauf, bien sûr, le général.

Adolfo quitta le parc au-delà du musée San Telmo, un ancien monastère dominicain. Puis il emprunta la Calle Okendo, noire et silencieuse à cette heure de la nuit. Les seuls bruits étaient celui des vagues au loin et le son assourdi de la télévision derrière les fenêtres ouvertes.

Le petit studio d'Adolfo était situé au premier étage

d'une rue latérale, deux pâtés de maisons plus bas. Il s'étonna de trouver sa porte déverrouillée. Il pénétra chez lui avec précaution. Le général avait-il envoyé quelqu'un – ou bien était-ce la police ?

Ni l'un ni l'autre. Il se détendit en découvrant son frère étendu sur le lit.

Norberto referma son livre. C'étaient les *Discours moraux* d'Épictète.

« Bonsoir, Dolfo », dit Norberto, d'un ton enjoué. Les ressorts fatigués du sommier gémirent quand il se releva. Le prêtre était légèrement plus grand et massif que son frère. Il avait des cheveux châtain clair, des yeux noisette pleins de douceur derrière ses lunettes à monture d'acier. Comme il n'était pas constamment exposé aux intempéries, sa peau était plus pâle et moins ridée que celle de son frère.

« Bonsoir, Norberto, répondit Adolfo. Quelle bonne surprise ! » Il jeta le sac élimé sur la petite table de cuisine et ôta son chandail. La fraîcheur qui entrait par la fenêtre ouverte était revigorante.

« Ma foi, on ne s'était pas vus depuis un bout de temps, alors j'ai décidé de venir faire un tour. » Il jeta un œil sur la pendule posée sur la tablette de la cuisine. « Onze heures et demie. Dis donc, tu rentres bien tard, non ? »

Adolfo acquiesça. Il ouvrit son sac, entreprit d'en sortir ses vêtements sales. « Il y a eu un accident dans la baie. Une explosion à bord d'un yacht. J'ai été retenu par la police.

– Ah, fit Norberto. » Il se leva. « J'ai entendu la déflagration et je me suis demandé ce que c'était. Il y a eu des victimes ?

– Hélas, oui. Plusieurs morts. » Il n'en dit pas plus.

Norberto était au courant du militantisme politique de son frère, mais il ignorait tout de ses relations avec le général ou son groupe d'activistes. Et Adolfo préférait qu'il en soit ainsi.

« Ces gens étaient de Saint-Sébastien ? s'enquit Norberto.

– Je n'en sais rien. Je suis parti à l'arrivée du bateau de la capitainerie. Il n'y avait plus grand-chose à faire. » Tout en parlant, il s'était mis à poser ses habits mouillés sur la corde tendue à la fenêtre. Il emportait toujours des vêtements de rechange avec lui pour pouvoir être au sec à bord. Il ne regarda pas son frère.

Norberto s'approcha de la vieille cuisinière en tôle. Un faitout était posé dessus. « Je t'ai amené un peu du *cocido* que j'avais préparé au presbytère. Je sais que tu l'aimes bien.

– Je me demandais ce qui sentait si bon. Certainement pas mes fringues... » Il sourit. « Merci, Berto.

– Je vais te le faire réchauffer avant de repartir.

– T'inquiète pas, je peux me débrouiller. Tu peux rentrer, à présent. T'as dû avoir une rude journée.

– Toi aussi, répondit Norberto. Une rude journée et une rude nuit... »

Adolfo ne dit rien. Son frère se doutait-il ?

« Je lisais à l'instant qu'au même titre que Dieu est bienfaisant, le bien lui-même est bienfaisant, reprit Norberto avec un sourire. Alors, offre-moi cette occasion de faire le bien. Laisse-moi te rendre ce service. » Il se tourna vers la cuisinière, craqua une allumette et l'approcha du brûleur. La flamme allumée, il secoua l'allumette pour l'éteindre, retira le couvercle du faitout.

Adolfo eut un sourire hésitant. « Très bien, *mi her-*

mano. Fais ta BA. Même si tout le monde ici te dira que tu es bien assez bon pour nous deux. Assister les malades, faire la lecture aux aveugles, surveiller les enfants à l'église en l'absence de leurs parents...

– C'est mon ministère », observa Norberto.

Adolfo secoua la tête. « Tu es trop modeste. Tu ferais pareil même sans avoir eu la vocation. »

Une succulente odeur de pot-au-feu emplit la pièce. Le plat réchauffait en mijotant de manière appétissante. Un bruit qui évoquait pour Adolfo l'époque où, avec son jeune frère, ils dévoraient tout ce que leur mère leur avait laissé sur le fourneau. Quand ils se retrouvaient ensemble comme aujourd'hui. Il lui semblait que c'était seulement la veille. Et pourtant, tant de choses s'étaient passées autour d'eux... et pour eux.

Adolfo essayait de ne pas trahir son impatience. Même si le moment était mal choisi, il ne voulait pas donner à Norberto matière à s'inquiéter.

Ce dernier regarda son frère en touillant le plat. Sous la lumière jaune de l'ampoule nue du plafond, le prêtre avait l'air las et blême. Son dos s'arrondissait de plus en plus avec les années. Adolfo avait décidé depuis longtemps que faire le bien devait être une épreuve épuisante. Endosser les souffrances et les chagrins de son prochain sans pouvoir se libérer des siens propres – sinon à Dieu –, voilà qui exigeait une constitution qu'il n'avait pas. Ainsi qu'une foi qu'il n'avait pas non plus. Quand on souffrait sur terre, on agissait sur terre. On n'allait pas réclamer à Dieu des épreuves nouvelles. On lui réclamait la force de surmonter celles qui existaient.

« Dis-moi, Adolfo, demanda Norberto sans se

retourner. Ce que tu disais tout à l'heure… c'était vrai ?

– Pardon ? Qu'est-ce que j'ai dit ?

– Que je devais être bon pour deux ? »

Adolfo haussa les épaules. « Non, pas à ma connaissance.

– Mais à celle de Dieu ? insista Norberto. Dirait-Il que tu es bon ? »

Adolfo accrocha sur le fil ses chaussettes mouillées. « Je n'en sais rien. Faudra que tu Lui demandes.

– Hélas, Il ne me répond pas toujours, Dolfo. » Cette fois, il s'était retourné : « C'est pour ça que je te pose la question. »

Adolfo s'essuya les mains à son pantalon. « Je n'ai rien sur la conscience. Si c'est à ça que tu fais allusion.

– Rien ?

– Non. Pourquoi tu me le demandes ? Il y a quelque chose qui te tracasse ? »

Norberto prit un bol sur l'étagère et l'emplit de pot-au-feu à la louche. Il l'apporta, tendit le doigt. « Mange. »

Adolfo s'approcha de la table. Il prit le bol, goûta. « C'est brûlant. Mais c'est bon. » Tout en mangeant, il continuait de dévisager son frère. Norberto avait un comportement bizarre.

« Tu as fait bonne pêche, ce soir ?

– Faut pas se plaindre.

– Tu ne sens guère le poisson » , observa le prêtre.

Adolfo mastiqua un morceau de bœuf. Il indiqua la corde à linge : « Je me suis changé.

– Tes vêtements non plus ne sentent pas » , insista Norberto. Il baissa les yeux.

Adolfo réalisa soudain ce qui clochait. C'était lui le

pêcheur, mais c'est Norberto qui tendait les lignes. « Qu'est-ce qui t'a amené ici ?

– La police a téléphoné tout à l'heure.

– Et ?

– Ils m'ont informé d'une terrible explosion à bord d'un yacht. Ils pensaient qu'on pourrait avoir besoin de moi pour donner les derniers sacrements. Je suis venu ici pour être à proximité des quais.

– Mais tu n'es pas descendu, nota Adolfo, avec assurance. Personne n'aurait pu survivre à une telle explosion. »

Norberto le regarda. « Tu en es certain parce que tu y as assisté ? Ou y a-t-il une autre raison ? »

Adolfo le dévisagea. Il n'aimait pas la tournure que prenait cette conversation. Il reposa le bol, s'essuya la bouche du revers de la main. « Bon, faut vraiment que j'y aille.

– Où ça ?

– J'ai rendez-vous avec des amis, ce soir. »

Norberto s'approcha de son frère. Posa les mains sur ses épaules, le regarda droit dans les yeux. Adolfo sentait son visage tout près de lui. Un masque livide.

« Tu as quelque chose à me dire ? demanda Norberto.

– Sur quoi ?

– Sur... n'importe quoi, répondit Norberto, mal à l'aise.

– Sur n'importe quoi ? Bien sûr. Je t'aime, Berto.

– Ce n'est pas ce que je voulais dire.

– Je sais, dit Adolfo. Et je te connais, Norberto. Qu'est-ce qui te dérange ? Ou dois-je t'aider ? Tu veux vraiment savoir ce que je faisais ce soir ? C'est là le but de ta visite ?

– Tu m'as déjà dit que tu étais sorti pêcher. Pourquoi ne devrais-je pas te croire ?

– Parce que tu connais très bien l'origine de l'explosion, même si tu prétends le contraire, rétorqua Adolfo. Tu n'es pas venu ici pour te rapprocher du port, Berto. Tu es venu pour t'assurer que j'étais à la maison. Très bien, je n'y étais pas. Tu sais également que je n'étais pas sorti pêcher. »

Norberto ne dit rien. Il ôta les mains des épaules de son frère. Laissa ses bras retomber pesamment.

« Tu as toujours su lire en moi, poursuivit Adolfo. Deviner mes pensées, mes sentiments. Quand j'étais adolescent, que je revenais des putes ou que je rentrais d'une bagarre et que je te mentais, je te disais que j'étais allé jouer au foot ou voir un film. Mais tu n'avais qu'à me regarder dans les yeux pour savoir la vérité, même si tu ne disais rien.

– Tu n'étais alors qu'un gamin, petit frère. Tout cela était de ton âge. Aujourd'hui, tu es un homme...

– C'est vrai, Norberto. Je suis un homme. Un homme qui n'a guère le temps de se bagarrer et encore moins d'aller aux putes. Alors, tu vois, frérot, tu n'as pas à t'inquiéter... »

Norberto se rapprocha. « Je te regarde à nouveau dans les yeux. Et je crois vraiment que j'ai de quoi m'inquiéter.

– C'est mon problème, pas le tien.

– C'est faux. On est frères. On partage les souffrances, les secrets, l'affection. On l'a toujours fait. Je veux que tu me parles, Dolfo. Je t'en prie.

– De quoi ? De mes activités ? Mes convictions ? Mes rêves ?

– De tout. Assieds-toi. Raconte-moi.

– J'ai pas le temps.

– Quand ton âme est en jeu, tu dois pouvoir trouver le temps. »

Adolfo jaugea son frère. « Je vois. Et si je le trouvais, m'écouterais-tu comme un frère ou comme un prêtre ?

– Comme Norberto, répondit doucement le prêtre. Je ne peux pas séparer qui je suis de ce que je suis.

– Ce qui veut dire que tu es prêt à jouer le rôle de ma conscience.

– Je crains en effet que la place soit vacante », répondit Norberto.

Adolfo le fixa quelques secondes encore. Puis il détourna les yeux. « Tu veux vraiment savoir ce que je faisais, ce soir ?

– Oui.

– Eh bien, je vais te le dire. Je vais te le dire parce que s'il arrive quoi que ce soit, je veux que tu saches pourquoi j'ai agi ainsi. » Il regarda de nouveau son frère et poursuivit, d'une voix plus basse, pour que les voisins ne l'entendent pas malgré la minceur des cloisons. « Les Catalans sur le bateau qui a coulé, Ramirez et toute sa bande, ont préparé et réalisé l'attentat contre une diplomate américaine à Madrid. J'ai dans ma poche l'enregistrement de leur conversation sur le meurtre. » La cassette cliqueta quand il tapota son chandail. « Cette bande est une véritable confession, Norberto. Mon chef, le général, ne s'était pas trompé sur ces hommes. C'étaient les chefs d'un groupe qui cherchait à plonger le pays dans la ruine pour s'emparer du pouvoir. Ils ont tué la diplomate pour empêcher les États-Unis de venir entraver leur plan de conquête de l'Espagne.

– Je ne m'intéresse pas à la politique, répondit doucement Norberto. Tu le sais bien.

– Peut-être que tu devrais. La seule aide qui parvienne aux pauvres de cette paroisse vient de Dieu, et ce n'est pas cela qui remplit les assiettes. Ce n'est pas juste.

– Non, ce n'est pas juste, admit le jeune prêtre. Mais "bénis soient les pauvres en esprit, car le royaume des Cieux leur appartient".

– C'est peut-être vrai chez les curetons, pas chez moi. »

Furieux, il fit mine de s'en aller mais Norberto le retint d'une main ferme. « Je veux que tu me dises une chose, Adolfo. Quel rôle as-tu joué dans ce meurtre ?

– Quel rôle ? fit Adolfo, très calme. J'en suis l'auteur. C'est moi qui ai détruit le yacht. »

Norberto recula comme si on l'avait souffleté.

« Des millions de gens auraient souffert si ces monstres avaient survécu. »

Norberto se signa. « Mais c'étaient des hommes, Adolfo. Pas des monstres.

– C'étaient des créatures impitoyables, dépourvues de tout sentiment humain », cracha Adolfo. Il n'espérait pas voir son frère comprendre son acte. Norberto était un jésuite. Depuis cinq siècles, les membres de la Compagnie de Jésus étaient formés à être des soldats de la vertu, le bras armé de la foi catholique.

« Tu te trompes. » Norberto tremblait en resserrant encore son étreinte. « Ces "créatures" comme tu dis étaient des hommes. Des créatures de Dieu dotées d'une âme immortelle. » Il avait les larmes aux yeux. « Tu es trop présomptueux. Dieu seul a le droit de reprendre une âme.

– Je dois y aller…

– Et ces millions de gens dont tu parles, poursuivit son frère, ils n'auraient souffert qu'ici-bas. Ils auraient connu le bonheur parfait aux côtés de Dieu. Alors que toi… tu risques la damnation éternelle.

– Eh bien, prie pour moi, frérot, car j'ai bien l'intention de poursuivre ma tâche.

– Non, Adolfo ! Je te l'interdis ! »

Adolfo ôta délicatement les doigts de son frère. Il les caressa affectueusement avant de les lâcher.

« Laisse-moi au moins entendre ta confession, pressa Norberto.

– Un autre jour.

– Un autre jour, il sera peut-être trop tard, fit-il d'une voix emplie d'émotion. Tu sais à quel châtiment tu t'exposes si tu meurs sans t'être repenti. Tu seras séparé de Dieu.

– Dieu m'a oublié. Comme Il nous a oubliés tous.

– Non !

– Je suis désolé », dit Adolfo. Le pêcheur détourna les yeux. Il ne voulait pas voir la souffrance dans ses yeux pleins d'amour. Et il ne voulait pas affronter ce qui l'avait causé. Pas maintenant. Pas quand il lui restait tant à faire. Il but une dernière gorgée de bouillon, remercia de nouveau son frère de l'avoir apporté. Puis il sortit une cigarette du paquet écrasé au fond de sa poche de pantalon. La dernière. Il faudrait qu'il s'arrête quelque part pour en acheter. Il l'alluma, se dirigea vers la porte.

« Adolfo, je t'en conjure ! » Norberto l'agrippa par le bras et le força à se retourner. « Reste ici avec moi. Parle-moi. Prie avec moi.

– J'ai du boulot, là-haut, répondit-il d'une voix égale

en indiquant les collines. J'ai promis au général de livrer la bande de la conversation à la station de radio locale. Il y a des Castillans à la rédaction. Ils la diffuseront. À ce moment, tout le monde saura que ces traîtres n'ont aucun respect pour la vie humaine, où qu'elle soit. Le gouvernement, le monde nous aideront à nous libérer du joug économique auquel ils nous soumettent.

– Et que pensera le monde de ceux qui ont tué ces hommes ? siffla Norberto d'une voix sourde. Crois-tu que les gens prieront pour le salut de ton âme ?

– Je ne veux pas de leurs prières, cracha Adolfo. Je ne veux que leur attention. Quant à leur opinion, j'espère qu'ils jugeront que j'ai eu du courage. Que moi, je n'ai pas besoin d'abattre une femme désarmée dans la rue pour faire valoir mon opinion. Que je suis allé frapper droit au cœur du complot, pour le détruire à la source.

– Ce faisant, ce sont les autres qui risquent de te détruire.

– Qu'ils essayent… Peut-être même y parviendront-ils, admit Adolfo.

– Alors, jusqu'où cela ira-t-il ? Jusqu'à ce que le combat s'achève, faute de combattants ?

– On n'espérait pas qu'une seule frappe mette un terme à leurs ambitions. On n'espérait pas non plus qu'il n'y aurait pas de victimes. Quant à savoir combien de temps durera le bain de sang, ce ne devrait plus être long. Le temps que nos adversaires se mobilisent, il sera trop tard pour faire machine arrière. »

Norberto baissa la tête, abattu. Il pleurait, visiblement défait. « Dieu du ciel, Dolfo ! Qu'est-ce qui se prépare ? Dis-le-moi, qu'au moins je puisse prier pour ton âme. »

Adolfo dévisagea son frère. Il l'avait rarement vu pleurer. Une fois, lors des obsèques de leur mère ; une autre, au chevet d'un jeune paroissien mourant.

« Mes camarades et moi, nous comptons rendre sa place à la Castille, dit Adolfo. Après mille ans de répression, nous voulons réunifier le cœur et le corps de l'Espagne.

– Il y a d'autres moyens de parvenir à ce but. Des moyens non violents.

– On a essayé. Ça ne marche pas.

– Notre-Seigneur n'a jamais levé la main sur son prochain. »

Adolfo posa la main sur l'épaule de son frère et regarda ses yeux luisants de larmes. « Si tu peux t'arranger pour qu'Il vienne nous donner un coup de main, je ne tuerai plus. Juré. »

Norberto parut vouloir dire quelque chose. Se ravisa. Adolfo lui tapota la joue, sourit. Puis il se retourna, ouvrit la porte et sortit.

Adolfo croyait en une justice immanente. Pas en un Dieu qui punissait ceux qui défendaient la liberté. Il ne pouvait pas se laisser influencer par les convictions de Norberto. Mais c'était quand même son frère, un être plein de bonté, qui s'était toujours inquiété de son sort, s'était occupé de lui et l'avait aimé, quoi qu'il fasse. Il ne pouvait pas le laisser souffrir.

Il se retourna. Sourit à son frère et lui caressa la joue. « Ne prie pas pour moi, Norberto. Prie plutôt pour notre pays. Si l'Espagne est damnée, mon salut sera bien malheureux – et immérité. »

Il tira sur sa cigarette puis descendit rapidement les marches, laissant derrière lui une traînée de fumée et un frère en larmes.

8.

Lundi, 16 : 22, Washington, DC

Comme tous les jours en fin d'après-midi, Paul Hood consulta la liste de noms affichés sur son écran. Quelques minutes plus tôt, il avait posé le pouce sur le rectangle du scanner placé à côté de l'ordinateur. Le laser avait identifié son empreinte et demandé son code d'accès personnel. Une seconde et demie plus tard, il affichait le fichier confidentiel des personnels de l'Op-Center en mission sur le terrain. Hood introduisit au clavier le nom de jeune fille de son épouse, Kent. Aussitôt, le fichier s'ouvrit et la liste de noms s'inscrivit à l'écran.

Ils étaient neuf en tout. Tous ces hommes et femmes étaient des nationaux, officiellement rémunérés par l'Op-Center. À côté de leur nom se trouvait leur position actuelle avec leur mission ; un résumé de leur dernier rapport, préparé par Bob Herbert (la version intégrale était archivée) ; et la localisation de la planque ou de l'itinéraire d'évasion le plus proche. Si jamais un des agents était compromis, l'Op-Center ferait le maximum pour le localiser et l'extraire. Jusqu'à ce jour, aucun n'avait été démasqué.

Trois agents étaient basés en Corée du Nord. Ils

effectuaient une mission de surveillance après la destruction, par un commando d'Attaquants, d'une base secrète de missiles dans les montagnes de Diamant. Leur tâche était de s'assurer que les lance-missiles n'étaient pas reconstruits. Même si, à l'origine, la construction de la base avait été ourdie par un officier félon originaire du Sud, nul ne doutait que les Coréens du Nord soient tentés de profiter du matériel laissé sur place pour tenter de remettre en état une nouvelle base de lancement[1].

Deux agents du centre se trouvaient dans la vallée de la Bekaa, au Liban, et deux autres travaillaient à Damas, en Syrie. Les deux équipes étaient basées dans des planques de résistants et devaient rendre compte des retombées politiques des récentes activités de l'Op-Center[2]. Le fait que ses hommes aient réussi à éviter un conflit entre la Syrie et la Turquie était plutôt mal vu sur place : le sentiment qui prévalait au Moyen-Orient était que chaque pays devait résoudre lui-même ses problèmes, même si la solution passait par la guerre. Une paix imposée par des forces extérieures, surtout les États-Unis, était jugée illégitime et déshonorante.

Les deux derniers agents étaient à Cuba pour surveiller l'évolution de la situation politique sur place. Les rapports indiquaient que l'emprise d'un Castro vieillissant commençait à faiblir. Malgré les défauts du *Lider Maximo* – et ils étaient nombreux –, sa poigne de fer avait, ironiquement, permis de stabiliser plus ou moins toute la zone des Caraïbes. Quel que soit le

1. Voir *Op-Center 1*, *op. cit.*
2. Voir *Op-Center 4*, *op. cit.*

tyran au pouvoir à Haïti, à la Grenade, à Antigua ou dans n'importe quelle île antillaise, il lui fallait d'abord le blanc-seing de Castro pour faire sa petite cuisine, trafic d'armes ou de drogue, voire entretenir une armée présentable. Ils savaient que le dirigeant cubain ferait assassiner leurs rivaux avant qu'ils ne deviennent trop influents. Chacun s'accordait à penser que sitôt Castro disparu, ce n'était pas la démocratie mais le chaos qui déferlerait sur les îles et la région. Les États-Unis avaient élaboré un plan d'urgence, l'opération Quille, destiné à occuper et contrôler cette vacance du pouvoir en recourant à des incitations économiques et militaires. Les agents de l'Op-Center jouaient un rôle clé dans le réseau APA (Alerte et préparation avancées) destiné à préparer le terrain pour la mise en œuvre du plan.

Neuf vies humaines, songea Hood. Et pour chacune, c'étaient peut-être trois ou quatre autres qui en dépendaient. Ce n'était pas une responsabilité à prendre à la légère. Il examina les rapports de fin de journée et vit que la situation était relativement stable et inchangée. Il referma le fichier.

Ces agents à l'étranger comptaient sur ces rapports et sur leurs liaisons quotidiennes avec l'Op-Center pour garantir leur sécurité absolue. Ils contactaient le centre en appelant un numéro d'un bureau à Washington, celui d'une agence de voyages pour cadres. La société était déclarée sous le nom de *Caryn Nadler International Travel Consultants*. Les agents s'exprimaient dans leur langue maternelle, même si chaque mot avait un sens différent en anglais. Une phrase en arabe telle que : « Puis-je avoir un billet pour Damas ? » pouvait signifier en anglais : « Le président syrien est gravement malade. » Bien que chaque fichier de translittération soit spécifique, sept personnes en tout en dehors de Paul Hood y avaient accès... ainsi qu'à l'identité des agents. Bob Herbert et Mike Rodgers étaient du nombre, ainsi que Darrell McCaskey. Hood leur faisait entièrement confiance. Mais qu'en était-il des quatre autres, deux sous les ordres de Herbert, le troisième dans le groupe de McCaskey, le dernier dans l'équipe de Rodgers ? Le passé de chacun avait été vérifié selon la procédure habituelle, mais cette procédure était-elle suffisamment rigoureuse ? Les codes employés étaient-ils suffisamment sûrs en cas d'interception par une puissance étrangère ? Il était hélas impossible de répondre à ces questions tant qu'un agent n'était pas éliminé, une mission sabotée ou un commando victime d'une embuscade.

L'espionnage et le renseignement étaient des activités risquées. C'était un fait. Pour les agents, le danger faisait partie du jeu. En dépit de ce qui était arrivé à Martha en Espagne, l'Op-Center faisait tout son possible pour minimiser les risques. Pour le moment, c'était Darrell McCaskey avec Aideen Marley et Interpol qui enquêtaient sur l'attentat contre Martha Mackall. Mike Rodgers et Bob Herbert étudiaient ici leurs rapports tandis que Ron Plummer était en relation avec les diplomates en poste aux États-Unis et à l'étranger. Carol Lanning conférait avec ses contacts des Affaires étrangères. Qu'il s'agisse de la NASA, du Pentagone ou de l'Op-Center, les opérations d'analyse ultérieure étaient toujours menées avec une extrême minutie.

Rétrospectivement, pourquoi les préparatifs ne semblent-ils jamais aussi minutieux ? se demanda Hood. *Parce qu'on les examine rétrospectivement, tiens donc !* On pouvait toujours se permettre le luxe de voir ce qui avait cloché… après coup.

Et qu'est-ce qui avait cloché, cette fois-ci ? L'Op-Center n'avait pas d'autre choix que d'envoyer Martha. Après que Carol Lanning eut proposé son nom et que Serrador l'eut approuvé, elle devait partir. Quant à lui donner Aideen comme assistante en lieu et place de Darrell, c'était parfaitement logique. Aideen parlait espagnol, ce qui n'était pas le cas de McCaskey. Serrador était issu d'une famille ouvrière, Aideen aussi. Hood avait estimé que ça pouvait être un point favorable. Et même si Darrell les avait accompagnées, ça n'aurait sans doute pas aidé Martha. Pas si c'était bien elle la cible des tueurs.

Malgré tout, Hood était honteux que le système ait failli alors qu'il était aux commandes. Honteux et furieux.

Tellement furieux qu'il ne pouvait pas se concentrer sur autre chose. Furieux de cette mort absurde. Hood détestait le meurtre en général. Quand il avait intégré l'Op-Center, il avait lu un dossier confidentiel de la CIA sur un petit commando de tueurs créé sous le gouvernement Kennedy. Un peu plus d'une douzaine de généraux et de diplomates étrangers avaient été exécutés entre 1960 et 1963. La méthode avait sans doute une justification politique. Moralement, toutefois, il avait du mal à l'admettre – même si à long terme, elle avait pu sauver des vies.

Mais c'était ce qui rendait tragique la disparition de Martha. Ce n'était pas comme si l'on avait éliminé un despote pour améliorer l'existence d'autres personnes, ou supprimé un terroriste pour l'empêcher de lancer une bombe ou d'assassiner quelqu'un. Quelqu'un avait abattu Martha pour se faire mousser. Simplement.

Il en voulait au gouvernement espagnol. Ils avaient réclamé un accès au satellite pour surveiller les activités des terroristes, et l'avaient obtenu. Mais quand il s'agissait de donner un coup de main, ils se montraient beaucoup moins empressés. S'ils avaient des informations sur l'attentat, ils ne les partageaient pas. Le peu que savait l'Op-Center était venu de Darrell McCaskey, grâce à ses informateurs à Interpol. Personne n'avait revendiqué le meurtre. L'interception par Herbert des communications radio et fax des services gouvernementaux et de la police le lui avait confirmé. La voiture des fuyards n'avait pas été retrouvée par les équipes de surveillance au sol ou aérienne, et le NRO, le Service national de reconnaissance du Pentagone, n'avait pas non plus réussi à la repérer par satellite. La police espagnole recherchait un *cortacarro,* un garage clandestin. Mais même si le véhicule y avait été conduit, personne n'espérait le retrouver avant qu'il ne soit désossé. Les balles étaient soumises à des examens chimiques pour tenter de déterminer leur origine. Le temps qu'on ait les résultats, et à supposer qu'on ait identifié l'acheteur, la piste serait froide. Finalement, McCaskey confirmait que le facteur mort dans l'attentat n'avait aucun passé criminel et n'était bien qu'une malheureuse victime innocente.

Mais c'était surtout à lui-même qu'en voulait Hood. Il aurait dû se douter qu'il était risqué d'envoyer Martha et Aideen accomplir ce qui était une opération clandestine sans un ou deux anges gardiens pour assurer discrètement leurs arrières. On n'aurait peut-être pas pu empêcher l'agresseur de tirer, mais on aurait peut-être pu le capturer. Sous prétexte qu'il s'agissait d'une opération propre – une rencontre officieuse et non une mission de surveillance ou d'espionnage –, il les avait laissées partir seules. Il ne s'était pas attendu à des problèmes. Personne ne s'y était attendu. Le bureau du Parlement chargé de la sécurité avait une solide réputation et nul n'aurait mis en doute son efficacité.

Martha avait payé cette négligence.

La porte du bureau s'ouvrit et Ann Farris entra. Hood leva les yeux. Elle était vêtue d'un ensemble gris perle, ses cheveux bruns volaient autour de son visage. Son doux regard était chargé de compassion. Hood détourna vivement les yeux vers son écran d'ordinateur.

« Salut, fit-il.

– Salut, répondit Ann. Du progrès ?

– Pas terrible. » Il ouvrit un fichier sur Serrador que venait de lui transmettre Herbert. « Comment ça se passe, de votre côté ?

– Deux journalistes ont établi le lien entre Martha et l'Op-Center. Mais seul Jimmy George du *Post* a deviné qu'elle n'était sans doute pas là-bas pour faire du tourisme. Il a accepté de garder ça un jour ou deux sous le coude en échange de quelques scoops.

– Parfait. On lui refilera les photos de la morgue, cracha Hood, amer. Ça fera monter les ventes.

– C'est un type sympa, Paul, répondit Ann. Il est réglo.

– J'imagine. Au moins, vous avez réussi à dialoguer. Vous avez discuté et la raison a prévalu. Vous vous souvenez ? Les trois maîtres mots : raison, discussion, négociation.

– Je m'en souviens. Et je dois avouer que pas mal de gens s'y conforment encore.

– Trop peu. Quand j'étais maire de Los Angeles, j'étais en conflit avec le gouverneur Essex. Lord Essex, comme on l'appelait. Il n'appréciait pas mes méthodes qu'il qualifiait de peu orthodoxes. Il disait qu'il ne pouvait pas me faire confiance. » Hood hocha la tête. « La vérité, c'est que je me souciais de la qualité de vie de mes administrés quand lui rêvait d'être président. Deux objectifs qui ne se recoupaient pas. Alors il a cessé de me parler. On en était réduits à communiquer par le truchement du gouverneur adjoint Whiteshire. L'ironie, c'est que la ville n'a pas obtenu les subventions nécessaires et qu'Essex n'a pas été réélu. Ce con. Les hommes politiques ne communiquent pas, parfois les familles ne communiquent pas, et après on s'étonne que tout se barre en couille. Mais, pardonnez-moi, Ann. Je vous félicite d'avoir réussi à parler à M. George. »

Ann s'approcha et se pencha au-dessus du bureau pour effleurer du bout des doigts le dos de la main du directeur. Leur contact était d'une douceur toute féminine. « Paul, je sais ce que vous ressentez.

– Je n'en doute pas, murmura Hood. Si quelqu'un peut me comprendre, c'est bien vous.

– Mais vous devez vous convaincre que personne n'aurait pu prévoir ce qui est arrivé.

– C'est là que vous vous trompez, rétorqua Hood en ôtant la main de dessous la sienne. On a merdé. J'ai merdé.

– Pas du tout. C'était parfaitement imprévisible.

– Non, insista-t-il. Juste imprévu. On a des simulations de combat, des simulations d'attentat et même des simulations d'assassinat. Je n'ai qu'à appuyer sur une touche de cet ordinateur pour qu'il nous présente dix façons de capturer ou de tuer l'ennemi public numéro un. Mais la procédure d'anticipation de simples problèmes de sécurité n'a pas été intégrée à notre système et le résultat est que Martha n'est plus de ce monde. »

Ann hocha la tête. « Même si nous avions placé des agents pour la surveiller, Paul, on n'aurait pas pu éviter ce qui s'est produit. Ils n'auraient pas eu le temps matériel de réagir. Vous le savez aussi bien que moi.

– Au moins auraient-ils pu capturer le tueur.

– Peut-être. Mais Martha serait quand même morte. »

Hood n'était pas convaincu, bien qu'il en saurait plus une fois achevée son analyse *a posteriori*. « Y a-t-il d'autres précautions à prendre, du côté de la presse ? » demanda-t-il alors que son téléphone émettait deux bips, signal d'un appel intérieur. Hood regarda le code du correspondant. Bob Herbert.

« Rien. » Ann pinça les lèvres comme si elle voulait en dire plus, mais elle resta bouche cousue.

Tant pis pour les couplets sur la communication..., observa Hood, cynique, en décrochant le téléphone. « Oui, Bob ?

– Paul, dit la voix, pressante. On tient quelque chose.

– Allez-y.

– On a intercepté la diffusion d'une cassette par une radio locale de Tolosa. Je vous l'envoie sur la BV. On n'a pas encore pu vérifier l'authenticité de la bande que vous allez entendre, mais ça devrait être fait d'ici une heure. On a récupéré des échantillons de commentaire d'un journaliste d'une station de télévision espagnole, pour comparer les voix et les intonations. J'ai l'impression que la bande est authentique mais on sera bientôt fixés.

« La première voix que vous allez entendre est celle de l'animateur radio annonçant la diffusion, poursuivit Herbert. La seconde est celle provenant de la bande proprement dite. Je vous transmets en même temps sa transcription écrite. »

Hood accusa réception du message après avoir refermé le fichier Serrador. Puis il activa la BV, la boîte vocale, qui permettait d'attacher un fichier sonore à un courrier électronique. Les sons numérisés étaient nettoyés et filtrés grâce à l'un des programmes de Matt Stoll, leur Monsieur Miracle. Le réalisme était époustouflant. La qualité du codage numérique permettait à l'auditeur de séparer les plans sonores et d'isoler par exemple une voix du bruit de fond.

Ann contourna le bureau et vint se pencher au-dessus de son épaule. Sa chaleur, sa proximité étaient réconfortantes. Il se concentra sur la lecture de la transcription du message.

« Chers auditeurs, bonsoir, disait le présentateur. Nous interrompons notre programme pour vous donner de nouvelles informations sur l'explosion du yacht survenue ce soir dans la baie de La Concha. Il y a quelques minutes, une bande magnétique a été apportée à nos studios par un homme qui s'est présenté comme un membre, je cite, du "Peuple espagnol originel". Il s'agirait de l'enregistrement d'une conversation ayant eu lieu à bord du yacht le *Veridico* quelques instants seulement avant l'explosion. Dans cette cassette, le PEO revendique l'attentat. Il déclare également que l'Espagne appartient aux vrais Espagnols, pas à l'élite catalane. Nous allons vous diffuser cette bande dans son intégralité. »

Herbert avait inséré un commentaire : « Le PEO est formé de Castillans pure souche, repliés sur une vision étroite et frileuse de l'Espagne, héritée de la frange la plus extrémiste du franquisme. Ils publient des pamphlets à tour de bras et recrutent depuis bientôt deux ans. Ils ont également revendiqué deux attentats contre des biens appartenant à des Catalans et des Andalous. On ignore leurs effectifs et l'identité de leur(s) dirigeant(s). »

La mâchoire serrée, Hood poursuivit la lecture de la transcription, tandis que commençait la diffusion de l'enregistrement. Il écouta la voix calme et posée d'Esteban Ramirez évoquer les plans que préparait la Catalogne pour l'Espagne, puis se vanter de l'implication de son groupe dans l'assassinat de Martha Mackall. Son groupe qui était soutenu par le député aux Cortés Isidro Serrador.

« Nom de Dieu, siffla Hood, entre ses dents. Bob... est-ce possible ?

– C'est non seulement possible, mais cela explique la réticence de Serrador à poursuivre les entretiens avec Darrell et Aideen. Ce fils de pute nous a attirés dans un piège, Paul. »

Hood regarda Ann. Il l'avait vue plus d'une fois d'humeur sombre depuis presque deux ans qu'ils collaboraient, mais jamais encore il ne l'avait vue dans un tel état. La compassion avait totalement disparu de ses traits. Elle avait les lèvres serrées, et il entendait sa respiration sifflante. Son regard était dur, ses joues cramoisies.

« Que voulez-vous faire, Paul ? demanda Herbert. Et avant que vous répondiez, gardez à l'esprit que la justice espagnole aura du mal à poursuivre une personnalité politique sur la seule foi d'une bande magnétique sans valeur légale, enregistrée par un individu aux mains certainement aussi sales, sinon plus que celles de Serrador. Ils ne manqueront pas de le cuisiner et d'enquêter à fond sur lui. Mais s'il a des amis – et je suis sûr qu'il en a –, l'enquête conclura à une entreprise de diffamation. Ses partisans feront tout ce qui est en leur pouvoir pour bloquer la machine judiciaire.

– Je sais.

– Je n'en doute pas, répondit Herbert. Mais ils pourraient également lui offrir comme échappatoire de collaborer avec la justice, histoire de ne pas braquer ses électeurs. Voire le disculper entièrement. Ou lui permettre de "quitter" le pays quand tout le monde a le dos tourné. Ce que je veux dire, c'est qu'on risque de devoir prendre cette affaire en main. Si jamais Serrador s'avère financer les terroristes, il ne faudra pas hésiter à faire la part du feu.

– J'entends bien. » Hood réfléchit quelques instants. « Je veux ce salopard, et si je ne peux pas le coincer par des voies légales, je le veux quels qu'en soient les moyens. »

Tant pis pour les scrupules moraux, se dit Hood. Il reprit ses réflexions. Il ne voulait pas voir Serrador s'échapper. Malheureusement, il n'avait que deux agents sur place, Darrell et Aideen. Et il ne savait pas s'ils étaient prêts à le filer tant que les Attaquants ou un autre groupe n'auraient pu se rendre là-bas pour discuter entre quatre-z-yeux avec cette crapule. Il allait devoir s'en ouvrir à Darrell. Dans l'intervalle, il lui fallait des informations complémentaires.

« Bob, reprit Herbert, je veux que vous me mettiez le maximum de moyens de reconnaissance électronique sur ce député.

– C'est déjà fait. On intercepte ses lignes de téléphone et de fax, chez lui et à son bureau, son modem, son courrier électronique.

– Parfait.

– Que comptez-vous faire pour Darrell ? s'enquit Herbert.

– Je m'en vais lui parler et je lui laisserai le choix de la décision. Il est sur place ; ce devrait être à lui de voir. Mais auparavant, je veux m'entretenir avec Carol Lanning, voir si les Affaires étrangères peuvent nous fournir un aperçu général de la situation en Espagne.

– Que se passe-t-il là-bas, à votre avis ? demanda Ann.

– Je ne crois pas me tromper en affirmant que la mort de Martha et celle des commanditaires de l'attentat ne représentent que des coups de semonce, répondit Hood.

– Annonçant quoi ? » insista la jeune femme.

Hood la dévisagea tout en se levant. « J'ai bien peur qu'il ne s'agisse des salves annonciatrices d'une guerre civile. »

9.

Lundi, 23 : 30, Madrid, Espagne

Durant la session parlementaire, le député Isidro Serrador logeait dans la capitale, dans un deux-pièces du quartier huppé du Parque del Retiro. Ses fenêtres du sixième donnaient sur le lac et les somptueux jardins. Il suffisait de se pencher un peu et de regarder vers le nord-ouest pour apercevoir l'unique statue du diable érigée en Europe. Sculptée en 1880, elle commémorait le seul endroit où les dames espagnoles du XVIIIe siècle était admises à défendre elles-mêmes leur honneur en duel. Bien peu de femmes avaient recouru à ce privilège, hérité de la tradition, et non conféré par la loi. Seuls les hommes étaient bien entendu assez vaniteux pour risquer leur vie afin de réparer une insulte.

Installé sur un divan, Serrador contemplait le parc illuminé par des réverbères. Il était rentré après avoir consacré le reste de sa journée à ses tâches de parlementaire, rasséréné par le constat que tout s'était déroulé selon ses plans. Puis il avait pris un bain chaud et s'était brièvement assoupi dans la baignoire. Il avait ensuite allumé le four dans lequel sa gouvernante lui avait laissé son dîner. Il sirotait un cognac en attendant que réchauffe son épaule de porc garnie de pommes vapeur et de pois chiches. Il la dégusterait en regardant la télé, pour voir comment les journalistes interprétaient l'agression contre une « touriste » américaine. Puis il écouterait les messages sur son répondeur et y répondrait s'il n'était pas trop tard. Il ne se sentait pas d'humeur à converser, pour l'instant. Il voulait juste savourer son triomphe.

Regarder les infos sera sans aucun doute fort amusant.

Les experts discuteraient de l'impact de l'attentat sur le tourisme sans avoir la moindre idée de ce qui se passait au juste – ou de ce qui s'annonçait dans les prochaines semaines. L'incroyable cécité des prévisionnistes économiques ou politiques était toujours sidérante. Certains disaient blanc quand d'autres disaient noir. Ce n'était qu'un exercice, un jeu médiatique.

Le dos bien calé dans les coussins, les pieds nus croisés sur la table basse devant lui, dégustant les ultimes arômes de son verre de cognac, il récapitula tranquillement les derniers développements de la journée.

Le plan était ingénieux. Deux minorités, les Basques et les Catalans, allaient s'unir pour s'approprier l'Espagne. Les premiers fourniraient les hommes, les armes, et leur expérience de l'action terroriste. Les seconds feraient jouer leur poids financier pour influer sur les politiques en les menaçant d'un chantage à la dépression économique. Une fois établie leur mainmise sur le pays, les Catalans accorderaient une large autonomie au Pays basque, laissant les mains libres aux politiciens favorables, comme Serrador, à cette option. Dans le même temps, les Catalans fortunés continueraient de diriger le pays, en contrôlant les autres minorités grâce à leur emprise sur le commerce. Le plan était non seulement ingénieux mais infaillible.

Le téléphone sonna quelques secondes avant qu'on frappe à la porte. Serrador sursauta, brutalement tiré de sa rêverie – et sur deux fronts, pas moins. Maugréant, le député enfila ses pantoufles et se leva. Tout en se dirigeant vers le téléphone, il cria de patienter à l'inconnu derrière la porte. Personne ne pouvait monter sans être annoncé par le concierge. Il se demanda lequel de ses voisins venait solliciter une faveur à une heure pareille. Était-ce le patron de la chaîne de supermarchés qui voulait ouvrir une nouvelle grande surface ? Ou le fabricant de vélos qui désirait augmenter ses exportations vers le Maroc ? Au moins le premier payait-il les services rendus. Alors que l'industriel estimait qu'ils lui étaient dus sous le seul prétexte qu'il logeait sur le même palier. Serrador les aidait l'un comme l'autre parce qu'il ne voulait pas se faire d'ennemis. On ne sait jamais… vos voisins risquaient toujours de voir ou d'entendre quelque chose de compromettant…

Serrador se demanda pourquoi en revanche il ne recevait jamais les visites des somptueuses créatures qui vivaient dans l'immeuble. Il en connaissait au moins trois, logées par des ministres qui s'en retournaient chaque soir au domicile conjugal.

L'antique téléphone était posé sur une petite table à rallonge dans l'entrée. Serrador termina de nouer la ceinture rouge de sa veste d'intérieur et décrocha le combiné. Que l'autre fâcheux poireaute encore une minute sur le palier. Il avait eu une journée bien assez longue et épuisante.

« *Sí ?* » répondit-il.

On tambourinait avec de plus en plus d'insistance. Quelqu'un dehors criait son nom, mais Serrador ne reconnut pas la voix.

Il n'arrivait pas à entendre ce qu'on lui racontait au téléphone. Contrarié, il s'écria : « Une seconde ! » vers la porte, avant de cracher dans le micro : « Oui ? Qu'est-ce que c'est ?

– Allô? fit le correspondant. Je vous appelle de la part de M. Ramirez. »

Serrador ressentit un frisson. « Qui est à l'appareil ?

– Je m'appelle Juan Martinez, *señor.* Êtes-vous le député Serrador ?

– Je ne connais pas de Juan Martinez » , se fâcha le député. *Et qui diantre tambourine à la porte ? Bon sang, mais qu'est-ce qui se passe ?*

« Je suis un membre de la *familia* » , précisa Martinez.

Une clé cliqueta dans la serrure. Le verrou joua. Serrador écarquilla les yeux en voyant la porte s'ouvrir. Le gardien de l'immeuble apparut sur le seuil, suivi de deux policiers et d'un sergent.

« Je suis désolé, *señor diputado,* dit le concierge en s'effaçant pour laisser passer les trois autres. Ceux-là, j'ai dû les laisser monter.

– Que faites-vous ici ? » s'exclama Serrador, le ton outré, l'œil noir. Soudain, il entendit un déclic au téléphone, puis la tonalité. Il se figea, l'écouteur à l'oreille, comprenant soudain qu'il y avait quelque chose qui n'allait pas du tout.

« Député Delegado Isidro Serrador ? demanda le sergent.

– Ou-oui…

– Voulez-vous nous accompagner, je vous prie ?

– Mais pourquoi ?

– Pour répondre à quelques questions au sujet du meurtre d'une touriste américaine. »

Serrador se pinça les lèvres. Émit un soupir audible. Il ne voulait ni dire, ni demander, ni faire quoi que ce soit tant qu'il n'aurait pas eu la possibilité de parler à son avocat. Et de réfléchir. Ceux qui ne réfléchissaient pas étaient foutus dès le début.

Il hocha simplement la tête. « Laissez-moi le temps de passer quelque chose et je vous suis. »

Le sergent acquiesça et plaça un de ses hommes en faction près de la porte de la chambre. Il n'allait pas laisser le député s'enfermer mais Serrador ne broncha pas. S'il n'arrivait pas à se dominer, il serait impossible d'amener le mauvais génie à réintégrer la bouteille. Mieux valait souffrir l'humiliation en silence et garder la tête froide.

Les hommes le conduisirent au sous-sol et sortirent par le garage de l'immeuble, pour lui éviter la honte d'une interpellation publique, imagina-t-il. Au moins s'étaient-ils abstenus de lui passer les menottes. On le fit monter dans une voiture banalisée pour le conduire au commissariat, de l'autre côté du parc. Là, on l'escorta dans une pièce sans fenêtre, décorée seulement d'une photo du roi au mur et meublée de quatre chaises autour d'une vieille table en bois éclairée par un lustre avec trois ampoules sous des abat-jour en corolle. Un téléphone était posé sur la table. Il était libre de passer tous les coups de fil qu'il voulait. On n'allait pas tarder à venir lui parler.

La porte fut refermée et verrouillée. Serrador s'assit.

Il appela son avocat, Antonio, mais il n'était pas rentré. Sans doute était-il avec une de ses jeunes conquêtes, comme tout célibataire fortuné qui se respecte. Il ne laissa pas de message. Il n'avait pas envie de le voir tomber accidentellement dans l'oreille d'une nymphette un peu trop bavarde, au retour de l'avocat. Au moins les flics avaient-ils agi avec discrétion : aucun journaliste ne semblait avoir rappliqué.

À moins qu'ils ne soient déjà tous en bas ? C'était peut-être la raison pour laquelle la police l'avait fait sortir par la porte du garage. D'où peut-être aussi la remarque du concierge : *Ceux-là, j'ai dû les laisser monter.* Des reporters essayaient souvent de s'introduire dans l'immeuble et les gardiens savaient protéger la tranquillité des célébrités qui l'habitaient. De surcroît, il faisait régulièrement changer son numéro de téléphone pour empêcher les journalistes de le harceler.

Pourtant, l'inconnu de tout à l'heure avait réussi à l'avoir. Il se demandait toujours qui ça pouvait être et de quoi il avait cherché à l'avertir. Personne ne pouvait savoir qu'il était en relation avec les meurtriers de l'Américaine. Seul Esteban Ramirez était au courant, et il n'en aurait parlé à personne.

L'idée lui vint de consulter son répondeur au bureau. Puis presque aussitôt il songea que la ligne pouvait être sur écoute ; mais c'était un risque à prendre. De toute façon, il n'avait guère le choix.

Mais, avant qu'il ait pu passer son coup de fil, la porte s'ouvrit, livrant le passage à deux hommes.

Ce n'étaient pas des policiers.

10.

Mardi, 0 : 04, Madrid, Espagne

L'OIPC, l'Organisation internationale de police criminelle – plus connue sous le nom d'Interpol –, avait été créée à Vienne en 1923 sous le nom de Commission internationale de police criminelle. Son but initial était de centraliser l'ensemble des informations pour les polices de toute la planète. Après la Seconde Guerre mondiale, l'organisation fut réformée et ses objectifs redéfinis en direction de la lutte contre la contrebande, le trafic de drogue, la contrefaçon et les enlèvements. Aujourd'hui, ce sont cent soixante-dix-sept pays qui fournissent des renseignements à l'organisation, et celle-ci a des bureaux dans les principales villes du monde. Aux États-Unis, Interpol est en liaison avec l'USNCB, le Bureau central national des États-Unis. Lequel rend compte au secrétaire d'État chargé de la répression des fraudes qui dépend du secrétariat au Trésor, le ministère américain des Finances.

Durant ses années au FBI, Darrell McCaskey avait collaboré avec des dizaines de fonctionnaires d'Interpol. Mais plus spécialement avec deux d'entre eux qui travaillaient en Espagne. Il s'agissait de María Corneja, spécialiste des opérations spéciales en solo, qui était venue vivre sept mois en Amérique pour étudier les méthodes du FBI. Et de Luis García de la Vega, chef du bureau d'Interpol à Madrid.

Luis était un gitan andalou de trente-sept ans, brun et basané, une force de la nature qui enseignait le flamenco à ses heures perdues. Comme la danse qu'il pratiquait, Luis était spontané, exubérant et inspiré. Il dirigeait l'un des bureaux les plus efficaces et les mieux informés d'Europe. Ce qui lui avait valu le mépris jaloux mais aussi le profond respect des forces de police locales.

Il avait eu l'intention de se rendre à l'hôtel juste après la fusillade, mais les événements de Saint-Sébastien l'avaient contraint à reporter sa visite. Il arriva donc peu après vingt-trois heures trente, alors que McCaskey et Aideen finissaient de dîner.

Darrell accueillit son vieil ami en l'étreignant longuement.

« Je suis navré de ce qui est arrivé, dit Luis de sa voix rauque, avec une pointe d'accent.

– Merci.

– Pardon également d'arriver si tard, ajouta-t-il en se libérant enfin de l'étreinte de Darrell. Je constate que vous avez adopté nos horaires pour souper… Dîner tard, c'est le secret d'un bon sommeil.

– À vrai dire, admit McCaskey, c'est la première fois qu'on a dû recourir au service de chambre. Et je ne suis pas sûr que l'un ou l'autre on arrive à trouver le sommeil, cette nuit, même le ventre plein…

– Je comprends », s'excusa Luis. Il serra l'épaule de son ami. « Quelle journée épouvantable…

– Tu veux quelque chose, Luis ? demanda McCaskey. Un verre de vin, peut-être ?

– Non, jamais pendant le service. Tu devrais le savoir. Mais je vous en prie, je ne veux pas vous interrompre. » Ses yeux tombèrent sur Aideen et il sourit. « Vous êtes la Señorita Marley ?

– Oui. » Aideen se leva et lui tendit la main. Bien que dans un état d'épuisement physique et mental extrême, un déclic se produisit quand sa main effleura celle de l'homme. Certes, il était séduisant, mais ce n'est pas ce qui l'avait fait réagir. Après tout ce qui lui était arrivé aujourd'hui, elle était trop engourdie, trop vannée pour cela. Non, il lui avait donné le sentiment de n'avoir peur de rien, et c'était un truc qui l'avait toujours fait craquer chez un homme.

« Je suis terriblement désolé pour cette perte cruelle, dit Luis, mais je suis heureux de vous voir en pleine possession de vos moyens. C'est bien le cas, n'est-ce pas ?

– Oui, fit-elle en se rasseyant. Merci de votre sollicitude.

– *Mi delicia*, répondit-il en tirant un fauteuil pour les rejoindre autour de la table. Tout le plaisir est pour moi. »

McCaskey se remit à sa perdrix aux poivrons. « Eh bien ?

– Ça sent drôlement bon, dit Luis.

– Tout à fait » , confirma McCaskey. Il plissa les paupières. « Tu tournes autour du pot, Luis. »

L'intéressé se massa la nuque. « *Sí*, admit-il. Comme tu dis. Mais ce n'est pas parce que j'ai des infos… C'est parce que je n'ai rien. Rien que des idées. Des hypothèses.

– Tes idées valent en général largement les faits de certains autres, nota McCaskey. Veux-tu nous les faire partager ? »

Luis prit le verre d'eau de McCaskey et en but une gorgée. D'un grand geste du bras, il indiqua l'extérieur. « La situation est terrible, tu sais, Darrell. Vraiment terrible. Et ça ne fait qu'empirer. Nous avons eu plusieurs débuts d'émeutes anti-Basques et anti-Catalans à Ávila, Segovie et Soria.

– Trois villes de Castille, nota Aideen.

– Tout juste. Il ne semble pas que la police fasse quoi que ce soit pour prévenir ces flambées de violence.

– Ils sont désarçonnés devant ce qui ressemble à des explosions de haine raciale », observa McCaskey.

Luis acquiesça lentement. « Je n'ai jamais vu une telle... je ne sais même pas comment qualifier cela...

– Une telle folie collective ? » souffla Aideen.

Luis la considéra. « Je ne saisis pas.

– C'est le genre de dérive contre laquelle les psychologues nous avaient mis en garde, à l'approche du nouveau millénaire, expliqua Aideen. La crainte irraisonnée de ne pas survivre à une nouvelle ère. Résultat : un sentiment de mortalité qui engendre la panique. La peur. La violence. »

Luis la fixa en pointant le doigt. « Bon sang, mais c'est bien sûr. C'est comme si tout le monde était pris d'une espèce de fièvre physique et mentale. Mes contacts sur place avouent que le climat de haine et de surexcitation est presque tangible. C'est assez incroyable. »

McCaskey fronça les sourcils. « J'espère que tu n'es pas en train de nous suggérer que l'assassinat de Martha est à mettre sur le compte d'un épisode psychotique de masse. »

Luis réfuta l'argument d'un geste. « Mais non, évidemment. Je remarque simplement qu'il se passe des choses bizarres. Inédites. » Il se pencha vers l'Œuf, le brouilleur électronique. « Il y a un truc qui se prépare, mes amis. Un truc parfaitement bien organisé.

– Quel genre de truc ? insista McCaskey.

– Le yacht coulé dans la baie de Saint-Sébastien a été détruit par une charge de C-4. On en a retrouvé des traces sur les débris.

– Bob Herbert nous l'a appris. » McCaskey lorgna son ami, dans l'expectative. « Continue, mon vieux. Je sens que tu as quelque chose à nous dire… »

Luis acquiesça. « L'une des victimes, Esteban Ramirez, a servi naguère de messager pour la CIA. Ses bateaux servaient à livrer clandestinement armes et personnels aux contacts de l'Agence dans le monde entier. Le bruit courait depuis un certain temps, mais il risque désormais d'éclater sur la place publique. Les gens vont se mettre à raconter que l'attentat est l'œuvre d'agents américains.

– Croyez-vous vraiment que la CIA ait quelque chose à voir dans cet attentat, Luis ? demanda Aideen.

– Bien sûr que non. Ils n'agiraient pas aussi ouvertement. Pas plus qu'ils n'auraient riposté avec une telle promptitude à l'assassinat de votre collègue. Mais on va jaser dans les milieux politiques. Nul n'est plus bavard que les gens du gouvernement. Tu le sais aussi bien que moi, Darrell. »

McCaskey opina.

« Et la rumeur va se répandre dans l'opinion espagnole, poursuivit Luis. Beaucoup vont y prêter foi et se retourner contre les Américains, résidents ou touristes…

– D'après Bob Herbert avec qui j'ai parlé tout à

l'heure, l'Agence a été aussi surprise que tout le monde par l'attaque contre le yacht. Et Bob sait décrypter la langue de bois des agences gouvernementales. Il sait quand on cherche à lui bourrer le mou.

– J'admets volontiers que la CIA n'a sans doute rien à voir là-dedans. Je vois plutôt un scénario dans ce genre… une diplomate américaine est assassinée. Cela envoie un message à ton gouvernement : ne vous mêlez pas des affaires espagnoles. Puis les assassins sont éliminés. Là-dessus, une cassette arrive à point nommé pour révéler à l'Espagne entière que les Catalans tués et leur complice basque, le député Serrador, sont des assassins sans pitié. Du coup, le reste du pays se retourne contre ces deux communautés.

– Mais dans quel but ? insista McCaskey. À qui profiterait une guerre civile ? L'économie en sortirait ravagée, et tout le monde en pâtirait.

– J'y ai réfléchi. La haute trahison est passible de la prison à vie et d'une saisie des biens. La saisie des avoirs catalans contribuerait à mieux répartir la richesse nationale en rééquilibrant les régions. La Castille, mais surtout l'Andalousie et la Galice seraient les premières à en bénéficier.

– Attendez un instant, le coupa Aideen. Que gagneraient les Basques et les Catalans à unir leurs forces ?

– Les Catalans contrôlent les forces vives de l'économie espagnole, expliqua Luis. D'un autre côté, le noyau dur des séparatistes basques est formé de terroristes expérimentés. Ce sont deux atouts parfaitement complémentaires lorsqu'on envisage de paralyser une nation en vue de s'emparer du pouvoir.

– S'attaquer aux infrastructures industrielles et

financières, enchaîna McCaskey, puis arriver en sauveur, tel le chevalier blanc…

– Tout juste. Nos premiers renseignements – pas de première main, et trop fragmentaires pour être exploités – ont pu être recoupés par d'autres sources : ils prépareraient bien une action combinée.

– D'où tenez-vous cette information ? s'enquit McCaskey.

– Notre informateur était de longue date un des matelots de Ramirez. Un type bien. Fiable. Il a été tué dans l'explosion. Il nous avait signalé de fréquentes rencontres entre Ramirez et de gros industriels, ainsi que des déplacements réguliers le long du golfe de Gascogne.

– De la côte basque », remarqua Darrell.

Luis acquiesça. « Avec de fréquents débarquements de Ramirez. Notre source précisait qu'il était toujours accompagné d'un garde du corps, un membre de sa *familia.* Il n'a pas pu dire qui Ramirez rencontrait, et pour quelle raison. Mais il avait pu constater qu'au cours des six derniers mois, leur fréquence était non plus mensuelle mais hebdomadaire.

– Y a-t-il une chance que ton informateur ait joué double jeu ?

– Tu veux dire qu'il aurait fourgué cette information à quelqu'un d'autre ?

– Par exemple.

– Je suppose que c'est possible. Il est en tout cas manifeste qu'un individu ou un groupe extérieur a eu vent de ce que tramaient Ramirez et sa bande et s'est arrangé pour y mettre bon ordre. Reste à savoir qui. Premier indice, ceux qui ont provoqué l'explosion savaient qu'on allait assassiner votre diplomate.

– Comment peux-tu en être sûr ?

– Parce que le yacht a été piégé avant le meurtre, l'informa Luis. Ils ont obtenu la confession sur bande, l'assassin de Martha est monté à bord, et c'est à ce moment qu'ils ont fait sauter le bateau.

– D'accord. Du travail de pro, sans bavure.

– Effectivement, admit Luis. Vous savez, mes amis, pour revenir à ces bruits de guerre civile... certains dans ce pays sont convaincus qu'elle n'a jamais vraiment pris fin. Que l'on s'est contenté de combler les différences en faisant... comment dire ?

– Du replâtrage ?

– Oui, c'est ça. »

Aideen hocha la tête. « Est-ce que vous imaginez l'impact formidable qu'aurait celui – je ne parle pas d'un groupe, mais bien d'un individu – qui parviendrait à mettre un terme définitif à ce contentieux ? »

Les deux hommes la regardèrent.

« Le nouveau Franco..., dit Luis.

– Tout à fait.

– Ça donne plutôt froid dans le dos...

– Ça me rappelle ce fameux chantage électoral dont nous parlait tout le temps mon père quand j'étais gamine, poursuivit Aideen. Un type paie une bande de voyous pour terroriser les commerçants du quartier. Et puis un beau jour, ce même type prend une batte de base-ball et vient se poster devant le poissonnier, le cordonnier ou le marchand de journaux et met en fuite les voyous – qu'il avait payés juste avant. Peu après, il se présente aux élections et ramasse les voix du bon peuple.

– C'est le même scénario qui pourrait se reproduire ici », dit Luis.

Aideen hocha lentement la tête. « C'est tout à fait possible.

– Tu vois un candidat qui corresponde au profil, Luis ? demanda McCaskey.

– *Madre de Dios*, il y a un paquet de politiciens, de financiers ou d'industriels qui pourraient répondre à ces critères… En tout cas, voilà ce qu'on a décidé : quelqu'un à Saint-Sébastien a fait sauter le yacht. Quelqu'un a fourni la bande à la station de radio. Que ce quelqu'un soit ou non resté sur place, il doit bien exister une piste. On a demandé à une personne de confiance d'aller faire un tour sur place. Elle doit s'y rendre en hélicoptère… (il consulta sa montre)… d'ici deux heures.

– J'aimerais l'accompagner », lança Aideen. Elle jeta sa serviette sur la table et se leva.

« J'en serais ravi, dit Luis, avant de consulter McCaskey, dans l'expectative. Enfin, si tu n'y vois pas d'objection… »

McCaskey le regarda d'un drôle d'air. « Qui envoies-tu là-bas ?

– María Corneja », répondit Luis, d'une voix douce.

McCaskey reposa délicatement ses couverts dans son assiette. Aideen vit un étrange embarras se peindre sur les traits de l'ancien agent du FBI. D'abord un pli amer de la bouche, puis une expression de tristesse qui envahit ses yeux.

« Je n'avais pas réalisé qu'elle retravaillait avec toi, dit McCaskey en s'essuyant les lèvres.

– Elle est rentrée il y a six mois, confirma Luis. Je l'ai ramenée. » Il haussa les épaules. « Elle avait besoin d'argent pour pouvoir continuer à faire de l'équitation et jouer dans son équipe de foot féminin. Quant à moi, j'avais besoin d'elle parce que… *pues* elle est vraiment la meilleure. »

McCaskey regardait toujours ailleurs. Très loin. Il eut un pauvre sourire. « C'est vrai que c'est une bonne.

– La meilleure. »

McCaskey réussit enfin à lever les yeux. Il considéra longuement Aideen. Impossible de deviner ce qui lui traversait l'esprit.

« Il va falloir que je voie ça avec Paul, reprit-il, mais je serais d'avis qu'on ait notre propre agent sur place. Emportez votre passeport de touriste. » Il se tourna vers Luis. « María interviendra-t-elle au titre d'agent d'Interpol ?

– Statutairement, les missions opérationnelles restent de la compétence des États et donc des forces de police locales. Mais je veux qu'elle ait les coudées franches. »

McCaskey hocha la tête. Puis retomba dans le silence.

Aideen regarda Luis. « Je vais prendre quelques affaires. Comment va-t-on rallier Saint-Sébastien ?

– En hélicoptère. Vous aurez une voiture de location à l'arrivée. Je vais téléphoner à María pour l'avertir que vous l'accompagnez. Puis je vous conduis à l'aéroport. »

McCaskey considéra Luis. « Était-elle au courant de ma présence, Luis ?

– J'ai pris la liberté de l'en informer. » Il tapota le dos de la main de son ami. « Pas de problème, Darrell. Elle pense bien à toi. »

L'expression de McCaskey s'assombrit de nouveau. « C'est réciproque, tu sais… c'est réciproque. »

11.

Mardi, 0 : 07, Saint-Sébastien, Espagne

Quand Juan Martinez manœuvra pour éloigner la vedette du yacht de Ramirez, le jeune marin de vingt-neuf ans ne se rendait pas compte qu'il venait ainsi d'échapper à la mort.

Il était à vingt-cinq mètres du bateau quand l'explosion le renversa, mais son canot ne chavira pas. Dès que le souffle fut passé, le vigoureux jeune homme vira de bord pour foncer vers le yacht en train de chavirer.

Il avait retrouvé Esteban Ramirez – qui était son employeur mais aussi le père de leur puissante *familia* – flottant sur le dos, gravement brûlé, à quinze mètres de l'épave. Se retenant à une amarre, Juan avait sauté dans les vagues. Nageant tant bien que mal, il avait rejoint le blessé et l'avait tiré vers son canot.

Son employeur respirait encore.

« Señor Ramirez… C'est Juan Martinez. Je vais vous hisser à bord et vous conduire à…

– *Écoute !* » siffla soudain Ramirez.

Juan sursauta. Peu après, il sentit la main de l'homme agripper sa manche. D'une poigne étonnamment vigoureuse.

« Serrador ! dit Ramirez. A… ver… tis-le !

– Serrador ? Je ne le connais pas, monsieur…

– Bureau…, s'étrangla Ramirez. Mes… lunettes…

– Je vous en conjure, monsieur… vous vous épuisez…

– *Faut… l'appeler !* insista Ramirez. Fais-… le !

– D'accord, dit Juan. Je vous promets de l'appeler. »

Presque aussitôt, Ramirez fut pris d'un violent tremblement. « Coince-… les… ou sinon… c'est eux… qui nous coinceront.

– Qui ça, eux ? » pressa Juan.

Soudain, Juan entendit le claquement d'un moteur de l'autre côté de l'épave. Il aperçut un éclat lumineux jouant sur les eaux. Un projecteur. Un bateau approchait. Juan ne savait pas grand-chose des activités de son patron, mais ce qu'il savait, c'est que la puissante *familia* à qui appartenait leur entreprise avait beaucoup d'ennemis. Cette embarcation n'avait peut-être rien à voir avec eux, mais il ne voulait absolument pas prendre ce risque.

Avant que Juan ait pu hisser Ramirez dans le canot, celui-ci ouvrit la bouche mais ne la referma pas. L'air s'échappa de sa gorge en chuintant doucement et il resta ainsi figé, bouche bée.

Juan ferma les yeux de son patron. Il décida d'abandonner le corps. Un geste irrespectueux qui le gênait. Mais le responsable de l'explosion pouvait être encore dans les parages. Voire à bord du navire qui approchait. Juan estima qu'il valait mieux qu'on ne le trouve pas ici. Remontant dans la vedette, il embraya et prit le large, pour être sûr de ne pas être vu, puis coupa le moteur. Il resta ainsi jusqu'à l'arrivée de la police. Puis il redémarra et gagna la côte, en faisant un large détour pour contourner l'épave.

Arrivé au port, Juan se dirigea vers une cabine téléphonique. Trempé et frigorifié, il appela le veilleur de nuit du chantier naval en lui demandant de lui envoyer une voiture. Sitôt arrivé à l'atelier, Juan se rendit directement au bureau du Señor Ramirez. Il en força la porte et s'installa dans le fauteuil directorial.

Son patron avait fait allusion à sa paire de lunettes. Juan les trouva dans le tiroir du haut. Il les examina. Gravés à l'intérieur de la monture – aussi discrets qu'un banal numéro de série –, il trouva quatre numéros de téléphone accompagnés d'initiales.

Ingénieux. Son patron ne portait jamais de lunettes – il n'en *avait* jamais porté, rectifia-t-il, amer –, mais personne n'aurait songé à chercher sur un tel accessoire des numéros secrets ou autres messages codés.

Il appela le numéro suivi de la lettre S. Le dénommé Serrador répondit, le ton brusque, indigné : l'homme avait manifestement des ennuis, à en juger d'ailleurs aux bruits que Juan percevait derrière lui. Il décida de raccrocher avant qu'on ait pu localiser l'appel.

Il resta derrière le bureau. Située à l'étage, la vaste pièce aux larges baies vitrées donnait sur les chantiers navals. Depuis des années, Esteban Ramirez avait toujours été bon pour lui. Sans être de ses intimes, Juan faisait partie de la *familia* du Señor Ramirez. Et cette fidélité se perpétuait au-delà de la mort.

Juan contempla les lunettes. Il appela les autres numéros. Femmes de chambre ou maîtres d'hôtel répondirent en énonçant le nom du correspondant : tous étaient venus à bord du yacht. Juan les connaissait pour les avoir convoyés.

Il allait y avoir du vilain, comme l'en avait averti le Señor Ramirez. Quelqu'un s'était chargé d'éliminer tous ceux qui collaboraient avec le patron sur son nouveau projet. Pour Juan, c'était une simple question d'honneur : il devait retrouver ce quelqu'un et venger ces meurtres.

À l'usine, les ouvriers du poste de nuit discutaient déjà des rumeurs de disparition de leur patron. Ils parlaient aussi d'une cassette que venait de diffuser la radio locale. Une cassette sur laquelle leur patron aurait avoué son implication dans l'assassinat de la touriste américaine.

Juan était trop en colère pour se laisser dominer par le chagrin. Rassemblant quelques membres de la *familia,* un contremaître et deux veilleurs de nuit –, il décida de se rendre à la station de radio pour vérifier l'existence de cette fameuse bande.

Et, s'ils la trouvaient, de découvrir qui l'avait apportée.

Et de lui faire regretter son acte.

12.

Lundi, 17 : 09, Washington, DC

Paul Hood était malheureux. Ça commençait à devenir une manie, ces derniers temps, et en général, toujours pour les mêmes raisons.

Il avait téléphoné à son épouse pour l'avertir qu'il ne serait pas rentré pour dîner en famille.

« Comme d'habitude », avait remarqué Sharon avant de raccrocher après un bref au revoir.

Hood ne pouvait pas lui reprocher son désappointement. Elle ne pouvait pas savoir qu'il venait de perdre Martha en mission. Il n'avait pas le droit de discuter des affaires du centre sur une ligne téléphonique publique. Quoi qu'il en soit, Sharon devait être ennuyée surtout pour les enfants. Elle lui avait dit que malgré les vacances de Pâques, Alexander s'était levé tôt pour installer lui-même son nouveau scanner. Il brûlait de montrer à son papa les morphings qu'il avait créés sur l'ordinateur. Aux heures où rentrait son père, le gamin de onze ans était trop fatigué pour se remettre devant l'écran et lui expliquer ses derniers bidouillages, ce qui était sa passion. Quant à son aînée de deux ans, Harleigh, elle faisait une heure d'exercices au violon chaque soir après dîner. Sharon disait que ces derniers jours, depuis qu'elle maîtrisait son morceau de Tchaïkovski, la maisonnée était devenue un lieu magique. Et elle ajoutait que la magie serait encore plus intense si Paul était avec eux de temps en temps.

Hood se sentait en partie coupable. Sharon et le milieu de Madison Avenue en étaient responsables. « La famille d'abord » avait été le slogan des années quatre-vingt-dix. Mais Pennsylvania Avenue le culpabilisait également. Il avait une responsabilité devant le président et la nation. Une responsabilité devant le peuple dont l'existence et le mode de vie dépendaient de son activité, de son jugement, de sa concentration.

L'un et l'autre avaient été conscients de la règle du jeu quand il avait accepté le poste. N'était-ce pas elle qui avait voulu qu'il renonce à la politique ? Elle qui n'avait pas supporté, sous prétexte d'être la femme du maire de Los Angeles, de ne pas avoir droit à la moindre intimité, même quand ils étaient ensemble ? Mais il restait que, quoi qu'il fasse, Hood n'était pas un principal de collège bénéficiant des congés scolaires, comme son beau-père. Il n'était plus le banquier qui faisait ses heures de bureau, plus éventuellement un dîner avec un client. Il n'était pas non plus un riche plaisancier oisif comme ce beau ténébreux Italien, Stefano Renaldo, le négociant en vins avec qui elle avait navigué sur toutes les mers du monde avant d'épouser Paul.

Paul Hood était un homme qui aimait son boulot et les responsabilités qui s'y attachaient. Et il appréciait aussi les avantages qu'il apportait. Chaque matin, il s'éveillait dans la maison silencieuse, descendait se faire du café, allait le boire dans son antre et se disait : *J'ai fait tout ça.*

Tous étaient contents d'en profiter. Il n'y aurait ni ordinateur, ni leçons de violon, ni belle maison où regretter son absence s'il ne s'échinait pas à la tâche. Sharon serait obligée de travailler à temps plein au lieu de se permettre des apparitions irrégulières sur le câble pour son émission culinaire. Elle n'avait pas à le remercier, bien sûr, mais devait-elle pour autant le maudire ? Sans se réjouir de son absence – il ne s'en réjouissait pas, lui –, elle pouvait néanmoins la rendre plus supportable.

Il avait encore la main posée sur le téléphone. Il regarda cette main. Il ne lui fallut qu'un instant pour peser le pour et le contre. Il la retira et se cala contre le dossier, l'humeur chagrine.

Les sentiments qu'il éprouvait n'étaient pas vraiment inédits. Pas plus que l'amertume qui venait aussitôt après. Si seulement Sharon le supportait au lieu de le condamner. Cela ne le ferait certes pas rentrer plus tôt, c'était impossible. Ses horaires n'étaient pas compressibles. Mais cela lui donnerait au moins l'impression d'avoir un vrai logis et non de se rendre à un séminaire quotidien sur le thème « Étudions ce qui cloche chez Paul Hood ».

Il se reprit à songer à Nancy Bosworth. Peu auparavant, il était retombé, en Allemagne, sur son ancienne maîtresse[1]. Peu importait que ce fût elle qui l'avait plaqué bien des années plus tôt. Elle qui lui avait brisé le cœur. Sitôt qu'il l'avait revue, il s'était senti attiré par elle, parce qu'elle l'avait désiré, sans discussion. Elle n'avait jamais eu pour lui que des mots tendres et flatteurs.

---

1. Voir *Op-Center 3, Jeux de pouvoir,* Pocket, 1999.

Évidemment, lui rétorqua sa conscience en prenant la défense de Sharon. *Nancy peut se permettre d'être généreuse. Elle n'a pas à te supporter, à élever les deux gosses et à souffrir pour eux quand papa est absent.*

Mais cela ne changeait rien au fait qu'il aurait voulu la prendre dans ses bras et aussi sentir ses bras autour de lui. Surtout qu'il aurait voulu se nicher au creux des bras de Nancy Jo Bosworth parce qu'elle voulait l'avoir là auprès d'elle, mais non pas comme une récompense pour avoir été gentil avec ses enfants – car ça, c'était la mort du désir.

Puis il songea à Ann Farris. Il avait le ticket avec la belle et sexy attachée de presse. Elle était aux petits soins pour lui. Elle lui rendait confiance. Et elle lui plaisait bien. Il avait dû maintes fois résister à l'envie de tendre la main par-dessus le bureau pour lui caresser les cheveux. Mais il savait que si jamais il franchissait ce pas, rien qu'une fois, il ne pourrait plus faire machine arrière. Tout le monde à l'Op-Center serait au courant. Tout Washington le saurait. Au bout du compte, Sharon aussi.

Et alors ? Quel mal y a-t-il à mettre fin à un mariage qui de toute façon ne marche plus comme tu le voudrais ?

Les mots restaient en suspens dans son esprit, comme un diagnostic médical qu'on se refuse à entendre. Il se haïssait d'envisager seulement cette idée de divorce, car en dépit de tout, il aimait toujours Sharon. Et elle s'était impliquée avec lui, bien plus qu'avec Renaldo. Elle s'était engagée à bâtir une existence avec lui, pas *autour* de lui. Et puis, il y avait certains points pour lesquels les femmes seraient toujours plus possessives que les hommes. Les enfants, par exemple. Cela ne donnait pas raison à l'un et tort à l'autre, ça ne la rendait pas bonne et lui mauvais. Cela les rendait différents, voilà tout. Et les différences, ça se surmonte.

L'amertume fut adoucie par le souvenir que Sharon et lui étaient bien différents l'un de l'autre. C'était une rêveuse, et lui un pragmatique. On le jugeait par rapport à une image qui relevait plus de la rêverie romantique que de la réalité. Il était temps de mettre pour de bon ces soucis au placard car la réalité n'attendait pas. Du reste, et parce que justement ils étaient sa famille, sa femme et ses enfants lui pardonneraient.

Enfin, c'est du moins ainsi que c'était censé marcher dans le « monde selon Paul ».

Mike Rodgers, Bob Herbert et Ron Plummer arrivèrent pour le point de dix-sept heures quinze. Hood était prêt à les accueillir, la conscience relativement claire, l'esprit parfaitement concentré. Plummer avait été désigné responsable diplomatique intérimaire, en attendant la procédure officielle de sélection du remplaçant de Martha Mackall. Ce qui n'interviendrait qu'à l'issue de la crise actuelle. Si Plummer avait l'étoffe du boulot, ils s'en rendraient compte assez vite et la sélection ne serait qu'une simple formalité.

« Mauvaises nouvelles, commença Herbert en entrant avec son fauteuil roulant électrique. Les Allemands viennent d'annuler une importante rencontre de football qui devait se tenir demain soir au stade olympique de Barcelone. Prétextant l'“actuel climat de violence” en Espagne.

– L'annulation est-elle considérée comme un forfait de l'équipe allemande ? s'enquit Hood.

– Bonne question, admit Herbert, à laquelle on doit hélas répondre par la négative. » Il déplia un papier sorti de la pochette latérale de son fauteuil. « Le règlement de la FIFA stipule que dans un pays où, je cite, "il existe des troubles manifestes et un risque évident pour la sécurité, l'équipe visiteuse peut réclamer un ajournement de la rencontre pendant la durée desdits troubles". Ce qui se passe actuellement en Espagne répond sans aucun doute à ces critères.

– Ce qui va sans doute faire enrager un peu plus les supporters de foot, observa Plummer, et contribuer à envenimer encore la situation.

– L'un dans l'autre, oui, admit Herbert. Le Premier ministre doit intervenir à la télévision dans la matinée pour inciter chacun à garder son calme. Mais l'armée a déjà été dépêchée dans les principales villes des provinces de Castille pour maintenir l'ordre là où la police a préféré rester les bras croisés. Les habitants de ces régions ont toujours mal supporté la présence des Basques ou des Catalans qui travaillent sur place. Et les révélations sur Serrador et son groupe à Saint-Sébastien ont été la goutte d'eau qui a fait déborder le vase.

– La question étant : jusqu'où sont-ils prêts à aller ?

– On en saura plus après l'allocution du Premier ministre, répondit Plummer.

– Vous sentez ça comment ? insista Hood.

– La situation va sans doute se détériorer, dit Plummer. L'Espagne est une mosaïque de nationalités très diverses, un peu comme l'Union soviétique de naguère, toutes proportions gardées. Ce genre de situation où se focalisent les rancœurs n'est jamais facile à dénouer. »

Hood se tourna vers Rodgers. « Mike ? »

Le général était appuyé au mur. Il changea légèrement de position. Visiblement, il souffrait toujours.

« Les militaires avec qui j'ai pu m'entretenir au Portugal se montrent extrêmement préoccupés. Ils n'ont pas souvenance d'une période où les tensions aient été aussi fortes.

– Je suis sûr que vous savez que la Maison-Blanche a contacté notre ambassadeur à Madrid, reprit Herbert. Nos personnels ont reçu l'instruction de rester claquemurés. »

Hood hocha la tête. Steve Burkow, le patron du Conseil national de sécurité, avait téléphoné une demi-heure plus tôt pour lui dire que l'ambassade de Madrid était placée en état d'alerte. « Les permissions du personnel militaire ont été supprimées et tous les fonctionnaires civils ont ordre de rester sur place. On redoute de nouveaux attentats contre des Américains. Mais ce qu'on redoute le plus, c'est que des ressortissants de notre pays se trouvent pris dans les troubles qui semblent prêts à éclater.

– L'OTAN a-t-elle le pouvoir d'intervenir ? demanda Hood.

– Non, répondit le général. Ils n'ont aucune force sur place. J'ai fait le tour de la question avec le général Roche, commandant en chef des Forces alliées en Centre-Europe. Il est extrêmement prudent. Il n'a pas l'intention de s'écarter de la lettre de la charte.

– Si les Basques espagnols sont agressés, les Basques français ne vont pas rester longtemps sans réagir, observa Plummer.

– C'est exact, admit Rodgers. Mais l'OTAN ne désire pas malgré tout enfreindre son mandat initial qui est de résoudre les conflits entre États membres par des voies pacifiques.

– Je connais William Roche, dit Herbert, et ce n'est

pas moi qui lui reprocherai son attitude. L'OTAN se ressent encore du camouflet reçu lors du conflit bosno-serbe de 94. Quand les Serbes ont violé les sanctuaires désignés malgré la menace de frappes aériennes limitées des avions de l'OTAN. Quand on n'a pas l'intention de s'engager à fond, mieux vaut rester sur la touche.

– Quoi qu'il en soit, coupa Rodgers, il y a un problème plus grave. Si le Portugal ou la France viennent à manifester un peu trop ouvertement leur inquiétude, cela pourrait contribuer à précipiter la crise.

– C'est le côté susceptible des Ibériques, nota Herbert. Certains pourraient se rassembler et perdre leur sang-froid uniquement parce qu'ils se sont sentis insultés par l'idée même qu'on puisse envisager qu'ils perdent leur sang-froid…

– Jusqu'à quel point ? Jusqu'à l'agression physique ? demanda Hood.

– D'aucuns pourraient effectivement s'en prendre aux ressortissants français ou portugais. Ce qui ne manquerait pas de déclencher une vive réaction des gouvernements de ces deux pays. »

Herbert secoua la tête.

« Bienvenue dans le joyeux monde des dominos… De mes compatriotes tirant sur Fort Sumter à l'explosion du *Maine*, de l'assassinat de l'archiduc Ferdinand au bombardement de Pearl Harbor. Donnez aux gens un briquet et vous vous retrouvez en général avec un incendie.

– C'était ainsi dans le temps, rétorqua Hood, d'une voix tendue. Notre boulot est justement de gérer ce type de crises, de les désamorcer. » La remarque parut bien plus sèche que le directeur l'aurait voulu et il se tut pour émettre un long soupir. Il avait bien pris garde de ne pas laisser ses frustrations personnelles influer sur son appréciation de la crise. « Quoi qu'il en soit, reprit-il, cela nous ramène au problème de Darrell et Aideen. Darrell a proposé d'envoyer cette dernière accompagner un agent d'Interpol à Saint-Sébastien. J'ai donné mon accord. Ils vont s'y rendre en secret pour tenter de découvrir comment a été réalisée la cassette sur le yacht, par qui, et pourquoi.

– Qui est l'agent d'Interpol ? demanda Herbert.

– María Corneja.

– Ouille. Ça va chauffer. »

Hood repensa à sa prise de bec récente avec son épouse. « Les contacts seront réduits au minimum. Darrell devrait être en mesure de gérer la situation.

– Je voulais dire : chauffer pour elle, précisa Herbert. Elle risque de régler cette affaire à la manière dont les Castillans traitent les Catalans. »

La plaisanterie tomba un peu à plat. María avait eu un faible pour McCaskey. Leur liaison, deux années auparavant, avait presque fait autant jaser que la première crise de l'Op-Center, la découverte et la neutralisation d'une bombe placée par des terroristes à bord de la navette *Atlantis*.

« Ce n'est pas ça qui m'inquiète, rétorqua Hood. Mon principal souci est de fournir à Aideen une porte de sortie en cas de pépin. Elles s'envolent pour Saint-Sébastien dès ce soir. Darrell dit qu'Interpol est entravé par les mêmes obstacles que la police espagnole dans tout le pays : les solidarités de clan qui bloquent la hiérarchie.

– Bref, Aideen et María se retrouvent livrées à elles-mêmes, dit Rodgers.

– En gros, oui, admit Hood.

– Alors je pense qu'on devrait envoyer les Attaquants, poursuivit Rodgers. Je peux les faire atterrir sur la base de l'OTAN à Saragosse. Cela les mettra à cent cinquante kilomètres au sud-est de Saint-Sébastien. Le colonel August connaît bien la région.

– Avertissez-les, dit Hood. Ron, il va falloir prévenir la CPSR. Demandez à Lowell de vous filer un coup de main. »

Plummer acquiesça. Martha Mackall avait toujours eu les mains libres pour s'occuper de la Commission parlementaire de surveillance du renseignement. Mais Lowell Coffey, l'avocat de l'Op-Center, savait manœuvrer les parlementaires et il fournirait à Plummer toute l'aide nécessaire.

« Est-ce que vous voyez autre chose ? » s'enquit le directeur.

Signes de dénégation unanimes. Hood les remercia tous et ils convinrent de se retrouver à dix-huit heures trente, juste avant l'arrivée de la relève de nuit. Même si l'équipe de jour restait officiellement responsable tant qu'elle était sur place, la présence des renforts leur permettrait de prendre un peu de repos si jamais la crise se prolongeait dans la nuit. Jusqu'à ce que la situation soit stabilisée ou bien échappe à tout contrôle au point de déboucher sur un conflit déclaré, Hood estimait de son devoir de rester à son poste.

Mon devoir, songea-t-il. Chacun avait sa propre conception du devoir et de la fidélité. Pour Hood, c'était clair : il devait fidélité à son pays. Il l'avait senti dès la première fois qu'il avait vu Davy Crockett mourir à Alamo dans un film de Walt Disney. Il l'avait senti à nouveau en regardant à la télé s'élancer dans l'espace les astronautes des programmes Mercury, Gemini et Apollo. Sans cet esprit de dévouement et de sacrifice, il n'y avait pas de nation. Et sans une nation sûre et prospère, les enfants n'avaient pas d'avenir.

Le raisonnement n'avait pas entièrement réussi à convaincre Sharon. Sharon était une fille très maligne. Mais il avait réussi à la persuader de l'importance du sacrifice de son époux.

Il ne pouvait pas en rester là. Tout en sachant qu'il commettait une erreur, Hood décrocha le téléphone et appela chez lui.

13.

Mardi, 0 : 24, Madrid, Espagne

Les yeux durs comme des pierres, Isidro Serrador regarda les hommes pénétrer dans la pièce.

Le député aux Cortes était nerveux et méfiant. Il ignorait pourquoi on l'avait conduit au poste et ne savait pas à quoi s'attendre. Étaient-ils parvenus à faire le lien entre lui et la mort de la diplomate américaine ? Les seuls à être au courant étaient Esteban Ramirez et ses camarades. Et si jamais ils s'avisaient de le trahir, il leur rendrait la monnaie de leur pièce. C'était impensable.

Serrador ne reconnut pas ces hommes. Il sut, en voyant les galons sur les manches des uniformes marron, que l'un était général d'armée et l'autre général de division. Et aux yeux noirs au teint mat, aux cheveux bruns, à la stature élancée du premier, il devina qu'il était d'origine castillane.

Le général de division se tint à l'écart, laissant son supérieur s'approcher de Serrador jusqu'à ce que ce dernier puisse déchiffrer les lettres blanches sur la fine étiquette noire fixée à la poche revolver de l'officier. Il connaissait ce nom : Amadori.

Amadori leva une main gantée de blanc. Sans se

tourner, il adressa un signe bref au général de division. Celui-ci déposa sur la table un magnétophone à cassette. Puis il ressortit en fermant la porte derrière lui.

Serrador leva les yeux sur Amadori. Le visage de ce dernier restait indéchiffrable. Posé, inexpressif. Aussi net que les plis de son uniforme.

« Suis-je en état d'arrestation ? demanda-t-il enfin d'une voix calme.

– Absolument pas. » Le ton et les manières d'Amadori étaient raides – comme son visage lisse, son uniforme impeccable, comme le cuir tendu et craquant de ses bottes neuves et de ses deux étuis d'armes de poing.

« Dans ce cas, à quoi cela rime-t-il ? demanda-t-il avec un peu plus d'assurance. Que fait un officier de l'armée dans un commissariat de police ? Et pourquoi cet objet ? » Dédaigneux, il indiqua d'un doigt boudiné le petit magnétophone. « Suis-je interrogé pour une raison quelconque ? Espérez-vous m'entendre faire des révélations importantes ?

– Non, répondit Amadori. Simplement vous voir écouter.

– Écouter quoi ?

– Un enregistrement diffusé à la radio il y a peu. » Amadori s'approcha de la table. « Quand vous aurez fini, vous aurez le choix entre sortir d'ici ou faire usage de ceci. » Il ôta de l'étui le Llama M-82 DA, un pistolet Parabellum 9x19mm. Il le lança négligemment à Serrador qui l'intercepta d'un geste machinal, notant au passage qu'il était chargé, avant de le déposer sur la table entre eux.

Serrador sentit monter en lui une brusque envie de vomir.

« En faire usage ? Vous êtes cinglé ?

– Écoutez donc la bande. Et ce faisant, gardez à l'esprit que les hommes que vous allez entendre ont désormais rejoint la diplomate américaine au royaume des Cieux. Vous êtes apparemment un individu dangereux à fréquenter, député Serrador. » Amadori avança d'un pas et sourit, pour la première fois. Il se pencha vers Serrador et lui parla d'une voix qui était presque un murmure : « Mettez-vous bien ça dans la tête. Votre tentative de prise du pouvoir a échoué. La mienne n'échouera pas.

– La vôtre ? » fit Serrador, méfiant.

Le mince sourire d'Amadori s'élargit. « Un plan des Castillans.

– Laissez-moi me joindre à vous, insista Serrador. Moi, je suis basque. Les autres, les Catalans, ils n'ont jamais voulu m'intégrer à leur plan. Je leur étais utile uniquement à cause de ma position. J'étais un porte-parole, pas un égal. Laissez-moi travailler à vos côtés.

– Il n'y a pas de place pour vous, dit froidement le général.

– Il le faut. J'ai des relations. De l'influence. »

Amadori se redressa, tira sur le revers de sa vareuse. Il indiqua de la tête le magnétophone. « Vous en aviez. »

Serrador regarda le lecteur. La transpiration lui ruisselait sous les bras, le long de sa lèvre supérieure. Il pressa d'un doigt épais la touche lecture.

« Et le chauffeur, à Madrid ? » retentit une voix. Ce pouvait être celle de Carlos Saura, le patron de la Banco Moderno. « Il quitte l'Espagne, lui aussi ?

– Non. Le chauffeur est au service du député Serrador. »

Ça, c'était Esteban Ramirez, le salaud. Serrador écouta encore quelques instants les deux hommes sur la bande discuter de la voiture et du fait que le député était basque. Un Basque ambitieux prêt à tout pour servir la cause et se servir lui-même.

Quel fieffé salaud, songea Serrador. Il arrêta la bande, croisa les mains. Leva les yeux sur Amadori. « Il n'y a rien sur cette bande. Vous ne voyez donc pas ? Elle est censée me discréditer à cause de mes origines. C'est du pur chantage.

– Les hommes ne savaient pas qu'ils étaient enregistrés, l'informa Amadori. Et votre chauffeur a déjà avoué son rôle en échange d'une suspension des poursuites à son endroit.

– Alors, il ment », cracha Serrador. Mais il avait une boule dans la gorge. Il déglutit. « J'ai encore un électorat fidèle, solide. Je remonterai la pente. »

Amadori retrouva son sourire. « Oh, sûrement pas.

– Espèce de sinistre imbécile ! lâcha Serrador dont la peur laissait maintenant place à l'indignation. Et d'abord, qui êtes-vous ? » C'était moins une question qu'une insinuation. « Vous me trimballez ici en pleine nuit, vous me forcez à écouter un enregistrement d'une valeur discutable. Puis vous me traitez de traître. Je me battrai pour défendre ma vie et mon honneur. Vous ne vous en tirerez pas comme ça. »

Ricanement d'Amadori. « Détrompez-vous. » Il recula, dégaina son arme, tendit le bras. Le pistolet était braqué sur le front de Serrador.

« Qu'est-ce que vous racontez ? » Il avait l'estomac liquéfié. La sueur luisait maintenant sur son front.

« Vous m'avez subtilisé mon arme, expliqua le général. Vous m'avez menacé avec.

– *Quoi ?* » Serrador regarda le pistolet. Puis réalisa ce qui s'était passé, pourquoi on l'avait amené ici.

Il avait raison. Il aurait fort bien pu soutenir que les Catalans lui avaient tendu un piège. Qu'ils avaient acheté le chauffeur pour qu'il témoigne contre lui. S'il avait eu la possibilité de se défendre, il aurait même pu persuader les gens qu'il n'était pour rien dans la mort de l'Américaine. Avec l'aide d'un avocat habile, il aurait pu convaincre ses juges qu'il avait été victime d'un coup monté. Que tout cela visait à soulever la population contre lui et contre ses partisans basques. Après tout, Ramirez et les autres étaient morts. Ils ne pourraient plus se défendre.

Mais ce n'était pas ce que voulait Amadori. Il avait besoin que Serrador soit précisément ce qu'il était en réalité : un Basque qui s'était allié aux Catalans pour renverser le gouvernement espagnol. Amadori avait besoin pour ses plans d'un Basque qui avait trahi les siens.

« Attendez une minute… Je vous en prie », supplia le député.

Ses yeux terrifiés glissèrent vers le pistolet posé sur la table. Il l'avait touché. Ça aussi, le général en avait eu besoin. Ses empreintes sur cette saleté de…

Le général pressa la détente. La tête légèrement tournée du député Isidro Serrador bascula en arrière quand la balle lui transperça la tempe. Il était mort avant que son cerveau ait pu analyser la douleur, avant que la détonation soit parvenue à ses tympans.

La force de l'impact le jeta au sol. L'écho de la détonation ne s'était pas éteint que le général avait récupéré l'arme sur la table, y avait introduit un chargeur neuf et l'avait replacée au sol, près du cadavre. Il resta quelques instants à regarder le sang noir du défunt former une sombre auréole autour de sa tête.

Quelques instants après, ses aides de camp et des agents de police envahissaient la pièce exiguë. Un inspecteur tout en muscles se posta derrière lui. « Que s'est-il passé ? » demanda-t-il d'une voix insistante.

Amadori remit son pistolet dans son étui. « Le député s'est emparé de mon arme, expliqua-t-il d'une voix calme en indiquant l'arme à terre. J'ai eu peur qu'il ne cherche à prendre des otages pour s'échapper. »

Le regard de l'inspecteur passa du corps au général. Il regarda l'officier. « Monsieur, nous allons devoir enquêter. »

Amadori demeura impassible.

« Où pourrons-nous vous joindre pour… l'interrogatoire ?

– Ici. À Madrid. À ma caserne. »

Suarez se tourna vers les hommes derrière lui. « Sergent Blanco ? Téléphonez au commissaire et informez-le de ce qui est arrivé. Dites-lui que j'attends ses instructions. Que son bureau se charge de la presse. Sergent Sebares ? Prévenez la PJ. Et dites au labo de venir s'occuper du corps. »

Les deux hommes saluèrent et quittèrent la pièce. Amadori se retourna et sortit à son tour à pas lents. Suivi du général de division.

Il était également suivi par les regards d'hommes qui de toute évidence le redoutaient, qu'ils croient ou non à son histoire. Des hommes qui avaient apparemment compris qu'ils venaient d'assister à une purge. Des hommes qui venaient de voir un officier général accomplir sans hésiter le premier pas pour devenir dictateur.

14.

Lundi, 2 : 00, Madrid, Espagne

María Corneja attendait déjà dans un coin sombre, à l'écart des pistes de l'aéroport, quand Aideen, Luis García de la Vega et Darrell McCaskey arrivèrent dans une voiture anonyme d'Interpol. L'hélicoptère qui devait les transporter vers le nord du pays attendait, turbine au ralenti, deux cents mètres plus loin sur le tarmac.

Le trafic aérien était extrêmement faible à cette heure de la nuit. Lors de son allocution au pays, dans six heures maintenant, le Premier ministre allait annoncer que la fréquence des vols au départ et à destination de Madrid serait réduite de soixante-cinq pour cent pour mieux garantir la sécurité des appareils transitant par l'aéroport. Les gouvernements étrangers avaient toutefois été informés de ce plan peu après minuit, et plusieurs compagnies avaient déjà annulé ou dérouté des vols.

Aideen était repassée par sa chambre d'hôtel récupérer quelques vêtements et accessoires de touriste – dont son appareil photo et un baladeur-enregistreur, les deux utilisables pour une reconnaissance. Puis elle se rendit avec Luis au siège espagnol d'Interpol tandis que McCaskey téléphonait à Paul Hood. Luis consulta des cartes de la région, tout en lui résumant les particularismes locaux et en lui donnant les infos de dernière minute. Puis ils retournèrent à l'hôtel prendre McCaskey qui avait obtenu l'accord de Paul Hood pour la participation d'Aideen à la mission, et filèrent vers l'aéroport.

Aideen ne savait trop à quoi s'attendre avec María. On ne lui avait pas dit grand-chose sur elle, en dehors de ce qu'elle avait appris lors de cette brève conversation dans la chambre d'hôtel. Elle ignorait si elle allait être bien accueillie ou si le fait d'être une Américaine et surtout une femme risquait de jouer en sa défaveur.

María fumait, tranquillement juchée sur son vélo. Jetant sa cigarette d'une pichenette, elle mit la béquille, descendit et s'approcha, avec l'aisance et la grâce d'une athlète. Elle mesurait un mètre soixante-huit mais son port de tête altier la faisait paraître plus grande. Ses longs cheveux bruns cascadaient dans son cou, ébouriffés par le vent. Les deux boutons du haut de sa chemise en jean étaient ouverts, révélant un tricot de laine verte, et elle avait enfilé le bas de son jean moulant dans des bottes de cow-boy passablement fatiguées. Ses yeux bleus balayèrent Luis et Aideen pour venir se poser sur Darrell McCaskey.

« *Buenas noches* », dit-elle d'une voix rauque.

Aideen ne savait pas s'il fallait y entendre un salut ou un renvoi. À l'évidence, McCaskey était aussi dubitatif. Il restait immobile près de la voiture, l'air raide, le visage inexpressif. Luis aurait préféré qu'il s'abstienne de venir à l'aéroport, mais Darrell avait insisté, estimant qu'il était de son devoir d'accompagner sa collaboratrice.

Ils regardèrent cette belle femme de trente-huit ans

s'approcher d'eux sans ciller. Luis entoura de sa main le bras d'Aideen. Il s'avança vers María, forçant la jeune Américaine à le suivre.

« María, je te présente Aideen Marley. Elle travaille à l'Op-Center et elle a été témoin de la fusillade. »

Les yeux de María détaillèrent Aideen, mais rien qu'un instant. L'Espagnole la dépassa pour aller se planter devant Darrell.

Luis lui lança : « María, Aideen va t'accompagner à Saint-Sébastien. »

La femme acquiesça mais sans détacher son regard de McCaskey. Leurs visages n'étaient qu'à quelques centimètres l'un de l'autre.

« Bonjour, María. »

María respirait lentement. Ses épais sourcils dessinaient comme un rempart sur son front. Ses lèvres pâles à la courbe sensuelle en dessinaient un autre. « J'avais prié pour ne plus te revoir », dit-elle d'une voix grave à l'accent marqué.

L'expression de McCaskey se durcit à son tour. « J'imagine que tu n'as pas dû prier suffisamment.

– Peut-être. J'étais trop occupée à pleurer. »

McCaskey s'abstint de répondre à cela.

Les yeux de María le scrutèrent. Mais autrement, son expression n'avait pas changé. Aideen eut l'impression qu'elle cherchait quelque chose. L'homme qu'elle avait jadis aimé ? Des souvenirs pour adoucir sa haine ? Ou bien autre chose ? Un prétexte pour réveiller sa colère ? La vue de bras, de cuisses, de mains, d'un torse qu'elle avait un jour tenus et caressés...

Après quelques secondes, María retourna vers sa bicyclette. Elle sortit son barda du panier fixé derrière la selle.

« Je te le confie, Luis », dit-elle en indiquant son vélo. Elle s'approcha d'Aideen, la main tendue. « Excusez ma grossièreté, mademoiselle Marley. Je suis María Corneja.

– Appelez-moi Aideen, dit cette dernière en acceptant sa poignée de main.

– Je suis ravie de faire votre connaissance, Aideen », dit María. Elle regarda Luis. « Ai-je autre chose à savoir ? »

Luis fit un signe de dénégation. « Tu connais les codes. Si jamais il y a du nouveau, je te contacte sur ton portable. »

María acquiesça et regarda Aideen. « Allons-y », dit-elle en se dirigeant vers l'hélicoptère. Elle mit un point d'honneur à ne pas regarder McCaskey.

Aideen jeta son sac sur l'épaule et lui emboîta le pas.

« Bonne chance à toutes les deux », leur lança Darrell au passage. Seule Aideen se retourna pour le remercier.

La turbine du Kawasaki se mit à siffler dès que les femmes approchèrent de l'hélico. Bien qu'il eût été impossible de parler avec tout ce boucan, le silence obstiné de María mettait Aideen mal à l'aise. Elle se sentait en outre déchirée. En tant que collègue de McCaskey, elle aurait dû trouver quelque chose à dire. Mais en tant que femme, elle sentait qu'elle aurait dû en même temps l'ignorer – et tant qu'à faire, en profiter pour maudire tous les hommes. Maudire son père d'avoir été alcoolique. Maudire les dealers qui ruinaient vies et familles, multipliant veuves et orphelins au Mexique. Maudire le gentleman de rencontre qui ne restait gentleman que le temps de devenir un intime.

Les deux femmes embarquèrent et en moins d'une minute elles avaient décollé. Elles étaient assises l'une contre l'autre dans l'habitacle exigu et bruyant, et le silence se prolongea jusqu'à ce que finalement Aideen n'y tienne plus.

« Je crois savoir que vous n'avez pas toujours été dans la police. Vous faisiez quoi, avant ?

– Je dirigeais un petit théâtre subventionné à Barcelone. Puis, pour le frisson, j'ai fait du parachutisme. Puis, pour avoir encore plus de frissons, je suis montée sur les planches. J'ai toujours aimé jouer la comédie, d'où sans doute mon amour du travail d'infiltration. « Le ton était agréable, le regard franc. Les souvenirs qui avaient pu la troubler à l'aéroport se dissipaient.

« C'était votre spécialité ? »

María acquiesça. « C'est très théâtral, et c'est ce que j'adore. » Elle tapota son sac en toile. « Jusqu'aux codes qui viennent du théâtre. Luis prend des chiffres qui font référence à des actes, des scènes, des répliques, des mots. Quand je travaille à l'extérieur, il me téléphone. Quand je suis en ville, il me laisse souvent des bouts de papier glissés sous des pierres. Parfois, il va jusqu'à les inscrire directement sur les murs, comme des graffitis. Un jour il les avait même maquillés en numéros de téléphone rose sur la cloison d'une cabine téléphonique. »

À ce souvenir, María sourit pour la première fois. Avec ce sourire, ses dernières traces de colère semblèrent se dissiper. Aideen sourit à son tour.

« Vous avez eu une journée terrible, dit María. Comment vous sentez-vous ?

– Encore pas mal choquée, répondit Aideen. Je n'ai pas encore complètement réalisé.

– Je connais ce sentiment. Si définitive que soit la mort, elle ne paraît jamais tout à fait réelle. Vous connaissiez Martha Mackall ?

– Pas très bien, répondit Aideen. Cela ne faisait que deux mois qu'on collaborait. Elle n'était pas d'un abord facile.

– C'est vrai, dit María. J'ai eu l'occasion de la rencontrer à plusieurs reprises quand je vivais à Washington. Une femme intelligente mais très à cheval sur le service.

– C'était tout Martha. »

Évoquer son séjour en Amérique parut la déprimer à nouveau. Son petit sourire s'évapora. Son regard s'assombrit.

« Je suis désolée pour ce qui vous est arrivé..., dit María.

– Ça ira. »

María fixa le vide. « Mack et moi, nous avons vécu ensemble un moment, poursuivit-elle, comme si Aideen n'avait rien dit. Jamais je n'avais connu un homme aussi délicat, aussi attentionné. Nous étions prêts à rester toujours ensemble. Mais il voulait que je quitte mon travail. Il disait que c'était trop dangereux. »

Aideen commençait à se sentir mal à l'aise. Les femmes de Boston se montraient plus discrètes sur leur vie privée.

María baissa les yeux. « Il voulait que j'arrête de fumer. C'était pas bon pour ma santé. Il voulait me faire aimer le jazz. Et le football américain. Et la cuisine italienne. Tout ce qu'il aimait, il l'aimait passionnément, moi comprise. Mais il ne pouvait pas tout partager comme il l'aurait désiré et, au bout du compte, il décida qu'il préférait être seul que déçu. » Elle regarda Aideen. « Est-ce que vous comprenez ? »

Aideen acquiesça.

« Je ne m'attends pas à ce que vous le critiquiez, dit María. Vous travaillez avec lui. Mais je voulais que vous sachiez pourquoi j'ai réagi ainsi tout à l'heure, parce que vous allez travailler aussi avec moi. Je n'ai appris sa présence à Madrid que lorsqu'on m'a prévenue que vous m'accompagniez. Ça ne m'a pas été facile d'accepter de le revoir.

– Je comprends », dit Aideen. Elle devait presque crier pour couvrir les claquements du rotor.

María exhiba son esquisse de demi-sourire. « Luis m'a dit que vous avez participé au démantèlement d'un réseau de trafiquants de drogue au Mexique. Il faut du courage.

– Pour être franche, il faut plus d'indignation que de courage.

– Vous êtes trop modeste.

– Non, je suis sincère. La drogue a été l'un des éléments qui ont détruit mon environnement quand j'étais gamine. La coke a tué un de mes meilleurs amis. L'héroïne a emporté mon cousin Sam, alors qu'il était brillant organiste à notre église. Il est mort dans la rue. Dès que j'ai eu un minimum d'expérience professionnelle, j'ai eu envie de faire un peu plus que geindre en me tordant les mains.

– J'ai eu la même réaction vis-à-vis de la criminalité. Mon père était propriétaire d'un cinéma à Madrid. Il s'est fait tuer lors d'un braquage. Mais nos désirs n'auraient pu aboutir s'ils n'avaient pas été soutenus par le courage ou la résolution. Et la ruse, ajouta-t-elle. Ça, on l'a de naissance ou on l'acquiert. Mais c'est indispensable.

– Je me contenterai de la résolution et de la ruse,

répondit Aideen. Et j'ajouterai une chose : il faut savoir apprendre à maîtriser ses réflexes d'indignation.

– Je ne saisis pas.

– Garder pour soi ses émotions, expliqua Aideen. C'est ce qui m'a permis de me balader dans les rues incognito – pour mieux observer et apprendre sans se laisser dominer par ses passions. Sinon, on perd son temps à épancher ses haines. Avoir l'air de rien quand on interroge un dealer pour découvrir le nom de son réseau. À Mexico, il y avait les Nuages, qui fourguaient la marijuana. Les Pirates, la coke. Les Anges, le crack. Les Jaguars, l'héro. Il fallait apprendre la différence entre l'usager occasionnel et le junkie.

– Les junkies sont toujours solitaires, c'est ça ? »

Aideen acquiesça.

« C'est partout pareil, observa María.

– Les autres se déplacent en bande. Il fallait apprendre à reconnaître les dealers au cas où ils resteraient bouche cousue. Savoir qui filer pour remonter la filière. Les dealers gardent toujours les manches relevées – c'est là qu'ils planquent le fric. Les poches, c'est pour les flingues ou les couteaux. Mais j'ai toujours eu la trouille sur le terrain, María. J'avais peur pour ma vie, peur de ce que je pourrais apprendre sur le côté peu reluisant de tel ou tel individu. Si je n'avais pas eu cette colère devant la ruine de mon ancien quartier, si je n'avais pas été malade en songeant aux familles des pauvres bougres que je rencontrais, je n'aurais jamais pu supporter tout ça. »

María se laissa de nouveau aller à sourire. C'était un sourire plein de confiance, de respect, un sourire de camaraderie. « Le courage sans peur est synonyme de stupidité, observa-t-elle. Je reste convaincue que vous en avez eu, et je vous admire d'autant plus. Je sens qu'on va faire une sacrée bonne équipe.

– En parlant d'équipe… quel est le plan prévu, une fois arrivées à Saint-Sébastien ? » Elle avait hâte qu'on cesse de parler d'elle. Cela la mettait toujours mal à l'aise.

« La première chose à faire sera de nous rendre à la station de radio.

– En jouant les touristes ? s'étonna Aideen.

– Non. Il faut qu'on découvre qui leur a apporté la cassette. Une fois qu'on le saura, on les retrouve et on les observe, en jouant les touristes. On sait que les victimes préparaient un complot. La question est de savoir s'ils sont morts à cause d'un règlement de comptes interne ou si quelqu'un avait découvert leur plan. Un individu ou un groupe qui ne s'est toujours pas manifesté.

– Ce qui veut dire qu'on ne sait pas si l'on a affaire à un allié ou à un adversaire.

– Exactement. Ici comme chez vous, il y a des clans et l'information ne circule pas toujours bien entre les services. »

À ce moment, leur pilote confia le manche à son copilote pour se pencher vers l'arrière. Il ôta son casque pour crier : « Agent Corneja ? Je viens de recevoir un message de votre chef. Il vous informe qu'Isidro Serrador vient d'être tué, cette nuit, au commissariat central de Madrid.

– Dans quelles circonstances ?

– Abattu en essayant de subtiliser son arme à un officier de l'armée.

– Un officier de l'armée ? s'étonna María. Ce genre d'affaire n'est pas de son ressort.

– Je sais, répondit le pilote. Votre chef est en train de chercher l'identité de ce gradé et ce qu'il faisait dans un commissariat. »

María le remercia et l'homme reprit les commandes. Elle regarda Aideen.

« Ça commence à devenir sérieux, dit-elle, l'air grave. J'ai le sentiment que ce qui est arrivé à cette pauvre Martha n'était que le premier coup d'une longue série qui s'annonce meurtrière... »

15.

Mardi, 2 : 55, Saint-Sébastien, Espagne

La *familia* est une institution qui remonte à la fin du XIXe siècle. Elle fait partie de la même culture méditerranéenne que celle qui a donné naissance à la Mafia sicilienne, à la Camora napolitaine, et aux clans analogues en Turquie ou en Grèce. Dans la variante créée par les Espagnols, le membre devait fidélité non pas à un parent mais à un employeur légitime, en général le propriétaire d'une usine ou le dirigeant d'une corporation telle que celle des maçons ou des livreurs de glace. Pour que l'employeur garde les mains propres, on recourait à un encadrement sélectionné qui avait pour tâche de le protéger contre tout acte de violence ou de sabotage, voire de procéder au même genre d'action contre les rivaux. Les cibles étaient presque toujours des entreprises ou des commerces ; les agressions visant le domicile ou la famille de la victime étaient considérées comme *inciviles.* Il arrivait qu'un membre d'une *familia* se lance dans la contrebande ou l'extorsion de fonds, mais cela restait rare.

En échange de leurs services, les membres de la *familia* recevaient parfois un petit extra. Ce pouvait être le financement des études universitaires du petit dernier. En général, toutefois, leur loyauté ne leur valait que les remerciements de leur patron et la garantie d'un emploi à vie.

Juan Martinez rangeait l'attaque contre le yacht parmi les actes de caractère incivil. Car l'agression était d'une gravité sans précédent : jamais on n'avait vu autant de membres de *familias* tués d'un coup. Juan n'avait jamais esquivé la violence durant toutes ces années au service du Señor Ramirez. Les attentats visant le chantier naval, surtout au tout début, étaient en général dirigés contre les bateaux, les machines ou les bâtiments. Une fois ou deux, un ouvrier avait été victime d'une agression, mais jamais les actionnaires ou la direction. L'acte commis la veille au soir exigeait une riposte d'un niveau équivalent. Juan, qui était un gosse de la rue de Manresa et qui travaillait pour le Señor Ramirez, avait hâte de passer à l'acte. La station de radio constituait une première cible idéale.

Juan et trois camarades de travail prirent la voiture pour se rendre au petit émetteur de la station. Il était installé en haut d'une colline de trois cents mètres, l'une des trois qui fermaient au nord la baie de Saint-Sébastien. Une étroite route pavée s'arrêtait à mi-pente. Autour du sommet, un domaine bien protégé abritait de luxueuses résidences dominant la baie.

Combien de chefs de familias *habitent ici ?* se demanda Juan, assis à l'avant de la voiture. Il avait pris un sac à dos qu'il avait rempli à l'usine. C'était la première fois qu'il montait si haut, et le panorama sur la côte, spectaculaire et serein, le mettait mal à l'aise. Lui, son truc, c'était le travail et l'action. Il se sentait aussi déplacé ici que dans les jardins visibles au clair de lune juste derrière les grilles.

Longeant l'enclos, la route se continuait par un chemin de terre plus étroit, visiblement réservé aux piétons ou aux motocyclistes. La vue était à présent cachée par un virage ; de ce côté, les herbes folles poussaient librement, en plaques éparses. Juan se sentait à nouveau davantage chez lui. Levant les yeux, il avisa au bout de la route le bâtiment bas en parpaing de l'émetteur. Il était ceint d'une clôture grillagée haute de deux mètres cinquante et surmontée de barbelés.

La Radio Nacional de Público était une petite station locale dotée d'un émetteur de dix kilowatts lui permettant de couvrir une zone allant de Pampelune au sud jusqu'à Bordeaux au nord. RNP émettait un programme musical entrecoupé de bulletins d'infos et de météo locale, dans la journée, avec en soirée des émissions plus spécifiquement tournées vers la communauté basque. Les propriétaires étaient des antiséparatistes avoués qui avaient déjà subi de nombreuses attaques à l'arme à feu et même un incendie criminel. D'où le bâtiment bas en parpaing et les barbelés. L'antenne émettrice était située sur le toit du bâtiment, avec son mât grillagé de cinquante mètres peint en rouge et blanc, surmonté d'un feu rouge clignotant.

Le chauffeur de la *familia*, Martín, avait éteint les phares en approchant. Il arrêta la voiture à trois cents mètres de la grille et se gara en contrebas du sommet. Les quatre hommes descendirent. Juan sortit un vélo du coffre, enfila un sac à dos, puis s'humecta le visage. L'eau ruissela comme de la sueur sur ses joues et sa gorge. Puis il se dirigea d'un pas décidé vers la porte. Les trois autres vissèrent des silencieux sur leurs pistolets avant de le suivre à une centaine de pas. Juan fit mine de haleter tout en marchant d'un pas lourd, en partie pour couvrir les pas de ses complices, en partie pour être certain d'être entendu.

Comme il l'avait escompté, il y avait des gardes à l'intérieur du périmètre. Trois types armés, visiblement pas des vigiles. On les avait sans aucun doute amenés ici pour veiller sur la station après la diffusion de la cassette. Juan et les autres avaient déjà décidé qu'au cas où ils tomberaient sur des sentinelles, celles-ci devraient être supprimées discrètement et simultanément.

Juan se força à se relaxer. Il ne pouvait pas se permettre de trembler devant ses hommes. C'était sa mission, et il n'avait pas envie que les autres membres de la *familia* s'imaginent qu'il était nerveux.

Juan s'arrêta en voyant la grille. « Putain de merde ! » lança-t-il tout haut.

L'un des gardes l'entendit. Il s'approcha en hâte, tandis que les deux autres restaient en retrait pour le couvrir.

« Qu'est-ce que vous voulez ? » demanda le garde. C'était un type maigre, très grand, aux cheveux bruns bouclés avec un début de calvitie.

Juan resta un long moment interdit, jouant l'étonnement.

« Merde, j'aimerais bien savoir où je suis !

– Tu cherches quoi au juste, mec ? demanda le garde.

– Je cherche le camping d'Iglesias. »

Ricanement sans joie de l'autre type. « J'ai bien peur que t'aies encore pas mal de route devant toi. Ou, plus précisément, dans ton dos, et plein est.

– Comment ça ? »

Le garde lança le pouce sur la droite. « Ben, tu vois,

le camping, il est au sommet de l'autre colline, là-bas, celle avec le… »

Il y eut une série de *plop-plop-plop* assourdis derrière Juan au moment où les trois autres membres de la *familia* tiraient sur les gardes.

Les hommes s'effondrèrent sans bruit, un trou rouge déchiqueté au beau milieu du front.

Tandis que les membres de la *familia* reprenaient leur progression vers l'émetteur, Juan posa sa bicyclette, ôta son sac à dos, se mit à la tâche.

La façon la plus simple d'entrer était de s'annoncer à l'interphone et d'attendre l'ouverture de la gâche électrique. Mais il n'en était pas question et, du reste, ce n'était pas le seul moyen. Juan sortit du sac une chemise et un pied-de-biche, auquel il noua le vêtement par la manche. Son maillot était trempé de sueur et l'air de la nuit le fit frissonner quand il entama l'escalade de la clôture à gauche du portail.

À mi-hauteur, il lança le pied-de-biche par-dessus la grille, tout en retenant sa chemise par la manche libre. Elle atterrit à cheval sur le barbelé. Juan introduisit index et majeurs dans les maillons les plus proches, saisit la barre de fer, la ramena de son côté. Puis il l'ôta et noua les deux manches de chemise. Cela fait, il prit une autre chemise – celle-ci appartenait à Ferdinand, le veilleur de nuit baraqué. Il répéta la manœuvre de manière à placer deux couches d'étoffe sur le barbelé. Quand il eut terminé, les quatre hommes purent franchir sans encombre la clôture. Ils se laissèrent tomber à l'intérieur du périmètre, puis attendirent un moment, pour s'assurer que personne ne les avait entendus. Quand ils en furent certains, ils gagnèrent rapidement la porte métallique en façade. Ils progressaient avec précaution, dans un silence relatif.

Les trois autres avaient eux aussi des pieds-de-biche et Ferdinand avait en plus fourré un calibre 38 dans la poche droite de son falzar. Il avait des chargeurs supplémentaires dans la gauche, enveloppés dans un mouchoir pour les empêcher de cliqueter. Juan et ses hommes n'avaient pas envie de tuer d'autres personnes. Mais après ce qu'on avait fait au Señor Ramirez, ils n'hésiteraient pas à tout faire pour parachever leur mission.

Ils savaient que la porte serait verrouillée et avaient donc pris leurs dispositions en ce sens. Juan étant le plus grand de la bande, c'est lui qui introduisit la pince-monseigneur à l'angle supérieur gauche de la porte, entre battant et chambranle. Martín se pencha et en fit de même à l'angle inférieur gauche. Sancho enfonça la sienne au niveau de la poignée. Ferdinand dégaina son arme et recula, prêt à faire feu au cas où ils seraient attaqués.

Chaque homme enfonça la griffe de sa pince le plus loin possible. S'ils n'arrivaient pas à ouvrir la porte du premier coup, ils feraient une nouvelle tentative, toujours à l'unisson. Ils estimaient en venir à bout au second essai. Martín avait travaillé dans le bâtiment et, selon lui, même s'il y avait deux verrous, le chambranle et le battant ne devaient pas être blindés par des plaques d'acier. On évitait de multiplier les masses métalliques à proximité d'un émetteur radio, avait-il expliqué.

Lorsque Juan eut compté jusqu'à trois, les hommes tirèrent de toutes leurs forces. La porte céda du premier coup, le bois se fendant le long du chambranle.

Dès que Ferdinand leur eut donné le feu vert, ils se précipitèrent par l'ouverture.

Il y avait trois personnes à l'intérieur. L'animateur dans une cabine insonorisée et deux techniciens, un homme et une femme, assis à la console. Conformément au plan, Martín chercha le disjoncteur électrique. Il le trouva et coupa le courant. L'émetteur se tut avant que le speaker ait eu le temps d'annoncer ce qui se passait. À la seule lumière des deux caissons lumineux de secours montés au plafond, Juan et Sanchez se jetèrent sur les techniciens. Ils les frappèrent rudement à la clavicule. Ils tombèrent, la femme avec une plainte, l'homme avec des cris perçants. Tandis que Ferdinand les tenait en respect, Juan pénétra dans la cabine. Il se dirigea d'un pas tranquille vers l'animateur.

« Je veux que tu me dises qui t'a refilé la bande que tu as diffusée tout à l'heure », dit Juan.

Le type, un jeune barbu mince, recula, indigné, dans son fauteuil à roulettes.

« Je te repose la question, dit Juan en levant sa pince-monseigneur. Qui t'a donné la bande ?

– Je sais pas qui c'était », couina l'homme, d'une voix aiguë, étranglée. Il se racla la gorge. « J'en sais rien. »

Juan abattit la pince sur le triceps gauche du type. Il agrippa son bras, sa bouche s'ouvrit, béante comme une porte de four. Des larmes envahirent ses yeux agrandis.

« Qui t'a donné la bande ? » répéta Juan.

L'autre voulut fermer la bouche. Apparemment sans succès. Le fauteuil buta contre le mur de la cabine.

Juan avançait toujours. Il regarda les doigts de la main droite du type. Ils enserraient le haut de son bras. Il brandit de nouveau sa pince-monseigneur, visant les doigts.

La barre de fer s'écrasa sur le dos de la main, juste à la racine des phalanges. Il y eut un craquement, comme des os secs qui se brisent. La main du type retomba, inerte, sur son ventre. Un hématome énorme boursoufla aussitôt la peau. Cette fois, la victime réussit à hurler.

« Adolfo ! cria cette grande bouche béante.

– Qui ça ? répéta Juan.

– Adolfo Alcazar ! Le patron pêcheur ! » Et l'homme lui fournit l'adresse. Juan le remercia avant de lui balancer encore une fois la barre de fer dans la figure, assez fort pour lui briser la mâchoire. Il jeta un regard vers ses deux complices, Martín et Sancho, qui en firent de même. Ils n'avaient pas le temps de chercher des téléphones portables et il ne voulait pas qu'ils puissent appeler pour prévenir le pêcheur.

Cinq minutes plus tard, les quatre membres de la *familia* redescendaient la route en direction de la ville.

16.

Mardi, 20 : 15, Washington, DC

Quand Hood appela chez lui, personne ne décrocha, ni Sharon ni les gosses. Le répondeur se déclencha à la quatrième sonnerie ; c'était la voix de Harleigh, le message datait de la veille.

« Salut ! Vous êtes chez les Hood. Nous ne sommes pas à la maison pour l'instant. Mais on va pas vous dire de laisser un message, parce qu'au cas où vous le sauriez pas, on n'a pas envie de vous causer. »

Hood poussa un soupir. Il avait déjà demandé aux enfants de s'abstenir de laisser ce genre de fines blagues sur le répondeur. Peut-être aurait-il dû insister. Sharon disait toujours qu'il n'était pas assez strict avec eux.

« Hé, la bande, c'est moi », dit-il à la machine. Le ton convivial était forcé. « J'ai bien peur d'être retenu au bureau plus longtemps que prévu. J'espère que vous avez tous passé un super premier jour de vacances de Pâques et que vous êtes sortis au cinéma, faire du shopping, ou un truc sympa. Sharry, veux-tu me passer un coup de fil quand vous rentrez ? Merci. Bisous à tous. Salut. »

Hood raccrocha, traversé par un éclair de désespoir. Il avait terriblement envie de parler à Sharon. Il détestait sentir cette barrière entre eux et aurait voulu arranger les choses. Ou, à tout le moins, faire la paix, le temps de s'asseoir avec elle, de lui parler, et de régler les problèmes. Il essaya de la contacter sur son portable mais fut renvoyé sur le répondeur. Il décida de ne pas laisser de message.

Presque à l'instant où il reposait le combiné, sa ligne privée se mit à sonner. C'était Sharon. Il sourit et un poids lui libéra la poitrine.

« Hé, salut ! » fit-il. Cette fois, le ton enjoué n'avait rien de forcé. Il y avait du bruit derrière elle – des conversations, des annonces au haut-parleur. « Vous êtes tous à la galerie commerciale, c'est ça ?

– Non, Paul. Nous sommes à l'aérogare. »

Hood, qui était avachi dans son fauteuil en cuir, se redressa soudain. Il resta plusieurs secondes sans rien dire – une habitude prise durant sa carrière politique.

« J'ai décidé d'emmener les enfants dans le Connecticut, poursuivit son épouse. De toute façon, tu ne les aurais pas beaucoup vus cette semaine, et mes parents nous ont demandé de venir leur rendre visite.

– Oh. Et combien de temps comptes-tu rester ? » Sa voix était calme mais, intérieurement, il n'en allait pas de même. Il contemplait le portrait de famille encadré sur son bureau. La photo datait de trois ans mais les sourires sur les quatre visages lui parurent soudain appartenir à une autre époque.

« Honnêtement, je n'en sais rien. »

Ron Plummer et Bob Herbert arrivèrent sur ces entrefaites. Hood leva un doigt. Herbert vit qu'il était sur sa ligne privée. Il acquiesça et les deux hommes s'éclipsèrent. Farris arriva peu après. Elle rejoignit ses collègues dans le couloir.

« Je suppose que ça dépend de..., dit Sharon, puis elle se tut.

– De quoi ? insista Hood. De moi ? De mon envie de t'avoir ici ? Tu connais la réponse.

– Je la connais, même si je me demande bien pourquoi. Tu n'es jamais là. On part en vacances ensemble et tu rentres le premier jour.

– Ça n'est arrivé qu'une fois.

– Uniquement parce qu'on n'a même pas cherché à renouveler l'expérience, observa Sharon. Ce que je voulais dire, c'est que mon retour à Washington dépendra de mon envie de voir les enfants à chaque fois déçus... ou de mon envie d'y mettre un terme une bonne fois pour toutes.

– Ça, c'est ce que tu veux, toi. » Hood qui avait élevé la voix s'empressa de baisser le ton. « Leur as-tu demandé leur avis ? Est-ce qu'il compte, au moins ?

– Évidemment, qu'il compte ! Ils veulent leur père. Et moi aussi. Mais si on ne peut pas l'avoir, alors peut-être qu'il vaudrait mieux régler ça tout de suite plutôt que de laisser pourrir la situation. »

Herbert tourna la tête vers le bureau. Ses lèvres étaient pincées, ses sourcils levés. Ce qu'il avait à lui dire devait être important. Alors qu'il lui tournait à nouveau le dos, Hood se prit à regretter de ne pouvoir tout reprendre à zéro. La journée, l'année, sa vie entière.

« Ne pars pas là-bas, reprit-il. S'il te plaît. On trouvera bien une solution.

– Je me doutais que tu dirais ça », rétorqua Sharon. La voix n'était pas dure, simplement catégorique. « Si tu veux régler la question, Paul, tu sais où nous trouver. Je t'aime... et je te répondrai. D'accord ? »

Elle raccrocha. Hood fixait toujours la nuque de ses collaborateurs, restés à la porte. Il avait de tout temps considéré Bob, Mike et Darrell en particulier comme une seconde famille. Voilà tout d'un coup qu'ils étaient la seule qui lui restait. Et c'était trop peu.

Il raccrocha. Bob l'entendit et se retourna. Il roula dans le bureau, suivi des autres. Il fixait Hood.

« Tout va bien ? » demanda Herbert.

Ça le frappa soudain. Sa femme venait de quitter le domicile conjugal en emmenant les enfants. L'idée l'effleura d'envoyer quelqu'un à l'aéroport pour l'en empêcher. Mais Sharon ne lui pardonnerait jamais de lui avoir forcé la main. Et lui-même n'était pas sûr non plus de pouvoir se le pardonner.

« On en reparlera plus tard, dit Hood. Et vous, vous avez quoi ?

– Un sacré tombereau de merde, comme on dit dans mon coin. Je viens juste m'assurer que vous tenez toujours à voir Darrell et Aideen patauger en plein milieu.

– Paul, dit Ann en tapotant son calepin du plat de la main, si vous pouviez me consacrer juste une petite minute… »

Coup d'œil de Hood à Herbert.

Le chef du renseignement hocha la tête. « Je peux rester ? »

Ann acquiesça.

« C'est bon, dit Hood. Allez-y.

– Merci. »

Les yeux du directeur s'attardèrent brièvement sur les doigts fins d'Ann tenant le calepin. Les longs ongles vernis étaient terriblement féminins. Il détourna les yeux. Il en voulait à Sharon et se sentait attiré par Ann, qui le désirait. Il détestait ce penchant mais ne savait trop qu'en faire.

« Je viens d'avoir un coup de fil de la BBC, dit Ann. Ils ont récupéré la cassette vidéo d'un touriste qui a filmé la scène après la fusillade devant les Cortes à Madrid. On y voit le corps de Martha en train d'être évacué...

– Les charognards..., protesta Herbert.

– Ce sont des journalistes, rétorqua Ann, et que ça vous plaise ou non, c'est de l'info.

– Alors ce sont des journalistes charognards, dit Herbert.

– On se calme, Herb », coupa Hood. Il n'était pas d'humeur à supporter une autre querelle de famille. « Où voulez-vous en venir, Ann ? »

L'intéressée consulta ses notes. « Ils ont extrait une image des traits de Martha, poursuivit-elle, ont effectué une analyse comparative avec leur base de données et sont ressortis avec une photo de Martha prise lors de sa rencontre avec le chef zoulou Mangosuthu Buthelezi, le rival de Nelson Mandela, à Johannesburg en 94. Jimmy George du *Washington Post* dit qu'il va recouper ça avec ses données pour l'édition de demain, avant que la BBC ne sorte le scoop. »

Hood pressa les paumes des mains contre ses yeux et se massa les paupières. « Quelqu'un sait-il qu'Aideen l'accompagnait ?

– Pas encore.

– Recommandations ? coupa Hood.

– Mentir, proposa Herbert.

– Si on essaie et qu'on se plante, répondit Ann, un rien embêtée, si on raconte un truc du genre "C'était une spécialiste des missions diplomatiques mais en fait elle était là-bas en vacances", personne ne nous croira. Ils continueront de creuser. Donc, je suggère qu'on leur balance la vérité toute nue.

– Jusqu'à quel point ? demanda Hood.

– Disons qu'elle était là-bas pour faire bénéficier de son expérience les parlementaires espagnols. Ces derniers s'inquiétaient d'un regain des tensions nationalistes, or elle avait une certaine maîtrise en ce domaine. C'est vrai. Point final.

– Tu ne peux pas raconter tout ça à la presse, fit remarquer Herbert.

– Je n'ai pas le choix.

– Si tu fais ça, ils risquent de se douter qu'elle n'était pas partie seule. Et les salopards qui ont descendu Martha pourraient remettre ça pour éliminer Aideen.

– Je croyais que les tueurs étaient au fond de la mer, objecta Ann.

– C'est possible, dit Hood. Mais si jamais Bob a raison, et qu'ils sont toujours en vie ?

– Je n'en sais rien, admit Ann. Mais si je mens, Paul, ça risque d'être pire.

– Comment cela ?

– La presse finira par découvrir que Martha était en Espagne avec une certaine "Señorita Serafico" et ils vont tout faire pour la localiser. Il ne leur faudra pas longtemps pour s'apercevoir que cette Señorita Serafico n'a jamais existé. Alors ils essaieront de découvrir eux-mêmes l'identité de la femme mystérieuse. Et de découvrir par la même occasion comment elle s'est introduite dans le pays et où elle résidait. Leur enquête pourrait mener les tueurs droit sur elle.

– Remarque judicieuse, dut reconnaître Herbert.

– Merci, dit Ann. Paul, aucune solution n'est idéale.

Mais si je leur donne ça en pâture, ils pourront au moins vérifier qu'on ne leur raconte pas de bobards. Je reconnaîtrai qu'il y avait quelqu'un d'autre avec elle en leur précisant que pour raisons de sécurité, cette personne a discrètement quitté le pays. Ils goberont l'histoire.

– Vous êtes sûre ? » demanda Hood.

Ann acquiesça. « La presse ne révèle pas toujours tout. Ils aiment bien avoir l'impression d'avoir déterré un secret. Ça leur permet de se faire mousser dans les cocktails, c'est un des rouages du métier…

– Rectification, coupa Herbert. Ce ne sont pas de simples charognards. Mais des putains de charognards franchement débiles.

– Chacun ses défauts », observa Ann.

Herbert se gratta le front, mais Hood comprenait. Sa morale personnelle avait déjà pris quelques coups de canif ces dernières heures…

« Bon, très bien, coupa-t-il. Allez-y. Mais limitez-moi les dégâts, Ann. Pas question qu'ils découvrent quoi que ce soit sur Darrell ou Aideen. Dites à la presse qu'on les a rapatriés avec des mesures de sécurité maximales.

– Entendu. Et qu'est-ce que je dis sur le remplaçant de Martha à l'Op-Center ? Ils vont forcément poser la question.

– Dites-leur que Ronald Plummer assure l'intérim de la cellule géopolitique », répondit Herbert sans hésiter.

Plummer le remercia du regard. Reconnaître ce fait dans un communiqué officiel, sans citer d'autre nom que le sien, équivalait à un vote de confiance. Ce serait à lui de se montrer à la hauteur.

Ann remercia Hood et prit congé. Ce dernier s'abstint de la regarder sortir et se tourna vers Herbert.

« Alors, et votre tombereau de merde ?

– Des émeutes, expliqua Herbert. Elles éclatent dans tout le pays. » Il hésita. « Vous vous sentez bien ?

– Très bien.

– Vous avez l'air ailleurs...

– Non, non, ça va, merci, Bob. Quel est le résumé de la situation ? »

Herbert le regarda, l'air de dire « je ne suis pas dupe », mais il poursuivit : « Les émeutes ne sont plus cantonnées dans la région castillane d'Ávila, Ségovie et Soria... Ron, vous avez les dernières infos.

– Ça vient de nous arriver par fax du consulat américain sur place, expliqua Plummer, mais je suis certain que plusieurs agences de presse sont déjà au courant. L'annonce de l'annulation du match de foot à Barcelone s'est répandue comme une traînée de poudre – pas étonnant, alors que l'équipe allemande essayait de quitter discrètement la ville, des supporters furieux ont bloqué l'autoroute pour empêcher leur car de rejoindre l'aéroport d'El Prat. La *policía nacional* est intervenue pour les dégager. Quand les policiers se sont vu accueillir par des jets de pierres, ils ont appelé en renfort les Mossos d'Escuadra.

– La police autonome de Catalogne, expliqua Herbert. Ils sont chargés de la surveillance des bâtiments publics et ont la réputation de ne pas faire dans la dentelle.

– Ils ont appréhendé une bonne vingtaine de personnes. Alors que des renforts de police continuaient d'arriver, le commissariat a été attaqué par les émeutiers. Le pouvoir local s'apprête à décréter la loi martiale. Voilà où nous en sommes.

– Cela dit, Barcelone est situé de l'autre côté de la péninsule par rapport à Saint-Sébastien, nota Herbert. Je ne vois pas trop comment les émeutes pourraient s'étendre de la capitale catalane à une ville balnéaire basque... À brève échéance en tout cas. » Il se pencha en avant, croisa les doigts. « Mais ce qui me tracasse, Paul, c'est cette instauration de la loi martiale et l'impact que peut avoir une telle mesure sur la conscience collective du pays.

– Comment cela ?

– On ne peut s'empêcher de penser à l'ombre de Franco. Les gens n'ont pas oublié l'époque de la Phalange, le parti fasciste du dictateur. Pour la première fois depuis près de trente ans, on assiste à un affrontement déclenché par des forces gouvernementales, on peut parier que la résistance va être farouche.

– L'ironie, observa Plummer, c'est que les Allemands ont soutenu Franco durant la guerre d'Espagne. Les retrouver comme point de départ de nouveaux incidents, qui plus est en Catalogne, cela ne peut qu'envenimer les choses.

– Que fait-on de nos compatriotes ? demanda Hood. Pensez-vous qu'ils doivent faire le gros dos, en attendant de voir comment évolue la situation ? »

Herbert secoua la tête. « Je suis d'avis qu'on les invite à quitter le pays, qu'on rappelle les Attaquants et qu'on incite le président à faire évacuer tous les ressortissants américains dont la présence n'est pas indispensable. Ceux qui resteront en Espagne auront intérêt à se barricader. »

Hood considéra longuement Herbert. L'homme

n'était pas du genre à avoir des réactions exagérées. « Comment évaluez-vous la situation ? Grave ? Très grave ?

– Très grave. Une faille politique majeure vient de s'ouvrir. Je redoute qu'on se retrouve confrontés à l'équivalent de la prochaine crise soviétique ou yougoslave. »

Hood tourna les yeux vers Plummer. « Ron ? »

Plummer replia le fax, marquant nettement le pli du bout des doigts. « J'ai bien peur d'être de l'avis de Bob, Paul. La nation espagnole est au bord de l'éclatement. »

17.

Mardi, 3 : 27, Saint-Sébastien, Espagne

Adolfo Alcazar était épuisé quand il se coucha.

Il dormait sur un lit étroit installé dans un angle de son studio. Le mince matelas était posé sur un vieux sommier métallique rouillé par les embruns, installé à proximité du fourneau ; encore allumé, ses braises procuraient la seule lumière qu'il y eût dans la pièce exiguë.

Il sourit. Le matelas défoncé était celui-là même sur lequel il sautait quand il était gosse. Le souvenir lui revint soudain, alors qu'il était étendu dessus, nu… l'innocente pureté de cet acte : sauter sur le lit. On ne se posait pas la question de savoir ce qui s'était passé avant ou de ce qui viendrait après. C'était une expression parfaite, spontanée, d'allégresse et de liberté.

Il se souvint quand il avait été forcé d'arrêter parce que, ayant grandi, il faisait trop de bruit. Les voisins du dessous s'étaient plaints. Dure leçon pour un gamin : apprendre qu'on n'est pas libre. Et ce ne devait être que la première du genre. Jusqu'à ce qu'il rencontre le général, son existence avait été une suite d'abandons et de renoncements devant ce qui faisait le bonheur ou la richesse des autres. Étendu sur ce lit, ce lit qui lui procurait jadis un tel sentiment de liberté, Adolfo eut comme un avant-goût de cette promesse de liberté. Se retrouver libéré des lois d'un gouvernement qui lui disait ce qu'il pouvait pêcher, libéré des magnats de la pêche qui lui disaient où et quand il devait jeter son filet pour ne pas les gêner ou gêner les navires de plaisance qui encombraient le port, parce que l'industrie de la construction navale avait plus de poids à Madrid que les petits pêcheurs. Avec l'aide du général, il serait libre de gagner convenablement sa vie dans un pays à nouveau rendu au peuple. À *son* peuple. Peu importait aux yeux du général que vous soyez castillan comme Adolfo, ou basque, catalan ou galicien. Si vous vouliez vous libérer de l'emprise madrilène, si vous vouliez l'autonomie pour votre peuple, vous le suiviez. Si vous préfériez le maintien du *statu quo* ou continuer à profiter de la sueur des autres, vous étiez éliminé.

Étendu sur le dos, le regard perdu dans l'obscurité, Adolfo finit par clore les paupières. Il avait bien travaillé aujourd'hui. Le général serait content.

La porte s'ouvrit à la volée avec un brusque craquement qui le fit sursauter. Il n'était pas encore totalement réveillé que quatre hommes se précipitaient sur lui. Tandis que l'un d'eux fermait la porte, les trois autres le jetèrent au sol, à plat ventre, les bras écartés, les paumes plaquées à terre. Ils le maintinrent dans cette position en s'aidant des mains et des genoux.

« Es-tu Adolfo Alcazar ? » demanda l'un des hommes.

Adolfo ne dit rien. Il avait la tête tournée vers la gauche, vers le fourneau. Il sentit qu'on ramenait lentement en arrière le majeur de sa main droite jusqu'à ce qu'il finisse par céder avec un bruit sec.

« *Oui !* hurla-t-il avant de se mettre à geindre.

– Tu as tué pas mal de monde aujourd'hui », observa un autre.

Dans la tête d'Adolfo, les idées étaient embrumées mais la souffrance parfaitement claire. Avant qu'il ait pu reprendre ses esprits, on lui avait brisé l'index droit. Il hurla quand la douleur remonta de nouveau comme un éclair le long de son coude jusqu'à son dos. Il sentit qu'on lui fourrait quelque chose – une chaussette – entre les dents.

« Tu as tué le chef de notre *familia* », dit l'homme.

Son annulaire céda à son tour. Ils le relâchèrent et les trois doigts brisés se retrouvèrent côte à côte, boursouflés mais engourdis. Sa main tremblait quand ils lui retournèrent l'auriculaire. Le doigt retomba, brisé comme les autres. Puis il sentit un contact dur et froid sur son pouce. On le força à tourner la tête et il vit une pince-monseigneur tenue à la verticale, l'extrémité incurvée juste au-dessus du doigt. Elle s'éleva très haut et se rabattit violemment. Une brûlure fulgurante l'envahit quand la peau se déchira et que l'os se rompit. La barre de fer se releva et retomba, cette fois sur l'articulation du poignet. D'abord au centre, puis à gauche, puis à droite. Chaque coup déclenchait une vague de douleur cuisante qui irradiait son bras, jusqu'à l'épaule et le long du cou. Une fois celle-ci passée, il ne sentit plus qu'une pulsation lourde peser sur son avant-bras, comme une énorme enclume.

« Plus jamais tu ne lèveras la main sur nous », termina l'homme.

Sur ces mots, ils relâchèrent Adolfo et le retournèrent

sur le dos. Il voulut contrôler son bras mais il resta inerte, engourdi. Un filet de sang ruisselait sur l'avant-bras. Jusqu'à l'articulation du coude, il ne sentait plus rien.

Se débattant faiblement, il se laissa traîner deux mètres plus loin ; ils l'immobilisèrent là, cette fois sur le dos. Il avait toujours la chaussette coincée dans la bouche. Il faisait noir et des larmes de douleur obscurcissaient sa vision. Il n'arrivait pas à distinguer les visages de ses agresseurs. Il lutta pour se libérer mais ses efforts étaient aussi vains que ceux d'un poisson pris dans une de ses nasses.

« Garde tes forces, avertit l'homme. Tu ne vas aller nulle part… sinon en enfer, si tu ne nous dis pas ce qu'on veut savoir. Est-ce que tu piges ? »

Adolfo leva les yeux vers le visage sombre. Il voulut cracher la chaussette, moins par réaction que par défi.

L'homme le saisit par les cheveux pour l'attirer vers lui. « Est-ce que tu piges ? »

Adolfo ne répondit rien. Bientôt, l'autre fit signe au type juché sur son genou. Quelques instants après, il sentit qu'on soulevait sa jambe droite. Chaque fibre de son corps se mit à hurler quand son pied nu fut déposé sur la grille du fourneau, au-dessus des braises mourantes. Il reprit brutalement conscience, cria malgré le bâillon, voulut retirer la jambe. Mais les hommes le tenaient ferme.

« Est-ce que t'as pigé ? » répéta calmement l'homme au-dessus de lui.

Adolfo acquiesça vigoureusement tout en se débattant en tous sens pour tenter de se dégager. L'homme se tourna vers ses complices. Ils retirèrent le pied et le déposèrent au sol. La chair hurlante accaparait son esprit, aiguisant sa conscience. Il haletait, se tortillait.

Il fixa, les yeux agrandis de douleur, l'homme au visage noir.

Celui-ci lui retira la chaussette de la bouche, la maintint en suspens. « Pour qui travailles-tu ? »

Adolfo haletait bruyamment. Son pied l'élançait, brûlure glaciale comme des embruns sur un mauvais coup de soleil.

Il les sentit soulever l'autre jambe.

« Pour qui travailles-tu ?

– Un général, hoqueta Adolfo. Un général d'aviation nommé Pintos. Roberto Pintos.

– Où est-il stationné ? »

Adolfo ne répondit pas. Il était temps d'attendre un peu avant de sortir un nouveau mensonge. La seule fois qu'Adolfo avait rencontré le général Amadori – le vrai, pas ce général Pintos imaginaire –, c'était à une réunion de civils, dans un hangar d'aviation de Burgos. Et là, le général avait averti chacun d'eux qu'un jour comme celui-ci pouvait arriver. Qu'il pouvait être capturé et interrogé. Il leur avait dit qu'une fois commencée la guerre, qu'importe ce qu'ils diraient sous la torture. Mais il les avait incités à tenir le plus longtemps possible, par sens de l'honneur. « La majorité des hommes peuvent être brisés, avait-il dit. L'essentiel est de ne pas se laisser briser sans confondre l'ennemi. Si vous êtes capturés, vous ne pourrez rien faire pour empêcher qu'on vous torture. Ce qu'il faut, c'est parler. Mentir à l'ennemi. Continuer à mentir le plus longtemps possible. Mentir jusqu'à ce que l'ennemi ne puisse plus distinguer le vrai du faux, le bon renseignement du mauvais. »

« Où est stationné le général Pintos ? » insista son tortionnaire.

Adolfo dodelina du chef. On lui fourra de nouveau

la chaussette dans la bouche et il sentit qu'on le tirait en avant, pour placer son pied gauche dans la chaleur ronflante. Il se débattit avec la même frénésie qu'auparavant. Mais alors que la souffrance atroce le faisait transpirer par tous les pores de sa peau, quelque chose le réconfortait : la douleur au pied droit n'était plus aussi fulgurante. Il se raccrocha à cette pensée jusqu'à ce que son pied gauche se rappelle brutalement à lui, noyant tout son corps de vagues de souffrance. Sauf la main droite. Sa main ne sentait rien. Rien du tout, pas la moindre sensation douloureuse – et cela le terrifia. Il avait l'impression d'être déjà un peu mort.

Ils ôtèrent son pied du fourneau, le lâchèrent par terre. Le clouèrent au sol. Le visage sombre se pencha de nouveau sur lui. Les larmes dans ses yeux brouillaient la forme obscure.

« Où est stationné Pintos ? »

Les ondes de douleur s'étaient muées en une brûlure constante, mais moins intense. Adolfo sut qu'il pourrait tenir jusqu'au prochain round – quel que soit celui-ci. Il était fier de lui. Étrangement, il se sentait libre. Libre de souffrir, libre de résister. Mais il l'avait choisi.

« Ba… Barcelone, gémit Adolfo.

– Tu mens, répondit son bourreau.

– N-n-non !

– Quel âge a-t-il ?

– Cin… cinquante-deux.

– La couleur de ses cheveux ?

– Bruns. »

Le tortionnaire gifla Adolfo.

Adolfo contempla ce visage et fit un signe de dénégation.

« Non. Je dis… la vérité. »

Le visage s'attarda un instant encore à le contempler, puis on lui remit la chaussette dans la bouche. Adolfo se sentit tourné sur le côté. Ils lui empoignèrent le bras gauche et placèrent sa main dans le four.

Un cri déchira sa gorge tandis qu'il refermait le poing pour essayer de protéger ses doigts de la chaleur. Et puis, tout devint noir.

Il se réveilla penché au-dessus de l'évier, avec de l'eau qui lui ruisselait sur la nuque. Il toussa, vomit son pot-au-feu, puis on le tira en arrière et il retomba par terre, sur le dos. Chaque pouce de chair sur son pied et sa main gauche était envahi par une chaleur pulsante.

On lui remit la chaussette dans la bouche.

« T'es résistant, lui dit le visage noir. Mais on a le temps et on a de l'expérience. Les prisonniers commencent toujours par débiter des mensonges. On continuera jusqu'à ce qu'on ait la vérité. » Il se pencha vers lui. « Vas-tu nous dire pour qui tu travailles ? »

Adolfo tremblait. Les parties de son corps qui n'étaient ni brûlées ni brisées étaient glacées. La sensation était d'une banalité étrange. Il hocha la tête à deux reprises.

Cette fois, on ne le bougea pas. On enfonça un peu plus son bâillon. L'une des barres de fer fut levée au-dessus de son épaule droite et abattue avec force. Sous le choc, l'os céda avec un craquement audible. Encore un os brisé. Il se remit à pleurer. Chaque coup faisait naître une explosion de souffrance, ponctuée d'un cri bref et suivie d'une perte de sensation.

Chaque nouveau cri entamait sa résolution. La douleur n'était rien d'autre que ce qu'elle était, mais chaque cri était une reddition. Et plus se délitait son esprit combatif, plus s'épuisaient ses réserves d'énergie.

« Quand tu parleras, on cessera de te tabasser », dit la voix.

Quelqu'un s'en prit à son flanc gauche et il se mit à sursauter et hurler à chaque coup. Il sentait à présent le mur de sa résistance s'effriter de plus en plus vite. Et puis un événement surprenant se produisit : il n'était plus vraiment lui-même. Son corps était rompu ; ce n'était pas le sien. Sa volonté était brisée ; ce n'était pas la sienne. Il était un autre. Et cet autre avait envie de parler.

Il marmonna quelque chose autour du bâillon. Le visage se pencha sur lui et la raclée s'arrêta.

On ôta la chaussette.

« Am… Am…

– Quoi ? dit le visage noir.

– Ama… dori.

– Amadori ? répéta le visage.

– Am… a… do… ri. » Chaque syllabe venait dans un souffle.

Adolfo ne pouvait se retenir. Il voulait juste que cesse la douleur. « Gé… né… ral.

– Le général Amadori, dit le visage. C'est pour lui que tu travailles ? »

Adolfo acquiesça.

« Y a-t-il quelqu'un d'autre ? »

Adolfo fit signe que non. Il ferma les yeux.

« Tu le crois ? demanda une voix.

– Regarde-le. Il n'est plus en état de mentir. »

Adolfo sentit qu'on le relâchait. Rester simplement étendu sur le dos était un soulagement. Il rouvrit les yeux, contempla les silhouettes obscures autour de lui.

« Qu'est-ce qu'on fait de lui ? demanda une voix.

– Il a tué le Señor Ramirez, répondit une autre. Qu'il meure. À petit feu. »

Ce fut leur dernier mot – non par consensus, mais parce que l'homme abattit sa barre de fer en travers de la gorge d'Adolfo. La tête du marin-pêcheur eut un soubresaut puis retomba, le larynx écrasé ; ses bras inertes ne bougeaient plus. Il demeura étendu, un goût de sang dans la bouche, la respiration sifflante. Il pouvait inhaler juste assez d'air pour demeurer conscient mais pas assez pour emplir ses poumons.

La douleur se stabilisa au niveau d'un grondement régulier, qui le maintint conscient. Il était redevenu Adolfo Alcazar mais la torture qui pesait sur ses membres et sa gorge rendait difficile toute pensée cohérente. Il ne pouvait décider s'il avait agi avec courage en tenant aussi longtemps ou avec couardise pour avoir finalement cédé. Des éclairs de conscience lui disaient « oui, tu as été courageux », et juste après : « non, tu ne l'as pas été ». Et puis, il sembla que rien de tout cela n'avait d'importance quand soudain un grand frisson l'envahit et la douleur décida de passer à l'attaque. Parfois, l'engloutissant comme une marée, parfois le léchant telles de minuscules déferlantes en pleine mer. Les petites ondes, il pouvait encore supporter. Mais les grandes vagues étaient une torture qui le faisait trembler de tout son corps.

Il ne savait plus depuis combien de temps il gisait là, s'il avait gardé les yeux ouverts ou fermés. Mais soudain, ses yeux étaient ouverts, la pièce était plus éclairée et une silhouette était penchée sur lui.

C'était son frère, Berto.

Norberto pleurait en disant quelque chose. Il traçait

des signes sur son visage. Adolfo voulut lever le bras mais celui-ci ne réagit pas. Il essaya de parler…

« A… ma… do… ri. »

Norberto avait-il entendu ? Avait-il compris ?

« É-église… en… ville… »

– Adolfo, ne bouge pas, dit Norberto. J'ai téléphoné à un docteur… oh, mon Dieu. »

Norberto continuait de prier.

« Pré…viens… le géné…ral… qu'ils… sa…vent… »

Norberto lui posa la main sur les lèvres pour le faire taire. Adolfo eut un pauvre sourire. La main de son frère était si douce et aimante. La douleur parut s'apaiser.

Et puis sa tête roula sur le côté, ses yeux se fermèrent et toute douleur disparut.

18.

Mardi, 4 : 19, Saint-Sébastien, Espagne

L'hélicoptère déposa María et Aideen au sud de l'agglomération. Il avait atterri sur une éminence près d'un coude désert du Rio Urumea, le fleuve côtier qui traversait la ville. Une voiture de location, réservée par un membre de la police locale en liaison avec Interpol, les attendait au bord de la route. Tout comme le flic aux imposantes moustaches, Jorge Sorel.

María avait mis à profit le vol en hélicoptère pour étudier la carte qu'elle avait amenée. Elle connaissait l'itinéraire pour rejoindre la station de radio et Aideen voyait bien qu'elle était pressée de s'y rendre. Malheureusement, alors que María allumait une cigarette, Jorge l'informa qu'il était désormais inutile de s'y rendre.

« Que voulez-vous dire ?

– Quelqu'un a attaqué le personnel présent à l'émetteur il y a un peu plus d'une heure.

– Quelqu'un ? Qui donc ?

– On ne sait pas encore », reconnut le policier.

María s'impatienta : « Des professionnels ?

– C'est fort possible. Les agresseurs semblaient connaître parfaitement leur affaire. On compte pas mal de membres cassés et toutes les victimes ont eu la mâchoire brisée.

– Que voulaient-ils ? » insista María.

Jorge hocha la tête. « Là encore, on en est réduit aux spéculations. La seule raison qui nous a amenés à monter voir, c'est que l'émetteur s'est tu soudain. »

María se mit à pester. « C'est vraiment *maravilloso*. Vous avez au moins une piste ? »

Jorge hocha la tête de plus belle. « Les victimes n'étaient pas en état de parler et à l'heure qu'il est les médecins leur ont administré des calmants. On suppose que les agresseurs cherchaient à savoir qui leur avait fourni la cassette audio.

– Les imbéciles ! Est-ce qu'ils avaient prévu le coup ? Avaient-ils pris des précautions ?

– Oui. L'ironie est qu'ils étaient très bien préparés. Cette station de radio a toujours été la cible des mécontents. Vous comprenez... ils ont des opinions très antigouvernementales. Alors, leur émetteur est entouré de barbelés et construit comme un bunker, fermé par une porte métallique. Les employés sont toujours armés. Mais ce genre d'élément dissuasif ne fait hésiter que les timorés. Et leurs agresseurs étaient tout sauf timorés.

– Officier, dit María d'une voix patiente, avez-vous la moindre idée de qui a pu leur procurer la bande ? »

Jorge lui jeta un regard gêné. « J'ai bien peur que la réponse soit encore une fois non, avoua-t-il. Nous avons dépêché deux patrouilles dans les villages voisins. Pour voir si on a signalé des groupes d'individus à la recherche de la ou des personnes qui ont apporté la bande. Mais nous nous y sommes pris relativement tard. Jusqu'ici, nous n'avons rien trouvé.

– Les agresseurs se seront sans doute séparés en repartant, dit María. Ils ne vont pas courir le risque de se faire prendre en bloc. Ils ne resteront pas non plus ensemble, une fois qu'ils auront découvert l'homme qu'ils cherchaient. » Elle tira sur sa cigarette et souffla la fumée par le nez, puis fixa Jorge avec attention. « Êtes-vous sûr de nous avoir tout dit ?

– Sûr et certain, répondit-il, sans ciller.

– Quelles sont les chances que l'individu en possession de la bande soit originaire de cette région ? s'enquit Aideen.

– De grandes chances, répondit María. Quel qu'il soit, celui qui a monté ce coup avait besoin de quelqu'un qui connaissait parfaitement les eaux où le yacht a été coulé. Quelqu'un qui connaissait la ville et les gens de la radio. » Elle regarda Jorge. « Donnez-moi un endroit où commencer mes recherches. »

Le flic haussa les épaules. « La ville n'est pas grande. Tout le monde se connaît. Quant à trouver quelqu'un qui connaisse les eaux, adressez-vous aux pêcheurs. »

María regarda sa montre. « Ils prennent la mer d'ici une heure. On peut leur parler sur les quais. Quel est le prêtre qui bénit les eaux pour les pêcheurs ?

– Normalement, c'est le père Norberto Alcazar, répondit Jorge. Il ne le fait que pour les vieilles familles, pas pour les pêcheries.

– Où est-il ?

– Vous le trouverez sans doute à l'église jésuite dans les collines au sud de la Cuesta de Aldapeta. C'est sur la rive gauche du fleuve, un peu en dehors de Saint-Sébastien. »

María le remercia. Elle tira une dernière bouffée de sa cigarette, puis la lâcha et l'écrasa sous son talon. Elle souffla la fumée en se dirigeant vers la voiture. Aideen la suivit.

« Le père Alcazar est un homme très agréable, lança Jorge dans leur dos. Mais il est très réservé au sujet de ses ouailles. Il les protège.

– Reste à espérer qu'il désire protéger l'un d'eux de ses assassins, observa María.

– Vu comme ça..., admit Jorge. Appelez-moi avec votre portable dès que vous êtes prêtes. L'hélicoptère viendra vous récupérer ici. L'aérodrome n'est pas grand et il a été réservé au trafic militaire – par précaution. »

María acquiesça, irritée, en s'installant au volant. Elle démarra aussitôt, projetant herbe et mottes de terre quand la voiture s'arracha au bas-côté.

« Vous n'avez pas l'air contente », remarqua Aideen en sortant de son sac à dos la carte qu'elle déplia devant elle. Le sac contenait également un P.38 chargé que María lui avait confié au cours du vol.

« Je lui aurais botté le train, grommela María. Ils sont montés voir uniquement parce que la station avait cessé d'émettre. La police aurait pourtant dû se douter que quelqu'un allait s'en prendre au personnel de la radio.

– Peut-être voulait-il justement qu'on l'attaque, observa Aideen. C'est la même chose avec la guerre des gangs. Les autorités se tiennent en retrait pour laisser les méchants s'entre-tuer.

– Je crois plutôt qu'on leur a conseillé de se tenir à l'écart. Les victimes à bord du bateau étaient des hommes d'affaires influents. Ils dirigeaient des *familias* dévouées – avec des employés prêts à tout pour eux, y compris tuer. La police est payée pour ne pas s'occuper de ce genre d'affaire.

– Et vous pensez que ce flic…

– J'en sais rien, admit María. Difficile d'être sûr… »

Aideen se remémora ce qu'avait dit Martha sur les liens entre la police madrilène et les petits malfrats. *Cela relève peut-être de la diplomatie, mais ça pue quand même.* Elle finissait par se demander si le ministère de l'Intérieur consacrait vraiment tous ses efforts à l'enquête sur l'assassinat de Martha Mackall.

« C'est une des raisons qui m'ont fait quitter Interpol, poursuivit María alors qu'elles filaient vers le nord en longeant le fleuve. Avoir affaire à ces types est trop frustrant.

– Pourtant, vous êtes revenue, observa Aideen. Pour Luis ?

– Non. Je suis revenue pour la même raison que j'étais partie. Parce qu'il y a tellement de corruption qu'on ne peut pas se permettre de baisser les bras. Même pour gérer mon petit théâtre à Barcelone, j'étais obligée de payer des pots-de-vin à la police, aux services d'hygiène, à tout le monde sauf aux postiers… Il fallait que je les paie pour qu'ils fassent un boulot pour lequel ils étaient déjà payés.

– En résumé, les fonctionnaires ont leur sinécure et les ouvriers du privé appartiennent aux familles, dit Aideen. Les travailleurs indépendants se retrouvent pressurés par les uns et concurrencés par les autres. »

María acquiesça. « Et voilà pourquoi je me retrouve ici. C'est comme l'amour… on ne va pas renoncer parce que ça n'a pas marché la première fois. On apprend les règles, on apprend ses limites, et on retourne dans l'arène pour affronter de nouveau le taureau. »

Les premières lueurs rosées de l'aube illuminaient

l'orient. Le contour du sommet des collines commençait à se découper sur le ciel. Tout en les contemplant, Aideen songea combien il était paradoxal pour elle d'aimer et d'admirer María. Celle-ci n'était pas moins arrogante et agressive que Martha. Mais sauf lorsqu'elle avait dû affronter Darrell à l'aéroport, il y avait chez l'Espagnole une vraie noblesse de cœur. Et Aideen pouvait difficilement lui en vouloir pour sa réaction vis-à-vis de Darrell. Quels que soient leurs torts réciproques, le retrouver ainsi avait dû lui faire un coup.

Elles atteignirent les faubourgs de Saint-Sébastien en moins d'une demi-heure et traversèrent le pont à María Cristina. Puis elles redescendirent vers le sud-ouest, en direction de l'église. Elles s'arrêtèrent pour demander leur chemin à un berger et parvinrent devant l'édifice à l'instant précis où le limbe solaire flamboyait au ras de la colline.

Le petit édifice de pierre était ouvert. Il y avait deux paroissiens dans la nef, deux pêcheurs, mais pas de curé en vue.

« Parfois, il descend vers la baie avec son frère », leur expliqua un des pêcheurs. Les hommes leur indiquèrent l'adresse d'Adolfo et l'itinéraire qu'empruntait d'habitude le père Alcazar pour s'y rendre. Elles remontèrent en voiture et retournèrent en ville. María avait descendu sa vitre et allumé une cigarette sur laquelle elle tirait furieusement.

« J'espère que ça ne vous dérange pas, dit-elle en indiquant sa cigarette. On dit que sa fumée est nuisible pour les autres, mais dans mon cas, je peux vous assurer qu'elle a sauvé des vies.

– Comment ça ?

– Ça me permet de maîtriser ma colère », expliqua María. Elle n'avait pas l'air de plaisanter.

Ils trouvèrent la Calle Okendo et s'engagèrent dans la rue étroite qui montait vers le sud-est. Parvenue au pied de l'immeuble bas qu'on leur avait indiqué, María dut se garer à cheval sur le trottoir pour dégager la chaussée. Aideen mit le pistolet dans la poche de son brise-vent avant de descendre de voiture. María jeta sa cigarette et glissa son arme sous la ceinture de son jean, au creux des reins.

La porte du rez-de-chaussée n'avait pas de verrou et elles entrèrent. L'escalier sombre dégageait des relents de poisson et de poussière qui picotèrent le nez d'Aideen. Les marches craquaient comme de vieux arbres desséchés dans le vent et penchaient vers le mur blanc crasseux. Il y avait deux appartements à l'étage. La porte de l'un d'eux était entrouverte. María la poussa du pied. Elle s'ouvrit en grinçant.

Elles trouvèrent le père Alcazar. Il pleurait, agenouillé près du corps nu d'un homme. Il leur tournait le dos. María entra, Aideen la suivit. Si le prêtre les entendit, il n'en laissa rien paraître.

« Père Alcazar ? » dit doucement María.

Le prêtre tourna la tête. Ses yeux rougis ressortaient dans son visage rose pâle. On voyait sur son col la marque noire des larmes. Il se retourna vers le corps et se leva avec lenteur. Découpée à contre-jour dans la lumière crue du matin, sa soutane noire évoquait une silhouette en carton. Il s'avança vers les deux femmes, comme en transe, pour aller récupérer une veste accrochée derrière la porte. Puis il revint vers le cadavre et l'étendit dessus.

Aideen en profita pour observer le corps. La victime

avait été torturée. Mais ce n'était pas un acte de vengeance. On ne voyait ni marques de cigarette ni lacérations sur le torse. Les yeux, les oreilles, les seins, le bas-ventre étaient intacts ; on ne s'était acharné que sur les membres. On l'avait torturé pour lui soutirer des renseignements. Puis on lui avait écrasé la trachée, pour qu'il meure à petit feu, au lieu de lui assener un coup sur la tête. Aideen avait déjà vu ce genre de procédé au Mexique. Ce n'était pas joli-joli, mais toujours mieux que ce que les pontes de la drogue faisaient subir à ceux qu'ils soupçonnaient de les avoir trahis. Curieusement, cela n'avait jamais empêché les autres de trahir les *señorios*, comme ils se faisaient appeler. Les morts avaient toujours cru qu'eux, on ne les aurait jamais.

Le prêtre se retourna vers les deux femmes. « Je suis le père Alcazar. »

María s'avança vers lui. « Je m'appelle María. Je travaille pour Interpol. »

Aideen ne fut pas surprise de la voir lui donner sa véritable identité. Les assassinats se multipliaient. Il était temps d'agir à découvert.

« Connaissiez-vous cet homme ? » demanda María.

Le prêtre acquiesça. « C'était mon frère.

– Je vois. Je suis désolée qu'on n'ait pas pu intervenir à temps. »

Norberto Alcazar esquissa un faible geste et les larmes se remirent à couler de ses yeux rougis. « J'ai essayé de l'aider. J'aurais dû insister. Mais c'était Adolfo... il savait parfaitement dans quoi il s'était embringué. »

María s'avança vers le prêtre. Elle était aussi grande que lui et le regarda droit dans les yeux. « Mon père...

aidez-nous. Dans quoi au juste votre frère Adolfo s'était-il embringué ?

– Je n'en sais rien, dit le prêtre. Quand je suis arrivé ici, il était blessé et délirait…

– Il était encore en vie ? Vous devez tâcher de vous souvenir, mon père, vous rappeler ce qu'il a dit ! Des noms de personne, de lieu… n'importe quoi.

– Quelque chose au sujet de la ville… d'une église. Il a également cité un nom… Amadori. »

María le scruta du regard. « Le général Amadori ?

– Ça se pourrait. Il… a effectivement parlé d'un général. Je ne sais pas. C'était presque inintelligible.

– Bien sûr, dit María. Mon père, je sais que c'est difficile pour vous. Mais c'est important. Avez-vous une idée de qui a pu commettre cela ? »

Il hocha la tête et se mit à sangloter. « Adolfo devait se rendre à la station de radio, hier soir. C'est tout ce que je sais. J'ignore ce qu'il devait y faire, à part y déposer une bande magnétique. Je suis repassé ce matin, alors que je descendais au port bénir les bateaux. Je voulais voir s'il allait bien. Et voilà comment je l'ai retrouvé.

– Vous n'avez vu personne entrer ou sortir ?

– Personne. »

María le considéra encore quelques instants. Elle avait le front soucieux, les yeux brûlants de colère. « Encore une question, mon père. Pouvez-vous nous dire où se trouvent les chantiers navals Ramirez ?

– Ramirez… », dit le prêtre. Il prit une longue inspiration entrecoupée de hoquets. « Dolfo avait mentionné ce nom. Mon frère disait que ce Ramirez et ses amis étaient responsables du meurtre d'une Américaine.

– C'est vrai », dit María. Elle leva le pouce derrière son épaule. « Ils ont tué la collègue de cette femme.

– Oh… je suis sincèrement désolé. » Le prêtre regarda de nouveau María. « Mais Ramirez est mort. Mon frère… y a veillé.

– Je sais.

– Que leur voulez-vous à ces gens ?

– Leur parler. Voir s'ils sont impliqués dans cette histoire. » D'un signe de tête, elle indiqua Adolfo. « Voir si nous pouvons empêcher de nouveaux meurtres, arrêter l'escalade de la violence.

– Vous pensez que c'est possible ?

– Si on peut les retrouver à temps. S'ils nous disent ce qu'ils savent sur Amadori et sa bande. Mais je vous en prie, mon père, nous devons nous hâter : dites-nous où se trouve ce chantier naval. »

Norberto inspira de nouveau. « Au nord-est de la ville, le long de la côte. Laissez-moi vous accompagner.

– Non. Restez ici. Vos paroissiens ont besoin de vous. Pas nous. Si la panique gagne la population, si la terreur fait fuir les touristes, songez aux conséquences pour la région… »

Norberto porta la main à son front.

« C'est beaucoup vous demander, je sais, poursuivit María. Mais vous devez le faire. De mon côté, je vais au chantier naval discuter avec les ouvriers. S'il se produit effectivement ce que je prévois, alors je saurai qui est l'ennemi. Et peut-être ne sera-t-il pas trop tard pour l'arrêter. »

Norberto leva les yeux. Sans se retourner, il désigna la dépouille de son frère. « Adolfo pensait avoir reconnu qui était l'ennemi. Il l'a payé de sa vie. Et peut-être de son âme. »

María soutint son regard. « Des milliers d'autres risquent de le rejoindre si nous ne nous pressons pas. Je vais appeler la police depuis ma voiture. Ils s'occuperont de votre frère.

– Je reste auprès de lui en attendant.

– Je comprends, dit María en se tournant vers Aideen.

– Et je vais prier pour vous deux.

– Merci. » María se retourna. « Et tant que vous y êtes, mon père, priez pour ceux qui en ont le plus besoin. Priez pour le peuple espagnol. »

Moins de deux minutes plus tard, elles étaient en voiture et fonçaient vers le nord-est.

« Vous êtes sûr de vouloir parler aux ouvriers du chantier naval ? » demanda Aideen.

María acquiesça. « Rendez-moi un service, voulez-vous ? Appelez Luis. Ligne sept. Demandez-lui de localiser le général Rafael Amadori. Dites-lui pourquoi.

– Pas de cryptage ? »

María fit non de la tête. « Si Amadori nous écoute et parvient à nous retrouver, tant mieux. Cela nous épargnera la peine de le chercher. »

Aideen pianota sur le clavier. Le portable de Luis répondit à la première sonnerie. Aideen transmit la requête de María et annonça la mort d'Adolfo. Luis promit de s'y mettre sans tarder et de les rappeler aussitôt. Aideen replia le téléphone.

« Qui est cet Amadori ?

– Un universitaire. Il est également général dans l'armée, mais je ne sais pas grand-chose sur sa carrière militaire. Je le connais surtout comme auteur d'un certain nombre d'articles sur l'histoire de l'Espagne.

– Qui vous ont visiblement inquiétée.

– Au plus haut point, confirma María en allumant une cigarette. Que savez-vous de la légende du Cid ?

– Juste qu'il a repoussé l'invasion des Maures et contribué à l'unification de l'Espagne aux environs de l'an 1100. Et que Charlton Heston l'a incarné à l'écran.

– Il a également inspiré un poème épique et une tragédie à Corneille. J'ai même eu l'occasion de la monter. Mais passons… vous avez raison en partie. Le personnage a existé. C'était un chevalier du nom de Rodrigo Díaz de Bivar. De 1065 à sa mort en 1099, il a aidé le roi chrétien Sanche II de Navarre puis son successeur, Alphonse VI, à reprendre aux Maures le royaume de Castille. Ce sont les Arabes qui l'ont baptisé *el Cid* – "le Seigneur".

– Honoré par ses ennemis, c'est assez remarquable.

– À vrai dire, ils le redoutaient, ce qui était son intention. Lors de la prise de la forteresse de Valence alors aux mains des Arabes, le Cid viola les termes de l'accord avec les vaincus en massacrant des centaines de prisonniers et en brûlant vif leur chef. Le personnage n'avait rien du preux chevalier qu'a fait de lui la légende. Il était prêt à tout pour protéger sa terre natale. Sa lutte pour l'unification de l'Espagne relève également du mythe. Il défendait avant tout la Castille. Tant que les autres royaumes restaient en paix avec Alphonse VI et lui portaient allégeance, ni lui ni le roi ne se souciaient de leur sort.

« Le général Amadori fait autorité sur l'histoire de ce personnage, poursuivit María. Mais j'ai toujours décelé dans ses écrits comme un désir sous-jacent.

– Celui de se prendre pour le nouveau Cid ?

– Le Cid était un mercenaire que l'histoire a glorifié. Le général Amadori veut être plus qu'un chef de guerre. Si vous lisez ses éditoriaux politiques, vous verrez qu'il défend ce qu'il appelle le "militarisme bienveillant".

– Ça vous a un petit côté dictature policière...

– C'est exactement ça », confirma María. Elle tira longuement sur son mégot avant de le jeter par la vitre ouverte. « Mais en donnant un petit coup de neuf aux vieux modèles nazi ou stalinien : le militarisme sans conquête. Il pense que lorsqu'un État est fort, il n'a nul besoin de conquérir ses voisins. Ceux-ci se rapprocheront de lui au contraire pour commercer, rechercher une protection, s'aligner sur sa grandeur. Son influence s'étendra par accrétion, pas par les armes.

– Bref, le général Amadori n'aurait pas pour modèle Hitler, mais plutôt Alphonse de Castille.

– Tout juste. Ce à quoi nous sommes peut-être en train d'assister, c'est à une tentative d'Amadori pour devenir le leader absolu de la Castille avant d'en faire le cœur militaire d'une Espagne nouvelle, destiné à dicter ses volontés aux autres régions. Une nouvelle *Reconquista*, en quelque sorte. Et Amadori a choisi son heure avec soin...

– Parce qu'il peut déplacer des troupes, influer sur les événements, tout en donnant l'impression de stopper une contre-révolution », ajouta Aideen.

María acquiesça.

Aideen regarda le ciel qui s'éclaircissait. Elle baissa les yeux et son regard embrassa le somptueux panorama du port de pêche. La ville avait l'air si paisible, si belle, alors qu'elle était traversée par la corruption. En moins d'une journée, plus d'une douzaine de personnes avaient été tuées ou torturées. Elle se demanda si, depuis que l'homme avait quitté le jardin d'Éden, le destin avait souri à l'humanité…

« Le prix du sang risque d'être élevé avant qu'Amadori parvienne à concrétiser son rêve, reprit María comme si elle lisait dans les pensées de sa voisine. Je suis andalouse. Mon peuple et d'autres se battront – moins pour préserver l'unité de l'Espagne que pour empêcher la Castille d'être le cœur et l'âme d'une nouvelle Espagne réactionnaire. C'est une rivalité qui remonte à l'époque de la *Reconquista.* Et jusqu'à ce qu'on trouve le moyen d'empêcher de nuire les hommes comme Amadori, c'est un combat qui n'est pas près de s'éteindre. »

Non, décida Aideen. Il n'y avait jamais eu d'époque où les peuples fussent prêts à tolérer de bonne grâce la présence et les mœurs de leurs voisins. L'homme était encore trop proche du singe. Et dans cette bande de primates, il y avait encore trop de meneurs insatisfaits de la taille et de l'organisation du clan.

Et puis, elle se mit à songer au père Alcazar. Voilà un homme qui essayait d'accomplir l'œuvre de Dieu malgré ses propres souffrances. Il y avait malgré tout des hommes bons perdus au milieu des carnivores. Si seulement ils avaient le pouvoir…

Mais s'ils l'avaient, ne l'exerceraient-ils pas de la même manière que les autres ?

Elle n'en savait rien – et après presque vingt-quatre heures sans dormir, ce n'était peut-être pas le meilleur moment pour philosopher. En tout cas, alors qu'elle regardait, les paupières mi-closes, le ciel prendre des teintes bleu et or, les dernières remarques de María lui rappelèrent une autre question.

« Réfléchis, lui avait dit Martha alors qu'elles étaient encore aux États-Unis. Réfléchis à la façon dont, à la place de quelqu'un, tu organiserais son emploi du temps. »

Exactement ce qu'avait dit Rodgers : *améliorer l'ordre du jour.*

Le tout désormais était de savoir comment.

19.

Mardi, 21 : 21, Washington, DC

Intellectuellement, Paul Hood savait que l'ONU était une idée généreuse. Mais viscéralement, il n'éprouvait pas un grand respect pour cette institution. Elle avait démontré son inefficacité en temps de guerre, et son peu d'efficacité en temps de paix. C'était un forum pour prendre des poses, lancer des accusations, faire valoir le point de vue d'un État devant la presse avec le maximum de retombées médiatiques.

Mais il avait en revanche la plus grande admiration pour le nouveau secrétaire général, l'Italien Massimo Marcello Manni, un homme à la tête froide. Ancien officier de l'OTAN, puis ambassadeur en Russie et enfin sénateur, Manni avait déployé des efforts remarquables l'année précédente pour empêcher la péninsule de sombrer dans le type de guerre civile vers lequel l'Espagne semblait s'orienter.

À la demande de Manni, Steve Burkow, le patron du NSC, le Conseil national de Sécurité avait organisé une téléconférence à vingt-trois heures. Le secrétaire général s'était adressé à tous les principaux responsables du renseignement des pays membres du Conseil de sécurité pour discuter de la détérioration de la situation en

Espagne. Burkow, Carol Lanning des Affaires étrangères, et le nouveau directeur de la CIA, Marius Fox – cousin du sénateur Barbara Fox –, représentaient les États-Unis.

Peu avant que le bureau de Burkow ne l'appelle à vingt heures cinquante, Hood avait informé Bob Herbert et Ron Plummer de son désir de voir Darrell rester à Madrid et Aideen sur le terrain.

« Si l'Espagne explose, leur avait dit Hood, alors la présence d'agents sur place est plus importante que jamais. » Hood avait demandé à Herbert de s'assurer que Stephen Viens restait en contact avec ses fidèles collègues du NRO, le Service national de reconnaissance basé au Pentagone. Viens était un ami de longue date de Matt Stoll, à l'Op-Center, et s'était toujours montré un allié indéfectible lors de toutes les missions de surveillance antérieures. Bien qu'il fût temporairement relevé de ses fonctions au NRO, pour cause d'enquête sénatoriale en cours sur des détournements de fonds, sans se démonter, Hood lui avait confié un poste à l'Op-Center. Contrairement à bien des gens à Washington, Hood estimait que le dévouement devait être récompensé. Depuis quarante minutes, le NRO avait entamé des reconnaissances satellitaires d'éventuels mouvements de troupes en Espagne. Hood désirait voir les relevés photographiques intégrés à la base de données de Bob Herbert. Il voulait également que des copies soient transmises à McCaskey en Espagne, via leur ambassade à Madrid ; ainsi qu'aux Attaquants, qui avaient déjà décollé. À Washington, dans les autres agences de renseignements, chaque chef de service essayait de monopoliser les tuyaux pour conserver à son groupe un avantage. Hood croyait en revanche aux vertus du partage de l'information. Ses collaborateurs et lui ne travaillaient pas pour leur gloire personnelle, mais pour protéger les Américains et les intérêts nationaux du pays.

En complément de la reconnaissance par satellite, l'Op-Center comptait sur les agences de presse internationales pour recueillir des informations. Les faisceaux télé avaient un intérêt tout particulier. Ils les interceptaient sur les liaisons techniques par satellite avant leur réception et leur montage en régie. Les séquences brutes étaient analysées par l'équipe de Herbert mais aussi par Laurie Rhodes, des archives photographiques du centre. Souvent, des stocks d'armes souterrains étaient installés avant toute action militaire. Alors que ce genre de construction camouflée n'était pas toujours visible de l'espace, ils étaient souvent trahis par de légères modifications topographiques, repérables grâce à une étude comparative sur le terrain.

Hood fit une brève pause-dîner au buffet, où il se détendit en parcourant les BD du dimanche que quelqu'un avait laissé traîner. Il n'avait pas eu l'occasion d'en relire depuis un sacré bout de temps et s'étonna qu'elles aient si peu évolué depuis sa jeunesse. Les *Peanuts* avec Snoopy et Charlie Brown ou *BC* avec son dinosaure humaniste étaient fidèles au poste, de même que *Tarzan*, *Terry et les pirates* ou *Le Magicien d'Id*. Quelque part, c'était rassurant de rendre visite à de vieux amis.

Après dîner, Hood avait fait un tour de table avec l'équipe de nuit. Tandis que celle de jour continuait à suivre la crise espagnole, Curt Hardaway, le général Bill Abram et le reste du « Cercle de Minuit », comme ils s'étaient baptisés, supervisaient les activités de routine du centre, à l'intérieur comme à l'extérieur des frontières. William Abram, général de corps d'armée et doublure de Mike Rodgers, se consacrait tout spécialement au ROC, l'Op-Center régional. Revenu de sa campagne d'essais sur le terrain au Moyen-Orient, le dispositif mobile était actuellement en cours de réparation et de mise au point finale. Tout semblait se passer sans problème. Hood regagna donc son bureau pour essayer de se reposer un peu.

Il éteignit la lumière, se déchaussa et s'allongea sur le divan. Les yeux fixés au plafond, il laissa son esprit dériver vers Sharon et les enfants. Il jeta un coup d'œil à sa montre lumineuse – celle que Sharon lui avait offerte pour leur premier anniversaire de mariage. Ils n'allaient pas tarder à se poser à Bradley International. Il caressa l'idée d'emprunter un hélico de l'armée et de monter à Old Saybrook. Il irait réveiller ses beaux-parents et prendrait un mégaphone pour implorer sa femme de rentrer. Ça lui vaudrait une mise à pied, mais il s'en foutait. Il aurait ainsi tout le temps de rester enfin chez lui en famille.

Évidemment, il n'avait aucune intention de faire une chose pareille. Il était peut-être assez romantique pour désirer jouer les chevaliers blancs des temps modernes, mais il n'était quand même pas insouciant à ce point. Et pourquoi se fatiguer à monter à Old Saybrook s'il était incapable de s'amender ? Il aimait vraiment son boulot. Et les réductions d'horaires n'étaient pas franchement à l'ordre du jour. Une part de lui-même sentait que Sharon lui en voulait d'avoir dû prendre sur sa carrière professionnelle pour élever les enfants. Mais même en imaginant qu'il cesse de travailler pour élever une famille – ce qu'il n'avait pas fait –, ils n'auraient pas pu vivre du seul salaire de Sharon. C'était un fait.

Il ferma les yeux, posa le bras dessus. *Mais les faits ne sont pas toujours essentiels dans les situations de ce genre, non ?*

Il avait l'esprit trop occupé pour arriver à dormir. Il passait de la colère à la culpabilité et au franc dégoût. Il décida de renoncer à essayer de se reposer. Il se fit du café noir, en remplit sa tasse-souvenir de l'équipe des Washington Senators, regagna son bureau. Il passa quelque temps à consulter les fichiers concernant le mouvement sécessionniste italien. Il était curieux de voir quel travail de renseignement avait pu être réalisé pour empêcher l'effondrement de la péninsule. Il n'y avait rien sur son ordinateur. Le processus avait pris plusieurs années, puisqu'on pouvait en dater les prémices à 1993. On avait connu alors une brusque montée des votes protestataires face à l'accroissement des scandales politiques, en même temps que le Nord, qui monopolisait toute la richesse économique, estimait ne plus avoir à financer un Mezzogiorno éternellement assisté, dominé par la corruption et les groupes mafieux. Plusieurs circonscriptions s'estimant mal représentées au Parlement, la loi électorale avait été modifiée, entraînant la dilution des voix, au détriment des grandes formations traditionnelles et au profit d'une multitude de petits partis. Après les municipales partielles de décembre 93, la Ligue du Nord avait même demandé la partition de l'Italie en trois républiques fédérées. Après l'arrivée au pouvoir, en 1994, d'une coalition populiste menée par Forza Italia et soutenue par l'extrême droite, on avait assisté à un renforcement des mouvements séparatistes, la Ligue du Nord n'hésitant pas à décréter unilatéralement la naissance de la république de Padanie, regroupant Piémont, Lombardie et Vénétie. Après l'éclatement de la Yougoslavie, et tandis que se multipliaient les émeutes en Albanie et au Kosovo, les troubles avaient bientôt gagné la péninsule. Actes de violence et discours sécessionnistes étaient apparus d'abord à Trieste pour bientôt gagner Venise et s'étendre comme une traînée de poudre jusqu'à Livourne et Florence. Le Milanais Manni, alors ambassadeur à Moscou, avait été rappelé en hâte pour tenter, par la négociation, de sortir le pays de la crise. Sa solution avait été d'entériner la sécession du Nord en accordant à ces provinces une large autonomie économique et politique, assortie d'un gouvernement local à Milan pour se substituer au Parlement siégeant à Rome. Cette entité bicéphale dépendait directement du Premier ministre élu. L'Italie du Nord payait ses impôts au gouvernement milanais, mais les deux régions conservaient la même armée, la même politique étrangère et formaient une entité qui continuait à s'appeler l'Italie.

La crise n'avait débouché sur aucune action militaire et aucun service de renseignements étranger n'avait eu d'activité notable. L'Entente italienne ne fournissait pas un modèle pour la situation qui se développait en Espagne. En outre, ils ne bénéficiaient pas de l'avantage qui avait permis à Manni de voir concrétisés ses efforts : il n'avait alors dû traiter qu'avec deux factions, le Nord et le Sud. Le conflit espagnol impliquait une bonne demi-douzaine de régions qui n'avaient jamais vraiment réussi à s'entendre.

Le coup de fil lui parvint dix minutes plus tard. Hood appela Rodgers pour qu'il vienne l'écouter avec lui sur l'ampli. Quand le général entra dans le bureau et prit un siège, Manni était en train d'expliquer en anglais que la raison de son retard était que le Portugal venait de demander l'aide des Nations Unies.

« Des violences ont éclaté le long de la frontière, entre Salamanque et Zamora », annonça Manni.

Hood regarda la carte affichée sur son écran. Zamora était située au nord-ouest de l'Espagne, à une soixantaine de kilomètres au nord de Salamanque, et quelques dizaines de kilomètres à l'est de la frontière portugaise. Les deux pays avaient plus de trois cents kilomètres de frontière commune.

« Les troubles ont commencé il y a trois heures environ, à Zamora, quand des militants anticastillans ont effectué une retraite aux flambeaux à la Postigo de la Traición – la "Porte de la trahison". C'est l'endroit près des anciens remparts où le roi Sanche II le Fort a été assassiné en 1072. Quand la police a voulu disperser les manifestants, ceux-ci leur ont jeté des bouteilles et des pierres, et les forces de l'ordre ont dû tirer en l'air. Quelqu'un dans la foule a riposté, blessant un policier. La police est composée en majorité de Castillans et les hommes s'en sont pris aussitôt aux manifestants – non plus en gardiens de l'ordre mais en partisans.

– En recourant à leurs armes ?

– J'en ai peur, oui.

– Ce qui équivaut à mettre le feu aux poudres, commenta Burkow.

– Vous avez tout à fait raison, reconnut Manni. Et l'émeute s'est effectivement répandue comme une traînée de poudre vers l'ouest jusqu'au Portugal. La police a demandé des renforts militaires et Madrid leur a envoyé des troupes. Mais Lisbonne redoute que cela ne suffise pas à contenir les émeutiers et à empêcher les réfugiés de traverser la frontière. C'est pourquoi ils viennent de demander aux Nations Unies l'instauration d'une zone tampon.

– Comment réagissez-vous face à la requête du Portugal, monsieur le secrétaire général ? demanda Carol Lanning.

– J'y suis opposé.

– Je ne vous le reproche pas, commenta Burkow. Les Portugais disposent de forces armées pour se défendre. Qu'ils se débrouillent eux-mêmes.

– Non, monsieur Burkow, dit Manni, vous m'avez mal compris. Je suis toujours inquiet de voir une armée, quelle qu'elle soit, près d'une frontière. Mettre en place une force militaire légitimerait la crise. Cela reviendrait à admettre son existence.

– N'est-ce pas le cas ? nota Carol.

– Certes, admit Manni. Mais pour des millions d'Espagnols, la crise reste encore extrêmement localisée. C'est un conflit provincial, en aucun cas une crise nationale et encore moins internationale. S'ils apprennent qu'une armée est mobilisée à leur frontière – quelle qu'elle soit –, cela va engendrer intoxication, confusion et panique. La situation ne pourra qu'empirer.

– Monsieur Manni, coupa Burkow, tendu, ces considérations risquent fort d'être toutes théoriques. Savez-vous que le Premier ministre Aznar s'est entretenu avec le président Lawrence pour réclamer une présence de la flotte américaine au large des côtes espagnoles ?

– Oui, je suis au courant. Cette force étant censément là pour défendre et évacuer les ressortissants américains en cas de massacres.

– Censément…, nota Burkow.

– Le président a-t-il pris sa décision ?

– Pas encore, dit Burkow, mais il serait plutôt pour. Il attend les derniers rapports des services de renseignements pour savoir si les intérêts américains sont réellement en danger. Paul ? Marius ? L'un de vous a-t-il là-dessus des précisions à apporter ? »

Ayant l'avantage hiérarchique, Hood répondit le premier.

« En dehors de l'agression contre Martha Mackall – ou peut-être à cause de celle-ci – on n'a pas signalé d'autre geste hostile contre des touristes américains. On n'en attend pas spécialement non plus. L'Espagne va sans doute s'arranger pour éviter que nos relations se tendent davantage. Du reste, quelle que soit la région, le tourisme a un poids économique important. Il est hautement improbable qu'ils fassent quoi que ce soit pour les détériorer. Quant à de nouvelles attaques politiques contre les Américains, nous savons tous que Martha s'est fait assassiner parce qu'elle travaillait pour l'Op-Center. Nous pensons que son assassinat était un avertissement adressé aux États-Unis pour les empêcher précisément de faire ce dont nous sommes en train de discuter : nous mêler de la politique intérieure espagnole. Aussi longtemps que nous garderons nos distances, politiques et militaires, nous ne devrions pas subir de nouvelles agressions.

– Paul a bien apprécié la situation touristique, intervint Marius. Nous devons observer avec soin les actions de la police et de l'armée espagnoles. Ils réagissent avec une extrême vivacité pour mater la violence dans les zones touristiques fréquentées. Certes, ajouta-t-il, cela pourrait changer si jamais le conflit devait s'étendre ou la police subir les mêmes provocations qu'à Zamora.

– Ce qui, coupa Burkow, reste le nœud de l'affaire. C'est la raison pour laquelle le président envisage d'envoyer des troupes. Il existe dans tous les conflits intérieurs un point à partir duquel la protestation bascule dans la guerre ouverte. Un point où les émotions prennent le dessus sur le bon sens. Où les attentes passent de "je veux sauver mon économie" à "je veux sauver ma vie". Quand ça se produira…

– *Si* cela se produit, rectifia Manni.

– D'accord, reprit Burkow. Si cela se produit, les touristes, américains ou pas, n'auront personne pour les protéger.. »

Au moment où Burkow s'exprimait, Hood reçut de McCaskey un message électronique crypté. Alors qu'il apparaissait à l'écran, il fit signe à Rodgers de s'approcher. Ils le lurent ensemble.

Paul, disait le message, *agents sur le terrain signalent poseur de bombe yacht basque assassiné par groupe catalan. Nos AT s'apprêtent à les interroger. Hypothèse : vendetta, aucun motif politique. Prévenu AT que l'une d'elles pourrait courir danger si jamais reconnue comme survivante de l'agression MM. Mais ne crois pas qu'ils poursuivent mission en ce sens. Suis aussi d'avis que circonstances ont changé. Signalez si vous voulez la rappeler.*

Poseur de bombe du yacht apparemment téléguidé par un certain général Amadori. Identité en cours de vérification. Sans surprise, son dossier OTAN sur place semble avoir été effacé.

Hood renvoya un accusé de réception assorti de

félicitations à transmettre aux deux femmes pour leur travail de renseignement. Il goûtait peu l'idée de les savoir là-bas au milieu des membres de l'équipe qui avait fait tuer Martha. Surtout après avoir laissé, par négligence, les deux Américaines à la merci de leurs agresseurs. Mais María était un agent d'élite. Sa présence aux côtés d'Aideen pour l'épauler – et réciproquement – lui donna à penser qu'il pouvait les laisser agir, ce dont il informa aussitôt Darrell.

« Monsieur Burkow, reprit Manni, vos inquiétudes sont certes fondées. Mais je persiste à croire que nous devrions attendre de voir si le gouvernement espagnol parvient sans aide extérieure à calmer le jeu.

– Jusqu'ici les résultats n'ont guère été probants, nota Burkow. Ils n'ont même pas réussi à garder le député Serrador en vie assez longtemps pour l'interroger.

– Des erreurs ont été commises, admit Manni. Tout le monde a été pris au dépourvu. Mais nous ne devons pas rééditer ces erreurs.

– C'est Paul Hood qui vous parle… Que recommandez-vous, monsieur le secrétaire général ?

– Mon conseil, monsieur Hood, est d'accorder au Premier ministre une journée de plus pour régler la situation. Il a convoqué son conseiller aux questions militaires intérieures et ils élaborent ensemble un plan qui devrait permettre de faire face à toutes les éventualités. »

Rodgers se pencha vers l'ampli du téléphone. « Monsieur, ici le général Mike Rodgers, directeur adjoint de l'Op-Center. Si le Premier ministre ou son gouvernement a besoin d'un soutien logistique ou militaire, mon service est prêt à le lui offrir en toute discrétion.

– Merci, général Rodgers, dit Manni. Je vais certainement informer de votre offre généreuse le Premier ministre Aznar et le général Amadori. »

Hood regardait Rodgers alors même que Manni répondait. Une réaction commune traversa leur regard à la mention du nom d'Amadori – un bref éclair de pessimisme, reflétant une paralysie fugitive. Hood se faisait l'effet d'un prédateur réalisant soudain que sa proie était infiniment plus intelligente et meurtrière qu'il l'avait escompté.

La paralysie se dissipa bien vite. Hood pressa la touche secret. « Mike…

– Je sais, dit Rodgers qui se levait déjà. Je m'y mets.

– S'il s'agit bien du même homme, dit Hood, alors ils risquent là-bas d'avoir de sacrés problèmes…

– Les Espagnols, mais aussi tous les pays désireux d'évacuer leurs ressortissants au plus vite », ajouta Burkow.

Alors que Rodgers quittait le bureau en toute hâte, Hood continua d'écouter d'une oreille distraite la discussion politique entre Manni, Burkow et Carol Lanning. Ils convinrent de la nécessité de laisser l'Espagne résoudre elle-même ce problème, tout en reconnaissant l'utilité d'un soutien verbal des États-Unis, pouvant être entendu des factions en lutte et susceptible d'être relayé par une présence militaire au cas où. Une présence militaire qui pourrait se muer en action défensive mais était en réalité un soutien actif au gouvernement légitime espagnol…

Tout cela était parfaitement indispensable, Hood le savait, mais uniquement pour la galerie – comme le rôle même des Nations unies, d'ailleurs. Le véritable travail allait s'accomplir au cours des prochaines heures quand ils tenteraient de vérifier si Amadori était bien à l'origine des troubles. Et, si c'était le cas, jusqu'à quel point il avait réussi à saper le gouvernement. S'il n'était pas allé trop loin, l'armée et les services de renseignements américains devraient collaborer avec les dirigeants espagnols pour couper court à ses menées subversives. Ce n'était pas évident à réaliser avec discrétion, mais c'était encore faisable. On avait le modèle de telles entreprises de confinement à Haïti, Panamá et ailleurs.

Mais il y avait une autre éventualité qui préoccupait Hood. Celle que, comme un cancer, l'influence d'Amadori se soit largement disséminée dans les rouages de l'État. Auquel cas le risque était réel de ne pouvoir supprimer la cause, en l'occurrence le général, sans tuer le patient. Le seul modèle antérieur était l'effondrement de la Yougoslavie, une crise qui avait fait des dizaines de milliers de morts et dont on ressentait encore les répercussions économiques et sociopolitiques.

L'Espagne avait une population presque quadruple de celle de l'ex-Yougoslavie. Elle entretenait également des liens étroits, économiques et historiques, avec les pays voisins. Si le pays éclatait, la contagion pouvait s'étendre à d'autres nations européennes, et l'exemple raviver les mouvements indépendantistes ou séparatistes en France, en Belgique, au Royaume-Uni. Qui sait si elle ne risquait pas de traverser l'Atlantique pour gagner des pays multiculturels comme le Canada ou les États-Unis ?

On conclut l'entretien téléphonique en décidant que le bureau du secrétaire général informerait heure par heure la Maison-Blanche de l'évolution de la crise, tandis que Burkow avertirait Manni de toute modification de la politique du gouvernement américain.

Hood raccrocha, plus désemparé que jamais. C'était la première fois depuis son entrée à l'Op-Center qu'il éprouvait un tel sentiment d'impuissance. Il avait connu des missions qui avaient plus ou moins bien tourné. Ses hommes avaient contrecarré des terroristes, déjoué plusieurs coups d'État. Mais jamais ils n'avaient été confrontés à une situation qui menaçait de donner le ton au siècle qui s'ouvrait : la possibilité que le morcellement devienne la norme et non plus l'exception ; que l'idée même de nation puisse être sur le point de disparaître.

20.

Mardi, 16 : 45, Madrid, Espagne

L'annonce de la mort violente d'Adolfo Alcazar était rapidement passée de María Corneja à Luis García de la Vega qui l'avait répercutée à Darrell McCaskey. Comme l'exigeait la loi, Luis avait aussitôt averti le ministère de la Justice, à Madrid. Au ministère, un haut fonctionnaire réveillé en pleine nuit avait tranquillement transmis l'information à l'aide de camp particulier du général Amadori, officier à son service de longue date, Antonio Aguirre. Aguirre, ancien membre de l'état-major personnel de Franco, se rendit au bureau du général pour lui annoncer la nouvelle de vive voix.

Amadori ne parut pas surpris d'apprendre la disparition d'Adolfo. Il ne parut pas non plus s'en émouvoir. Comment aurait-il pu, du reste : le général ne l'avait jamais vu. Il avait été impératif que les deux hommes entretiennent le minimum de contacts. Ainsi, même au cas où Adolfo aurait été capturé et contraint à parler, seul son témoignage pourrait le relier au général. Il n'existait, sinon, aucun enregistrement de conversation téléphonique, aucune note écrite, aucune photographie. Pour Amadori, Adolfo Alcazar était un loyal soldat de la cause, un révolutionnaire parmi tant d'autres que le général ne voulait et ne pouvait connaître.

Mais ce qu'avait accompli le courageux et dévoué Adolfo Alcazar était un de ces actes essentiels qui avaient contribué à rendre cette révolution possible. Le général promit à Antonio Aguirre que ce meurtre serait vengé et ses auteurs éliminés. Il savait précisément à qui s'en prendre : à la *familia* Ramirez. Aucune autre n'aurait eu de raison de supprimer Adolfo. Et n'en aurait eu les moyens. Leur mort serait un exemple pour tous ceux qui s'aviseraient de s'opposer par la force à leur mouvement.

Et bien entendu, comme s'empressa de l'expliquer Amadori, cette opération de nettoyage de la *familia* Ramirez aurait un autre intérêt : celui de semer la panique chez les autres *familias* qui seraient enclines à lui résister. Raison pour laquelle la riposte devait être publique et spectaculaire.

Le général donna à son aide de camp l'ordre d'y veiller. Antonio salua prestement, fit demi-tour, sortit sans dire un mot. Il se rendit aussitôt à son bureau pour téléphoner au général Americo Hoss, à la base aérienne de Tagus, non loin de Tolède. Les ordres du général furent transmis de vive voix. Comme Adolfo, Hoss ferait tout son possible pour servir le général.

Il faisait encore nuit quand les quatre HA-15 décollèrent. Comme la plupart des hélicoptères de l'armée espagnole, il s'agissait d'appareils de transport plutôt que de combat. Accusant leurs trente ans, ils avaient été simplement équipés d'une paire de canons latéraux de 20 mm qui n'avaient servi jusqu'ici que lors d'exercices.

Cette mission n'était pas un exercice.

Chaque appareil emportait dix soldats, armés chacun d'une mitraillette Z-62 ou du fusil Modelo L-1-003 adapté au chargeur standard de M16. Le chef de la mission, le commandant Alejandro Gómez, avait l'ordre de s'emparer du chantier naval et de recourir à tous les moyens pour obtenir les noms des assassins.

Gómez devait ramener des prisonniers. Mais s'ils refusaient de venir, il ramènerait des cadavres.

21.

Mardi, 5 : 01, Saint-Sébastien, Espagne

María arrêta la voiture au pied de la guérite d'entrée des chantiers navals Ramirez et présenta sa carte d'Interpol. Elle avait décidé en chemin de cesser de jouer les touristes. Elle était à peu près certaine que le veilleur de nuit téléphonerait au directeur des chantiers pour le prévenir de leur arrivée. Ce dernier ne manquerait pas d'informer à son tour les assassins susceptibles de se trouver dans l'enceinte. En temps normal, ceux-ci se seraient sans doute planqués ou auraient fui. C'est la raison pour laquelle María avait pris soin d'informer le garde qu'elles n'avaient aucun pouvoir légal et désiraient simplement s'entretenir avec des membres de la *familia.*

« Mais, Señorita Corneja, avait aussitôt répondu le garde, un costaud à barbe grise, il n'y a pas de *familia* ici. »

Il avait annoncé cela sans vergogne. Aideen songea aux trafiquants de drogue de Mexico qui avaient toujours soutenu mordicus n'avoir jamais entendu parler d'*el Señorio* – le « seigneur du domaine » –, le baron de la drogue qui leur fournissait toute l'héroïne distribuée dans la capitale.

« À vrai dire, l'information est un rien prématurée, répondit María en coupant le moteur. Je soupçonne fort qu'à très brève échéance, il n'y aura en effet plus du tout de *familia.* »

Le garde lui adressa un regard perplexe. Il arborait le ruban de l'ordre du Mérite et avait le comportement bourru d'un sergent instructeur. En Espagne comme partout ailleurs, les emplois de gardiennage étaient un repaire d'anciens militaires et retraités de la police. Bien peu appréciaient de recevoir des ordres de civils. Et encore moins de se voir donner une leçon par une femme.

« *Amigo,* reprit-elle, faites-moi confiance. Il n'y aura plus de *familia,* sauf si j'ai l'occasion de leur parler. Certains se sont avisés d'aller tuer un homme en ville. Lequel avait un certain nombre d'amis très influents. Je ne pense pas que ces amis vont laisser l'affaire en l'état. »

Le vigile la considéra un long moment. Puis, lui tournant le dos, il passa un coup de fil. Sa voix ne portait pas à l'extérieur de la guérite. Mais, après une brève conversation, il raccrocha, leva la barrière et fit signe à la voiture d'entrer au parking. María dit à Aideen qu'elle était désormais convaincue qu'un ou plusieurs membres de la *familia* allaient les recevoir. Et, Aideen le savait, María insisterait pour qu'ils lui disent tout ce qu'ils savaient sur le général Amadori. Une fois Ramirez et ses partisans liquidés, leurs plans, quels qu'aient été ces plans, étaient morts avec eux. Amadori, en revanche, devait les empêcher de dormir. Elle avait donc besoin de savoir au plus vite jusqu'à quel point ils avaient des raisons de s'inquiéter.

Deux hommes accueillirent Aideen et María à l'entrée de l'atelier. Les femmes se garèrent contre le mur et descendirent, les bras baissés, les paumes ouvertes tournées vers l'avant. María resta côté conducteur, Aideen côté passager, tandis qu'ils approchaient. Ils s'immobilisèrent à quelques pas. Sous la surveillance du second, le premier, un type baraqué, les délesta de leurs armes et de leur téléphone qu'il jeta dans l'habitacle. Puis il vérifia qu'elles n'avaient pas d'émetteur sur elles. Son inspection, scrupuleuse, demeura parfaitement professionnelle. Quand il eut terminé, ils se dirigèrent sans un mot vers une grosse camionnette garée non loin de là. Les deux femmes les suivirent. Tous quatre grimpèrent à l'arrière et s'assirent par terre, au milieu d'un fourbi de pots de peinture, d'échelles et de chiffons. Les types s'installèrent près de la porte.

« Moi, c'est Juan, et lui Ferdinand, dit celui qui avait surveillé la fouille. Veuillez décliner vos identités complètes.

– María Corneja et Aideen Sánchez », dit María.

Aideen nota son changement de patronyme, et partant, de nationalité. Une idée judicieuse de la part de María. Ces deux gaillards se méfiaient peut-être de compatriotes, mais ils se méfieraient encore plus d'étrangers. Une guerre civile était un cadre parfait pour que des puissances étrangères introduisent armes, argent… et influence. Autant de racines qui, une fois en place, étaient souvent difficiles à extirper.

Le regard d'Aideen alla d'un homme à l'autre. Juan était le plus âgé des deux. Il semblait las. Il avait des rides profondes au coin de ses yeux méfiants, et ses épaules maigres étaient affaissées. L'autre, par contre, était un colosse aux yeux profondément enfoncés. Il avait la peau lisse et tendue comme sur l'effigie d'une médaille, ses larges épaules étaient bien droites.

« Que venez-vous faire ici, María Corneja ? demanda Juan.

– Je veux vous parler d'un général d'armée du nom de Rafael Amadori. »

Juan la jaugea quelques secondes. « Continuez. »

María sortit ses cigarettes. Elle se servit, en offrit à la ronde. Juan en accepta une.

Maintenant qu'ils étaient dans la place, Aideen était gênée d'avoir à collaborer avec des tueurs. Mais comme l'avait dit Martha, chaque pays avait ses règles. Aideen pouvait simplement espérer que sa compagne savait où elle mettait les pieds.

María alluma la cigarette de Juan, puis la sienne. Son geste, sa manière d'inviter Juan à lui saisir les mains pour les approcher de l'allumette, avait quelque chose de très intime. Aideen admira son habileté à instaurer un rapport de connivence avec son interlocuteur.

« Le Señor Ramirez et les chefs d'autres entreprises et *familias* de la région ont été tués hier soir par un homme qui travaillait pour Amadori, expliqua María. Je crois que vous avez eu l'occasion de le rencontrer, Adolfo Alcazar. »

Juan ne dit rien.

Jamais Aideen n'avait entendu María s'exprimer avec une telle douceur. Elle enjôlait littéralement Juan.

« Amadori est un officier extrêmement influent, poursuivit María, qui semble avoir joué un rôle clé dans le déroulement des événements récents. Voici comment je vois les choses : Ramirez a fait assassiner l'Américaine hier. Amadori était au courant et il a laissé faire. Pourquoi ? Pour pouvoir rendre publique une cassette mettant en cause un parlementaire, Isidro Serrador. Pourquoi ? Pour que Serrador et les Basques qu'il représente soient discrédités en Espagne et à l'étranger. Ensuite, il a ordonné à Alcazar de liquider votre patron et ses amis conjurés. Pourquoi ? Pour discréditer les Catalans et détruire les bases de leur influence économique. Si Serrador et les chefs d'entreprise envisageaient une quelconque manœuvre politique, c'est désormais hors de question.

« Plus important, poursuivit-elle, l'existence d'un complot affaiblit considérablement le gouvernement. Il ne sait plus à qui se fier ou vers qui se tourner pour garantir la stabilité des institutions. Ce ne sont pas les discours qui vont rassurer l'opinion. La péninsule risque d'être ébranlée par les émeutes et les attentats, de l'Atlantique à la Méditerranée, du golfe de Gascogne au détroit de Gibraltar. Le gouvernement a besoin d'un homme fort pour rétablir l'ordre. Je suis convaincue que cet Amadori a orchestré tout cela pour pouvoir jouer les hommes providentiels. »

Juan la fixa à travers la fumée de cigarette. « Et après ? L'ordre sera rétabli.

– Mais peut-être pas exactement comme avant. J'ai quelques éléments sur Amadori. Mais pas suffisamment. C'est un nationaliste castillan et, pour autant que je sache, un mégalomane. Il semble avoir exploité ces incidents pour se mettre en position de réclamer l'instauration de la loi martiale sur l'ensemble du territoire espagnol – avant de se charger lui-même de l'appliquer. Ce qui m'inquiète, c'est qu'une fois installé, il refuse de céder la place. J'ai besoin de savoir si vous avez – ou pouvez obtenir – des renseignements susceptibles de m'aider à l'en empêcher. »

Juan eut un petit sourire. « Vous suggérez qu'Interpol et la *familia* Ramirez travaillent main dans la main ?

– Tout à fait.

– C'est ridicule. Qu'est-ce qui vous empêchera de recueillir des renseignements sur nous ?

– Rien », admit María.

Le petit sourire de Juan vacilla. « Donc, vous admettez que vous pourriez.

– Oui, je l'admets. Mais si nous n'arrêtons pas le général Amadori, alors tous les renseignements que j'aurai pu recueillir sur la *familia* n'auront plus le moindre intérêt. Le général vous traquera et vous détruira. Si ce n'est pas pour avoir liquidé son agent, ce sera pour le risque que vous représentez. Celui de rallier d'autres *familias* contre lui. »

Coup d'œil de Juan à Ferdinand. Le vigile solide comme le roc réfléchit quelques instants puis acquiesça. Juan considéra María. Aideen la regardait également. Tout en étant franche avec lui, l'Espagnole avait réussi à le manipuler en beauté.

« L'adversité a fait des compagnons de tranchée encore plus bizarres, observa Juan. Très bien. On a effectivement cherché à s'informer sur cet Amadori depuis notre retour à l'atelier. » Il renifla. « On a encore des alliés au gouvernement et dans l'armée, même s'ils ne sont plus très nombreux. La mort du Señor Ramirez a flanqué la trouille à pas mal de monde.

– C'était le but.

– Amadori travaille à Madrid, au cabinet du ministre de la Défense. Mais nous savons qu'il a établi son quartier général en dehors de la capitale. On essaie de découvrir où. Il a de puissants alliés castillans au Parlement. Ils le soutiennent aussi bien par leurs actes que par leur silence.

– Comment cela ?

– La Constitution offre au Premier ministre la possibilité de déclarer la loi martiale, expliqua Juan, mais le Parlement peut bloquer son action en refusant de financer les mesures qu'il n'approuve pas.

– Mais on n'en est pas encore là…, suggéra María.

– Tout au contraire, même, expliqua Juan. Mais je me suis laissé dire par un informateur au sein de la *familia* Ruiz…

– Le constructeur de matériel informatique ?

– Oui. Je me suis laissé dire que le financement des mesures proposées dépassait de cinq fois le montant réclamé par le Premier ministre. »

María émit un sifflement.

« Mais pourquoi, dans ce cas, le Parlement refuserait-il de le soutenir ? demanda Aideen. C'est quand même l'unité de l'Espagne qui est en jeu. »

Le regard de Juan passa d'une femme à l'autre. « En temps normal, le budget est voté poste par poste. Justement pour éviter ce genre de coup tordu. Des individus puissants sont derrière ce petit jeu. Peut-être les a-t-on menacés, eux ou leur famille. Peut-être leur a-t-on promis des positions encore plus influentes au sein du nouveau régime.

– Toujours est-il qu'ils ont procuré au général Amadori le pouvoir et l'argent pour entreprendre tout ce qu'il jugeait nécessaire. » Elle tira lentement sur sa cigarette. « Un plan simple et brillant. Avec l'armée sous son contrôle, un gouvernement paralysé, il est impossible d'entraver légalement son action.

– Tout juste, admit Juan. C'est pourquoi la *familia* a dû envisager sa propre riposte. »

María considéra Juan puis écrasa sa cigarette sur le plancher du fourgon. « Que se passerait-il s'il était éliminé ?

– Vous voulez dire démis ?

– Si c'est ce que j'avais voulu dire, je l'aurais dit », répondit sèchement la jeune femme.

Juan se tourna pour écraser son mégot contre la paroi en tôle. Il haussa les épaules. « Tout le monde en profiterait. Mais il faudrait agir vite. Si on lui laisse le temps de se poser en sauveur de l'Espagne, alors l'impulsion qu'il aura donnée risque de se poursuivre sur sa lancée, avec ou sans lui.

– Vu, dit María. Et il va tout faire de son côté pour se présenter en héros. »

Juan acquiesça. « Le problème, c'est qu'il ne va pas être facile de l'approcher. Quand il réside quelque part, il est gardé par des forces de sécurité. S'il se déplace, son itinéraire est tenu secret. On aura déjà de la chance si on peut… »

Aideen leva la main. « Chut ! »

Les trois autres la regardèrent. Peu après, María entendit elle aussi. Bientôt, tous sentirent jusque dans leurs entrailles le claquement sourd de rotors, au loin.

« Des hélicoptères ! » s'exclama Juan. Il bondit vers l'arrière du fourgon et ouvrit la porte.

Aideen regarda derrière lui. Débouchant des collines voisines, apparurent les feux de navigation de quatre hélicoptères. Ils étaient encore à quinze cents mètres.

« Ils se dirigent vers le chantier naval, dit Juan en se retournant vers María. C'est les vôtres ? »

Elle fit non de la tête. Puis elle le bouscula pour sauter sur l'asphalte. Elle scruta les appareils. « Faites évacuer vos hommes. Dites-leur de se planquer. Et de s'armer. »

Aideen descendit à son tour. « Attendez... Vous êtes en train de leur suggérer de tirer sur des soldats espagnols ?

– Je n'en sais rien ! » répondit-elle, irritée. Elle se précipita vers la voiture. « Ce sont sans doute les hommes d'Amadori. Si jamais un membre de la *familia* se fait capturer ou tuer, ce qu'on redoutait va se réaliser. En éliminant les foyers de dissidence, il se renforce aux yeux de l'opinion. »

Aideen la rejoignit au petit trot. Elle essayait d'imaginer un autre scénario. Mais on ne signalait aucune émeute à Saint-Sébastien et la police était en train de mener l'enquête sur l'explosion dans la baie. Il n'y avait que quelques champs et de rares constructions isolées, d'ici aux collines. Le chantier Ramirez était le seul objectif pouvant justifier l'intervention de quatre hélicoptères.

Voici un pays civilisé à deux doigts de sombrer dans la guerre civile. Même si c'était une réalité difficile à admettre, elle se révélait de plus en plus indéniable.

Juan descendit du fourgon. Ferdinand le suivait.

« Où allez-vous ?

– Avertir mon supérieur ! lui lança María. Je vous préviens si je découvre quelque chose.

– Dites à ceux qui vous envoient que nous ne riposterons que si nous sommes attaqués ! » cria Juan avant de filer au pas de course avec son compagnon en direction des ateliers. Les hélicoptères étaient à moins de quatre cents mètres. « Et dites-leur que nous n'avons rien contre les honnêtes soldats ou le peuple de... »

Le reste de sa phrase fut noyé par le claquement des rotors quand les appareils fondirent sur le chantier naval. Un instant après, le crépitement sec des armes automatiques vint s'ajouter au fracas, projetant au sol les deux hommes.

22.

Mardi, 17 : 43, Madrid, Espagne

Darrell McCaskey n'arrivait pas à trouver le sommeil.

Après avoir conduit Aideen à l'aérodrome, il était retourné avec Luis au siège madrilène d'Interpol, dont les bureaux se trouvaient dans les locaux de l'Académie nationale de police. L'immeuble d'acier et de verre était situé un peu en retrait de la Calle Julian González Segador, une avenue parallèle à la large Gran Via Hortaleza. Le trajet de retour en ville s'était déroulé dans le silence, McCaskey se remémorant les mois de sa liaison avec María.

Pris d'un brusque coup de pompe, McCaskey s'était étendu sur un divan dans la salle à manger du personnel. Mais alors qu'il aurait volontiers fermé ses paupières alourdies de fatigue, son cœur lourd lui interdisait le sommeil. La colère de María l'avait retourné, bien qu'il ait dû s'y attendre. Mais c'était surtout le simple fait de la revoir. Cela lui rappelait la plus grosse erreur de sa vie : l'avoir laissée partir, deux ans plus tôt.

Le pire est qu'il en avait été conscient à l'époque.

Allongé, il se remémora comme si c'était la veille toutes les divergences qui avaient surgi entre eux durant son séjour avec lui en Amérique. Elle vivait au jour le jour, sans trop se soucier de problèmes d'argent, de santé, ou des dangers inhérents aux missions qu'elle acceptait. Ils avaient des goûts différents en matière de musique ou de sport – comme pratiquants ou comme spectateurs. Elle aimait tout le temps faire du vélo, lui préférait la voiture ou la marche à pied. Il adorait la ville et les endroits animés, elle goûtait le calme de la campagne.

Mais malgré leurs différences, qui étaient considérables, une chose restait vraie. Ils s'étaient aimés. Cela aurait dû alors compter plus que tout. Cela comptait encore sacrément aujourd'hui.

McCaskey revoyait son visage quand il lui avait dit qu'il n'arrivait plus à se faire à leur relation. Il le reverrait toujours, dur mais profondément blessé – comme un soldat touché mais qui refuse de le croire et qui est bien décidé à poursuivre le combat. C'était un de ces instantanés qui restent gravés dans l'âme pour revenir de temps en temps, aussi nets qu'au premier jour. « Paludisme émotionnel », tel avait été le commentaire de Liz Gordon, la psychologue du centre, un jour où ils évoquaient la question des échecs sentimentaux.

Elle avait bien vu.

McCaskey renonça à garder les paupières closes. Alors qu'il restait étendu sous les tubes fluo, Luis entra en coup de vent. Il se précipita sur un des téléphones posés sur l'une des quatre tables rondes. Il claqua des doigts et fit signe à l'Américain de décrocher un autre appareil.

« C'est María, dit Luis. Sur la cinq. On est en train de les attaquer. »

McCaskey se leva d'un bond et fonça vers la table la plus proche. « Elles sont en sécurité ?

– Elles sont dans une voiture, dit Luis. María dit qu'elles ont intérêt à ne pas bouger. » Il saisit un combiné.

McCaskey l'imita et pressa la touche de la ligne cinq.

« María ? dit Luis. Darrell est au téléphone et Raul est en train de repérer l'origine des hélicoptères. Que se passe-t-il en ce moment ? »

McCaskey jugea inutile de demander un résumé de la situation. S'il avait raté quelque chose, Luis le mettrait au courant.

« Deux des hélicoptères sont en train de tourner à basse altitude autour du chantier naval, explique María. Les deux autres sont en vol stationnaire au-dessus du bâtiment. Des troupes sont en train d'en descendre. Certains soldats viennent de prendre position au bord du toit. Les autres se servent d'échelles en alu pour gagner les portes. Tous sont armés de mitraillettes.

– Tu disais qu'ils avaient déjà abattu deux hommes...

– Deux gars de la *familia* Ramirez, Juan et Ferdinand, confirma María. Tous deux avaient pris part aux représailles après l'attaque du yacht. Mais ils se sont jetés à terre et se sont rendus... je pense qu'ils sont indemnes. »

Sa voix était calme et ferme. McCaskey était fier d'elle. Il aurait tellement voulu retirer ces paroles égoïstes et stupides qu'il avait eu le malheur de lui lancer un jour.

« On discutait avec ces hommes quand l'attaque a commencé, poursuivit María. Je ne sais pas si les troupes les visaient spécifiquement ou si les hélicoptères ont ouvert le feu sur ce qui se présentait.

– La sentinelle…, intervint Aideen.

– Oui, c'est vrai, ajouta María. Aideen a remarqué que le garde à la grille s'était éclipsé dès le début de l'attaque. C'est un ancien militaire. Il a pu les désigner aux pilotes des hélicos. »

Un grand policier baraqué entra dans la salle à manger. Luis se retourna et le regarda. L'homme fit un signe de dénégation. « Aucun plan de vol n'a été enregistré pour ces hélicoptères.

– Donc, ils ont fait ça en dehors de la chaîne de commandement régulière, annonça Luis au téléphone.

– Tu m'étonnes…, répondit María.

– Comment ça ?

– Je suis convaincue que le général Rafael Amadori orchestre cette intervention aéroportée comme une petite guerre personnelle, expliqua María. Il semble qu'il ait manœuvré de telle sorte que le Parlement lui accorde les pleins pouvoirs. Il dispose en outre d'une fenêtre très étroite pour éliminer l'opposition. Le temps que quelqu'un se décide à l'empêcher de nuire, il sera trop tard.

– Est-ce qu'on sait où il a installé sa base logistique ? demanda Mc Caskey.

– Pas encore, répondit la femme. Mais je suis sûre qu'il a dû s'arranger pour qu'elle soit difficilement accessible. Je dois lui reconnaître ça : il s'est préparé à la perfection. »

McCaskey nota un changement dans la voix de María. À l'époque, cela suscitait toujours en lui une pointe de jalousie. Elle n'approuvait ni les motivations ni les actes d'Amadori, mais il sentait chez elle une trace indéniable d'admiration pour l'homme.

María se tut tandis qu'une rafale claquait au loin. Aideen fit un commentaire que McCaskey ne réussit pas à entendre.

« María ! hurla Darrell. Dis-moi quelque chose ! »

Plusieurs secondes s'écoulèrent avant qu'elle réponde. « Désolée, fit-elle. Les soldats viennent d'investir l'atelier. On essayait de voir ce qu'ils faisaient... mais il y a des voitures garées devant. On a entendu plusieurs coups de feu isolés et puis... *merde !*

– Quoi ? »

On entendit une succession de violentes détonations, suivie d'un crépitement continu d'armes automatiques.

« *María !* hurla McCaskey.

– Ils ont dû attendre que les soldats les provoquent, expliqua-t-elle.

– Qui ça ? demanda Luis.

– Sans doute des membres de la *familia* et peut-être quelques ouvriers, répondit María. On a entendu une fusillade à l'intérieur de l'atelier. Ils ont dû se mettre à tirer sur les soldats. Des ouvriers sortent... et tombent sous les balles. Tous ceux qui sont armés se font abattre. Juan est en train de leur crier de se rendre. »

McCaskey jeta un œil vers Luis. L'agent d'Interpol lui rendit son regard, l'air livide.

« C'est incroyable, poursuivait María. Les soldats tirent sur tous ceux qui ne déposent pas les armes. Même s'ils n'ont que de simples barres de fer ! Tout le monde crie à l'intérieur. On dirait qu'on leur demande de se rendre.

– Les soldats sont à quelle distance de vous ? demanda McCaskey.

– Quatre cents mètres environ. Mais il y a d'autres

voitures au parking… Je ne crois pas qu'ils se soient aperçus de notre présence. »

McCaskey sentit la transpiration s'accumuler sur sa lèvre supérieure. Tout s'effondrait. Il aurait voulu avoir un moyen de tirer les deux femmes de ce guêpier. Il avisa son compagnon. Le regard de Luis errait sans but. Lui aussi était rongé d'inquiétude.

« Luis, lança McCaskey d'une voix épaisse. Et l'hélico de la police ?

– Il est toujours là-bas…

– Je sais. Mais est-ce que tu peux leur obtenir l'autorisation d'intervenir ? »

Luis leva les mains dans un geste d'impuissance. « Même si je pouvais, je doute qu'ils y aillent. Ils risquent de soupçonner un coup monté d'une *familia.* »

Une offensive militaire de grande envergure plus une paranoïa généralisée : c'était le genre de combinaison qui entraînait les dirigeants à ne suivre l'avis que de leurs plus proches conseillers. Et qui pouvait également transformer des soldats en bourreaux prêts à massacrer sans aucun discernement. McCaskey aurait voulu que les Attaquants soient déjà sur place au lieu d'être encore au-dessus de l'Atlantique, à plusieurs heures de vol de distance.

Personne ne dit rien durant plusieurs secondes. McCaskey continuait à dévisager Luis. Il y avait trois options pour les deux femmes : soit elles bougeaient, soit elles tentaient une sortie, soit elles choisissaient de se rendre. Si elles essayaient de s'esquiver et qu'elles étaient repérées, elles se feraient sans doute abattre. Si elles décidaient de se rendre, elles risquaient de connaître le même sort. Le choix le plus sage semblait de rester sur place et d'exhiber leurs faux papiers si jamais elles étaient découvertes. McCaskey se demanda si Luis allait trancher à leur place. L'agent d'Interpol n'était pas du genre à fuir ses responsabilités quand il fallait prendre une décision. Sauf qu'il s'agissait ici d'une question de vie ou de mort.

« María, demanda Luis, que veux-tu faire ?

– J'étais en train de me poser la question. Je ne sais pas ce que cherchent les assaillants. On voit des prisonniers sortir. Par dizaines. Mais on ne sait pas du tout où ils comptent les emmener. Pour les interroger sans doute. Je me demande…

– Quoi ? »

Luis entendit une conversation assourdie à l'autre bout de la ligne. Puis le silence, ponctué de quelques coups de feu au loin.

« María ? »

Plus rien. On n'entendait que la fusillade.

« María ? » répéta Luis.

Au bout d'un moment, ce fut Aideen qui répondit.
« Elle n'est plus là.

– Où est-elle ?

– En route vers l'atelier, les mains en l'air, répondit Aideen. Elle va tenter de se rendre. »

23.

Lundi, 22 : 45, Washington, DC

Le coup de fil du patron du Conseil national de sécurité, Steve Burkow, fut aussi bref que surprenant.

« Le président envisage un changement radical de la politique du gouvernement à l'égard de l'Espagne, annonça-t-il à Paul Hood. Soyez au PC de crise de la Maison-Blanche à vingt-trois heures trente ce soir. Et pourriez-vous nous faire parvenir les derniers rapports concernant la situation militaire sur place ? »

Cela faisait moins d'une heure qu'ils avaient conféré par téléphone avec le secrétaire général de l'ONU. Ils avaient alors d'un commun accord décidé de maintenir le *statu quo.* Hood avait juste eu le temps de s'étendre pour faire un petit somme. Il se demandait ce qui avait bien pu changer dans l'intervalle.

Il avait bien entendu répondu qu'il serait au rendez-vous. Puis il alla s'enfermer dans ses toilettes privées, au fond de son bureau. Un téléphone était accroché au mur, au-dessus de l'interrupteur, près du lavabo. Après s'être passé de l'eau sur la figure, il appela Bob Herbert. Son assistant lui répondit qu'il était en conversation avec Darrell McCaskey et lui demanda si c'était un appel prioritaire. Hood répondit par la négative ; Herbert n'avait qu'à le rappeler dès qu'il aurait terminé.

Il avait fini de se rafraîchir et rectifiait son nœud de cravate quand la ligne intérieure sonna. Hood se jeta sur l'appareil avec le plaisir d'un charognard plongeant sur un cadavre : son esprit las s'était remis à dériver vers Sharon et les enfants. Il ne savait pas pourquoi – pour se punir, peut-être ? En tout cas, il n'avait pas envie de penser à eux pour l'instant. Quand une crise était en cours, ce n'était pas le meilleur moment pour s'interroger sur sa vie et ses buts.

Hood pressa la touche ampli et s'appuya au lavabo en inox. « Hood à l'appareil.

– Paul ? C'est Bob. J'allais vous rappeler de toute manière.

– Quoi de neuf du côté de Darrell ?

– Mauvaises nouvelles. Le renseignement du NRO a confirmé que quatre hélicoptères, apparemment sur les ordres du général Amadori, ont attaqué les ateliers des chantiers navals Ramirez à cinq heures vingt du matin, heure locale. Aideen Marley et María Corneja étaient dans le parking du chantier, planquées dans leur voiture, durant l'attaque. Les troupes espagnoles ont abattu une vingtaine de personnes avant de prendre le contrôle des ateliers et de capturer le reste du personnel. D'après Aideen – qui est toujours dans la voiture et en contact téléphonique avec Darrell –, María s'est rendue aux militaires. Elle espère ainsi pouvoir découvrir où se trouve le quartier général d'Amadori et nous répercuter l'information.

– Aideen court-elle un danger immédiat ?

– On ne pense pas, répondit Herbert. Les soldats ont ignoré le parking. Elle a plutôt l'impression qu'ils sont pressés de finir de rafler les prisonniers pour se tirer en vitesse.

– Et María ? intervint Hood. Va-t-elle tenter d'arrêter Amadori ? » Il savait que la Maison-Blanche voudrait en savoir plus à ce sujet. C'était sans doute l'une des raisons ayant motivé cette convocation précipitée. Il savait également que le président poserait la même question.

« Franchement, je n'en sais rien, reconnut Herbert. Dès que je raccrocherai, je demanderai à Liz le profil psychologique qu'elle avait établi quand María travaillait chez nous. Peut-être que ça nous fournira une indication.

– Qu'en pense Darrell ? coupa Hood avec impatience. Si quelqu'un doit connaître María Corneja, c'est bien lui. » Le directeur n'avait qu'une confiance modérée dans les profils psychologiques. Les études froides, selon des schémas préétablis, avaient à ses yeux moins de valeur que les sentiments humains et l'intuition.

« Quel homme connaît vraiment une femme ? » observa Herbert.

Hood faillit dire à ce dernier de lui épargner ses considérations philosophiques quand l'image de Sharon lui traversa l'esprit. Il se tut. Herbert avait raison.

« Mais pour répondre à votre question, poursuivit Herbert, Darrell dit qu'elle serait tout à fait capable de le liquider. Elle peut se montrer particulièrement obstinée et résolue. Il dit qu'il lui suffirait de mettre la main sur un stylo ou un trombone pour lui transpercer l'artère fémorale. Il ajoute qu'il a pu la voir manifester son écœurement devant la barbarie de l'homme tout en admirant son courage et sa force.

– Ce qui veut dire ?

– Qu'elle pourrait bien se mettre à gamberger un peu trop, observa Herbert. Hésiter et manquer une occasion.

– Pourrait-elle se rallier à lui ?

– Pour Darrell, c'est un non catégorique. »

Hood n'était pas aussi sûr que Herbert, mais il voulait bien se ranger à l'opinion de Darrell. Herbert n'avait ni information nouvelle sur la mort de Serrador, ni confirmation par d'autres sources de sa participation à l'assassinat de Martha. Mais il continuait de suivre les deux pistes. Hood le remercia et lui demanda de transmettre directement à la présidence tout ce qu'il trouverait. Puis il s'apprêta à se rendre à la Maison-Blanche.

Le trafic était clairsemé à cette heure et il mit un peu moins de trente minutes pour effectuer le trajet. Quittant Constitution Avenue pour emprunter la 17e Rue, il prit à droite la Rue E, à sens unique, puis vira à gauche pour s'arrêter devant la grille sud-ouest réservée aux invités. Il franchit le contrôle, se gara, et pénétra dans le bâtiment présidentiel par l'aile Ouest. Il parcourut les larges couloirs.

Quelle que soit sa disposition d'esprit, quelle que soit la gravité de la crise ou son degré de cynisme, Hood se sentait immanquablement frappé d'une crainte respectueuse face à la puissance et à l'histoire de la Maison-Blanche. C'était un point de convergence entre le passé et l'avenir. Deux des pères fondateurs de la nation avaient vécu en ces murs. C'est d'ici que Lincoln avait préservé et renforcé l'unité nationale. D'ici qu'avait été organisée la victoire de la Seconde Guerre mondiale. D'ici qu'avait été prise la décision de conquérir la Lune. Avec un savant mélange de sagesse, de courage et de jugeote, du haut de cette chaire, un homme pouvait mener la nation, et par conséquence le monde, où bon lui semblait. Quand il était ici, Hood avait du mal à s'attarder sur les échecs de certains des dirigeants de ce pays. Il voulait seulement considérer le feu de l'espoir nourri par l'appel puissant du pouvoir.

Hood emprunta l'ascenseur principal pour se rendre à la salle du PC de crise, au premier sous-sol. En dessous de celui-ci, il y en avait trois autres, où se trouvaient la salle de guerre, l'infirmerie, un abri pour la famille présidentielle et l'état-major, ainsi que les cuisines. Hood fut accueilli par un garde jeune et fringant qui lui demanda de plaquer la paume sur la dalle d'un scanner à laser. Quand l'appareil tinta, Hood fut autorisé à franchir le portique de détection. Un assistant du président le conduisit dans la salle aux murs couverts de boiseries.

Steve Burkow était déjà là. Ainsi que l'imposant chef d'état-major interarmes, le général Kenneth VanZandt, Carol Lanning – siégeant à la place de son ministre, Av Lincoln, en visite au Japon – et le directeur de la CIA, Marius Fox. Ce presque quinquagénaire de taille et de carrure modestes, cheveux bruns coupés ras, était toujours impeccablement habillé. Il arborait systématiquement une pochette de couleur vive, mais en prenant toujours soin qu'elle mette en valeur la couleur de ses yeux noisette. C'était un homme qui appréciait sincèrement son travail.

Mais il débute quand même à ce poste, observa Hood, cynique. Ce serait intéressant de voir combien de temps il faudrait pour que la bureaucratie et les pressions diverses entament son enthousiasme.

Il y avait une longue table rectangulaire en acajou au centre de la pièce brillamment éclairée. Un téléphone crypté STU-3 et un moniteur étaient disposés devant chacune des dix places, avec un clavier coulissant sous la table. Le réseau informatique local était totalement indépendant. Tout logiciel provenant de l'extérieur – même de la Défense ou des Affaires étrangères – était débogué avant d'être chargé. Aux murs peints en ivoire étaient accrochées des cartes en couleurs détaillées montrant la position des troupes américaines et étrangères, piquetées de petits drapeaux indiquant les zones de troubles. Rouges pour les crises en cours, verts pour les crises latentes. Pas de fanion sur l'Espagne, juste un unique drapeau vert au large. Apparemment, le changement de politique du gouvernement n'incluait pas le débarquement de troupes américaines dans la région. Le fanion planté en mer indiquait sans doute un porte-avions prévu pour les transports de personnalités américaines si le besoin s'en faisait sentir.

Chacun n'avait eu que le temps de saluer Hood quand le chef de l'exécutif fit son entrée.

Le président Michael Lawrence était un gaillard imposant de près d'un mètre quatre-vingt-dix. Sa voix et sa carrure étaient toutes présidentielles ; et ce grâce à un savant mélange des trois C magiques – charisme, charme et calme – dont il était manifestement doté. Ses cheveux argentés étaient ramenés en arrière de manière très théâtrale et sa voix avait les accents vibrants d'un Marc Antoine sur les marches du Sénat romain. Mais le président Lawrence paraissait aussi infiniment plus las que lors de son entrée en fonctions. Les yeux étaient un rien bouffis, les joues flétries. Et si les cheveux avaient des reflets argentés, c'est parce qu'ils étaient plus blancs que gris. Le phénomène était assez fréquent chez les présidents américains, même si ce n'était pas uniquement le poids de la fonction qui les vieillissait de manière aussi spectaculaire, mais surtout le fait que d'innombrables existences se voyaient affectées en profondeur, et de manière irrémédiable, par la moindre de leurs décisions. Ainsi que le flot continu des crises survenant tard le soir ou au petit matin, les épuisants déplacements à l'étranger, et enfin ce que Liz Gordon avait un jour décrit comme l'« effet postérité » : ce désir insistant de laisser une image positive dans les livres d'histoire tout en plaisant à ceux qui vous ont élu pour servir. Redoutable fardeau émotionnel et intellectuel que bien peu d'hommes avaient à assumer.

Le président remercia chacun de sa présence et s'assit. Tout en se servant du café, il présenta au directeur Hood ses condoléances pour la mort de Martha Mackall. Il déplora la disparition d'une jeune et talentueuse diplomate et indiqua qu'il avait déjà chargé quelqu'un d'organiser une cérémonie du souvenir. Hood l'en remercia. Le président Lawrence avait toujours su montrer son humanité et sa sincérité en de telles circonstances.

Puis, sans transition, il aborda les affaires en cours. Le président savait aussi se montrer efficace quand il s'agissait de passer à l'action.

« Je viens d'avoir au téléphone le vice-président et l'ambassadeur d'Espagne, Señor García Abril. » Il s'interrompit pour boire une gorgée de café. « Comme certains d'entre vous le savent déjà, la situation en Espagne est fort confuse du point de vue militaire. La police a maté plusieurs émeutes tout en en ignorant un certain nombre d'autres. Carol, pouvez-vous nous faire un bref résumé de la situation ? »

Carol Lanning acquiesça. Elle consulta ses notes. « La police et l'armée ont ignoré les émeutes déclenchées par des Castillans contre d'autres groupes. Dans tout le pays, les églises sont prises d'assaut par des milliers de gens cherchant à s'y réfugier.

– Et comment ça se passe ? » demanda Burkow.

Elle feuilleta ses papiers. « La cohue est devenue telle que les autorités religieuses ont été obligées de fermer certains édifices – comme la Parroquia María Reina de Barcelone et l'Iglesia del Señor à Séville. Dans certains cas, le clergé a fait appel à la police locale pour évacuer les églises – une attitude, dois-je ajouter, qui a été critiquée en privé par le Vatican, même s'il s'apprête à publier une déclaration officielle réclamant, je cite, "retenue et compassion".

– Merci, dit le président. Il semble à l'heure actuelle que trois factions parfaitement indépendantes se disputent le pouvoir en Espagne. D'après l'ambassadeur Abril – qui a toujours été franc avec moi –, les députés au Parlement font tout leur possible pour adjurer les citoyens dans leurs circonscriptions de se tenir à l'écart des luttes intestines et de poursuivre leur travail. Ils sont prêts à toutes les promesses électorales en échange d'un soutien après la crise. Ils espèrent ainsi rallier des suffrages pour mieux peser ensuite sur la composition du nouveau gouvernement.

– Vous voulez dire dans le cadre de l'actuelle Constitution ? demanda Carol. Ou bien envisagent-ils déjà un nouveau gouvernement avec un nouveau système politique ?

– J'y arrive, reprit le président. Le Premier ministre n'a quasiment aucun soutien – à la chambre ou dans la population. On s'attend à le voir présenter au roi sa démission d'ici vingt-quatre à quarante-huit heures. Abril dit que le souverain, qui réside actuellement à Barcelone, devrait pouvoir compter sur le soutien de l'Église et d'une majorité de la population, en dehors des Castillans.

– Ce qui ne fait pas vraiment une majorité, observa Burkow.

– Environ quarante-cinq pour cent de l'électorat, confirma le président. Ce qui place le roi dans une situation bien fragile. On nous dit que le Palais royal à Madrid est bourré de soldats, même si personne ne peut affirmer que ces troupes sont là pour protéger les lieux ou pour dissuader le souverain de regagner la capitale.

– Voire les deux, remarqua Lanning. Comme le palais d'Hiver quand le tsar Nicolas II a été contraint d'abdiquer. Du reste, le roi ne réside pas au Palais royal mais à la Zarzuela…

– Certes, nota le président. Toujours est-il que la situation empire. Paul… Bob Herbert et Mike Rodgers viennent de nous transmettre leur dernier rapport sur la situation militaire. Vous voulez le commenter ? »

Hood croisa les mains sur la table. « Il semble qu'un général soit en train de mener le jeu – un certain Rafael Amadori. D'après nos renseignements, il a orchestré la destruction d'un yacht dans le golfe de Gascogne, occasionnant la mort de plusieurs hommes d'affaires importants soupçonnés par ailleurs de vouloir renverser le pouvoir en place. Il serait également responsable de la mort du député Isidro Serrador.

C'est l'homme que ma responsable des affaires politiques, Martha Mackall, s'apprêtait à rencontrer quand on l'a assassinée ce matin. » Hood baissa les yeux et la voix. « Nous avons des raisons de croire que Serrador l'avait attirée dans un piège avec l'aide des hommes réunis sur le yacht.

– Bob Herbert dit qu'il essaie d'en apporter la confirmation, dit le président. Le problème, voyez-vous, est que même si nous découvrons qu'une partie du gouvernement est impliquée dans un complot, le reste de ses dirigeants légalement élus peut ne plus être là pour entendre nos protestations. Cela posé, la politique des États-Unis, et celle de mon gouvernement, a toujours été de ne pas s'ingérer dans les affaires intérieures d'un pays. Les exceptions telles que Panamá ou la Grenade relevaient de la sécurité nationale. Le problème actuel, qui préoccupe tout particulièrement le général VanZandt, est que l'Espagne est un allié de l'OTAN. L'issue de la crise actuelle sera sans doute un remaniement gouvernemental – mais on ne peut se permettre de voir un dictateur venir au pouvoir. Si nous avons jadis laissé gouverner Franco, c'est parce qu'il n'avait aucune visée hégémonique hors de ses frontières.

– Et aussi parce qu'il s'est contenté d'assister en spectateur à notre lutte contre Hitler et Mussolini, observa Burkow.

– Quelles qu'aient été ses raisons, il s'est tenu à carreau. Ce pourrait ne pas être le cas ici. Général VanZandt ? »

Le grand Afro-Américain distingué ouvrit la chemise posée devant lui. « J'ai sous les yeux un résumé de la carrière de cet homme. Il s'est engagé dans l'armée il y a trente-deux ans, puis a gravi tranquillement les échelons. Il était du bon côté – à gauche en l'occurrence – lors de la tentative de coup d'État avortée de 1981. Sa fidélité au roi lui a valu une médaille. Par la suite, il a rapidement pris du galon. Détail intéressant, sans être un opposant de l'OTAN, il n'a toutefois jamais participé aux manœuvres communes. Dans une lettre à ses officiers supérieurs, il prônait une défense nationale forte, indépendante de toute aide extérieure – qu'il qualifiait d'*ingérence*. Ce qui ne l'a pas empêché de multiplier les contacts avec les troupes soviétiques au cours des années quatre-vingt. Un rapport de la CIA mentionne sa présence comme "observateur" en Afghanistan en 1982.

– Nul doute qu'il devait observer comment on opprime les populations, suggéra Carol Lanning.

– C'est fort possible, reprit VanZandt. Durant cette période, Amadori s'est également intéressé de près au renseignement militaire espagnol et il semble qu'il ait tiré parti de ses déplacements à l'étranger pour y établir des contacts. Son nom est apparu dans au moins deux rapports d'interrogatoires d'espions soviétiques capturés.

– Dans quel contexte ? » demanda Hood.

VanZandt consulta son document. « La première fois, lors d'une rencontre avec un officier soviétique – Amadori portait sa plaque d'identité – et la seconde, dans le cadre du rachat d'un journal espagnol par un homme d'affaires allemand.

– Bref, dit le président, nous avons là affaire à quelqu'un qui a assisté de près à l'échec d'un putsch dans son propre pays et qui a eu le temps de se familiariser avec les tactiques antiterroristes à l'étranger. On constate également qu'il a su établir des contacts, organiser un réseau de renseignements, et qu'enfin il contrôle virtuellement l'armée espagnole. L'ambassadeur Abril redoute, et sans doute a-t-il de bonnes raisons pour cela, que le Portugal et la France soient en danger. À la tête d'une Espagne transformée en dictature militaire, Amadori serait en position idéale pour entamer un travail de sape dans ces deux pays, affaiblir le pouvoir en place et y faire entrer ses troupes.

– Sur le cadavre de l'OTAN, observa VanZandt.

– Vous oubliez un détail, général, coupa le président. Il semble qu'Amadori ait déguisé sa prise de pouvoir en action pro-gouvernementale. Il a laissé se développer un complot avant de l'écraser. Stratégie brillante : laisser l'ennemi se démasquer pour mieux l'abattre ensuite. Et suggérer par la même occasion que le gouvernement en place est corrompu pour mieux l'éliminer dans la foulée.

– Qu'il s'empare lui-même de la France et du Portugal ou qu'il mette en place un régime fantoche, poursuivit Lanning, songeuse, c'est malgré tout lui qui tire les ficelles.

– Tout juste, dit le président. Abril et le vice-président sont d'accord avec moi : l'Espagne s'apprête à avoir un nouveau gouvernement. Mais nous sommes également tombés d'accord sur ce point : quel que soit le nouvel homme fort du pays, il est hors de question que ce soit Amadori. Donc, la première question est : avons-nous le temps et les effectifs sur place pour lui opposer quelqu'un ? Et, dans le cas contraire, a-t-on les moyens de l'éliminer nous-mêmes ? »

VanZandt hocha la tête et se carra dans son fauteuil.

« C'est une sale histoire, monsieur le président. Une putain de sale histoire.

– Je suis bien de votre avis, général. » Le président semblait étonnamment contrit. « Mais, à moins que quelqu'un n'ait une meilleure idée, je ne vois pas d'autre solution.

– Et si l'on attendait ? proposa Fox, le nouveau patron de la CIA. Cet Amadori pourrait finir par s'autodétruire. Ou ses partisans le lâcher.

– Tout indique au contraire que son pouvoir se renforce d'heure en heure, rétorqua le chef de l'exécutif. Même si c'est par défaut : en fait, il élimine physiquement l'opposition. Ai-je tort, Paul ? »

Hood fit un signe de dénégation. « Un de mes agents était sur place quand il a fait exécuter des ouvriers qui auraient pu – je dis bien *auraient pu* – se révéler des opposants.

– Quand cela s'est-il produit ? demanda Carol Lanning, visiblement horrifiée.

– Il y a moins d'une heure.

– Ce type est un Hitler en puissance.

– Ça, je n'en sais rien, rétorqua Hood, mais il me semble en tout cas bien décidé à s'emparer de l'Espagne.

– Et nous à l'en empêcher, dit le président.

– Mais comment ? demanda Burkow. On ne peut pas agir de manière officielle. Paul, Marius... avons-nous là-bas des éléments infiltrés sur lesquels on peut compter ?

– Il va falloir que je demande à notre contact à Madrid, répondit Fox. Ce genre de travail n'est plus vraiment dans nos cordes depuis un certain temps... »

Burkow se tourna vers Hood. Le président aussi.

Hood ne dit rien. Avec Fox s'avouant hors jeu, il savait à quoi s'attendre.

« Paul, votre groupe d'Attaquants est en route pour l'Espagne, dit le président, et Darrell McCaskey se trouve déjà sur place. Vous collaborez en outre avec un agent d'Interpol qui s'est rendue aux troupes responsables du massacre aux chantiers navals. Quel est votre avis, Paul ? Peut-on compter sur elle ?

– Elle s'est rendue pour essayer d'approcher Amadori, reconnut Hood. Mais nous ne savons pas ce qu'elle fera ensuite. Si elle se contentera d'une mission de reconnaissance ou si elle tentera de le neutraliser. »

Hood détestait recourir à ce genre d'euphémisme. Ce dont ils parlaient tous, c'était d'un assassinat – le même genre d'acte qu'ils avaient déploré lorsqu'il concernait Martha Mackall. Et pour exactement les mêmes raisons : la politique. C'était vraiment un sale boulot. Il aurait préféré être avec sa famille plutôt qu'ici.

« Comment s'appelle cette femme ?

– María Corneja, monsieur le président, répondit Hood. Nous avons un dossier sur elle. Elle a fait un stage de plusieurs mois avec nous au moment de la création de l'Op-Center.

– Que ferait Mlle Corneja si elle avait le soutien d'une force comme les Attaquants ? demanda le président.

– Je ne saurais trop dire, répondit Hood avec franchise. Je ne suis même pas sûr que cela fasse une différence. C'est une fille coriace et plutôt indépendante.

– Trouvez-moi la réponse, Paul. Mais faites vite. À partir de maintenant, je veux que cette affaire reste du ressort de l'Op-Center jusqu'à sa conclusion.

– C'est entendu », répondit Hood d'une voix basse et monocorde. Son moral était encore plus bas. Personne ne s'était proposé pour venir lui donner un coup de main.

Il n'était pas un petit garçon. Il avait toujours su qu'un jour ou l'autre il serait nécessaire de monter une opération comme celle-ci – utiliser les Attaquants ou un de ses hommes pour éliminer un ennemi. À présent que ce moment était venu, ça ne lui plaisait pas du tout. Ni le boulot ni le fait que l'Op-Center se retrouve livré à lui-même. S'ils réussissaient, un homme serait mort. S'ils échouaient, ils auraient cet échec sur la conscience jusqu'à la fin de leurs jours. Pas moyen de s'en sortir proprement.

Carol Lanning avait dû comprendre. Elle et Hood restèrent assis côte à côte, alors que le président et les autres quittaient la table. Tous souhaitèrent bonne nuit à Hood, sans un mot de plus. Que pouvaient-ils dire, d'ailleurs ? Bonne chance ? Merde ? Ramène-m'en un morceau ?

Quand la salle fut vide, Carol posa la main sur la sienne.

« Je suis désolée, fit-elle. Ce n'est pas drôle de se voir désavoué.

– Ou entubé...

– Hmm, fit-elle. Vous n'allez pas croire qu'ils étaient au courant de ce que mitonnait notre cher président ? »

Hood hocha la tête. « Et une fois sortis d'ici, ils auront même oublié que l'idée venait de lui. Comme il a dit : c'est à l'Op-Center de jouer. » Il hocha de nouveau la tête. « Le pire, c'est qu'on ne peut même pas y voir une vengeance. Les types qui ont flingué Martha sont déjà morts.

– Je sais, dit Carol. Personne n'a jamais dit que ce genre de boulot était juste.

– Non, effectivement. » Hood avait envie de se lever. Mais il était trop foutrement crevé, et bien trop écœuré pour songer même à lever le petit doigt.

« Si je peux faire quoi que ce soit pour vous, en sous-main, faites-le-moi savoir. » Elle lui étreignit encore une fois la main puis se leva. « Paul, c'est une tâche comme une autre. Il ne faut pas la voir autrement.

– Merci. Mais si je l'accomplis, je ne vois pas en quoi je serai différent de ce général Amadori. »

Elle sourit. « Oh, mais si, il y a une différence : vous, vous n'avez jamais cherché à vous convaincre que ce que vous faisiez était juste. Simplement que c'était nécessaire. »

Hood ne voyait pas vraiment le distinguo, mais ce n'était pas non plus le moment de chercher. Parce que, qu'il le veuille ou non, il avait effectivement une tâche à remplir. Et il allait aussi devoir aider les Attaquants, Aideen Marley et Darrell McCaskey à accomplir la leur.

Il se leva pesamment et sortit avec Carol. Quelle ironie. Il avait cru jadis que diriger une ville comme Los Angeles était difficile : faire des mécontents en remettant en cause certains intérêts particuliers, vivre jour et nuit sous le feu des projecteurs. Mais maintenant qu'il travaillait dans l'action clandestine, jamais il ne s'était senti aussi seul – dans sa vie professionnelle comme dans sa vie privée.

Il ne savait plus qui avait dit que pour mener les hommes il fallait leur tourner le dos. Mais il avait raison, et voilà pourquoi Michael Lawrence était président et pas lui. Pourquoi un homme comme Michael Lawrence *devait* être président.

Hood ferait ce boulot parce qu'il le devait. Ensuite, il se le jura, ce serait terminé. Ici même dans la Maison-Blanche – en ce lieu qui l'emplissait d'une crainte respectueuse moins d'une heure auparavant – il se jura que quoi qu'il advienne, il quitterait l'Op-Center… et retrouverait sa famille.

24.

Mardi, 6 : 50, Saint-Sébastien, Espagne

La ville endormie avait été réveillée en sursaut par le bruit de la fusillade au chantier naval.

Le père Norberto était resté dans l'appartement d'Adolfo bien longtemps après que la police fut venue chercher le corps. Il était resté là, agenouillé sur le plancher, à prier pour l'âme de son frère. Mais quand le prêtre avait entendu les rafales d'armes automatiques, bientôt suivies par les cris de la population dans la rue appelant à se rendre au chantier, il était retourné aussitôt à l'église.

Alors qu'il approchait de Saint-Ignace, il regarda vers l'horizon et vit les hélicoptères survolant au loin le bâtiment de l'atelier. Mais il n'était plus temps de s'interroger. L'église était déjà pleine de mères, de jeunes enfants et de personnes âgées. Bientôt, les pêcheurs allaient arriver, rentrés en toute hâte pour s'assurer que leur famille était saine et sauve. Il devait s'occuper de ces gens, oublier ses blessures personnelles.

L'arrivée de Norberto fut saluée sur le parvis par les cris soulagés des fidèles rendant grâce à Dieu. Durant un bref instant plein d'émotion, le prêtre ressentit le même amour, la même compassion pour les pauvres que celle qu'avait dû jadis ressentir le Fils de l'homme. Cela ne soulagea peut-être pas sa douleur, mais cela lui donna un regain de force et de conviction.

La première chose qu'il fit en pénétrant dans la nef fut de sourire et de parler doucement. Parler doucement calmait les gens. Cela les obligeait à contrôler leur peur. Il fit installer tout le monde dans les travées. Puis, après avoir allumé les cierges autour de la chaire, il demanda à l'un de ses vieux paroissiens, affectueusement surnommé « grand-père José », d'aller accueillir les nouveaux arrivants et de les faire entrer en bon ordre. Cet ancien capitaine de bateau de sauvetage, pieux catholique, accepta la tâche avec humilité, le regard brillant.

Quand les cierges furent allumés, baignant la nef de leur éclat doré, le prêtre se rendit à l'autel. Il s'y appuya un bref instant pour se soutenir. Puis il dit la messe, espérant apaiser les esprits autant par ce rituel familier que par la présence divine. Lui aussi espérait y trouver un apaisement. Mais à mesure qu'il progressait dans la liturgie, il découvrit qu'il en trouvait bien peu. La seule consolation qui lui restait était de savoir qu'il contribuait ainsi à réconforter ses ouailles.

Quand il eut terminé le service, le père Norberto se retourna vers la masse inquiète de l'assistance, forte déjà de plus d'une centaine de fidèles. La chaleur des corps, la peur qui en émanait emplissaient la petite nef obscure. Une odeur d'air marin entrait par la porte ouverte. Cela lui suggéra de prolonger l'office par une citation de l'Évangile selon saint Matthieu.

D'une voix forte et claire, il leur lut : « Et Il leur dit : pourquoi avez-vous peur, gens de peu de foi ? Alors Il se leva, menaça les vents et la mer, et il y eut un grand calme[1]. »

Les paroles de l'Évangile, ajoutées à la détresse des fidèles, redonnèrent du courage au prêtre. Même après que la fusillade eut cessé, d'autres continuèrent de se masser dans l'église, cherchant le réconfort au milieu de cette confusion.

Le père Norberto n'entendit pas le téléphone sonner au presbytère. Grand-père José, en revanche, si. Le vieillard alla répondre puis revint en hâte prévenir le curé.

« Mon père ! lui souffla-t-il à l'oreille d'une voix surexcitée. Mon père, vite… vous devez venir répondre !

– Qu'est-ce que c'est?

– C'est le secrétaire du préposé général González à Madrid ! déclara José. Il dit qu'il veut vous parler ! »

Norberto le considéra quelques instants. « Tu es sûr que c'est bien moi qu'il demande ? »

José acquiesça vigoureusement. Intrigué, Norberto retourna vers la chaire reprendre sa Bible. Il la tendit à l'aîné de ses paroissiens en lui disant de continuer à lire aux fidèles l'Évangile selon saint Matthieu jusqu'à son retour. Puis Norberto sortit en hâte, en se demandant ce que lui voulait celui que l'on surnommait « le Pape noir ».

Norberto referma la porte du presbytère et alla s'asseoir derrière son vieux bureau de chêne. Il se frotta les mains, saisit le téléphone.

Il eut le frère Francisco au bout du fil. Le jeune prêtre l'appelait pour informer Norberto que sa présence était exigée – non pas requise mais bien exigée – à Madrid, dans les plus brefs délais.

---

1. Matthieu, 8, 26 *(N.d.T.)*.

« Mais pour quelle raison ? » demanda Norberto. C'était déjà bien assez incroyable que le préposé général González désire lui parler. González rendait compte directement au pape et sa voix avait l'autorité du Vatican. Mais quand il s'agissait d'affaires concernant cette province et ses nombreux jésuites, González consultait d'ordinaire son vieil ami le frère Iglesias, à Bilbao. Du reste, cela satisfaisait pleinement Norberto. Il préférait s'occuper de ses ouailles plutôt que de son propre avancement.

« Je peux juste vous dire qu'il vous a demandés, vous et plusieurs autres frères, nommément, répondit le frère Francisco.

– Le frère Iglesias est-il du nombre ?

– Il n'est pas sur ma liste, répondit son correspondant. Un avion doit venir vous prendre à huit heures trente ce matin. C'est l'appareil privé du père supérieur. Puis-je lui confirmer que vous serez à bord ?

– Si tel est son ordre…

– C'est le souhait du père supérieur », rectifia doucement frère Francisco.

Norberto connaissait assez les euphémismes ecclésiastiques pour savoir que c'était du pareil au même. Il répondit donc qu'il serait au rendez-vous. Son interlocuteur le remercia pour la forme avant de raccrocher. Norberto regagna l'église.

Il reprit la Bible à grand-père José et poursuivit la lecture de l'Évangile. Mais si les paroles venaient, chaleureuses et familières, le cœur et l'esprit de Norberto étaient ailleurs. Avec son frère et avec ses ouailles. Presque tous étaient là désormais, entassés sur les bancs, debout au coude à coude le long des murs de la nef. S'il fallait en croire les révélations d'Adolfo la veille au soir, le conflit n'en était qu'au début.

Quand un grand silence était tombé sur l'assemblée – au bout de sept ans de sacerdoce, c'étaient des choses qu'on décelait –, il referma la Bible et leur parla en termes généraux des peines et des chagrins qui risquaient de les attendre. Il leur demanda d'ouvrir leur porte et leur cœur à tous ceux qui auraient souffert d'une perte. Puis il leur annonça qu'il devait se rendre à Madrid pour conférer avec le général des jésuites de la crise qu'affrontait la nation. Il précisa qu'il partirait un peu plus tard dans la matinée.

Après cette annonce, l'assemblée demeura silencieuse. Il savait que les gens n'étaient jamais vraiment surpris de se voir abandonnés par le gouvernement. Cela s'était vérifié quand il était enfant, au temps de Franco ; cela s'était vérifié encore lors du conflit des pêcheurs durant les années soixante-dix ; et, selon toute apparence, il en allait de même aujourd'hui. Mais voir le père Norberto les quitter en temps de crise était pour eux un choc.

« Père Norberto, on a besoin de vous, dit une femme au premier rang.

– Chère Isabella, répondit le prêtre, je n'ai pas envie de partir. C'est le souhait du préposé général. » Il avait recouru au qualificatif officiel, comme il le faisait toujours en public. Ce n'était que dans les conversations d'ordre privé entre membres du clergé que le terme « père supérieur » était admis.

« Mais mon frère travaille au chantier naval, poursuivit Isabella, et on n'a toujours pas de nouvelles de lui. Je suis morte de peur. »

Norberto s'approcha d'elle et découvrit la douleur et la crainte dans ses yeux. Il se força à sourire.

« Isabella, je sais ce que tu ressens. Je le sais parce que j'ai perdu un frère aujourd'hui. »

Les yeux de la jeune femme trahirent la surprise. « Mon père... »

Le sourire de Norberto demeura ferme, rassurant. « Mon cher Adolfo a été tué ce matin. J'ai l'espoir qu'en me rendant à Madrid je pourrai aider le préposé général à mettre fin à ce qui arrive à l'Espagne. Je ne veux plus voir mourir de frères, de pères, de fils ou de maris. » Il caressa la joue de la jeune femme. « Pourras-tu... seras-tu forte pour moi ? »

Isabella lui toucha la main. Elle avait les doigts tremblants et les larmes aux yeux. « Je ne... je ne savais pas pour Dolfo, dit-elle doucement. Je suis tellement désolée. J'essaierai d'être forte.

– Essaie d'être forte pour toi, pas pour moi », dit Norberto. Il leva les yeux et découvrit les regards emplis de crainte de ses fidèles, jeunes et vieux. « J'ai besoin de vous voir tous solides, pour mieux vous entraider. » Puis il se tourna vers grand-père José, debout au milieu de la foule, contre un mur. Il demanda au vieux marin s'il voulait rester dans l'église pour assurer en quelque sorte son intérim jusqu'à son retour, lire la Bible et entretenir les gens de leurs peurs. Grand-père José inclina la tête pour accepter la tâche avec gratitude et humilité. Norberto le remercia puis se retourna vers ses ouailles.

« Nous allons connaître des temps difficiles, annonça-t-il. Mais où que je me trouve, que ce soit à Saint-Sébastien ou à Madrid, nous les affronterons ensemble – avec foi, espérance et courage.

– Amen », répondit Isabella d'une voix ferme.

Les fidèles reprirent d'une seule voix qui emplit

toute la nef. Même s'il souriait toujours, Norberto avait les larmes aux yeux. Pas des larmes de tristesse mais de fierté. Il avait devant lui ce qu'aucun général, aucun politicien n'obtiendrait jamais, malgré tout le sang répandu : la confiance et l'amour de braves gens. En regardant leurs visages, Norberto se dit qu'Alberto n'était pas mort pour rien. Sa mort avait contribué à rassembler les fidèles, à redonner au peuple sa vigueur.

Norberto quitta l'église, accompagné des prières et des encouragements de ses paroissiens. Sortant en plein jour pour regagner son presbytère, il ne put s'empêcher d'imaginer le sourire narquois d'Alberto. À l'idée que ce fût lui, un mécréant, et non son jésuite de frère qui ait réussi à inspirer et réunir une assistance de fidèles apeurés.

Norberto se demanda si Dieu avait accordé Sa grâce à Adolfo en effaçant son péché mortel. Le prêtre n'avait aucun moyen de le savoir. Il pouvait juste espérer. Mais comme ce qui s'était produit ce matin l'avait prouvé, l'espoir était un guide puissant. *Peut-être*, songea-t-il, *parce qu'il est parfois la seule chose qui reste.*

25.

Mardi, 8 : 06, Madrid, Espagne

Une fois que les soldats eurent investi le chantier naval Ramirez, ils firent aligner les survivants et contrôlèrent leur identité. En regardant les militaires sélectionner les prisonniers, María se rendit compte que tous les principaux dirigeants de la *familia* étaient encore en vie. Le vigile à l'entrée et les autres informateurs avaient dû établir des dossiers précis, avec photos. Amadori aurait sous la main la crème de la *familia* pour des procès truqués. De manière à prouver à ses compatriotes comme au reste du monde que des Espagnols ordinaires complotaient contre d'autres Espagnols. Et qu'il avait ramené l'ordre menacé par le chaos. Les malheureux qu'ils avaient abattus n'étaient sans doute coupables de rien. Vivants, ils auraient pu jurer n'appartenir à aucune *familia.* Morts, ils devenaient ce qu'Amadori voulait bien en faire. Le soin avec lequel il avait planifié cette opération relativement limitée, à l'autre bout du pays, donnait froid dans le dos.

Les quinze ouvriers dont les noms étaient sur la liste des militaires furent conduits sur le toit. L'un des hélicos servit à les transférer vers le petit aéroport à l'est de Bilbao. Là, les prisonniers, auxquels s'ajoutait

María, furent enfermés sous bonne garde dans un hangar.

Juan et Ferdinand étaient du nombre. On les avait solidement ligotés. Ils restaient muets et aucun ne lui adressa un regard. Elle espérait qu'ils ne la soupçonnaient pas de les avoir attirés dans un piège.

María n'avait pas les moyens de se justifier pour l'heure. Le temps et les actes, mieux que les protestations, la disculperaient. Elle était déjà heureuse d'être ici. Quand elle s'était rendue, elle n'avait encore aucune idée du sort qu'ils comptaient réserver aux prisonniers. Et si même ils en feraient. Elle s'était approchée du bâtiment les mains en l'air, espérant que les soldats ne tireraient pas sur une femme. Dès qu'ils l'avaient repérée – à mi-distance du parking –, on lui avait intimé l'ordre de demeurer sur place. Deux soldats étaient sortis en hâte de l'atelier. L'un d'eux avait entrepris de la fouiller avec zèle jusqu'à ce qu'elle l'informe qu'elle avait des révélations à faire au général Amadori. Elle n'était pas sûre de savoir lesquelles, mais elle trouverait bien. Le fait qu'elle connaisse l'identité du général avait paru prendre de court ses geôliers. Par la suite, sans aller jusqu'à la traiter avec des égards, ils s'étaient retenus d'abuser d'elle.

Les prisonniers restaient calmes. Certains fumaient, d'autres soignaient leurs blessures, attendant de voir si on les emmenait quelque part ou si quelqu'un allait venir. Quand un avion à hélices arriva de Madrid, on les fit monter à bord.

Le vol jusqu'à la capitale prit un peu moins de cinquante minutes. Même si on s'occupa de leurs blessures, aucun des blessés n'ouvrit la bouche et aucun des soldats ne leur adressa la parole. Assise dans la cabine de vingt-quatre places, regardant défiler derrière le hublot le patchwork bariolé de fermes et de villages, María se rejoua mentalement plusieurs scénarios. Elle ne parlerait qu'à Amadori, qui accepterait de la voir – du moins l'espérait-elle – parce qu'elle pouvait lui révéler tout ce que savait déjà de ses crimes la grande fraternité du renseignement international. Peut-être pourraient-ils alors parvenir à un accord dans lequel il restreindrait ses ambitions à sa participation à un nouveau gouvernement.

Elle envisagea également l'hypothèse que le général se soucie comme d'une guigne de ce qu'on pouvait savoir ou penser de lui. Qu'il veuille diriger une Castille indépendante ou l'ensemble de l'Espagne, il disposait des armes et de l'énergie nécessaire pour y parvenir. Il détenait en outre des membres des *familias* qu'il pouvait non seulement interroger mais qui pourraient à tout moment lui servir d'otages.

Il y avait un autre point à envisager. La possibilité bien réelle qu'en s'entretenant simplement avec Amadori, María alimente l'ambition de l'apprenti dictateur. L'éventualité d'une menace, d'un défi pouvait le mettre sur la défensive, le rendre encore plus agressif. Après tout, il était lui aussi un hidalgo.

L'avion roula jusqu'à une zone déserte de l'aéroport – par une sorte d'ironie du sort, pas si loin de l'endroit d'où elle était partie un peu plus tôt dans la nuit. Deux gros camions bâchés les attendaient. Au loin, elle avisa plusieurs rassemblements de Jeeps, d'hélicoptères et de soldats affairés. Depuis son départ avec Aideen sept heures auparavant, une bonne partie de l'aéroport de Barajas semblait avoir été réquisitionnée comme base arrière d'autres raids. Du point de vue tactique, cela se tenait. De ce point central, l'ensemble du territoire espagnol était à moins d'une heure de vol.

María sentit un profond malaise l'envahir. Le sentiment que, quoi que ce fût, nul ne pourrait désormais arrêter ce qui venait d'être mis en branle. À moins de frapper le cerveau qui était derrière tout ça. Auquel cas la question que devait se poser María était : pouvait-on arrêter le général Amadori ? Et si oui, *comment* ?

Les huit prisonniers s'assirent sur deux banquettes face à face et les camions s'ébranlèrent vers la capitale. Quatre gardiens les surveillaient, deux à chaque bout du camion. Ils étaient armés de pistolets et de matraques. Le trafic était inhabituellement clairsemé sur l'autoroute, même si, à l'approche du centre de l'agglomération, la présence militaire devenait de plus en plus marquée. María aperçut quantité de Jeeps et de camions. Alors qu'ils entraient dans Madrid même, elle nota que la circulation était plus dense autour des bâtiments officiels et des principaux centres de communication. María se demanda si les soldats étaient là pour empêcher les gens d'y entrer ou d'en sortir.

Le petit convoi anonyme emprunta la Calle de Bailén puis s'immobilisa. Le chauffeur eut un bref entretien avec le garde puis les camions redémarrèrent. María pencha la tête et le gardien lui fit signe de se reculer. Mais elle avait déjà vu ce qu'elle voulait voir. Les camions étaient arrivés au Palacio Real, le Palais royal.

Le palais avait été érigé en 1762 sur le site d'une forteresse maure du IXe siècle. Après que les Maures eurent été chassés d'Espagne, on avait détruit la forteresse et bâti à la place un magnifique château. Il avait entièrement brûlé le soir de Noël 1734 et l'on avait construit un nouveau palais sur le même emplacement. Comme bien d'autres édifices de ce pays, ce lieu, considéré comme sacré par certains Espagnols, symbolisait à la fois la destruction de l'envahisseur et la naissance de l'Espagne moderne. La cathédrale Nuestra Señora de l'Almudena, juste au sud du bâtiment, sur la Plaza de la Armería, parachevait la consécration symbolique du site.

Avec ses quatre niveaux et ses parements de granit blanc extrait de la Sierra de Guadarrama, le vaste édifice du palais s'étendait sur le « balcon de Madrid », une colline escarpée descendant majestueusement vers le Rio Manzanares. De là, un panorama spectaculaire embrassait toute la ville en direction du nord et de l'ouest.

Le général Amadori s'installait fastueusement. Contrairement à ce que pouvait laisser entendre son nom, le palais n'était pas la résidence du roi. Le souverain vivait au Palacio de la Zarzuela, à El Pardo, à la lisière nord-ouest de la capitale. María se demanda si le roi y était en ce moment et ce qu'il pensait de tout ceci. Avec une nette impression de déjà-vu, elle s'imagina le monarque et sa jeune famille détenus dans une salle du château… Combien de fois, et dans combien de pays ce genre de scénario s'était-il joué ? Que les rois fussent des tyrans ou des monarques constitutionnels, qu'ils y perdent leur tête ou simplement leur couronne, c'était l'une des plus vieilles rengaines de la civilisation.

Tout cela l'écœurait. Et rien qu'une fois, elle aurait aimé voir l'histoire finir autrement.

On les conduisit jusqu'à la Plaza de la Armería, la place d'Armes. Au lieu des habituelles queues matinales de touristes, la vaste esplanade était envahie de soldats. Certains à l'exercice, d'autres déjà en poste, gardant les deux douzaines d'entrées du palais. Les camions s'arrêtèrent devant deux vastes portes-fenêtres, sous un balcon étroit. On fit descendre les prisonniers pour les conduire au palais. Ils parcoururent d'un pas lourd une longue galerie et s'arrêtèrent au pied d'un escalier monumental, au centre de l'édifice. Une porte s'ouvrit ; María, qui était l'une des premières de la file, jeta un œil à l'intérieur.

Évidemment, songea-t-elle. Ils étaient devant la magnifique salle des Hallebardiers. Les armes avaient été décrochées des murs et des râteliers, et la pièce transformée en centre de détention. Une petite douzaine de gardes se tenaient le long du mur du fond et trois cents personnes au moins étaient assises sur le parquet. María nota un certain nombre de femmes et d'enfants. Derrière cette salle se trouvait le cœur du Palais royal : la salle du trône. Deux autres gardes étaient postés de part et d'autre de la porte d'apparat. María ne douta pas un seul instant que c'était derrière cette porte que le général Amadori avait installé son quartier général. Elle était également convaincue que ce n'était pas uniquement la vanité qui l'avait conduit en ces lieux. Aucune force extérieure ne pourrait attaquer le général sans devoir passer par les prisonniers. Les détenus composaient un rempart humain parfaitement efficace.

Un sergent s'avança vers la porte en leur criant d'entrer. La file s'ébranla. Quand María passa le seuil, elle s'arrêta et se tourna vers lui.

« Il faut que je voie le général immédiatement. J'ai d'importantes révélations à lui faire.

– T'attendras ton tour pour nous raconter tout ce que tu sais, lui répondit le sous-off en la gratifiant d'un sourire libidineux. Et peut-être qu'on attendra le nôtre pour te remercier. »

Il la saisit par le bras gauche juste au-dessus du coude et la poussa sans ménagement. María avança d'un pas pour rétablir son équilibre. Dans le même temps, elle avait légèrement pivoté pour abattre d'un coup sec la main droite sur le dessus des doigts qui l'enserraient. Sous la violence du choc, le sergent relâcha brièvement son étreinte. C'était le répit dont María avait besoin. Refermant le poing sur ces doigts, elle pivota pour faire face au sergent. Simultanément, elle lui retourna la main, paume vers le haut, rabattit le bout des doigts vers le coude, les brisant tous les quatre au niveau des phalanges. Tandis que l'autre glapissait de douleur, María rabattit la main gauche vers l'étui de son arme pour lui subtiliser le 9mm. Puis, ayant relâché la main brisée, elle le saisit par les cheveux et l'attira vers elle. Elle enfonça le canon du pistolet sous son oreille droite. Il avait le front plaqué contre le menton de la jeune femme. Ses jambes tremblaient.

Toute la manœuvre avait pris moins de trois secondes. Deux sentinelles postées à proximité s'avancèrent dans sa direction. Mais elle recula contre l'embrasure de la porte, le corps abrité derrière le sergent. Impossible de l'atteindre sans tuer le sous-officier.

« Stop ! » aboya-t-elle aux soldats.

Ils obéirent.

Les prisonniers qui jusqu'ici traînaient la jambe derrière elle se figèrent. Juan était du nombre. Plusieurs se mirent à pousser des vivats. Juan semblait dérouté.

« Et maintenant, reprit María en s'adressant au sergent, t'as intérêt à m'écouter attentivement si tu ne veux pas que je te nettoie les oreilles à ma façon…

– Je… je… j'écoute.

– Très bien. Je veux voir un membre de l'état-major

du général. » Pas vraiment, en fait. C'était le général en personne qu'elle voulait voir. Mais si elle le demandait directement, jamais elle ne l'obtiendrait.

Une porte s'entrouvrit au bout du large couloir. Un jeune capitaine aux cheveux bruns bouclés sortit d'un bureau situé du côté opposé à la zone de détention. Aussitôt, son expression passa de la perplexité au mécontentement, puis à la colère. Il s'avança aussitôt vers elle. Il avait un P.38 à la ceinture.

María le fixa. Les yeux verts de l'officier soutinrent son regard. Elle décida de ne rien lui dire ; pas tout de suite. Les négociations lors d'une prise d'otages se déroulaient à l'inverse d'une partie d'échecs : celui qui avait le trait était toujours désavantagé. Il fournissait des indications à la partie adverse, ne fût-ce que par le ton de sa voix qui trahissait son degré de confiance. Bien souvent, ce genre d'information était suffisant pour savoir si votre adversaire était prêt à vous tuer, prêt à négocier, ou s'il espérait gagner du temps jusqu'à ce qu'il puisse décider de l'étape suivante.

Le capitaine portait un uniforme flambant neuf. Ses bottes noires resplendissaient, les semelles neuves claquaient sèchement sur le sol carrelé. Ses cheveux étaient impeccablement coiffés, ses mâchoires carrées étaient rasées de près. C'était le portrait même du bureaucrate. María aurait été fort surprise qu'il ait la moindre expérience du terrain, même en simulation. Cela pouvait jouer à son avantage : elle doutait qu'il soit à même de prendre une décision importante sans en référer au préalable à ses supérieurs.

« Eh bien, commença-t-il, quelqu'un refuserait de coopérer… »

La voix était forte. María surveillait sa main. Elle ne

pensait pas qu'il dégainerait. Pas s'il travaillait dans les bureaux et n'avait jamais eu à regarder quelqu'un dans les yeux au moment de presser la détente. D'un autre côté, il pouvait vouloir impressionner ses soldats et les prisonniers en faisant un exemple. Si tel était le cas, elle le descendrait et filerait vers l'escalier.

« Bien au contraire, capitaine, répondit María.

– Expliquez-vous », aboya-t-il. Il était à moins de trois mètres d'elle et de son otage.

« Je travaille avec Interpol. J'ai ma carte dans la poche. J'effectuais une mission secrète quand je me suis trouvée raflée accidentellement avec le reste de cette *familia*.

– En mission secrète avec qui ?

– Avec Adolfo Alcazar. L'homme qui a fait sauter le yacht. Il s'est fait tuer ce matin. J'étais sur la piste de ses assassins quand on m'a appréhendée. »

Cela au moins, c'était vrai, bien sûr. Elle omit de préciser qu'elle cherchait des informations sur Amadori.

María avait parlé d'une voix forte et, comme elle l'avait prévu, Juan avait bien sûr tout entendu.

« Traîtresse ! » cria-t-il, et il cracha par terre.

Le capitaine fit signe à un soldat qui s'approcha de Juan par-derrière et lui flanqua un coup de matraque au creux des reins. Juan arqua le dos avec un gémissement de douleur, mais María ne broncha pas. Le capitaine la surveillait du coin de l'œil.

« Vous savez qui a commis le crime ?

– J'en sais même plus. »

Le capitaine s'était arrêté tout près d'elle. Il l'examina longuement.

« Capitaine, reprit-elle, je vais relâcher le sergent et lui restituer son arme. Ensuite, j'aurai une requête à vous demander. » Elle ne lui laissa pas le temps de réfléchir. Elle abaissa son arme, repoussa le sergent, puis tendit le pistolet, crosse en avant, au capitaine. Ce dernier fit signe au sous-officier de la reprendre. Ce qu'il fit, et après une hésitation, il la rengaina.

Le capitaine n'avait pas quitté des yeux María. « Suivez-moi. »

Il avait mordu à l'hameçon. Il fit demi-tour vers son bureau et María le suivit. Elle venait d'entamer son ascension dans la hiérarchie. Ils pénétrèrent dans la salle des Colonnes qui portait bien son nom. On y installait bureaux, sièges, téléphones et ordinateurs. La vaste salle était en train d'être aménagée en poste de commandement. Dès qu'ils furent entrés, le capitaine se tourna vers María.

« Ce que vous avez fait était sacrément gonflé.

– Ma mission l'exigeait. Je ne peux me permettre d'être arrêtée.

– Quel est votre nom ?

– María Corneja.

– J'ai entendu dire que le poseur de bombe était mort, María. Qui l'a tué ?

– Des membres de la *familia.* Mais c'est un problème mineur. Ils n'étaient pas seuls dans le coup.

– Que voulez-vous dire ?

– Ils ont le soutien des Nations unies. J'ai des noms, et le détail de ce qu'ils préparent.

– Donnez-les-moi.

– Je vous les donnerai, en même temps qu'au général. »

Le capitaine ricana. « Pas de marchandage avec moi. Je pourrais vous confier à mes spécialistes des interrogatoires et obtenir moi-même cette information.

– Peut-être, répondit-elle. Mais vous perdriez une

alliée de valeur. Et par ailleurs, capitaine, êtes-vous certain d'obtenir l'information à temps ? »

L'officier soupesa la menace sans se départir de son rictus. Soudain, il fit signe à un soldat qui portait deux chaises. Celui-ci les posa, se précipita, salua. « Reste avec elle, lui ordonna-t-il.

– À vos ordres, mon capitaine », répondit le jeune soldat.

Le capitaine sortit. María alluma une cigarette et en offrit une au deuxième classe qui la refusa respectueusement. Tout en inhalant la fumée, María réfléchit à la conduite à tenir si jamais le capitaine lui annonçait que le général refusait de la voir. Il faudrait qu'elle essaie de s'échapper. Qu'elle trouve un moyen quelconque d'informer Luis de l'endroit où se planquait le fou qui se prenait pour un roi. Avec l'espoir que quelqu'un réussisse à s'introduire ici pour le détrôner.

Essayer de s'échapper. Trouver *un moyen quelconque* d'informer Luis. *Avec l'espoir* que quelqu'un réussisse à s'introduire… Cela faisait beaucoup de « peut-être », un peu trop même, à mettre en balance avec le destin d'un pays de quarante millions d'habitants.

Elle se demanda quelles étaient ses chances de subtiliser l'arme du capitaine, de traverser la salle des prisonniers, de s'introduire de force dans la salle du trône et de loger une balle dans le front de l'apprenti dictateur.

Sans doute pas bien grandes. Pas avec une bonne vingtaine de sentinelles pour lui barrer la route. D'une façon ou de l'autre, elle devait trouver le moyen de la parcourir par les voies officielles et de parler au général. Lui dire quelque chose qui puisse le ralentir. Puis recontacter Luis et l'aider à imaginer une solution pour renverser ce salaud.

Le capitaine revint avant que María ait fini sa cigarette. Il entra d'un pas décidé dans la salle des Colonnes puis s'arrêta. Il lui sourit gentiment et elle sut alors qu'elle avait gagné.

« Suivez-moi, María. Vous l'avez, votre audience. »

María le remercia – toujours remercier les messagers, au cas où vous auriez besoin ultérieurement d'un service. Puis, levant le pied, elle écrasa son mégot contre sa semelle. Tout en se dirigeant vers le jeune officier, elle remit la cigarette dans le paquet. Il la regarda, intrigué.

« C'est une habitude que j'ai prise sur le terrain, expliqua-t-elle.

– Ne pas gâcher les réserves ? Ou ne pas risquer de déclencher un incendie qui pourrait attirer l'attention ?

– Ni l'un ni l'autre. Ne pas laisser de traces. On ne sait jamais qui peut venir derrière.

– Ah », fit le capitaine avec un sourire entendu.

María lui rendit son sourire, quoique pour une raison différente. Elle venait de lui faire passer un petit test, auquel il avait échoué. En même temps, elle lui avait laissé entendre qu'elle s'y connaissait en infiltration, qu'elle en savait plus que lui, et l'autre n'avait pas bronché. Il ne perdit pas de temps à réviser son jugement sur elle. Il la conduisait directement au général.

Peut-être qu'Amadori avait commis un certain nombre d'autres bourdes en préparant son coup d'État. Avec un peu de chance, María pourrait sans doute les découvrir.

Et puis, d'une manière ou de l'autre, trouver le moyen de filer en rendre compte.

26.

Mardi, 8 : 11, Saragosse, Espagne

Le cargo C-141B se posa pesamment sur la longue piste de la base aérienne de Saragosse, le principal terrain de l'OTAN en Espagne. Les quatre turboréacteurs Pratt & Whitney de neuf tonnes et demie de poussée hurlèrent tandis que l'appareil ralentissait pour s'immobiliser. L'avion avait fait escale pour se ravitailler sur la base islandaise de l'OTAN avant d'achever son vol de huit heures face aux vents contraires.

Durant le vol, le colonel August et son groupe d'Attaquants avaient été régulièrement tenus au courant de la situation par Mike Rodgers, qui avait même joint un compte rendu détaillé de la récente réunion à la Maison-Blanche. Rodgers précisait que leurs ordres concernant le général Amadori leur seraient donnés par Darrell McCaskey. Les transmettre de vive voix était moins une question de sécurité que de tradition encore vivace parmi les corps d'élite : quand vous confiiez à un groupe une mission risquée, la coutume était de fixer son chef droit dans les yeux. Un officier qui n'en était pas capable n'avait pas le courage et, par conséquent, pas le droit moral de mettre des hommes en danger.

Le colonel August avait également passé plusieurs heures à parcourir le dossier de l'OTAN sur le général Amadori. Même si le général espagnol n'avait jamais participé à des manœuvres de l'organisation, c'était un officier général d'un pays membre. À ce titre, sa fiche, bien que brève, était complète.

Rafael Leoncio Amadori avait grandi à Burgos, ancienne capitale du royaume de Castille et lieu de sépulture du légendaire Cid. Amadori était entré dans l'armée en 1966, à l'âge de vingt ans. Au bout de quatre années de service, il avait été intégré à la garde personnelle de Franco, résultat d'une longue amitié entre le Caudillo et le père d'Amadori, Jaime, qui avait été le bottier du généralissime. Parvenu au grade de lieutenant en 1972, Amadori était devenu l'un des principaux agents du contre-espionnage franquiste. C'est dans ces circonstances qu'il avait rencontré Antonio Aguirre, de dix ans son aîné, qui devait devenir son principal collaborateur et son plus fidèle conseiller. Aguirre qui avait été lui-même conseiller de Franco aux affaires intérieures.

Une fois intégré au cercle restreint du pouvoir, Amadori était devenu le grand responsable de l'enlèvement et de l'élimination des opposants au régime franquiste. À la mort du Caudillo en 1975, il avait réintégré l'armée régulière. Toutefois, ses années d'espionnage n'avaient pas été perdues. Il avait connu une promotion rapide. Plus rapide même que ne l'aurait mérité sa réussite. August se doutait que cette fulgurante montée en grade devait provenir de la masse de dossiers compromettants qu'il détenait sur tous ceux qui avaient le pouvoir de favoriser ou d'entraver son avancement.

August était persuadé que si un coup d'État était en cours – et tout le laissait présager –, cela ne s'était sûrement pas fait du jour au lendemain. Comme le petit Américain de la fable grandissant avec le désir d'être un jour président, le général Amadori avait à l'évidence de tout temps rêvé d'être le nouveau Franco.

August et six autres Attaquants avaient fait le voyage en Espagne. À cause des événements à Cuba qui pouvaient requérir du personnel de renseignement, le sergent Chick Grey était resté à la base avec un contingent d'Attaquants pour parer à toute éventualité. Grey était un chef intelligent, compétent, qui n'allait pas tarder à décrocher ses galons de sous-lieutenant.

En Espagne, le second d'August serait donc le caporal Pat Prementine. Le jeune sous-off, expert en tactique d'infanterie, s'était distingué lors du sauvetage de Mike Rodgers et de ses hommes durant l'opération dans la vallée de la Bekaa[1]. Prementine serait tout à fait capable de prendre le relais si jamais il arrivait quelque chose à August. Les soldats Walter Pupshaw, Sondra DeVonne, David George et Jason Scott s'étaient eux aussi brillamment illustrés lors de cette opération, tout comme lors des missions antérieures. Le spécialiste des communications, Ishi Honda, était également de la partie. Ni le colonel August ni son prédécesseur, le regretté lieutenant-colonel Charles Squires, n'auraient pu réussir quoi que ce soit sans leur as des transmissions.

Les Attaquants passèrent des vêtements civils avant l'atterrissage. Ils étaient attendus à la base aérienne par un hélicoptère d'Interpol dépourvu de marques

1. Voir *Op-Center 4, Actes de guerre, op. cit.*

distinctives, qui les transféra directement à l'aéroport de Madrid. Leurs uniformes et leur matériel, placés dans de gros sacs de jute, les accompagnaient. À l'aérogare, ils embarquèrent dans deux minibus qui les conduisirent au bureau de Luis García de la Vega. August et son groupe y furent accueillis par Darrell McCaskey, qui attendait toujours le retour d'Aideen Marley.

August et McCaskey se retirèrent dans le petit bureau encombré d'un agent actuellement en mission. McCaskey avait réquisitionné une machine à café qu'il avait installée dans le bureau.

« Ça fait du bien de vous voir, dit McCaskey en fermant la porte.

– C'est réciproque.

– Asseyez-vous. »

August regarda alentour. Les deux chaises près de la porte croulaient sous des piles de dossiers, aussi se jucha-t-il sur un coin de bureau. Il regarda McCaskey se diriger vers la machine à café et lui servir une tasse.

« Vous le prenez comment ?

– Noir, sans sucre. »

McCaskey la lui tendit, se servit à son tour. August but une gorgée et déposa la tasse sur le tapis de souris.

« Pas terrible…, constata McCaskey en indiquant le breuvage.

– Peut-être, admit le colonel. Mais, au moins, le prix est honnête. »

McCaskey sourit.

Il n'avait pas fallu longtemps au colonel pour juger que McCaskey était dans cet état paradoxal que dans les corps d'élite on qualifiait de CMGB – « Crevé mais gonflé à bloc ». L'ancien GI était épuisé mais anxieux, ne tenant que grâce à l'adrénaline et à la caféine. Quand le stress qui le faisait tenir retomberait, McCaskey craquerait en beauté.

« Bon, que je vous mette au fait… » Darrell but son café et se laissa choir pesamment dans le fauteuil pivotant. Le petit œuf électromagnétique de Matt Stoll était posé entre eux, garantissant la confidentialité de leur conversation. « Aideen Marley est en train de rentrer sur Madrid. Elle était montée aux chantiers navals Ramirez, à Saint-Sébastien, quand les forces du général Amadori les ont attaqués. Vous êtes au courant ? »

August acquiesça.

McCaskey regarda sa montre. « Son hélico devrait se poser dans cinq minutes environ. On doit la ramener ici. Elle avait filé là-haut pour tâcher d'en savoir plus sur les forces liguées contre Amadori. Il l'a prise de vitesse. Sa partenaire sur la mission, María Corneja, a réussi à se faire capturer par les soldats d'Amadori. On ne sait pas au juste où ce dernier a établi sa base. On espère que María pourra le trouver et réussir à nous en informer. Vous avez pu parler avec Mike ? »

August acquiesça.

« Alors, vous avez une idée approximative de la teneur de votre mission. »

Nouveau hochement de tête.

« Une fois Amadori localisé, dit McCaskey en regardant le colonel droit dans les yeux, il doit être capturé ou éliminé de manière définitive. »

August acquiesça une quatrième fois. Son visage était resté impassible, comme si on venait de lui donner la liste des corvées de la journée. Il avait tué des hommes au Vietnam, et il avait failli y laisser sa peau sous la torture alors qu'il était prisonnier de guerre. La mort était au bout de la route, mais elle allait avec l'uniforme et c'était le prix de la guerre. Et il ne faisait aucun doute qu'Amadori était en guerre.

McCaskey croisa les mains. Ses yeux las étaient toujours rivés sur August.

« Les Attaquants n'ont jamais eu une mission de cet ordre, ajouta-t-il. Ça vous pose un problème ? »

Signe de dénégation.

« Pensez-vous que quelqu'un dans votre équipe aura un problème avec ça ?

– Je n'en sais rien, admit August. Mais je trouverai. »

McCaskey baissa les yeux. « Il fut un temps où ce genre d'opération relevait de la routine.

– C'est vrai, mais à l'époque, c'était une option de frappe initiale, pas une action de dernier ressort. Je crois qu'on s'est fait avoir par les impératifs moraux.

– Sans doute », avoua McCaskey. Il se massa les paupières. « Quoi qu'il en soit, vos gars n'ont qu'à attendre les ordres à la cantine. Je vous préviendrai dès qu'on aura du nouveau. »

McCaskey se leva, vida sa tasse. August l'imita, but une gorgée. Puis il tendit la sienne à McCaskey. Ce dernier sourit et l'accepta. Il but à son tour.

« Darrell ?

– Ouais ?

– Vous avez l'air au bout du rouleau...

– Pas loin, oui, admit-il. Ça n'a pas été de la rigolade.

– Vous savez, s'il faut qu'on intervienne, j'ai besoin de vous avoir en forme. Je me sentirais nettement plus à l'aise, une fois Aideen revenue, si vous alliez vous allonger un peu. Je peux la briefer, discuter avec Luis, mettre au point plusieurs scénarios. »

McCaskey contourna le bureau. Il donna au colonel une claque dans le dos. « Merci beaucoup, colonel. Je crois que je vais effectivement me reposer. » Il sourit. « Vous savez ce qui fait vraiment chier ? »

August secoua la tête.

« De ne plus être capable de faire les trucs qui ne vous posent aucun problème quand vous avez vingt piges, sourit McCaskey. C'est ça qui fait chier. Passer des nuits blanches, bouffer des saloperies sans se taper de putains de brûlures d'estomac. » Le sourire disparut. « Mais l'âge, ça vous change la perspective. La perte d'une collègue aussi. Et surtout, un autre détail : comprendre qu'avoir raison n'a strictement aucune importance. Vous pouvez avoir la loi, les traités, la justice, l'humanité, l'ONU, la Bible et le reste pour vous, sans être plus avancé pour autant. Vous savez ce que nous ont coûté les impératifs moraux, colonel ? Le pouvoir de faire ce qui était légitime. Bougrement ironique, non ? »

August ne répondit rien. À quoi bon ? Les soldats n'avaient pas de philosophie ; c'était un luxe qu'ils ne pouvaient se permettre. Ils avaient des objectifs. Et l'échec était synonyme de mort, de capture, de déshonneur. Aucune ironie là-dedans.

L'officier se dirigea vers la cantine où l'attendait son équipe. Dès qu'il arriva, il ouvrit le « répertoire de tactiques » qui l'accompagnait toujours en mission. Il entra dans le calepin numérique le plan présenté par McCaskey, puis il sonda ses équipiers pour s'assurer que chacun était prêt à se lancer sur le terrain.

C'était le cas.

August les remercia, après quoi chacun eut quartier libre. Excepté Prementine et Pupshaw, chargés de faire cracher ses entrailles au distributeur de sodas pour leur avoir des boissons gratuites.

August accepta un Seven-Up puis alla s'asseoir dans une chaise en plastique. Il but le soda pour faire passer l'amertume du café. En même temps, il récapitula les événements de la journée écoulée. Le fait que la classe politique espagnole se soit tournée vers Amadori pour faire cesser un début de guerre civile ; qu'au lieu de cela il s'en soit servi comme d'un tremplin pour élargir le conflit. Et voilà que les politiciens se tournaient vers d'autres soldats pour arrêter cette nouvelle guerre.

August était soldat, pas philosophe. Mais s'il devait y avoir une ironie dans cette histoire, elle se trouvait là. Écrite avec du sang sur des pages de souffrance.

27.

Mardi, 1 : 35, Washington, DC

Hood se réveilla en sursaut.

De retour de la Maison-Blanche, il avait aussitôt appelé Darrell McCaskey pour lui répercuter les ordres du président. McCaskey s'était montré taciturne et docile. Quel choix avait-il ? Puis, désirant être en forme quand débuterait l'opération des Attaquants, il ferma la lumière et s'étendit sur le canapé de son bureau pour tâcher de récupérer. Il se mit à songer à l'engagement de l'Op-Center dans cette intervention. Un engagement à deux niveaux, ce qui était sans précédent : d'abord éliminer Amadori ; puis, dans la foulée, essayer de gérer le chaos. Amadori hors circuit, bon nombre de politiciens, d'hommes d'affaires et de militaires allaient se battre pour remplir la vacance du pouvoir. Et pour y parvenir, ils prendraient le contrôle des diverses régions : Catalogne, Castille, Andalousie, Pays basque, Galice... Le bureau de Bob Herbert était en train d'établir pour la Maison-Blanche une liste de prétendants éventuels. Jusqu'ici, on en comptait au moins deux douzaines, prêts à se partager les miettes du pouvoir. Deux douzaines ! Dans le meilleur des cas, ce qui avait été l'Espagne allait devenir une vague confédération d'États, à l'image de l'ex-Union soviétique. Dans le pire, ces États allaient se retourner les uns contre les autres comme les anciennes républiques de l'ex-fédération yougoslave.

Ses paupières devinrent lourdes et ses pensées décousues. Il ne tarda pas à s'endormir. Mais son sommeil fut agité. Il ne rêva pas de l'Espagne. Il rêva de sa famille. Ils étaient tous en voiture et riaient. Puis ils se garaient et parcouraient la grand-rue d'une bourgade anonyme. Sharon et les enfants mangeaient des crèmes glacées. Ils continuaient de rire. Les glaces fondaient à toute vitesse, et plus elles coulaient sur leurs mains et leurs vêtements, plus ils riaient. Hood, de son côté, boudait, maussade et bientôt furieux. Soudain, il s'arrêtait derrière une voiture garée et flanquait un coup de poing sur le coffre. Sa famille rigolait de plus belle, non pas de lui mais du gâchis que faisait la glace. Tous trois l'ignoraient complètement et il se mit à hurler. Il ouvrit brusquement les yeux...

Hood regarda autour de lui. Puis il accommoda sur la pendulette lumineuse posée sur la table basse à côté du divan. Il ne s'était assoupi que depuis vingt minutes. Toujours étendu, la tête calée sur l'accoudoir capitonné, il referma les yeux.

S'éveiller d'un mauvais rêve était une expérience étrange. Il éprouvait toujours un formidable soulagement parce que ce monde n'était pas réel, mais les émotions qu'il suscitait n'avaient rien d'imaginaire et elles empêchaient cette impression de bien-être de s'infiltrer en lui. Et puis, il y avait les gens dont il rêvait. Et là, chaque fois, les rêves les rendaient encore plus réels, plus désirables.

Hood en avait assez. Il avait besoin de parler à

Sharon. Il se leva, alluma la lampe du bureau, s'assit. Il se massa vigoureusement les paupières, puis composa le numéro sur son téléphone cellulaire. Elle répondit presque aussitôt.

« Allô? »

Sa voix était forte. Elle ne dormait pas.

« Salut… C'est moi.

– Je sais. Étant donné l'heure, je ne voyais pas qui d'autre…

– Je suppose. Comment vont les petits ?

– Bien.

– Et toi, ça va ?

– Couci-couça. Et toi ?

– Pareil.

– C'est à cause du boulot, fit-elle, d'un air entendu, ou bien de nous ? »

Le coup porta. Pourquoi les femmes imaginent-elles toujours le pire au sujet des hommes, comme s'ils ne songeaient en permanence qu'à leur boulot ?

Parce que c'est généralement le cas, se dit Hood.

« Le boulot est comme d'habitude, répondit-il. On a eu une crise. Malgré tout, ce qui me tracasse le plus, c'est toi. C'est nous.

– Moi, je ne me tracasse que pour toi, répondit Sharon.

– D'accord, chérie, fit Hood, calmement. Un point pour toi.

– Je ne cherche pas à marquer des points. Je veux simplement être honnête. Je veux savoir ce qu'on compte faire. On ne peut pas continuer ainsi. Ce n'est pas possible.

– Je suis bien d'accord, dit Hood. C'est pourquoi j'ai décidé de donner ma démission. »

Sharon garda le silence un long moment. « Tu quitterais l'Op-Center ?

– Ai-je le choix ?

– Tu veux vraiment savoir ?

– Bien sûr.

– Tu n'as pas besoin de démissionner. Ce qu'il faut, c'est que tu y passes moins de temps. »

Hood était vraiment agacé. Il s'était montré sincère. Il avait joué son atout maître – une grosse carte. Et au lieu de l'embrasser comme du bon pain, Sharon lui expliquait qu'il avait tout faux.

« Et comment veux-tu que je me débrouille ? demanda-t-il. Personne ne peut prédire ce qui va se passer ici.

– Non, mais tu as des remplaçants. Il y a Mike Rodgers. Il y a la relève de nuit.

– Ils sont tous parfaitement capables, admit Hood, mais ils sont là pour faire tourner la baraque quand tout baigne. Je dois être là pour contrôler des situations comme celle d'aujourd'hui, ou celle qu'on a connue la dernière fois…

– Quand t'as failli y passer !

– C'est vrai. J'ai failli y passer, Sharon. » Il essaya de rester calme. Sa femme était en train de se mettre en colère, et sa mauvaise humeur ne ferait qu'envenimer les choses. « Parfois, il y a du danger. Mais il y a du danger ici aussi, à Washington.

– Oh, je t'en prie, Paul, ce n'est pas pareil.

– D'accord, j'admets que c'est différent. Mais il y a également des compensations. Je ne parle pas seulement d'un bon toit mais des expériences vécues. Les enfants ont pu nous accompagner à l'étranger, se frotter à des choses que la majorité des gens n'ont pas l'occasion de vivre ou de découvrir. Comment faire le tri dans tout cela ? Comment peux-tu décider : “Ce voyage dans une grande capitale ne valait pas de rater une dizaine de dîners avec Paul” ? Ou : “D’accord, on peut visiter le Bureau Ovale, mais papa n’a pas pu assister à mon récital de violon à l’école” ?

– Je n’en sais rien, admit Sharon. Mais ce que je sais, c’est qu’un “bon toit”, comme tu dis, ce n’est pas seulement une jolie maison. Et qu’une famille se construit avec un tas de petits détails, de choses ordinaires. Pas uniquement de grands effets spectaculaires.

– C’est justement pour ça que je suis ici.

– Non, Paul, rétorqua sa femme. Que tu y es allé. Les choses ont changé depuis. Quand tu as accepté ce poste, le boulot devait se limiter pour l’essentiel aux affaires intérieures. Tu te souviens ?

– Je me souviens.

– Et puis, tu as eu ta première crise internationale, et tout a basculé. »

Sharon avait raison, bien sûr. L’Op-Center avait été instauré à l’origine pour gérer les crises intérieures. Ils étaient passés sur l’arène internationale quand le président avait nommé Hood pour diriger une force d’intervention chargée d’enquêter sur un attentat terroriste à Séoul, en Corée[1]. Hood ne s’était pas senti particulièrement flatté par cette promotion. Comme l’assassinat d’Amadori, c’était le genre de boulot que personne n’avait envie de prendre.

« Bref, les choses ont changé, admit Hood. Qu’est-ce que j’étais censé faire ? Tout plaquer ?

– C’est ce que tu as fait à Los Angeles, non ?

– Certes. Et il m’en a coûté.

1. Voir *Op Center, op. cit.*

– Qu'est-ce que ça t'a coûté ? Le pouvoir ?

– Non. Ma dignité.

– Pourquoi ? Pour avoir cédé à ton épouse ? »

Ah seigneur, soupira-t-il mentalement. Il lui accordait ce qu'elle voulait, et il n'arrivait toujours pas à la gagner à sa cause. « Ce n'est absolument pas pour ça. Parce que malgré les magouilles politiciennes, malgré les heures interminables, malgré l'absence de vie privée, j'ai quand même dû renoncer à une tâche où je sentais que j'étais utile à quelque chose. » Sa voix était tendue. Il était plus irrité qu'il ne l'aurait cru. « Alors je quitte la politique, et je me retrouve pris par le boulot. Et tu sais pourquoi ? Parce que encore une fois j'essaie d'être utile. Avec l'espoir d'améliorer le sort des gens. J'aime ça, Sharon. J'aime les défis. Les responsabilités. Le sentiment de satisfaction.

– Tu sais, moi aussi, j'aimais bien ce que je faisais avant de devenir mère, observa Sharon. Mais j'ai dû tirer un trait dessus pour m'occuper des enfants. De notre famille. Tu pourrais au moins ne pas t'engager à fond. Mais tu n'es pas capable de déléguer, Paul. Tu as pourtant des collaborateurs. Laisse-les t'aider, que tu puisses nous accorder ce dont on a besoin pour qu'on reste une famille.

– Tu veux dire que, selon ta définition…

– Oui. On a besoin de toi. C'est un fait.

– Mais vous m'avez », coupa Hood. Cette fois, il commençait à s'emporter.

« Pas assez », rétorqua Sharon. Le ton était sec, ferme. Et voilà, c'était reparti : chacun dans son rôle habituel dès que les discussions dégénéraient en querelles. Paul Hood jouant la dignité offensée, son épouse affichant un calme olympien.

« Bon Dieu », pesta Hood. Il avait envie d'envoyer balader le téléphone et de hurler. Il se contenta d'étreindre le combiné. « J'ai promis de démissionner, j'ai une crise sur le dos, et je ne peux pas fermer l'œil sans penser à vous trois. Et toi, tu viens me sortir le catalogue de toutes mes erreurs pendant que t'es là-bas à garder les gosses en otage…

– Je ne les garde pas en otage ! rétorqua Sharon. Ils sont à toi quand tu voudras de nous.

– Bien sûr. À tes conditions.

– Ce ne sont pas *mes* conditions, Paul. La question n'est pas que je gagne et que tu perdes. La question n'est pas de te faire renoncer à ton boulot ou à ta carrière – il s'agit juste d'opérer un minimum de changements. De réclamer un minimum de concessions. Pour que ce soient les gosses qui gagnent, en définitive. »

On sonna sur la ligne intérieure. Hood regarda l'écran à cristaux liquides : c'était Mike Rodgers.

« Sharon, je t'en prie… Ne quitte pas… une seconde. » Il la mit en attente, décrocha l'autre téléphone. « Oui, Mike ?

– Paul, je suis ici avec Bob Herbert. Regarde un peu ton ordinateur. Je t'envoie une photo du NRO. Il faut qu'on parle. Tout de suite.

– D'accord. Je suis à toi. » Il reprit Sharon. « Chou… il faut que j'y aille. Désolé.

– Je sais que tu l'es, dit-elle doucement. Mais sûrement pas autant que moi. Au revoir, Paul. Je t'aime vraiment. »

Elle raccrocha et Paul se tourna vers le moniteur posé sur la tablette voisine. Il ne voulait surtout pas penser à ce qui venait d'arriver. Au fait que sa famille était en train de partir à vau-l'eau et qu'il semblait ne pouvoir strictement rien y faire. Ce qui le mettait le plus en rogne, c'est que Sharon paraissait croire qu'il valait encore mieux ne pas l'avoir du tout qu'un petit peu de temps en temps. Ça ne tenait pas debout.

Sauf si elle cherche à me forcer la main…

Et il lui en voulait pour ça. Mais, d'un autre côté, quelle autre arme avait-elle à sa disposition ? Et puis, elle avait raison : il avait fait le con, et pas qu'une fois. Il les avait plantés là, au premier jour de leurs vacances en Californie. Il avait oublié des fêtes, des anniversaires, des goûters à l'école. Il avait négligé les bulletins scolaires, les rendez-vous chez le docteur, et Dieu sait quoi encore.

Hood reprit le téléphone intérieur tandis que l'image satellitaire en noir et blanc se téléchargeait sur sa machine. Ce n'était pas le moment de se laisser abattre. Des dizaines de milliers de vies étaient en jeu. Il avait encore des responsabilités, si haïssable qu'ait pu sonner le mot aux oreilles de Sharon.

« Mike, je suis là. Qu'est-ce que tu me montres ?

– Le Palais royal, à Madrid. Le cliché correspond à une vue prise de huit mètres de haut, en regardant de biais depuis le nord-ouest. C'est la cour devant le palais.

– Ça ne ressemble pas vraiment à des cars de touristes…

– Non, confirma Rodgers. Voici comment on a eu vent de l'histoire. Après l'attaque contre les chantiers navals Ramirez, Steve Viens a fait suivre les prisonniers par un satellite du NRO. Ils se sont rendus du parking des ateliers à l'aéroport de Bilbao, puis de là, à celui de Madrid. Ils ont été ensuite convoyés en minibus au palais. On pense que la femme près de la tête de file est María Corneja. »

Hood agrandit la silhouette au centre de l'image. L'ordinateur refit automatiquement la mise au point. Il n'avait pas eu le temps de bien connaître la jeune femme et n'était pas certain qu'il l'aurait reconnue si on ne la lui avait pas désignée. Mais cela pouvait très bien être elle et c'était en outre la seule femme en vue.

L'écran s'effaça. D'autres photos apparurent.

« Il y a des vues prises de plus haut, poursuivit Rodgers. Cinquante pieds, cent, deux cents... D'après le nombre de soldats repérés sur les clichés, et la quantité d'allées et venues de gradés, on a de bonnes raisons de croire qu'il s'agit du QG d'Amadori. Mais il y a un problème.

– Je devine..., dit Hood alors qu'apparaissaient les vues panoramiques. Un bâtiment carré avec une cour centrale, bordé d'une esplanade et avec aucun édifice élevé alentour. S'infiltrer de jour va effectivement poser un problème.

– Tout juste. Et attendre douze heures jusqu'à la nuit risque de ne pas être possible.

– Et des uniformes de l'armée espagnole ? Les Attaquants ne pourraient pas s'en servir pour entrer dans la place ?

– En théorie, peut-être. Le hic, c'est qu'aucun des soldats qui ont conduit les prisonniers au palais ou qui montent la garde alentour ne pénètre en fait dans les bâtiments. C'est du reste une autre raison qui nous amène à penser que le général Amadori s'y trouve. Il a sans doute sa garde prétorienne qui patrouille dans les galeries et se charge de la sécurité. Eux seuls ont droit d'accès.

– Existe-t-il des passages souterrains ?

– On est en train de se renseigner. Même si c'est le cas, déboucher dans ces vastes galeries éclairées par de grandes baies vitrées ne sera pas de la tarte. »

Hood avait les yeux brûlants, le cerveau en ébullition. Une part de son esprit aurait voulu flanquer une bombe sur le palais, prendre un avion pour le Connecticut et récupérer sa famille. Peut-être même rester là-bas et ouvrir un stand de moules-frites sur la plage.

« Donc, on attend ?

– Personne ici à Madrid n'est en faveur de cette hypothèse. Mais Aideen vient d'arriver au bureau d'Interpol. Elle et Darrell sont en train de discuter de la situation avec Brett et des membres d'Interpol. Pour adapter leur tactique à la configuration des lieux. Une équipe d'observateurs d'Interpol est sur le toit du Teatro Real, l'opéra, de l'autre côté de la Plaza de Oriente, en face du Palais. Ils balaient l'ensemble des bâtiments avec une parabole acoustique pour tenter de détecter la voix d'Amadori. »

Le système, composé d'un micro hypersensible monté au foyer d'une parabole, permettait de recueillir les sons dans une zone limitée et de les sélectionner dans une gamme d'intensités définie. Dans le cas d'une salle du palais, l'appareil filtrerait automatiquement les bruits parasites – circulation des voitures, chants d'oiseaux, promeneurs – pour n'« entendre » que les sons de faible intensité à l'intérieur des murs. Qu'il comparerait ensuite aux échantillons sonores stockés dans sa mémoire numérique – en l'occurrence, la voix d'Amadori.

« Combien de temps va-t-il leur falloir pour scanner l'ensemble du bâtiment ?

– Jusqu'aux alentours de onze heures du matin. »

Hood consulta l'heure affichée à l'écran. « Ça fait pas loin de deux plombes à attendre.

– Moi non plus, je n'aime pas trop savoir nos gars contraints de tourner en rond et gamberger, concéda Rodgers, mais les techniciens font au mieux.

– À quelle distance du QG d'Interpol se trouve le palais ?

– Je suis en train de vérifier sur un plan. Je dirais un petit quart d'heure en voiture... s'il n'y a pas trop de circulation ni de barrages militaires.

– Ce qui veut dire que s'ils attendent la fin du repérage acoustique, ça leur fait près de deux heures et quart à poireauter. Si Amadori décide de quitter ses pénates avant qu'on ait pu le repérer, on aura un léger problème.

– Exact. Mais même si les Attaquants étaient au palais, ils ne pourraient pas faire grand-chose. Ils ne peuvent pas choisir un plan d'action sans savoir au juste où il se trouve. Par ailleurs, si on n'a pas confirmé sa présence sur place, on risque de les envoyer là-bas pour rien. »

Hood examina le cliché à haute résolution des troupes sur l'esplanade. Il y avait au bas mot deux cents hommes, répartis en petits groupes. Les soldats donnaient l'impression d'être à l'exercice – prêts à former des groupes de défense ou bien des pelotons d'exécution. Toujours est-il que cela lui rappelait les photos de la garde républicaine de Saddam Hussein paradant devant sa résidence avant Tempête du désert. Faisant une démonstration de force.

Amadori était certainement là-bas.

« Mike, c'est nous qui avons embringué María dans cette histoire. Elle n'a aucun soutien. Je ne peux pas admettre ça. »

Long silence de Rodgers. « Je ne peux pas te donner tort. Mais nous sommes en train d'éplucher ces photos et de les corréler avec des plans des bâtiments. Pénétrer dans le palais ne va pas être chose facile.

– Ils n'ont pas besoin d'y pénétrer. Je veux juste un certain nombre d'appuis-feu à proximité. Darrell pourra rester en contact avec eux par le truchement d'Ishi Honda.

– Bien sûr. Mais l'objectif reste Amadori et on ne sait toujours pas avec certitude s'il est là-bas. On n'a pas pu intercepter de communications électroniques. Il faudra encore une bonne heure pour que le dispositif soit opérationnel. »

Hood essayait de ne pas perdre patience. Le général faisait exactement ce qu'il était censé faire. Définir les options et souligner les pièges éventuels.

« Si Amadori est quelque part ailleurs, on retire nos Attaquants, dit Hood. Et qui sait, peut-être que ce fils de pute décidera lui-même de se montrer, en nous épargnant la peine de le chercher. »

Soupir audible de Rodgers. « C'est peu probable, Paul. Mais je dirai à Brett de dégager. Je tiens aussi à te faire remarquer, au sujet de María, que si nous l'avons effectivement embringuée dans cette histoire, elle a agi sans ordres. Elle s'est fourrée toute seule dans ce guêpier. Et pas dans notre intérêt, mais dans celui de son pays. Je ne serais pas d'avis de risquer la vie de notre équipe pour la sauver.

– Noté, dit Hood. Et merci. »

Rodgers coupa la communication et Hood raccrocha. Il enregistra les photos affichées, éteignit la lampe de bureau. Il ferma les yeux.

Ça ne tenait pas debout. S'accrocher à un boulot

qui par nature vous isolait, vous coupait de votre famille et souvent même de vos subordonnés. C'était peut-être pour cela qu'il se sentait attiré par le sort de María. Elle aussi était seule.

Non, il n'allait pas oublier la mission. Et il n'allait pas non plus oublier ce que Mike Rodgers avait été trop respectueux pour souligner : que les Attaquants avaient une vie et une famille, tout comme María.

Mais Hood ne pouvait pas non plus oublier Martha Mackall. Et il ne pourrait plus se regarder en face s'il restait sans rien faire alors qu'une autre collègue, désarmée, se retrouvait face au danger dans les rues de Madrid.

28.

Mardi, 8 : 36, Madrid, Espagne

María suivit le capitaine dans le couloir, sûre que le jeune officier la mènerait auprès d'Amadori. Ni lui ni le général n'avaient intérêt à la tromper. Ils devaient être curieux de connaître les informations qu'elle disait détenir. Et si l'officier ne lui avait pas fait confiance, il ne l'aurait pas précédée ; il se serait tenu derrière elle, l'arme au poing.

Néanmoins, elle fut surprise de la facilité relative avec laquelle elle avait réussi à lui forcer la main. Soit il était vraiment inexpérimenté, soit il était beaucoup plus malin qu'il ne le laissait paraître.

Il prit à gauche. María s'immobilisa.

« Je croyais que nous allions voir le général.

– Mais certainement », lui dit le capitaine. Il tendit le bras vers le bout du couloir – en direction opposée à la salle des Hallebardiers.

« Il n'est pas dans la salle du trône ?

– La salle du trône ? s'esclaffa le capitaine. Ne serait-ce pas un rien présomptueux ?

– Je ne sais pas… S'installer dans ce palais, n'est-ce pas déjà présomptueux ?

– Pas quand le roi revient à Madrid et que nous

avons pour devoir de le protéger. Nous avons l'intention d'assurer la sécurité des deux demeures royales.

– Mais il y avait des gardes.

– Pour empêcher l'accès des prisonniers. » Le capitaine inclina la tête dans la direction de sa main tendue. « Le général est dans la salle à manger d'apparat, avec ses conseillers. »

María le fixa. Elle ne le croyait pas. Elle ne savait pas pourquoi, mais c'était un fait.

« Cela dit, la question n'est pas de savoir où se trouve le général, poursuivit le capitaine. La question est de savoir si vous avez quelque chose à lui dire, oui ou non. Est-ce que vous venez, Señorita Corneja ? »

María baissa les yeux. Pour l'heure, elle n'avait d'autre choix qu'obéir. « Je viens », fit-elle en se remettant en route.

L'officier pivota et repartit d'un pas décidé dans le couloir brillamment éclairé avant de tourner au coin. María le suivait, en traînant un peu la jambe, quelques pas en retrait. D'autres soldats les croisèrent, marchant au pas. Certains conduisaient des prisonniers, d'autres parlaient dans leur téléphone de campagne. D'autres encore installaient du matériel informatique dans les salles. Aucun ne leur prêtait attention.

Tout ça ne lui disait rien qui vaille mais elle devait jouer le jeu. Oui, elle venait – mais pas sans précaution.

« Je vous offre une cigarette ? » demanda-t-elle au capitaine. Elle avait déjà porté la main à sa poche de poitrine. Elle en sortit le paquet, tira une cigarette. Arracha une allumette de sa pochette.

« Merci, mais non. En fait, nous préférerions que vous ne fumiez pas... Il y a tellement de trésors, ici. Une malencontreuse étincelle...

– Je comprends. »

Le capitaine avait dit exactement ce que María s'était attendue à l'entendre dire. Elle fit mine de ranger son paquet, mais après avoir au préalable dissimulé la cigarette dans sa paume. Comme il regardait devant lui, le capitaine ne la vit pas y introduire le bâton de l'allumette. Cela fait, elle glissa la cigarette à l'intérieur de son pantalon, dans le pli de l'aine, avant de remettre ostensiblement le paquet dans sa poche de chemise.

Au moins, à présent, avait-elle une arme.

La salle à manger d'apparat était située en face du salon de musique donnant sur la Plaza Incognita. De l'autre côté de la plaza se trouvait le Campo del Moro, le camp des Maures, souvenir du site où le puissant émir Ali ben Youssouf avait installé son camp au XIe siècle, durant la tentative de conquête arabe.

Ils s'arrêtèrent aux portes du salon de musique et le capitaine frappa. Il regarda María et sourit. Elle vint à sa hauteur mais ne lui rendit pas son sourire. La porte s'ouvrit.

Le capitaine étendit la main : « Après vous. »

María fit un pas et jeta un regard à l'intérieur.

La pièce sans fenêtre était plongée dans l'obscurité et il lui fallut une seconde pour accommoder. Quelque chose sortit de l'ombre sur sa droite. Elle recula, buta dans le capitaine qui lui barrait le passage. Il la poussa sans ménagement vers l'intérieur. Dans le même temps, deux paires de mains l'avaient saisie aux avant-bras. Elle fut soulevée en l'air et atterrit par terre, sur la figure. Des bottes vinrent se planter fermement sur ses omoplates.

Une lumière s'alluma, éclairant le salon d'une

douce lueur ambrée. María aperçut une fresque bucolique tandis qu'une troisième paire de mains lui tâtait les jambes, la taille, le bras, le torse, à la recherche d'armes dissimulées. On lui ôta sa ceinture et sa montre, et on lui confisqua son paquet de clopes.

La fouille terminée, les mains lui tirèrent brutalement les cheveux en arrière, l'obligeant à regarder vers le haut. Les omoplates toujours pressées vers le bas, la tête ainsi rejetée en arrière, la douleur dans la nuque était intense.

Le capitaine s'approcha et la reluqua. Avec un petit sourire, il posa le talon de sa botte sur son front. Il appuya et sa tête recula encore.

« Vous m'avez demandé si j'étais sûr d'obtenir l'information à temps, ricana l'officier, l'air cruel. Oh oui, *señorita*, j'en suis sûr. Comme je suis certain qu'une bonne partie des gens que nous avons amenés ici au palais cesseront d'encombrer le système. Comme je suis certain de notre prochaine victoire. Une nouvelle nation ne peut naître sans effusion de sang, sans sacrifice, et sans une chose encore : la volonté. La volonté de faire tout ce qui est nécessaire pour parvenir à nos fins. »

María sentait ses cordes vocales se tendre douloureusement contre la peau de sa gorge. Des élancements lui cinglaient le corps, des maxillaires jusqu'au creux des reins.

« Je pourrais vous briser le cou, poursuivit le capitaine, mais vous seriez morte et ça ne m'avancerait pas. Je préfère vous laisser cinq minutes pour réfléchir à la situation et me dire ensuite ce que vous savez. Si vous parlez, vous demeurerez notre hôte, mais vous resterez hors d'état de nuire. Si vous choisissez de vous taire, je vous confierai à ces braves garçons. Croyez-moi, *señorita*, ce sont des experts dans leur domaine. »

Le capitaine retira sa botte. María s'étrangla horriblement, la gorge brusquement soulagée. La douleur dans le dos fut remplacée par un picotement qui lui parcourait la colonne vertébrale. Elle déglutit avec difficulté, essaya de bouger, mais les autres la maintenaient toujours fermement.

Le capitaine regarda les hommes. « Donnez-lui donc un avant-goût de ce qui risque de l'attendre... Peut-être alors qu'elle changera d'avis. »

Dès qu'il recula, María sentit les bottes quitter ses épaules. On la soulevait par les bras. À peine eut-elle retrouvé l'équilibre qu'on lui expédia un coup de poing dans l'abdomen. Elle se plia en deux, le souffle coupé. Ses jambes se dérobèrent mais les hommes la retinrent. L'un d'eux la saisit par les cheveux pour la forcer à relever la tête, tandis que l'autre la frappait de nouveau, cette fois dans les reins. Elle avait les jambes comme du coton. Elle se mit à gémir. Le coup suivant lui arriva sous le menton. Par chance, elle n'avait pas gardé la langue entre les dents car ses mâchoires claquèrent violemment. Au second direct, qui lui expédia la tête vers la droite, sa mâchoire inférieure resta béante. Elle sentit du sang et de la salive rouler le long de sa langue.

Les types la relâchèrent et elle s'effondra sur le dos, les bras écartés, les genoux levés. Lentement, ses jambes fléchies roulèrent sur la droite. Elle n'avait pas mal : elle savait que la douleur viendrait plus tard. Mais elle se sentait totalement vidée, comme en vélo lorsqu'on parvient au sommet d'une côte et qu'on n'a plus aucune force dans les membres. Pourtant, malgré sa faiblesse, elle s'obligea à rouvrir les yeux et à regarder les hommes. Elle voulait savoir où ils portaient leur arme.

Ils étaient tous droitiers. Ça lui faciliterait la tâche.

Les soldats retournèrent dans la galerie, en se partageant ses cigarettes. Ils fermèrent la porte après avoir éteint la lumière. Elle connaissait la manœuvre : briser le corps, puis laisser à la victime en état de choc quelques minutes de solitude pour réfléchir à son sort.

Au lieu de cela, elle força sa main tremblante à s'introduire dans son jean. Elle retrouva la cigarette et la ressortit. Roulant sur le côté, elle déchiqueta le papier pour récupérer l'allumette. Un truc qu'elle avait mis au point plusieurs années auparavant, lors d'opérations clandestines. Chaque fouille vous coûtait en général vos cigarettes. C'était le moyen qu'elle avait trouvé pour garder sur elle des allumettes. En détention, le feu se révélait l'arme offensive idéale. Le tout, bien sûr, était d'avoir pris soin d'éviter les allumettes de sécurité – mieux valait donc s'approvisionner dans les pays anglo-saxons ! – pour ne pas avoir à s'encombrer d'un grattoir. En matière d'espionnage ou d'action clandestine, le moindre détail comptait.

Ses yeux s'étaient accoutumés à l'obscurité. Regardant alentour, elle avisa un groupe de pupitres à musique dans un angle du salon. Levant les yeux, elle vit ce qu'elle s'était attendue à voir. Deux buses de diffuseur antifeu. Il y en avait une près de la porte de la galerie, une autre près de celle donnant sur la salle à manger. Les deux seules possibilités d'appel d'air.

Parfait.

Elle rampa jusqu'aux pupitres. Ses membres tremblaient encore. Elle se promit de ne pas trop exiger d'eux ; juste la force de supporter l'heure à venir.

Parvenue à l'angle du salon, elle s'agenouilla, se releva. Elle chancelait un peu mais parvint à rester debout. Elle commençait à sentir des élancements dans la mâchoire. Très bien : la douleur la tiendrait en éveil. Elle prit un pupitre, gagna la porte en titubant, le reposa. Puis elle ôta son chandail. Elle défit sa chemise en jean, remit le chandail, puis jeta la chemise à quelques pas de la porte.

Lors d'une opération clandestine destinée à démontrer l'existence de violences policières à Barcelone, María s'était fait embarquer avec un groupe de prostituées. Elle s'était servie du coup de l'allumette planquée pour faire fondre les semelles de ses chaussures. L'odeur avait attiré les gardes alors qu'ils s'apprêtaient à violer une fille dans une cellule à l'autre bout du couloir. L'un de ceux qu'elle avait arrêtés avait déjà quasiment le froc autour des genoux. Cette fois, il lui fallait un peu plus que la puanteur du caoutchouc brûlé. Il lui fallait un truc pour détourner leur regard.

Elle plaça le pupitre à côté de la porte, puis s'agenouilla à côté de la chemise. Avec précaution, elle craqua l'allumette contre la semelle de sa chaussure. En définitive, les semelles lui auraient bien servi ce matin. La flamme jaillit. Elle se tourna vers la chemise en la protégeant de sa main en coupe. Elle approcha l'allumette du col. Bientôt l'étoffe commença à se consumer. Peu après, les flammes jaillirent. Encore un détail : en mission, éviter les vêtements tout coton... ça brûle très mal !

María retourna à quatre pattes vers le pupitre à musique. Elle se releva tant bien que mal, saisit le pupitre, s'appuya au mur près de la porte. Elle inspirait avec force pour lutter contre la nausée provoquée par les coups à l'abdomen. Ce n'était pas la première fois. Elle s'était fait tabasser par des émeutiers, des drogués, un chauffard irascible et une fois – une seule – par un amant jaloux. Avec la plupart, elle avait rendu les coups ; elle avait envoyé son amant à l'hosto. Mais c'était la première fois qu'on la maintenait pour la passer à tabac. L'humiliation d'une telle agression et la couardise de ses agresseurs étaient plus écœurantes que le goût du sang qui s'accumulait dans sa bouche.

Les flammes consumèrent rapidement la chemise. Une épaisse colonne de fumée gris foncé monta derrière la porte. Mais la fumée ne montait pas assez haut, pas assez vite. Aussi déplia-t-elle le pupitre à musique pour remuer le tissu en combustion. Il y eut un léger sifflement. Une gerbe d'étincelles se mit à jaillir en tous sens. Elles s'éteignirent bien vite en retombant. Mais la fumée désormais montait de plus en plus haut.

Assez haut en tout cas : quelques secondes plus tard, une alarme retentit et les deux diffuseurs entrèrent en action.

Dès que la chemise fut mouillée, elle introduisit de nouveau la tringle du pupitre dans la chemise en l'essorant comme une serpillière. Bientôt, elle partit en fragments et María répandit les cendres sur le sol.

Elle entendit des pas et recula derrière la porte, du côté droit. Elle tenait toujours le pupitre. Les pas s'immobilisèrent.

« Vous deux, attendez-moi ici, dit une voix. Au cas où elle tenterait de s'échapper. »

Bien, songea María. Un seul militaire allait entrer. Cela lui faciliterait la tâche. La porte s'ouvrit d'un coup et le soldat se précipita. Évidemment, il dérapa sur les cendres mouillées et tomba rudement sur le dos. Elle releva aussitôt le pupitre au-dessus de sa tête. Elle abattit violemment les jambes courtes du trépied métallique sur le visage du type qui poussa un cri perçant. Le tout n'avait pris qu'une fraction de seconde. Manifestement, les soldats dans le couloir avaient été surpris et ils hésitaient.

C'était ce qu'il y avait de bien avec les corps d'élite, s'avisa-t-elle. Ces jeunes gens en pleine forme étaient loin d'avoir l'expérience des vieux briscards fatigués.

Leur hésitation était une aubaine. Elle se débarrassa du pupitre et se laissa porter par ses jambes flageolantes : résultat, elle s'effondra littéralement sur le soldat à terre. Elle lui atterrit en travers de la taille.

Juste sur l'étui de son revolver.

María savait que les deux hommes dans le couloir n'allaient pas lui tirer dessus. Pas tout de suite. Tandis que l'alarme carillonnait toujours et que l'eau continuait de lui ruisseler sur le dos, les deux soldats se précipitèrent dans le salon de musique. Dans le même temps, pestant et jurant de la violer, le soldat blessé essaya de se dégager en la repoussant. Elle se laissa faire. Tout en roulant sur le dos, elle fit glisser le 9mm hors de l'étui. Elle ôta le cran de sûreté et, sans hésitation, lui logea une balle dans la rotule. Il poussa un cri strident. María eut le visage éclaboussé de sang mais ne parut pas le remarquer alors qu'elle se relevait sur un genou pour viser les deux autres et tirer. L'arme aboya et une gerbe de sang jaillit de leurs genoux. Ils s'effondrèrent en tas sur le seuil en poussant des hurlements.

Toujours trempée, María glissa le pistolet à sa taille. Puis elle s'approcha des blessés qui se tordaient au sol pour les soulager de leurs armes. Les blessures au genou, ça ne lui déplaisait pas. Il n'y aurait pas un jour de leur existence où ils ne se souviendraient d'elle. La douleur et le handicap seraient un rappel constant de leur brutalité.

Elle défit leur cravate et s'en servit pour leur ligoter prestement les poignets. Puis elle leur introduisit des bouts de chemise intacts dans la bouche. Liens et bâillons n'étaient pas aussi sûrs qu'elle l'aurait voulu, mais elle n'avait pas le temps de finasser. Elle prit appui au chambranle pour se redresser. Dès qu'elle fut à peu près sûre que ses jambes pourraient la soutenir, elle fila, clopin-clopant, dans la direction opposée à celle par où elle était venue. La galerie faisait le tour du rez-de-chaussée au centre du palais. Continuer dans cette direction allait la ramener dans la salle des Hallebardiers et la salle du trône.

Elle ôta le cran de sûreté des deux pistolets qu'elle avait dans les mains, tout en se jurant cette fois-ci d'avoir son audience avec Amadori.

29.

Mardi, 9 : 03, Madrid, Espagne

Luis García de la Vega entra en coup de vent. L'accompagnait son père, le général d'aviation en retraite Manolo de la Vega. Luis, craignant que certains dans son personnel aient des sympathies pour les rebelles, préférait avoir auprès de lui quelqu'un de solide à qui se fier. Comme il l'avait expliqué à McCaskey, son père et lui étaient rarement d'accord sur les questions politiques. Manolo penchait à gauche, Luis plutôt à droite.

« Mais en cas de crise, avait-il ajouté, quand le sort de l'Espagne est en jeu, je ne me fierais à personne d'autre. »

La salle était vide, à l'exception des sept Attaquants, d'Aideen et McCaskey. Le policier d'Interpol se dirigea vers Darrell qui aidait Aideen à rassembler son paquetage. Les Attaquants étaient déjà prêts et ils étaient en train d'étudier leur itinéraire sur des plans touristiques de la capitale.

« Du nouveau ? demanda McCaskey, d'une voix lasse.

– Oui, répondit Luis en le prenant à part. Un départ d'incendie au palais, il y a dix minutes environ.

– Localisation ?

– Un salon de musique dans l'aide sud-ouest. Le palais a téléphoné à la caserne des pompiers du district pour leur dire que c'était une fausse alerte. Mais ce n'en était pas une. Un de nos guetteurs a pu repérer le point chaud avec des lunettes infrarouges. D'après lui, le sinistre a été maîtrisé.

– Je ne sais pas qui est responsable des lieux en ce moment, mais il a pris un sacré risque, nota McCaskey, vu la quantité de trésors entassés dans ce bâtiment. J'imagine que ce n'est pas vraiment conforme aux règlements de sécurité.

– Absolument pas, confirma Luis. Les salauds n'ont pas envie qu'on vienne mettre le nez dans leurs affaires. Une demi-heure auparavant, ils avaient déjà interdit l'accès à une patrouille de la Guardia Civil venue procéder à son inspection quotidienne.

– Si Amadori est bien là-bas, ils ne réussiront pas à arrêter les Attaquants, se promit McCaskey. Merde, ils ne sauront même pas ce qui leur est tombé dessus. Comment le bureau du Premier ministre envisage-t-il la situation ?

– Ils n'ont toujours pas reconnu officiellement la prise de pouvoir par Amadori, répondit Luis.

– Et officieusement ?

– La plupart des hauts responsables du pouvoir ont déjà expédié leur famille en France, au Maroc et en Tunisie. » Luis plissa le front, mais les rides laissèrent bientôt place à un petit sourire. « Je pense à un truc, Darrell... je parie que je n'aurais pas de mal à avoir une table ce soir dans le meilleur restaurant de Madrid...

– Sans aucun doute », répondit McCaskey, qui

n'avait pas vraiment envie de rire. Il retourna vers la table où Aideen était en train d'inspecter le matériel que lui avait fourni Interpol. Il y avait un caméscope muni d'un émetteur vidéo – relié au récepteur dans le centre de transmissions –, une trousse de premier secours, un téléphone mobile, un pistolet.

Aideen contrôla la charge de la batterie du caméscope. Pendant ce temps, McCaskey vérifia le chargeur du Parabellum Super Star 9x19mm qu'on lui avait fourni. Aideen l'avait déjà inspecté. Mais elle se rendit compte que McCaskey, sans doute anxieux, avait besoin de se tenir occupé. Après avoir examiné le pistolet, il le remit dans la sacoche.

Pendant que les Attaquants mettaient leur sac sur le dos, McCaskey examina Aideen pour s'assurer qu'elle ressemblait bien à une touriste. Nike, lunettes noires, casquette. En plus du sac à dos, elle avait un guide et une bouteille d'eau minérale. Elle collait au personnage à la perfection – jusqu'à la mine fatiguée due au décalage horaire. Alors que McCaskey l'observait, il vit son regard s'attarder avec envie sur la table vide derrière elle. Elle avait réussi à dormir un peu après son retour de Saint-Sébastien. Mais ce bref repos n'était pas grand-chose, et Darrell savait qu'elle était au bord de l'épuisement. Elle se tourna vers le distributeur de boissons, faillit aller se chercher un Coca. Elle mit en balance les bienfaits de la caféine et le risque d'avoir envie de se rendre aux toilettes avant la fin de la mission. Un point qu'elle avait appris à prendre en compte lors de ses planques interminables à Mexico. Deux heures pouvaient sembler bien longues quand il n'était pas question d'abandonner son poste.

Elle décida de se passer de Coca.

De son côté, McCaskey avait l'air à deux doigts de craquer. Lorsqu'elle lui avait annoncé l'assassinat de Martha, elle se souvint d'avoir admiré son calme apparent. Elle se rendait compte à présent que ce n'était pas du calme mais de la concentration. Elle doutait qu'il ait réussi à fermer l'œil depuis la disparition de sa collègue. Elle se demanda si c'était l'effet de sa détermination à venger sa mort, de sa détermination à se punir, ou bien les deux.

Quand McCaskey eut achevé son examen, il se tourna vers le colonel August. L'officier mâchait de la gomme. Un début de barbe, les Ray-Ban vert miroir calées sur le front, il était vêtu d'un bermuda kaki et d'une chemise blanche froissée dont il avait légèrement retroussé les manches. Il avait l'air bien différent du soldat tranquille et discret qu'Aideen avait pu croiser à deux ou trois reprises à Washington. August était équipé d'un émetteur radio camouflé en baladeur pour communiquer avec McCaskey. Le bouton de volume dissimulait un micro à condensateur. Le colonel emportait également une bouteille d'eau minérale. Il lui suffisait d'en verser sur la cassette du Walkman pour que la bande – recouverte de diphénylcyanoarsine – dégage un nuage de gaz lacrymogène. Le gaz resterait efficace durant près de cinq minutes.

« Très bien, dit McCaskey. Vous allez attendre sur le flanc sud de l'opéra. Et si on vous demande d'évacuer les lieux ?

– On dégage sur la Calle de Arenal, au nord, répondit August. On la suit vers l'est pour contourner le palais et on entre par le Campo del Moro. Si l'accès est interdit, on se rabat sur le Museo de Carruajes.

– Et si on vous en chasse ?

– On retourne devant l'opéra. Côté nord. »

McCaskey acquiesça. « Dès que j'ai des nouvelles des guetteurs, je vous indique où se trouve Amadori. Vous consulterez votre plan et me ferez savoir quelle est la page du répertoire de tactique que vous appliquez. »

McCaskey faisait allusion à leur manuel de tactiques d'infiltration et d'assaut. Le colonel August et le caporal Prementine les avaient adaptées au palais. Il y avait dix options au total dans chaque catégorie. Le choix dépendait du temps disponible comme du degré et du type de résistance escompté. Toutefois, une constante demeurait, quel que soit le scénario : pas question d'entrer tous. Après la mort en opération du lieutenant-colonel Squires, on avait révisé tous les plans pour s'assurer qu'à chaque fois une partie du groupe restait en appui pour faciliter l'évacuation.

« Comme vous le savez, poursuivit McCaskey, le rôle d'Aideen se borne à identifier María et à participer à son sauvetage. Elle ne doit combattre que si nécessaire. Nous avons un hélicoptère sur le toit, prêt à intervenir avec des renforts de police s'il y a du grabuge. Luis me confirme qu'une fois à l'intérieur, le seul problème sérieux de sécurité que vous risquez de rencontrer est la présence du RSS.

– Merde, murmura August. Comment sait-il qu'Amadori a pu mettre la main dessus ?

– C'est le roi qui en a fait installer dans tous les palais, répondit McCaskey. Il s'est fourni auprès du même fabricant américain que celui qui a équipé nos flics sur les boulevards périphériques. C'est sans doute la raison pour laquelle il a choisi d'y installer son QG. »

Le RSS (*Remote Surveillance System* ou « Système de

surveillance à distance ») était un viseur électronique ressemblant à une paire de lunettes, relié à n'importe quel réseau de surveillance vidéo. Les lunettes étaient équipées d'un clavier intégré sur un côté et d'un afficheur noir et blanc à cristaux liquides. L'ensemble du dispositif permettait au porteur de se commuter sur l'ensemble des caméras du réseau de surveillance. Les derniers modèles étaient équipés de minicaméras permettant aux vigiles d'échanger des informations audiovisuelles.

« Prévenez votre équipe, avertit McCaskey. Si Amadori sort de la salle du trône, la poursuite risque d'être terriblement risquée. »

August accusa réception.

Les six autres Attaquants étaient alignés derrière le colonel August. McCaskey les dévisagea tout en parlant. Son regard s'attarda sur Sondra DeVonne, qui était au bout de la file. La jeune Noire était vêtue d'un jean moulant et d'un coupe-vent bleu. Darrell – tout comme Aideen, sans doute – fut soudain frappé par son incroyable ressemblance avec Martha Mackall, jeune. Il baissa les yeux. « Vous connaissez votre mission et vous en savez les risques. Le colonel August me dit que vous êtes également au fait de ses enjeux légaux et moraux. Le président nous a donné ordre de déposer un redoutable despote. Nous devons recourir à tous les moyens à notre disposition. Nous n'avons pas le soutien officiel de la Maison-Blanche. Ni celui du gouvernement légal espagnol, actuellement en plein chaos. Si l'un de nous est capturé, il ou elle ne sera reconnu, soutenu ou aidé par aucun des deux pays, sinon par les voies diplomatiques habituelles. Reste que nous avons l'occasion, ainsi que le devoir, de sauver des milliers de vies humaines. Je considère cela comme un privilège. J'espère que vous aussi. »

Luis s'avança pour prendre la parole : « Vos soldats auront également la gratitude d'une grande partie du peuple espagnol, même s'ils ignorent encore l'étendue de votre sacrifice. » Il sourit. « Et vous avez déjà celle des quelques Espagnols qui savent effectivement ce que vous allez entreprendre. » Il vint à la hauteur de McCaskey et les salua tous. « *Vayan con Dios*, mes amis, que Dieu soit avec vous. »

30.

Mardi, 9 : 45, Madrid, Espagne

Le père Norberto rejoignit Madrid dans l'avion privé du préposé général des Jésuites. C'était un Cessna Conquest vieux de vingt ans. Le bimoteur onze places aux hublots fumés était équipé d'une petite sacristie à l'arrière de sa carlingue peinte en mauve et rouge. Le vol dans l'habitacle bruyant était passablement agité.

Comme la situation actuelle de l'Espagne, songea Norberto, amer, en s'accrochant aux accoudoirs capitonnés. Tout en se faisant cette remarque, il se rendit compte qu'elle n'était pas entièrement vraie. Il était accompagné de cinq autres prêtres de villes de la côte basque. Et alors que son âme était en plein désarroi, ces hommes paraissaient calmes.

Il inspira profondément. Il aurait aimé que leur flegme déteigne sur lui. Il aurait aimé pouvoir oublier son deuil personnel pour se concentrer sur la tâche monumentale qui l'attendait. Conserver la paix de l'esprit dans une cité de plus de trois millions d'âmes était un défi inédit pour lui. Mais c'était peut-être ce dont il avait besoin en ce moment, pour s'empêcher de ressasser la terrible perte qu'il venait de subir.

Le vénérable père Jiménez était assis près de lui dans la dernière rangée. Jiménez venait de la ville de Laredo, plus à l'ouest sur la côte. Peu après le décollage, il avait détourné les yeux du hublot pour se pencher vers Norberto.

« J'ai cru comprendre que nous allions rencontrer des prélats d'autres ordres, confia-t-il d'une voix forte pour couvrir le bruit des moteurs. Nous devrions être au moins une quarantaine.

– Frère, as-tu une idée de la raison pour laquelle on nous a choisis ? Pourquoi pas plutôt le père Iglesias de Bilbao ou le père Montoya de Tolède ? »

Jiménez haussa les épaules. « Je suppose que c'est parce que nous avons la charge de paroisses de petite taille. Nos paroissiens se connaissent tous et peuvent éventuellement s'entraider en notre absence.

– C'est ce que j'ai pensé au début. Mais constate par toi-même : nous sommes les plus anciens…

– Et donc les plus expérimentés. Qui serait mieux placé que nous pour une telle mission ?

– Des jeunes plus dynamiques ?

– Les jeunes posent bien trop de questions, dit Jiménez en lui donnant une légère bourrade. Ils sont un peu comme toi, mon vieil ami. Peut-être que le supérieur général préfère des hommes rassis, à qui il peut se fier. À qui il pourra confier une mission en sachant qu'elle sera accomplie sans discussion. »

Norberto n'en était pas si sûr. Il n'aurait cependant pas su dire pourquoi. Peut-être à cause de son chagrin, ou de la manière pour le moins despotique avec laquelle on l'avait convoqué. Ou peut-être, songea-t-il, un rien pompeux, parce que Dieu le désignait, comme il venait de désigner Jiménez.

« Sais-tu au moins où nous devons nous réunir ? demanda Norberto.

– Quand le frère Francisco a téléphoné, répondit Jiménez, il a précisé qu'on nous conduirait à Nuestra Señora de l'Almudena. » Un doux sourire se dessina sur le visage blanc du prêtre. « Ça m'a paru bizarre : quitter ainsi notre modeste paroisse pour nous retrouver dans cette imposante cathédrale. Je me demande si Notre-Seigneur a éprouvé la même chose le jour où Il a quitté la Galilée. "Je dois prêcher le Royaume de Dieu aux autres cités, car je suis l'envoyé" », ajouta le prêtre en citant l'Évangile. Puis il se carra dans son siège, sans se départir de son sourire. « Cela fait tout drôle, Norberto, mais en même temps, cela fait plaisir d'être élu. »

Norberto regarda les autres prêtres assis devant eux. Il était loin de partager l'optimisme de Jiménez. Leur entremise aurait été plus utile avant que le peuple ne commence à s'entre-déchirer. Qu'il recoure à l'émeute et au meurtre. Même si Norberto n'avait pas l'impudence de connaître les sentiments du Christ quand il avait dû se rendre au désert, maintenant qu'il y réfléchissait, il s'imagina que Jésus avait dû se sentir accablé et submergé par la vision d'une société polluée par les préjugés et la défiance, la violence et l'immoralité, l'avidité et la discorde. Confronté à cela, il n'y avait qu'un endroit où se réfugier pour rassembler ses forces.

Dans son désarroi, Norberto l'avait momentanément perdu de vue. Fermant les yeux et baissant la tête, il pria Dieu pour qu'Il lui donne le courage d'accepter ce fardeau. Pour qu'Il lui donne la sagesse de discerner ce qui était juste et la force de surmonter la rancœur qui venait de l'envahir. Il avait besoin de se raccrocher à une foi qu'il sentait lui échapper.

L'avion se présenta à Madrid en avance sur son plan de vol et fut contraint de tourner en rond pendant près d'une demi-heure. Le trafic militaire avait priorité, les informa-t-on. À ce qu'ils purent en voir par les hublots, il était effectivement fort dense. Quand ils purent enfin se poser à dix heures du matin, leur groupe débarqua au terminal numéro deux, où les rejoignirent d'autres prêtres venus de tout le pays. Le père Norberto en reconnut certains : le père Alfredo Lastras de Valence, le père Casto Sampedro de Murcie et le père Cesar Flores de León. Mais il n'eut guère le temps que de serrer des mains et d'échanger quelques mots avant que leur groupe soit convié à monter dans un vieil autocar qui les conduisit à la cathédrale de l'Almudena. Norberto s'assit près de la fenêtre ouverte et le père Jiménez s'installa près de lui. La circulation dans la capitale était extrêmement clairsemée tout au long de leur itinéraire qui empruntait l'Avenida de America, la Calle Francisco Silvela, la Calle de Alcalá et la Calle Mayor : en un peu moins de vingt minutes, ils avaient atteint le célèbre édifice.

La construction de la cathédrale Nuestra Señora de l'Almudena avait commencé au IXe siècle. On n'avait guère dépassé le niveau des fondations quand les travaux s'arrêtèrent à cause de l'arrivée des Maures. Les envahisseurs bâtirent leur puissante forteresse tout à côté. Dès qu'ils furent chassés d'Espagne et que la forteresse fut démolie pour laisser place au Palais royal, on reprit en même temps la construction de la cathédrale. Cependant, le puissant archevêque de Tolède, jaloux, ne voulait absolument pas voir une église plus imposante que la sienne. Tout chrétien qui aidait au financement de la construction d'un édifice sur un site souillé par les Arabes était menacé d'excommunication ou de mort. C'est ainsi qu'il fallut attendre près de sept siècles pour voir reprendre les travaux. Mais à cette époque, argent et ressources se faisaient rares. Des parties furent achevées, puis les travaux abandonnés, donnant une accumulation de styles disparates. Finalement, en 1870, on décida de démolir cet assemblage hétéroclite pour y substituer un nouvel édifice néogothique. Les travaux débutèrent en 1883, même si les fonds s'épuisèrent régulièrement et qu'on finit par les abandonner en 1940. Ce n'est pas avant 1990 que l'on entreprit d'achever pour de bon la construction. Pourtant, une fois encore, les milliards de pesetas nécessaires à son financement se firent attendre. Et, ironie de l'histoire, cela faisait trois semaines à peine qu'on avait enfin appliqué la dernière couche de peinture sur les frises de l'entablement.

Le vieux car ralentit soudain, dans un gémissement d'essieux fatigués : ils venaient de quitter la Calle Mayor pour tourner dans la Calle de Bailén où des milliers de personnes s'étaient rassemblées devant les deux hautes tours de la façade. Plus loin, on voyait des groupes de reporters et d'équipes de télévision. Les journalistes de la presse écrite étaient à pied, leurs collègues de la télé juchés sur le toit de leurs cars de reportage. La foule était contenue par un cordon de la police municipale, mais l'arrivée de l'autocar avec les prêtres qu'il transportait parut enflammer l'assistance. Des cris jaillirent pour implorer leur aide, réclamer refuge dans le sanctuaire. La chaleur dans le car bondé semblait amplifier chaque voix, la faire résonner comme un carillon dans le silence du matin. Ces gens n'étaient pas des réfugiés politiques mais des vieillards, des femmes avec leur bébé, des écoliers... Tous étaient paniqués, et leur nombre – comme leur agitation – semblait grandir à mesure que le véhicule approchait au ralenti du fronton de la cathédrale. Les prêtres se regardèrent en silence. Ils s'étaient attendus à trouver des gens en détresse mais pas dans un tel état de désespoir.

Se tenant par le bras, un cordon de policiers réussit à ouvrir un passage au véhicule dans la foule. Le frère Francisco sortit à ce moment sur le parvis et se servit d'un mégaphone pour implorer la patience des fidèles. En même temps, il fit signe aux quarante-quatre prêtres de descendre du car et d'entrer dans l'édifice. Ils avancèrent tant bien que mal, progressant en file indienne, écrasés par la cohue. Norberto songea aux masses affamées qu'il avait un jour aidé à nourrir au Rwanda ou aux sans-abri qu'il avait secourus au Nicaragua. Il était toujours étonné de constater la force que pouvaient avoir les faibles quand ils étaient en masse.

Quand tous les prêtres furent dans la cathédrale, on referma les portes derrière eux. Après le ronronnement de l'avion, les grincements du car et les cris de la foule, ce silence pesant était le bienvenu. *Mais ce n'est pas la réalité,* se rappela Norberto. La peur et le chagrin, dehors : voilà la réalité, qui s'imposait de plus en plus, et qu'il allait falloir affronter au plus vite.

Le préposé général González était déjà dans l'abside, en train de prier en silence. Quand le groupe remonta la nef, on n'entendit que le raclement des semelles et le froissement des soutanes. Le frère Francisco ouvrait la marche. Quand ils atteignirent le transept, il se retourna, les mains levées. Tous s'arrêtèrent. Le père Fernandez s'avança, seul.

Norberto n'avait jamais particulièrement admiré le préposé général González. D'aucuns estimaient que l'actuel chef de la Compagnie de Jésus était bénéfique à l'ordre car il cherchait à lui attirer les faveurs du Vatican et l'attention du monde. Mais seuls les prêtres espagnols qui partageaient ses vues conservatrices, défendaient ses candidats de tendance réactionnaire et recueillaient des dons conséquents de leurs paroissiens pouvaient espérer bénéficier de son soutien et des retombées pécuniaires de son action. Norberto était convaincu que la préoccupation majeure du préposé général était d'étendre le pouvoir et l'influence d'Orlando González avant ceux des Jésuites en général et des Jésuites espagnols en particulier.

González était le préposé général, et jamais Norberto ne se serait avisé de le défier ou de le critiquer ouvertement. Mais maintenant qu'il se trouvait en sa présence, dans ce lieu majestueux et historique, Norberto n'arrivait pas à éprouver ce réconfort de la piété qu'il aurait voulu ressentir – qu'il avait besoin de ressentir. Il éprouvait toujours la même angoisse, le même cynisme auxquels s'ajoutait maintenant le soupçon. González s'intéressait-il vraiment au sort du peuple ? Ne redoutait-il pas plutôt que la révolution n'affaiblît son pouvoir ? Ou bien espérait-il au contraire qu'un nouveau leader en appelle à lui pour se gagner le soutien des Jésuites du pays ?

Au bout de trois ou quatre minutes de prière silencieuse, González se retourna soudain pour faire face aux prêtres. Tous se signèrent tandis qu'il leur accordait sa bénédiction. Puis il s'avança lentement vers eux, son long visage noble et sombre aux yeux pâles levé vers les cieux.

« Pardonne-nous, ô Seigneur, dit-il, car ce jour est le premier en plus de mille ans où les portes de cette cathédrale se voient fermées aux fidèles. » Il considéra les prêtres. « Dans quelques instants, je vais les faire rouvrir. Je dois vous laisser, mais le frère Francisco va vous assigner à chacun une abside de cette cathédrale. Je veux que vous vous adressiez aux fidèles, que vous expliquiez à chacun que ce combat n'est pas le leur. Que Dieu les protégera et qu'ils doivent faire confiance aux dirigeants du pays pour rétablir la paix civile. » Il s'arrêta, parvenu à la hauteur du frère Francisco, avant de poursuivre. « Je vous remercie tous d'être venus. Le peuple madrilène a besoin de guides spirituels, et surtout besoin d'être rassuré. De sentir qu'en ces temps troublés, ils n'ont pas été abandonnés. Une fois le calme revenu à Madrid et la foi restaurée dans la capitale, nous pourrons poursuivre notre œuvre et répandre à nouveau la paix dans le reste de l'Espagne. »

Le préposé général s'avança, passa devant les prêtres et, dans un grand froissement de soutane, il se dirigea vers la porte, la démarche lente et confiante, comme s'il maîtrisait parfaitement la situation.

En le regardant partir, Norberto s'avisa soudain avec horreur que c'était peut-être bien le cas. Que leur véritable mission n'était pas de secourir et de rassurer les fidèles – pas pour leur bien, en tout cas. Il regarda autour de lui. Se pouvait-il que l'on eût attiré ici les prêtres les plus réputés pour leur dévotion et leur sérénité, ceux dans lesquels les fidèles avaient le plus confiance dans le seul but de les réquisitionner pour contrôler les foules ? Susciter un mouvement de panique pour mieux faire passer ensuite leur message d'apaisement ?

Le père Norberto était épouvanté. Il se sentait également sali. Le préposé général González ne cherchait pas à s'attirer les faveurs des meneurs factieux. Norberto le soupçonnait d'être déjà partie prenante dans ce putsch visant à établir un pouvoir nouveau.

Un pouvoir dont il se poserait en chef spirituel.

31.

Mardi, 10 : 20, Madrid, Espagne

María était convaincue que le général Amadori se trouvait en fait dans la salle du trône du Palais royal. Elle ne s'y rendit toutefois pas directement après avoir échappé aux soldats. Elle avait auparavant besoin d'un uniforme et aussi d'un allié.

Mais l'uniforme d'abord.

María le trouva dans une stalle des toilettes pour hommes installées dans la salle qui avait été jadis – et qui restait officiellement –*el carto de cambiar por los attendientes del Rey*, à savoir le vestiaire des domestiques du roi. À présent, des soldats y entraient ou en sortaient, inconscients de la charge historique des lieux. Sans être royaliste, María savait que cette salle avait joué un grand rôle dans l'histoire de son pays et qu'elle aurait mérité un peu plus de respect.

La vaste salle aux murs blancs était décorée de corniches et d'entablements en marbre. Elle était située dans la partie sud-est du palais, non loin de la chambre à coucher du roi. María y parvint en progressant avec précaution de porte en porte. La plupart des salles qu'elle rencontra en chemin étaient vides ; elle évita celles qui ne l'étaient pas. Si jamais on avait donné l'alarme après son évasion, les recherches devaient se limiter aux alentours du salon de musique et de la salle du trône. C'était une façon habile d'utiliser leurs forces. Ils savaient qu'elle allait de toute façon chercher à approcher Amadori. Le tout était de faire en sorte qu'ils ne la remarquent pas.

L'uniforme lui fut gracieusement fourni par un jeune sergent. Le sous-off était entré aux vestiaires avec deux compagnons. Quand il ouvrit la porte, il découvrit María, accroupie sur le siège des toilettes, les deux pistolets braqués sur lui.

« Entre et verrouille la porte », cracha-t-elle à mi-voix. Le bruit de l'aérateur de plafond l'empêchait d'être entendue de l'extérieur.

Il y a toujours un moment où la plupart des gens confrontés à une arme se figent, interdits. C'est dans ce bref instant que l'individu armé doit lancer son ordre. S'il l'énonce aussitôt avec suffisamment de force, il a des chances d'être obéi. Sinon, si la cible panique, il convient de choisir entre se retirer ou faire feu.

María avait décidé qu'elle tirerait pour neutraliser tous ceux qui se trouveraient alentour avant de se laisser capturer. Par chance, le jeune soldat aux yeux écarquillés choisit d'obtempérer.

Dès que la porte fut verrouillée, María lui fit signe d'avancer avec un des pistolets. L'autre demeurait braqué sur son front.

« Croise les doigts sur la nuque puis retourne-toi. »

Il fit ce qu'on lui ordonnait. María tâtonna derrière elle sans le quitter des yeux. Elle posa un des pistolets sur la chasse d'eau, délesta le sergent de son arme de service qu'elle glissa derrière sa ceinture, au creux des reins. Puis elle récupéra l'arme qu'elle venait de poser.

Elle se recula sur le siège.

« Baisse ton froc. » Elle lui caressa l'arrière-train avec le canon du pistolet. « Viens t'installer sur le trône. »

L'autre obéit.

« Quand tes copains vont ressortir, lui glissa-t-elle à l'oreille, dis-leur de ne pas t'attendre. Sinon, vous signez tous votre arrêt de mort. »

María et le sergent – il s'appelait García, indiquait sa plaque d'identité – attendirent. Elle aurait juré qu'elle entendait battre son cœur. Il fit ce qu'elle lui avait ordonné quand les autres l'appelèrent, et dès qu'ils furent ressortis, elle lui dit de se relever. Toujours tourné vers la porte, il s'entendit ordonner d'ôter son uniforme.

Il obéit. María le fit se retourner vers le siège des toilettes. Puis elle lui dit de s'agenouiller devant lui.

« S'il vous plaît, ne me tuez pas… Je vous en supplie.

– Je ne te tuerai pas si tu fais ce qu'on te dit. »

Elle avait deux solutions. L'une était de lui remplir la bouche de papier-toilette, de lui briser les doigts pour l'empêcher de l'enlever, puis de le ligoter à la tuyauterie. Mais ça prendrait du temps. Elle choisit donc la seconde qui était de lui donner un violent coup de pied dans la nuque. Son front alla heurter le carrelage et il perdit connaissance. Il allait sans doute souffrir d'une commotion, mais vu le contexte, c'était inévitable. Récupérant l'uniforme et des armes, elle se changea prestement dans la stalle voisine. Il était un peu grand pour sa taille, mais il faudrait faire avec. Elle dissimula ses cheveux sous le calot, glissa le pistolet du sergent dans son étui et planqua les deux autres sous le devant de sa chemise.

Elle fourra tous ses vêtements dans la poubelle – à

l'exception des chaussures. Elle frotta d'abord les semelles sur ses joues pour donner une illusion de barbe. Quand elle eut terminé, elle s'en débarrassa aussi. Puis, une fois sortie, elle s'inspecta dans la glace des lavabos pour apporter la touche finale à son déguisement. Les deux autres sergents apparurent sur ces entrefaites.

« Tu traînes, García ! » aboya un des sous-off. Il passa devant María et suivit son collègue vers les urinoirs. « Je te rappelle que le lieutenant a donné à chaque groupe cinq minutes pour... »

Il s'arrêta, se retourna. María ne lui laissa pas le temps d'agir. Elle se plaça devant lui, glissa le genou droit derrière son genou gauche, puis, d'une clé au cou, le fit basculer par-dessus sa jambe. Il s'étala de tout son long devant elle. Comme elle avait fait porter tout son poids sur la jambe droite, elle pouvait lever la gauche. Elle l'abattit violemment sur son torse, lui brisant plusieurs côtes. Son compagnon était devant un urinoir. Il se retourna mais María avait déjà enjambé le sergent pour fondre sur lui. Levant la jambe droite sans ralentir son élan, elle lui enfonça le genou au creux des reins. Violemment plaqué contre l'urinoir, il bascula en arrière. Dès qu'il fut à terre, elle lui flanqua son talon sur le côté de la tête. Il perdit aussitôt connaissance. Comme l'autre gémissait toujours, elle pivota avec grâce et lui expédia son pied contre la tempe. Lui aussi perdit conscience.

María recula en titubant. Elle avait mobilisé l'énergie nécessaire à l'attaque mais l'effort l'avait vidée. Les coups encaissés dans le salon de musique la faisaient terriblement souffrir et ce genre d'exercice n'avait pas amélioré son état. Mais elle avait encore une mission à remplir et elle avait bien l'intention d'aller jusqu'au bout. Elle se traîna jusqu'au lavabo, fit couler de l'eau et but dans sa main en coupe.

Puis il lui revint une phrase prononcée par le deuxième sergent. Ils avaient chacun cinq minutes pour se rendre aux toilettes. Elle venait d'en utiliser pas loin de trois. Elle n'avait plus de temps à perdre.

Se redressant, elle se dirigea vers la porte et, sans la moindre hésitation, ressortit dans la galerie. Elle prit à droite, puis à gauche, quelques portes plus loin. Elle se retrouva dans le corridor menant à la salle du trône.

Des soldats étaient en faction mais elle avança d'un pas décidé, comme si on l'attendait quelque part. À chacune de ses missions clandestines, elle avait découvert que deux éléments étaient indispensables à la réussite d'une infiltration : d'abord, se comporter en habitué des lieux. C'était le meilleur moyen de ne pas susciter de questions. Ensuite, donner l'impression d'avoir un rendez-vous urgent. Avec une démarche rapide et pleine d'assurance, personne ne vous arrêtait. Elle était certaine que ces deux éléments, ajoutés au port de l'uniforme, lui permettraient de regagner sans anicroche la salle des Hallebardiers. Voire même d'y pénétrer. Ensuite, il lui faudrait encore quatre atouts pour approcher Amadori.

Ses armes, du culot – et deux alliés particuliers.

32.

Mardi, 4 : 30, Washington, DC

Mike Rodgers rejoignit Paul Hood dans son bureau pour attendre l'annonce du déploiement des Attaquants. Peu après l'arrivée de Rodgers, Steve Burkow téléphona avec des nouvelles émanant de la Maison-Blanche. Hood espérait que c'était la seule raison de ce coup de fil. Le patron du Conseil national de sécurité avait la sale manie de toujours en profiter pour vous forcer la main en se faisant le porte-parole de l'impatience présidentielle.

D'après Burkow, le roi d'Espagne venait d'appeler de sa résidence à Barcelone et s'était entretenu avec le président. Des officiers loyalistes lui avaient confirmé que le général Rafael Amadori, chef du renseignement militaire et l'un des officiers les plus puissants du pays, avait installé son poste de commandement dans la salle du trône du Palais royal à Madrid.

À cette nouvelle, Hood et Rodgers échangèrent un regard. Sans un mot, Rodgers se dirigea vers le téléphone posé près du divan pour informer Luis à Interpol qu'ils avaient localisé la cible de manière catégorique. Hood s'autorisa un petit sourire. Il n'était pas mécontent de constater qu'ils avaient vu juste.

« On n'a désormais plus aucun doute sur les menées de ce général Amadori, poursuivait Burkow. Le président a informé le roi de la présence à Madrid de notre groupe d'Attaquants. Sa Majesté lui a donné son accord pour une éventuelle intervention.

– Oh, ça, bien entendu », répondit Hood. La réaction présidentielle avait été opportune et sans doute nécessaire, mais elle le mettait néanmoins mal à l'aise.

« Ne jugez pas si vite le roi. Il a également reconnu qu'il sera sans doute difficile de préserver l'unité du pays. Il a expliqué que les démons du séparatisme depuis trop longtemps contenus avaient été soudain lâchés. Il a également ajouté que si l'ONU et l'OTAN intervenaient pour encourager la partition de son pays, il abdiquerait.

– Quelle différence cela ferait-il ? De toute façon, ses pouvoirs ne sont que protocolaires.

– Certes, admit Burkow. Mais il est prêt à faire un geste symbolique à l'adresse du peuple espagnol. Il veut leur montrer que s'ils veulent l'autonomie, ce n'est pas lui qui leur barrera la route. Toutefois, il est résolu à ne pas céder le pouvoir à un tyran. »

Hood devait admettre que même si l'avenir personnel du souverain n'était pas menacé, ce geste, non dénué d'une certaine grandeur, était également d'une parfaite logique politique. « Quand doit-il annoncer sa décision ?

– Dès qu'Amadori ne sera plus une menace, répondit Burkow. Ce qui me fait penser… où en est actuellement votre équipe ?

– Nous attendons de leurs nouvelles. Les Attaquants devraient être en place d'un instant à l'autre…

– C'est fait, coupa Rodgers.

– Ne quittez pas, Steve... Mike, qu'est-ce que vous avez ?

– Darrell vient de recevoir un message du colonel August, répondit le général, l'écouteur toujours à l'oreille. Les Attaquants se sont déployés avec succès le long de la façade ouest de l'opéra. Ils ont le palais en vue et jusqu'ici personne n'est venu les importuner. Les soldats semblent se concentrer sur la garde du palais. Le colonel attend de nouvelles instructions.

– Remerciez Darrell de ma part, général », dit Hood avant de répéter la nouvelle à Burkow. Tout en parlant, il afficha sur son écran le profil de mission que McCaskey lui avait fourni une demi-heure plus tôt. Il y avait un plan de ce quartier de Madrid, un plan détaillé du Palais royal, accompagnés de divers dispositifs d'attaque et d'infiltration. D'après McCaskey, l'estimation fournie par les observateurs d'Interpol chiffrait les effectifs gardant le bâtiment à quatre ou cinq cents hommes. La plupart étaient concentrés devant l'aile sud qui abritait la salle du trône.

« Quels seraient le plan et la chronologie s'ils devaient intervenir maintenant ? » demanda Burkow.

Rodgers s'était approché du bureau. Il regarda pardessus l'épaule du patron. Ce dernier pressa la touche ampli du téléphone.

« Il y a un égout qui passe à l'angle nord-ouest de la Plaza de Oriente, expliqua Hood. Il est relié aux catacombes qui faisaient jadis partie de l'ancienne forteresse maure. On s'en sert aujourd'hui pour entreposer de la mort-aux-rats...

– Un instant, coupa Burkow. Comment comptent-ils faire pour gagner les égouts ?

– En recourant à un vieux truc des résistants français

pendant la guerre, intervint Rodgers. Créer une diversion en frappant l'objectif principal. Une attaque sans gravité... il s'agit juste de créer un rideau de fumée.

– Je vois », fit Burkow.

Hood reprit : « Les catacombes sont reliées aux cachots du palais, qui n'ont plus servi depuis deux siècles.

– Vous voulez dire qu'ils sont restés en l'état ?

– Tout à fait.

– Vu ce qu'a fait l'Espagne durant l'Inquisition, nota Rodgers, je ne suis pas surpris qu'on ait préféré ne pas les restaurer et les ouvrir au public.

– Entrer par les cachots amènera les Attaquants juste au-dessous de la galerie des Tapisseries, poursuivit Hood. De là, la salle du trône n'est pas loin.

– Pas loin en ligne droite, rectifia Rodgers. Mais il faudra sans doute compter sur les militaires qui grouillent dans la galerie. S'ils décident de foncer dans le tas, il risque d'y avoir des pertes chez les Espagnols..

– Foncer dans le tas ? s'étonna Burkow.

– Oui, éliminer toute résistance, neutraliser la cible, puis décrocher. En d'autres termes, s'ils ne prennent pas la peine de se déguiser, de se faufiler discrètement jusqu'à Amadori et de limiter les dégâts – dans le camp adverse.

– Je vois, répéta Burkow.

– Nous avions en fait l'intention d'attendre d'avoir des nouvelles de la personne que nous avons infiltrée, expliqua Hood.

– L'agent d'Interpol qui s'est laissé capturer ?

– C'est cela. Nous ignorons toujours si elle va essayer de nous joindre ou tenter elle-même d'éliminer la cible. Mais nous avons jugé préférable de lui laisser du temps. »

Burkow resta un instant silencieux. « Plus on attend, plus on court le risque de voir le pouvoir d'Amadori s'accroître de manière exponentielle. Il y a un moment où un usurpateur cesse d'être un rebelle pour devenir un héros aux yeux du peuple. Comme Castro quand il a renversé Batista.

– C'est un risque à courir, admit Hood. Mais nous ne pensons pas qu'Amadori en soit déjà à ce stade. Il reste encore des dizaines de foyers d'émeutes et Amadori n'a pas encore été qualifié de "chef du gouvernement provisoire" dans les divers bulletins d'informations que nous surveillons en permanence. Jusqu'au ralliement d'un certain nombre de personnalités d'envergure – pas seulement des hommes politiques, mais des personnalités du monde des affaires ou des autorités religieuses –, il va sans doute se montrer discret.

– Il a déjà fait pression sur les grands capitaines d'industrie, remarqua Burkow. Avec les occupants du yacht et les membres de la *familia* qu'il a pour ainsi dire réquisitionnés…

– Il va sans doute forcer la main à d'autres encore, reconnut Hood, mais je doute qu'il opère dans les deux prochaines heures…

– Bref, vous estimez qu'il est urgent d'attendre.

– Les Attaquants sont en alerte et prêts à intervenir. Ce délai ne devrait pas créer de problème et pourrait nous permettre de recueillir des renseignements primordiaux.

– Je ne suis pas d'accord, rétorqua Burkow. Le général VanZandt est convaincu que cela pourrait au contraire permettre à Amadori de renforcer sa sécurité personnelle. Or, s'emparer de lui reste l'objectif principal. »

Hood leva les yeux vers Rodgers. Tous deux savaient ce que sous-entendait Burkow : la prudence n'était plus de mise.

Hood était d'accord, jusqu'à un certain point. Les opérations de guerre éclair, les purges et les meurtres semblaient placer le général Amadori dans la catégorie d'un Hitler ou d'un Staline, pas dans celle d'un Fidel Castro. On ne pouvait pas le laisser diriger l'Espagne.

« Steve, reprit Hood, je suis d'accord avec vous. Amadori est l'objectif principal. Mais les Attaquants sont notre seule ressource sur place. Si nous les employons de manière impulsive, cela risque de mettre leur vie en danger et de compromettre la mission. » Il avisa l'horloge de l'ordinateur. Son assistant Bugs Benet l'avait programmée pour qu'elle affiche à la fois l'heure locale et celle de Madrid. Il poursuivit : « Il est onze heures du matin en Espagne. Voyons où en est la situation à midi. Si d'ici là nous n'avons pas eu de nouvelles de María Corneja, les Attaquants interviendront.

– Il peut s'en passer des choses, en une heure, protesta Burkow. Quelques ralliements de poids pourraient rendre Amadori intouchable. Si vous le supprimez à ce moment, vous assassinez un dirigeant international au lieu d'éliminer un traître.

– J'entends bien. Mais nous avons besoin d'un supplément d'informations.

« – Bon, écoutez, s'énerva Burkow, je commence à en avoir assez. Votre équipe est l'une des meilleures unités commando de la planète. Servez-vous-en. Lâchez-leur la bride. Ils sauront bien recueillir eux-mêmes les informations nécessaires en cours d'intervention.

– Non, répondit Hood, catégorique. Ce n'est pas suffisant. Je m'en vais accorder à María cette heure de sursis.

– Mais bon Dieu, pourquoi ? Écoutez, si vous avez peur de donner l'ordre de liquider cet enfoiré de général...

– Peur, moi ? cracha Hood. Alors que ce salopard a laissé tuer un de mes agents sans lever le petit doigt ? Je m'en chargerais volontiers moi-même !

– Alors, où est le problème ?

– Le problème est qu'on s'est tellement focalisés sur la cible qu'on n'a même pas étudié de stratégie de sortie pour notre commando.

– Vous n'avez pas besoin de María pour ça. Ils n'ont qu'à repartir par où ils sont venus.

– Je ne parle pas de sortir du palais, dit Hood. Je parle de sortir de la crise. Qui va assumer la responsabilité de l'opération, Steve ? Le président en a-t-il débattu avec le roi ?

– Je n'en sais rien. Je n'étais pas dans la confidence.

– Sommes-nous censés désavouer les Attaquants si jamais ils sont pris ? insista Hood. Dire que ce sont des mercenaires ou je ne sais quelles barbouzes et les laisser se démerder tout seuls ?

– C'est parfois un mal nécessaire.

– Parfois, bien sûr. Mais pas quand il y a une autre solution. Et l'autre solution est de laisser un citoyen espagnol s'impliquer dans l'opération à un échelon ou un autre. Un patriote. Quelqu'un pour qui les Attaquants ne seraient là qu'en soutien, même si, je vous le concède, ce n'est qu'un rideau de fumée destiné à l'opinion. »

Burkow ne dit rien.

« Donc, je vais attendre jusqu'à midi, voir si on a du nouveau venant de María, conclut Hood. La simple confirmation de sa présence au palais suffira. Si les Attaquants parviennent à la récupérer en même temps qu'ils s'occupent d'Amadori, alors je n'aurai aucun scrupule à donner l'ordre de liquider ce fils de pute. »

Il y eut un long moment de silence pesant. Burkow le rompit enfin.

« Je peux confirmer au président que l'intervention aura bien lieu à midi ?

– Oui.

– Parfait, dit Burkow, glacial. On en reparlera. »

Le chef du NSA raccrocha. Hood leva les yeux vers Rodgers. Le général souriait.

« Je suis fier de toi, Paul. Sacrément fier.

– Merci, Mike. » Hood se tourna vers l'écran, referma le fichier, se massa les paupières. « Mais bon Dieu, ce que je peux être fatigué. Fatigué de tout ce binz.

– Ferme les yeux. Je prends le relais.

– Pas avant que cette histoire soit finie. Mais tu peux me rendre un service.

– Volontiers. »

Hood décrocha le téléphone. « Je vais m'occuper de Bob Herbert et de Stephen Viens, leur dire que je veux qu'ils me retrouvent et me localisent précisément cette fille. Entre-temps, vois si Darrell a une autre solution. Une heure de délai, ça file vite, mais peut-être qu'on n'est pas les premiers à avoir voulu espionner le palais. Qu'il voie s'il trouve un moyen de flanquer la trouille à d'autres ennemis du roi.

– Ça marche.

– Et assure-toi qu'il informe les Attaquants des raisons de ce délai. »

Rodgers acquiesça et sortit, fermant la porte derrière lui. Hood donna ses instructions à Herbert et Viens. Quand il eut terminé, il croisa les bras sur son bureau et y posa le front.

Il était réellement fatigué. Et pas particulièrement fier de lui. Bien au contraire. Cette ardeur à vouloir abattre Amadori pour venger Martha Mackall le dégoûtait – d'autant plus que c'était un autre qui avait organisé et exécuté le meurtre. Tout cela avait quelque chose de profondément inhumain.

Pourtant, au bout du compte, toute cette histoire finirait par se régler. Amadori serait mort ou bien l'Espagne tomberait entre ses mains, auquel cas ce ne serait plus son problème mais celui du monde. Et Hood rentrerait comme toujours les mains vides. N'ayant récolté que quelques satisfactions personnelles, quelques terribles regrets, et la perspective de continuer sur le même registre aussi longtemps qu'il resterait à l'Op-Center.

Ce n'était pas suffisant.

Jamais il ne réussirait à faire partager ses vues à Sharon. Mais à la réflexion, alors qu'il était là, le cerveau embrumé mais la conscience claire, il devait bien admettre qu'il n'était plus certain d'avoir raison. Valait-il mieux affronter d'immenses défis professionnels et s'attirer le respect de Mike Rodgers ? Ou avoir un emploi moins exigeant qui lui laisserait le temps de profiter de l'amour de sa femme et de ses enfants, en partageant ensemble des satisfactions modestes ?

Pourquoi devrais-je choisir ? se demanda-t-il. Mais il savait déjà la réponse.

Parce que l'appartenance à l'élite du pouvoir se payait en temps et en travail. S'il voulait retrouver sa famille, il allait devoir rogner là-dessus. Il allait devoir se rabattre sur l'université, la banque, une société de conseil... une activité qui lui laisserait du temps pour les récitals de violon, les matches de base-ball et la douceur des petits câlins.

Hood releva la tête et se remit devant son ordinateur. Et tout en attendant des nouvelles d'Espagne, il tapa :

Monsieur le président,

Je vous prie d'accepter par la présente ma démission du poste de directeur de l'Op-Center.

Veuillez agréer, monsieur le président, l'expression de ma haute considération.

Paul Hood.

33.

Mardi, 10 : 32, Madrid, Espagne

Quand María déboucha enfin dans la galerie à la hauteur de la salle des Hallebardiers, il n'était plus question de progresser avec précaution. La salle était située près de l'extrémité de la longue galerie. Elle grouillait d'escouades de soldats qui fouillaient méthodiquement chaque salle. Elle ne douta pas un instant que c'était elle qu'ils recherchaient.

Elle n'avait pas eu trop de mal à parvenir jusqu'ici. Plusieurs salles en chemin communiquaient entre elles, ce qui lui avait permis d'éviter le couloir. Sa seule halte avait été pour tenter de prévenir Luis par téléphone. Mais toutes les lignes du palais avaient été coupées et elle ne voulait pas courir le risque de demander un message radio à l'un des officiers des transmissions.

Ravalant sa douleur, elle avançait d'un pas rapide et décidé. Balançant les bras avec raideur, le calot crânement enfoncé sur la tête, les yeux fixés droit devant elle. *Prends l'air officiel,* ne cessait-elle de se répéter.

María était convaincue que, dans la plupart des cas, une infiltration devait s'opérer rapidement. Les règles étaient d'entrer à la faveur de l'obscurité, de ne pas faire de bruit et de se fondre dans l'ombre. En l'occurrence, il n'était pas question de se faufiler discrètement. La seule solution était donc de faire comme si elle était chez elle. Hélas, même s'il y a des femmes dans l'armée espagnole, aucune n'est affectée aux unités de combat. Or, jusqu'à plus ample informé, c'était les seules unités qu'elle avait vues ici. Raison pour laquelle elle avançait grimée, les cheveux dissimulés sous le calot, la tunique ample cachant ses bras et sa poitrine. Son objectif était de retourner dans la salle des Hallebardiers. Une fois à l'intérieur, elle avait un plan qui devait lui permettre d'accéder à la salle du trône.

Si elle se mettait à courir, elle savait qu'elle attirerait l'attention. Si elle traînait trop, elle avait peur que quelqu'un l'arrête pour lui demander ce qu'elle faisait hors de son unité. Elle avait l'impression que son cœur battait dans tous les sens à la fois. Elle avait le corps rompu après sa raclée, elle était morte de trouille pour son pays. Mais le danger, la douleur et le poids de toute cette responsabilité lui redonnaient de la vigueur. Ces instants étaient comme celui qui précède l'ouverture du parachute ou l'entrée sur scène. Ils étaient d'une intensité à laquelle rien ne pouvait se comparer.

Quelques têtes se retournèrent sur son passage, mais elle était déjà loin avant que quiconque ait pu discerner ses traits.

Alors qu'elle s'apprêtait à tourner au seuil de la salle des Hallebardiers, une silhouette familière en sortit, manquant de peu entrer en collision avec elle. C'était le capitaine qui l'avait fait tabasser. L'officier s'arrêta, la fusilla du regard tandis qu'elle le saluait et se faufilait devant lui. Elle essaya de dissimuler son visage en saluant et elle évita de lever les yeux. Elle avait juste besoin de quelques secondes encore.

María avisa Juan et Ferdinand devant elle. Ils étaient assis en tailleur, les yeux tournés vers le sol, en lisière de la masse des prisonniers, de son côté. Leur nombre s'était quelque peu réduit depuis qu'elle avait quitté la salle. On notait un début d'agitation dans leurs rangs. Sans doute était-ce dû à leur inquiétude sur le sort de leurs compagnons, et au constat que les rangs de leurs gardiens s'étaient également clairsemés. María supposa qu'ils étaient également partis à sa recherche. Aucun ne lui prêta attention alors qu'elle se dirigeait vers les deux membres de la *familia* Ramirez.

« Attendez ! » La voix forte du capitaine retentit à la porte dans son dos.

Juan et Ferdinand relevèrent la tête. María continua d'avancer dans leur direction.

« J'ai dit *vous* ! aboya le capitaine, à tue-tête. *Sergent !* Restez où vous êtes ! »

María se trouvait à une vingtaine de pas de Juan. Jamais elle n'y arriverait sans être contrainte de se débarrasser du capitaine. Elle pesta en silence et continua d'avancer. Le prisonnier la fixait droit dans les yeux. C'était rageant de voir que le capitaine l'avait reconnue et pas lui. La porte de la salle du trône était à une douzaine de mètres devant elle, de l'autre côté des prisonniers. Il y avait toujours des gardes en faction de chaque côté. Qui la regardaient maintenant à leur tour. Il fallait qu'elle passe par là, elle ne pourrait pas y arriver seule.

« Mon capitaine, j'ai un rapport urgent pour le général », lança-t-elle sans s'arrêter ni se retourner.

Désormais, chaque seconde comptait. Elle avait

besoin de se rapprocher encore de Juan. Elle voulait aussi qu'il entende sa voix et ainsi la reconnaisse. Le capitaine aussi, bien sûr, mais c'était inévitable.

« Bon sang, c'est donc vous ! rugit le capitaine dès que María eut parlé. Arrêtez-vous immédiatement et levez les mains en l'air ! »

María ralentit mais ne s'arrêta pas. Elle avait besoin d'être en face de Juan.

« *J'ai dit stop !* »

María parvint au bord de la foule. Elle s'arrêta.

« Bien, dit le capitaine. À présent, on lève les bras lentement, les paumes bien visibles. Au moindre geste suspect, on t'abat sur-le-champ. »

La jeune femme obtempéra. Elle vit les yeux de Juan s'agrandir de surprise en la reconnaissant. Les soldats postés autour de la salle n'avaient pas encore saisi leurs armes. Il ne lui restait que quelques secondes avant qu'on leur en donne l'ordre.

« Vous, aboya le capitaine. Caporal ! »

L'un des sous-officiers en faction près de la porte de la salle du trône se mit au garde-à-vous. « Mon capitaine ?

– Emparez-vous de son arme !

– À vos ordres, mon capitaine !

– Mes… mes jambes », dit María. Elle s'arrêta devant Juan, se mit à vaciller. « Est-ce que je peux m'asseoir ?

– Reste où tu es ! éructa le capitaine.

– Mais elles ont dégusté quand on m'a tabassée…

– *Silencio !* » hurla l'officier.

María tremblait de plus belle. Le caporal fendait la masse des prisonniers depuis l'autre côté pour se frayer un passage dans sa direction. Elle ne pouvait plus attendre. Elle n'avait pas l'impression qu'ils lui tireraient dessus, surtout si elle était à terre. Cela aurait risqué de déclencher une émeute. Gémissant bruyamment, elle tomba à genoux et se laissa choir contre Juan.

« Debout ! » hurla le capitaine.

María fit mine de se lever tant bien que mal. Elle en profita pour sortir les armes de sous sa ceinture et les fourrer dans la main de Juan.

Celui-ci s'en empara discrètement. Ferdinand s'était penché pour lui venir en aide. Juan glissa un pistolet sous son genou plié.

« Amadori est dans la salle du trône, murmura-t-elle tandis que des mains l'aidaient à se remettre à genoux.

– Jamais on n'y arrivera, souffla Juan.

– Il le faut ! siffla-t-elle. De toute façon, on est morts ! »

À cet instant précis, le caporal déboucha de la foule. Il se pencha sur María pour la relever en l'agrippant par le col. Elle grogna, feignit de trébucher. Dès qu'elle eut dégagé la ligne de tir, Juan leva son arme, visa la cuisse du soldat et fit feu. Le sous-off poussa un hurlement et partit à reculons dans une gerbe de sang. Il lâcha son arme que l'un des prisonniers intercepta. Retrouvant son équilibre, María dégaina la sienne et se tourna vers le capitaine.

Mais le capitaine avait déjà dégainé. Il tira à deux reprises, une des balles atteignit María au flanc gauche. Elle se tordit de douleur et son coup se perdit. Elle atterrit sur l'homme qui avait récupéré l'arme du caporal. Son calot tomba, ses cheveux se répandirent.

Juan se releva en même temps que María s'effondrait. Il hurla : « *¡ Asesino !* »

Avant qu'il ait pu faire feu, une balle l'atteignit à l'épaule gauche. Il tomba, pivota en moulinant des bras. Le pistolet partit en tournoyant sur le plancher, vers la galerie. Le capitaine l'intercepta et s'approcha d'eux à grands pas. L'homme qui avait tiré, l'autre sentinelle à la porte de la salle du trône, s'avançait également.

« Reste à ton poste ! » hurla le capitaine.

Un murmure sonore gagna la foule des prisonniers et les sentinelles aussitôt dégainèrent.

Soudain, la porte de la salle du trône s'ouvrit. L'aide de camp du général Amadori, le général de division Antonio Aguirre, apparut. Il tenait à la main un pistolet automatique 9mm qui semblait à peine moins intimidant que son rictus. L'imposant officier à la carrure athlétique embrassa lentement la salle du regard.

« Y a-t-il un problème, capitaine Infiesta ?

– Non, mon général. C'est réglé.

– Qui est-ce ? demanda Aguirre, en désignant Juan du canon de son arme.

– Un terroriste… » Le capitaine indiqua María. « En fait, son complice. »

Les yeux noirs d'Aguirre s'attardèrent sur la femme. « Et elle ?

– Je crois que c'est une espionne », l'informa le capitaine.

María se releva tant bien que mal. « Général… je ne suis pas… une espionne », affirma-t-elle. Elle se tenait le côté, juste sous les côtes, pliée en deux sur sa blessure qui saignait et la brûlait horriblement. « Je suis María Corneja, d'Interpol. Je suis venue apporter des informations au général Amadori. Et, au lieu de m'écouter, cet homme m'a tabassée. » Et, levant une main faible, elle désigna le capitaine.

« Eh bien, je vous écoute, dit l'aide de camp. Parlez.
– Non. Pas ici…
– Ici et maintenant », fit Aguirre, d'un ton sec.

María ferma quelques instants les yeux. « J'ai le vertige, fit-elle, sans mentir. Puis-je m'asseoir quelque part ?

– Certainement. » Aguirre se retourna, sans se départir de son rictus. « Capitaine… faites-la sortir avec son complice. Laissez-la dire ce qu'elle a à dire et réglez votre différend avec elle.

– Bien, mon général ! » dit le capitaine.

María se retourna : « Général ! » cria-t-elle et, titubant, elle entreprit de fendre la masse des prisonniers pour se diriger vers Aguirre. Elle pensait que si elle parvenait à s'introduire dans la salle du trône, elle pourrait encore faire quelque chose…

Elle se sentit tirée par les cheveux.

« Tu vas sortir comme on te l'a ordonné », siffla le capitaine en la tirant en arrière.

María était trop faible pour discuter. Elle chancela, faillit tomber alors qu'on la traînait vers la porte de la galerie.

« Amenez-moi l'autre également », commanda le capitaine en désignant Juan.

Deux des gardes se précipitèrent pour saisir Juan sous les aisselles. Le membre de la *familia* Ramirez grimaça de douleur quand ils le mirent debout pour le traîner à son tour.

Derrière eux, le général de division regagna tranquillement la salle du trône. Il referma la porte.

Le déclic de la serrure fut le seul bruit qui retentit dans la salle à nouveau plongée dans le silence. Pour María, ce bruit résonna comme la porte d'un tombeau. Il marquait non seulement la fin de ses efforts pour s'introduire dans la salle du trône mais sans doute aussi la fin de l'Espagne elle-même. Elle s'en voulait d'avoir raté la mission. D'avoir frôlé de si près la réussite pour aboutir à un échec complet.

Le capitaine la fit pivoter. La tenant toujours par les cheveux, il la ramena à la porte. Elle suivit en titubant, chaque pas lui envoyait des élancements douloureux dans tout le flanc gauche, du talon jusqu'à la mâchoire.

« Que… qu'allez-vous faire ?

– On va vous conduire dehors, pour voir ce que vous savez.

– Pourquoi dehors ? » demanda María.

Le capitaine ne répondit pas, et c'était en soi une réponse. On les conduisait dehors parce que c'était là que se trouvaient les murs lisses et nus.

Les murs contre lesquels on plaquait les condamnés à fusiller.

34.

Mardi, 10 : 46, Madrid, Espagne

Dès qu'il entendit retentir des coups de feu à l'intérieur du palais, le colonel August sortit tranquillement son téléphone mobile des vastes poches de son bermuda. Il composa le numéro du bureau de Luis, mais sans détourner son visage du chaud soleil matinal qui montait au-dessus des bâtiments – comme tout bon touriste qui se respecte. Derrière lui, le soldat Pupshaw excepté, les autres Attaquants faisaient semblant de consulter un guide touristique. Pupshaw était au bout de la rue, en train de renouer ses lacets, le pied posé sur un pare-chocs de voiture. Le bec au bout de son lacet était en fait un minuscule réservoir d'agent irritant – un mélange à base de chloroacétylphénol comprimé –, un gaz lacrymogène peu agressif mais dégageant une épaisse fumée. L'autre embout contenait une minuscule résistance chauffante qui était activée dès qu'on le détachait du lacet. Elle provoquait la libération du gaz deux minutes après qu'on l'eut introduite dans l'autre embout.

« Ici Frappeur, dit August. Trois des joueurs viennent de se manifester dans le stade. » En clair : ils venaient d'entendre trois coups de feu au palais. « On dirait qu'ils sont pas loin de notre but.

– Ce pourrait être notre équipier qui s'échauffe », répondit Luis. Il y eut un bref silence au bout de la ligne. Puis Luis reprit la parole : « L'entraîneur vous demande de foncer vers la seconde base et de bien ajuster vos tenues. Il appelle la tribune, pour voir s'ils ont une meilleure vue du terrain. »

La seconde base, c'était le cachot situé immédiatement sous la galerie des Tapisseries. La tribune, les guetteurs.

« Excellent, dit August. On y va. » Il régla la sonnerie du mobile sur vibreur et le remit dans sa poche. Dit aux autres Attaquants de le suivre, puis leva le bras à l'adresse de Pupshaw, en croisant index et majeur.

Le jeune soldat répondit par le même signe puis leva le pouce. Les doigts croisés ordonnaient de réunir les deux becs de lacet.

August mena rapidement son escouade vers la bouche d'égout à l'angle nord-ouest de la Plaza de Oriente. Ils avaient filmé sa position au caméscope dès leur arrivée pour étudier la bande pendant qu'ils poireautaient. Le caporal Prementine et les soldats David George et Jason Scott avaient leur casque de baladeur à la main, prêts à l'introduire dans les orifices de la plaque pour la soulever. L'arceau des casques était en titane et, avec leur cordon renforcé, ils supporteraient sans peine le poids du disque de fonte.

August passa un bras autour de l'épaule de Sondra DeVonne, comme s'ils étaient deux compagnons de voyage. Tous deux avancèrent en riant. Mais quand August la regardait, c'était en fait la circulation derrière elle qu'il observait. Laquelle était d'ailleurs inexistante, à cause de l'intense activité militaire dans le secteur. Lorsque Sondra regardait August, c'était pour observer les passants. Comme la chaussée, les trottoirs étaient relativement déserts.

Ils débouchèrent sur la place et attendirent. Pupshaw avait couru pour les rattraper. À peine était-il parvenu à leur hauteur que le milieu de la rue fut envahi par d'épaisses volutes de fumée orange.

Le vent chassa la fumée vers eux, ce qui était la raison pour laquelle ils avaient choisi cet endroit. Avant qu'il arrive, George, Scott et Prementine s'étaient avancés au milieu de la chaussée. Ils s'arrêtèrent, s'agenouillèrent, la main droite tendue en direction de la fumée. En même temps, chacun introduisit l'arceau de son casque de baladeur dans l'un des trous de la plaque d'égout. Quelques secondes avant que le gaz les atteigne, ils soulevèrent la plaque et l'écartèrent. Sondra sortit une lampe plate de sa poche de coupe-vent et la braqua vers le bas. La lampe ne servait pas qu'à s'éclairer : une fois l'opération lancée, ils ne devaient normalement communiquer que par gestes de la main et signaux lumineux.

Comme indiqué sur le plan d'Interpol, la bouche d'égout était pourvue d'une échelle. Sondra descendit rapidement, suivie par August, Aideen et Ishi Honda. Les quatre autres descendirent ensuite, le gros Pupshaw attendant en dernier sur l'échelle pour ramener la plaque sur l'ouverture.

L'ensemble de l'opération avait pris moins de quinze secondes.

L'égout faisait environ deux mètres quarante de diamètre et il était d'accès facile. La conduite était nettoyée deux fois par jour, à midi et une heure du matin, et le niveau moyen des eaux usées dépassait la hauteur du genou. Mais le soulagement de se retrouver à l'abri et en pleine action compensait l'inconfort du liquide visqueux et puant. Guidés par la lampe de Sondra, ils se dirigèrent vers l'ouest et les catacombes.

Tout en marchant, August plaça dans son oreille l'embout de son « oreille électronique ». L'appareil, qui ressemblait à une prothèse auditive, permettait de capter les signaux radio dans un rayon de trois cents kilomètres. Un minuscule micro-cravate scotché sur son torse lui permettait de communiquer avec le QG d'Interpol.

L'égout obliquait vers le nord en arrivant devant un mur de brique qui montait presque à hauteur d'épaule. Un passage de près d'un mètre s'ouvrait au-dessus : l'entrée des catacombes. DeVonne tendit la lampe au soldat George, tandis que le soldat Scott l'aidait à franchir l'obstacle. Ils avaient tiré au sort leur ordre avant le départ et c'était elle qui devait ouvrir la marche. August passa ensuite, suivi d'Aideen, le caporal Prementine fermant la marche. DeVonne souffrait encore de la mort du lieutenant-colonel Squires, survenue lors de la première mission des Attaquants. Malgré tout, August était ravi de voir qu'elle était parfaitement concentrée sur la mission depuis leur arrivée à Madrid. Et qu'elle l'était encore plus à présent, évoluant comme une chatte, agile et silencieuse. Depuis qu'ils étaient descendus dans l'égout, pas un rat ne lui avait échappé.

Le mur de brique franchi, les sept Attaquants et Aideen poursuivirent leur chemin, en suivant l'itinéraire que leur avait fourni Luis. La progression n'était pas facile. La hauteur s'était réduite à un mètre cinquante, et les débris divers crissaient sous leurs pieds. Leurs vêtements humides et gluants étaient devenus épais et cartonneux en séchant dans cet air froid et terriblement confiné.

Brusquement, August s'arrêta.

« Je capte un message », annonça-t-il dans un murmure.

Les Attaquants firent cercle. Sondra resta en tête, le caporal Prementine fermant toujours la marche. Tous les autres s'étaient répartis de chaque côté de lui. Une proximité qui permettrait au colonel August de chuchoter s'il avait de nouvelles instructions à donner.

« Vous y êtes ? demanda Luis.

– On a progressé d'une quinzaine de mètres dans les catacombes », répondit August. Comme la liaison était cryptée à chaque bout, elle était impossible à intercepter et il était donc inutile de parler en code. « On devrait atteindre les cachots d'ici trois minutes.

– Vous recevrez sans doute le feu vert à ce moment, l'informa Louis. On vient d'avoir des nouvelles des guetteurs.

– Qu'est-ce qui se passe ? demanda August.

– María Corneja vient d'être conduite dehors, sur l'esplanade. Elle a l'air blessée.

– Les coups de feu qu'on a entendus... ?

– C'est bien possible, répondit Luis. Le problème, c'est qu'on a l'impression que ça risque de ne pas être les derniers.

– Que voulez-vous dire ?

– On dirait que l'un des officiers est en train de constituer un peloton d'exécution.

– Où ?

– Devant la chapelle. »

August claqua des doigts à l'adresse de Sondra en indiquant la carte. Elle l'approcha aussitôt et braqua dessus sa lampe. Il lui fit signe de la retourner pour voir le plan du palais.

« J'ai le plan sous les yeux, reprit August. Quel est l'itinéraire le plus direct pour...

– Négatif, répondit Luis.

– Pardon ?

– Cette mise à jour *n'appelle pas* de réaction. On voulait juste vous informer des événements au cas où vous entendriez la rafale. Darrell s'est également entretenu avec le général Rodgers et le directeur Hood, à l'Op-Center : ils sont tombés d'accord, votre cible doit rester Amadori. S'il commence à exécuter les prisonniers, il est vital de le contenir au plus vite.

– Je comprends », dit August et c'était vrai. L'objectif de la mission était crucial. Mais le colonel éprouva soudain la même nausée qu'en 1970, quand sa compagnie, épuisée, avait été accrochée par des forces nord-vietnamiennes considérablement supérieures devant Hau Bon, sur la rivière Song Ba. Pour couvrir leur retraite, August avait chargé deux hommes de rester derrière pour tenir la route le plus longtemps possible. Il savait qu'il ne les reverrait sans doute jamais, mais la vie de toute la compagnie dépendait d'eux. Il savait également qu'il n'oublierait jamais le demi-sourire que lui adressa l'un des gars en regardant s'éloigner ses compagnons. C'était un sourire de gamin – un gamin qui se battait de toutes ses forces pour devenir un homme.

« Dès que vous êtes en position sous la galerie des Tapisseries, reprit Luis, Darrell veut que vous vous équipiez. Il compte vous donner le signal dans les dix ou quinze minutes.

– On sera prêts. »

August résuma le dialogue à son escouade avant de donner l'ordre de repartir. Il n'y eut pas de paroles superflues. Les Attaquants parvinrent à leur objectif en un peu plus de deux minutes, après quoi le colonel August leur ordonna de se débarrasser de leurs vêtements. Sous les blousons et les jeans humides, ils étaient en combinaisons noires doublées de kevlar. Ouvrant leur barda, ils troquèrent Nike et sandales contre des *grippers*, des baskets aux épaisses semelles de caoutchouc cranté. Leur dessin permettait de ne pas déraper sur les surfaces lisses et de s'arrêter immédiatement et avec précision. Elles étaient doublées de kevlar pour protéger leur porteur de tirs éventuels à travers le plancher.

Les Attaquants fixèrent également des fourreaux de cuir noir autour de chaque cuisse. Ils contenaient d'un côté un couteau à lame crantée de vingt centimètres et de l'autre une minitorche électrique. Ils glissèrent des Uzi sous leur bras et rabattirent le passe-montagne sur leur visage. Quand ils furent prêts, August les guida des catacombes aux cachots. Six Attaquants passèrent d'abord, deux par deux, le groupe intermédiaire repassant devant le premier, le dernier prenant sa place. Cette disposition permettait en permanence à deux paires de couvrir l'avant et l'arrière. Aideen faisait équipe avec Ishi Honda. Ils mirent un peu plus de trois minutes pour atteindre les cachots. Ils ressemblaient exactement aux photos qu'ils avaient examinées au bureau d'Interpol.

Leur unique sortie était une vieille porte en bois tout en haut d'un escalier fort étroit. Le seul éclairage provenait de la torche de Sondra et d'un rai de lumière filtrant par la porte. August fit signe aux soldats Pupshaw et George de l'examiner. August était prêt à la faire sauter si nécessaire, même s'il eût nettement préféré une entrée un peu moins en fanfare.

Au bout d'une minute, Pupshaw redescendit à toute vitesse. « Les charnières sont complètement bouffées par la rouille, glissa-t-il à l'oreille d'August, et le DM indique la présence d'un cadenas sur le loquet extérieur. »

Le DM était le détecteur de métal. À peine plus gros qu'un stylo à encre, le DM servait essentiellement à localiser et à identifier les mines. Néanmoins, il pouvait également « voir » à travers le bois.

« J'ai bien peur qu'on ne soit obligés de la défoncer, mon colonel », annonça Pupshaw.

August acquiesça. « Allez-y. »

Pupshaw salua et remonta au pas de course. Prementine rejoignit le petit groupe. Ensemble, ils collèrent des noisettes de plastic autour de la poignée et de chacune des charnières. Puis ils y plantèrent des détonateurs de la taille d'une aiguille.

Pendant qu'ils préparaient les explosifs, August eut des nouvelles par Luis. María était interrogée devant un mur de la cour et un peloton d'exécution venait d'être formé. Il était temps pour eux de remonter à l'air libre.

Luis les remercia de nouveau en leur souhaitant bonne chance. August lui promit de le recontacter dès que tout serait fini. Puis il débrancha le micro et le rangea dans son sac. Leur action ne devait pas être retransmise, même à Interpol. Il ne fallait pas qu'on puisse établir un lien entre les États-Unis et l'opération en cours, et même un enregistrement malencontreux, un signal dérouté par accident pouvaient se révéler catastrophiques.

Imitant les autres Attaquants, August remit son sac à dos. Un sac plat, doublé de kevlar ; le matériau à l'épreuve des balles procurait aux hommes une protection supplémentaire. Ayant rejoint les autres, August donna l'ordre à Pupshaw d'y aller. Une fois la porte ouverte, ils progresseraient en serpent, Sondra toujours en avant-garde et Prementine fermant la marche. L'objectif était de rallier la salle du trône dans les plus brefs délais. Ils avaient le droit de tirer – en visant les membres si possible, le torse si nécessaire.

Les Attaquants se rassemblèrent au pied des marches et se couvrirent les oreilles tandis que Pupshaw tournait le sommet de ce qui ressemblait à un dé à coudre allongé. Les trois charges sautèrent avec le bruit sec d'un sac en papier. Des éclats de bois volèrent en tout sens, au milieu d'un épais nuage de fumée grise.

« *Go !* » cria August avant même que l'écho de la détonation se soit éteint.

Sans hésiter, Sondra DeVonne se rua dans l'escalier, suivie de près par le reste de l'escouade.

35.

Mardi, 11 : 08, Madrid, Espagne

Il est totalement exclu que je laisse faire une chose pareille, se promit Darrell McCaskey.

McCaskey avait un point commun avec Paul Hood : tous deux faisaient partie des très rares cadres de l'Op-Center à n'avoir jamais servi dans l'armée.

Nul ne le reprochait à McCaskey. Il était entré à l'Académie de police de New York dès la sortie du lycée et avait passé cinq ans au commissariat de Midtown South [1]. Durant cette période, il avait fait tout son possible pour assurer la sécurité des citoyens de la ville où il servait. Parfois, cela voulait dire que des récidivistes « trébuchaient » sur les marches en béton du commissariat où ils étaient convoqués. D'autres fois, cela impliquait de collaborer avec des voyous de la « vieille école » pour chasser de Times Square les gangs venus du Vietnam ou d'Arménie.

McCaskey avait reçu plusieurs citations pour conduite exemplaire durant son service et il fut remarqué par un agent recruteur du FBI basé à Manhattan.

1. Dans le bas du centre de Manhattan, entre Times Square au nord et Greenwich Village au sud *(N.d.T.)*.

Il entra à l'agence et, après quatre années passées à New York, on le muta au QG de Washington. Sa spécialité : les gangs étrangers et les groupes terroristes. Il passait une bonne partie de son temps hors des frontières, se liant d'amitié avec des membres des forces de police étrangères et nouant certains contacts utiles dans les bas-fonds.

Il avait fait la connaissance de María Corneja lors d'un séjour en Espagne et il en était tombé amoureux avant que la semaine soit écoulée. Elle était brillante, indépendante, pleine d'assurance et de séduction, désirable et vorace. Après toutes ces années de travail clandestin – à jouer les putes, les institutrices et autres livreuses d'Interflora –, et encore plus d'années à rivaliser avec ses collègues masculins, elle avait craqué devant l'intérêt sincère de McCaskey pour ses idées et ses sentiments. Par le truchement de Luis, elle avait obtenu de se rendre aux États-Unis pour y étudier les techniques d'enquête du FBI. Elle ne passa que trois jours dans sa chambre d'hôtel à Washington avant de venir s'installer chez McCaskey.

Ce dernier n'avait pas eu l'intention de mettre fin à leur relation. Loin de là. Mais dans le couple comme dans la rue, c'était lui qui faisait la loi. Et il avait tenté de l'imposer, convaincu que dans les deux cas elle servait le bien commun. Mais que ce soit pour persuader María d'arrêter de fumer ou d'accepter des missions moins dangereuses, il l'étouffait, entravait cette intrépidité qui faisait une partie de son charme. Et ce n'est qu'après qu'elle l'eut quitté pour retourner en Espagne qu'il comprit tout ce qu'elle avait apporté à son existence.

Darrell McCaskey avait perdu María une première

fois. Il n'avait pas l'intention de la perdre à nouveau. Il était totalement exclu qu'il reste planté là, dans l'abri douillet du QG d'Interpol, pendant que le général Amadori la faisait exécuter.

Dès qu'il eut terminé de s'entretenir avec Paul Hood et Mike Rodgers sur la ligne protégée du bureau de Luis, il se retourna vers le patron d'Interpol pour l'Espagne. Installé devant la radio, Luis attendait des nouvelles du commando. Son père était assis à ses côtés. McCaskey l'informa qu'il désirait disposer de l'hélico d'Interpol.

« Pour quoi faire ? Une tentative de sauvetage ?

– Il faut qu'on risque le coup, répondit McCaskey en se levant. Ose me dire que tu n'es pas d'accord. »

L'expression de Luis révélait que tel n'était pas le cas – même si la perspective ne semblait guère l'enchanter.

« Donne-moi un pilote et un tireur d'élite, poursuivit Darrell. J'endosse toute la responsabilité de l'opération. »

Luis hésita.

« Luis, *je t'en prie.* On doit bien cela à María et on n'a pas le temps d'en discuter. »

Luis se tourna vers son père et s'entretint brièvement avec lui en espagnol. Cela fait, il sonna son assistant et lui donna un ordre. Quand il eut terminé, il se retourna vers McCaskey.

« Mon père assurera la liaison avec le commando, et j'ai dit à Jaime de tenir prêt l'hélicoptère pour dans cinq minutes. Simplement, tu n'auras ni besoin d'un tireur d'élite ni d'endosser la responsabilité. Ça, mon vieux, c'est deux tâches qui m'incombent. »

McCaskey le remercia. Luis le quitta pour superviser

les préparatifs. Il ne resta seul que deux minutes, le temps d'aller se préparer de son côté. Puis il se rua dans les escaliers pour gagner le toit. Luis l'y rejoignit une minute plus tard.

Le petit Bell Jet Ranger à cinq places s'éleva dans le ciel limpide du matin et s'éloigna de l'immeuble de neuf étages. Le Palais royal était à moins de deux minutes de vol. Pedro, le pilote, avait ordre de s'y rendre directement. Il était en liaison avec les guetteurs qui lui indiquèrent avec précision où se trouvait María. Ils l'informèrent également qu'il semblait qu'un peloton d'exécution de cinq hommes s'approchait d'elle. Le pilote en informa Luis et Darrell.

« Jamais on ne va arriver à les dissuader de tirer, dit Luis.

– Je sais, répondit McCaskey. Et je m'en fous. Cette fille a du cran. Elle mérite qu'on se casse le cul pour elle.

– Ce n'est pas ce que je voulais dire », répondit Luis. Un petit râtelier à l'arrière contenait quatre fusils. Luis les lorgna sans plaisir. « Si on tire pour les disperser, ils risquent surtout de riposter et de nous expédier au tapis.

– Pas si on s'y prend bien », objecta McCaskey. Au loin déjà, au-dessus des arbres, apparaissait le contour de la haute balustrade blanche cernant le palais, avec ses statues des rois d'Espagne. « On fonce aussi vite qu'on peut. Je ne crois pas qu'ils nous tireront dessus avant qu'on soit posés. Ils n'auront pas envie de se choper l'hélico sur la tronche. Dès qu'on a touché le sol, tu les arroses pour dégager le terrain. Les soldats fileront se mettre à couvert. À ce moment, moi, je file récupérer María avant qu'ils aient eu le temps de se regrouper.

– Comme ça…, fit Luis, dubitatif.

– Ouais, comme ça. Les plans les plus simples sont toujours les plus efficaces. Si tu me couvres pour obliger les soldats à rester planqués, je devrais être à même de la récupérer en une trentaine de secondes. La cour n'est pas si vaste. Si je ne peux pas rejoindre l'hélico, tu annules tout et j'essaie de la faire sortir par un autre moyen. » McCaskey se passa les doigts dans les cheveux avec un soupir. « Écoute, je sais que c'est dangereux, Luis, mais qu'est-ce qu'on a comme autre solution ? J'aurais fait pareil si un des nôtres s'était retrouvé dans le même pétrin. Je me dois de le faire parce que c'est María. »

Luis inspira un grand coup, fit un signe d'assentiment, se tourna vers le râtelier. Il se choisit un fusil OTAN L96A1 avec silencieux intégré et lunette Schmidt & Bender. Il tendit à McCaskey son pistolet Parabellum Star 30M qui était le modèle équipant la Guardia Civil.

« Je vais dire à Pedro de virer au-dessus du palais pour descendre droit sur l'esplanade, dit Luis. Dès qu'on s'est posés, j'essaie de repousser le peloton d'exécution. Peut-être que j'arriverai à les contenir sans avoir à tuer personne. » Son visage s'assombrit. « J'ai bien dit *peut-être*, Darrell.

– J'ai compris.

– Je ne sais pas si je serais capable d'abattre un soldat espagnol, Darrell, admit Luis. Honnêtement, je n'en sais rien.

– Ça ne semble pas leur poser de problème, à eux, observa McCaskey.

– Je ne suis pas à leur place.

– Non, sans doute, s'excusa McCaskey. Mais si ça

peut te consoler, je ne sais pas non plus si je pourrais tirer sur un soldat de mon pays. »

Luis hocha la tête. « Comment a-t-on pu en arriver là ? »

McCaskey vérifia son chargeur, puis il se cala contre le dossier. *On y est arrivé comme chaque fois*, songea-t-il, amer. *Par la haine farouche que nourrissent certains et la complaisance coupable de tous les autres.* On en voyait déjà des signes aux États-Unis. McCaskey savait que si les Attaquants réussissaient leur mission, le vrai boulot ne ferait que commencer – ici comme ailleurs. Il fallait arrêter les types comme ce général avant qu'ils parviennent aussi loin que lui. Sans être autant versé dans les aphorismes que Mike Rodgers, McCaskey se souvenait toutefois d'avoir entendu un jour quelqu'un dire que pour que le mal prospère, il suffisait que les hommes de bien restent les bras croisés. S'il survivait à cette épreuve, Darrell McCaskey se jura de ne jamais être de leur nombre.

Ils allaient survoler l'angle nord-est du palais d'ici une quinzaine de secondes. Pas d'hélicoptères de l'armée dans le voisinage immédiat, même si de nombreux camions et Jeeps sillonnaient dans les deux sens la Calle de Baílen, juste au-dessous d'eux.

McCaskey avait désormais retrouvé son calme après l'excitation du début. C'était en partie parce qu'il n'avait pas dormi depuis plus de vingt-quatre heures. Assis dans l'habitacle, il s'était laissé gagner par une torpeur relaxante. Même s'il gardait esprit aiguisé et volonté intacte, les doigts qui pianotent, les pieds qui tambourinent, l'intérieur des joues qu'on mordille, toutes ces marques d'impatience qui traduisaient sa nature anxieuse manquaient à l'appel. Ce calme était également dû en partie à María. Les relations peuvent se révéler problématiques, engendrant des erreurs, et, avec le recul, des regrets toujours frustrants. McCaskey ne se reprochait pas d'être humain. Mais il était rare et réconfortant d'avoir une telle occasion de se racheter. De dire à quelqu'un ses regrets et de lui prouver qu'il ne vous laisse pas indifférent. Qu'importe le coût, qu'importent les conséquences, McCaskey était bien décidé à sortir María de là, saine et sauve.

Alors qu'il regardait dehors de son côté, Luis se pencha pour s'adresser à Pedro. Le pilote acquiesça, Luis lui serra l'épaule pour le remercier, puis il se rassit. « Prêt ? »

McCaskey opina.

L'hélicoptère descendit en rasant l'aile est du palais. Puis il obliqua au sud et, survolant la cour intérieure du palais, déboucha sur la Plaza de la Armería et son esplanade donnant sur la cathédrale de l'Almudena.

Un mégaphone était fixé de chaque côté du fuselage. Luis se coiffa du casque, ajusta le micro, puis posa le fusil en travers des genoux. Il jeta un œil dehors et tapa sur la cuisse de McCaskey. « Là ! »

McCaskey se pencha. Il vit que María était plaquée contre un piédestal de cinq mètres surmonté de quatre colonnes massives. La masse grise du piédestal avançait en saillie sur le long mur à gauche. De l'autre côté, le mur laissait rapidement place à une série d'arcades qui s'éloignaient à angle droit. Ces arcades basses à l'ombre fraîche formaient la lisière est de la cour ouverte. Dans leur prolongement s'étendait l'aile est du palais, qui abritait la chambre à coucher royale, le bureau et le salon de musique.

Deux soldats encadraient María en la tenant par les

bras. Un officier se tenait devant elle. Une cinquantaine de mètres plus au sud, une colonne de véhicules militaires fermait l'esplanade du côté de l'église. Il n'y avait aucun civil dans les parages et seulement une bonne soixantaine de soldats. Six étaient en train de se diriger vers María, en file indienne.

« On va se poser en laissant les arcades de votre côté, indiqua Luis. Elles pourront vous procurer un abri.

– D'accord !

– Je vais essayer de détourner l'attention de l'officier devant María. Si je parviens à le contrôler, peut-être que je pourrai contrôler le reste du groupe.

– Bonne idée. » McCaskey tenait le Parabellum dans la main droite, le canon levé. Il posa la main gauche sur la poignée de la porte. Pedro ralentit la progression de l'hélico et entama une descente. Ils étaient à moins de cent pieds du sol.

Tous les soldats avaient levé les yeux, y compris l'officier devant María. Comme les autres, il était immobile. McCaskey avait vu juste : ils n'allaient pas se risquer à tirer sur un hélico qui descendait droit sur eux. Une fois posés, en revanche, il se doutait qu'il en irait tout autrement. Il regarda dans la direction de María. À cause d'un réverbère en fonte devant le piédestal, l'hélico ne pourrait pas s'approcher autant qu'il l'aurait voulu. Pour l'atteindre, il allait devoir courir une dizaine de mètres à découvert. Au moins n'avait-elle pas l'air d'être ligotée même si elle était sans doute blessée : elle avait le flanc gauche ensanglanté et se tenait penchée dans cette direction. Elle seule n'avait pas levé les yeux vers l'appareil.

L'officier de l'armée espagnole – un capitaine, d'après ce que voyait maintenant McCaskey – agitait le bras pour leur faire signe de redécoller. Comme ils continuaient de descendre, il dégaina son pistolet en se démenant de plus belle.

Les soldats du peloton d'exécution approchaient du côté de Luis. Ils s'immobilisèrent comme l'hélico se posait. Le capitaine était du côté de Luis. McCaskey l'observa attentivement alors qu'il arrivait à grands pas. Il criait mais ses mots furent avalés par le fracas du rotor. Derrière lui, les deux soldats maintenaient toujours María.

« Je vais ouvrir la porte, dit McCaskey à Luis alors que le capitaine n'était plus qu'à cinq mètres.

– Je te couvre, dit Luis. Pedro, sois prêt à redécoller à mon ordre. »

Pedro obtempéra. McCaskey posa la main sur le loquet, le souleva, ouvrit brusquement la porte.

Et obtint exactement ce qu'il recherchait : à peine avait-il posé un pied par terre que le capitaine abaissait son arme sans hésiter pour tirer sur l'hélicoptère. La balle toucha l'arrière de la cabine, juste derrière le réservoir. Si c'était un coup de semonce, il était dangereux.

McCaskey n'avait pas les mêmes scrupules que Luis. Il savait que s'il descendait le capitaine, Luis deviendrait son complice. Mais ils devaient se défendre.

Avec le sang-froid d'un agent fédéral aguerri prenant son temps au stand de tir, McCaskey fit tourner son Parabellum, le braqua sur la jambe gauche du capitaine et tira par deux fois. La jambe céda, le sang jaillit de deux blessures juste au-dessus du genou. McCaskey inclina le buste, sauta de la cabine et fonça droit devant lui. Dans son dos, il perçut le *plop-plop* caractéristique du fusil à silencieux. Il n'entendit aucune riposte et imagina que les soldats du peloton, de même que leurs compagnons au fond de la place, faisaient ce qu'avait prédit Luis : filer se mettre à couvert.

Ceux qui tenaient María la relâchèrent pour courir se réfugier sous l'arcade la plus proche. Elle tomba à quatre pattes.

« Reste à terre ! » lui hurla McCaskey alors qu'elle tentait de se relever.

Elle lui jeta un regard de défi et se tourna pour coller l'épaule au piédestal. En y prenant appui, elle réussit à ramener une jambe sous elle et à se relever lentement.

Évidemment qu'elle s'est relevée, songea-t-il. Non parce qu'il lui avait dit de ne pas le faire mais parce que c'était María.

Le capitaine avait laissé échapper son pistolet. Il essayait de le récupérer mais McCaskey le lui subtilisa au passage et poursuivit sa course. Les cris de rage et de douleur de l'officier furent rapidement couverts par la voix de Luis au mégaphone : « *Evacúen la área ! Más helicópteros están de tránsito !* »

McCaskey n'avait fait que quatre ans d'espagnol au lycée mais il saisit l'essentiel de l'avertissement du chef d'Interpol : il disait aux soldats d'évacuer, car d'autres hélicos étaient en route. C'était une manœuvre habile qui pouvait leur procurer le répit qui leur faisait défaut. McCaskey ne doutait pas de la résistance des militaires. S'ils étaient prêts à exécuter des prisonniers espagnols, ils n'hésiteraient pas à s'attaquer à des agents d'Interpol. Mais au moins y réfléchiraient-ils à deux fois avant d'envahir de nouveau l'esplanade.

Le fusil de Luis répondit aux quelques tirs sporadiques. McCaskey ne se retourna pas mais il espérait que l'hélico n'avait pas souffert.

Dès qu'il arriva plus près de María, il vit qu'elle avait le flanc couvert de sang, mais que son visage était également ensanglanté. Les salauds l'avaient tabassée. Parvenu à côté d'elle, il glissa l'épaule sous son bras.

« Tu crois que tu peux revenir avec moi ? » Il prit son temps pour la détailler. Elle avait l'œil gauche poché et couvert de sang. De profondes entailles aux deux joues et au ras du cuir chevelu. Il se sentit des envies d'abattre comme un chien ce salopard de capitaine.

« On ne peut pas y aller.

– Mais si ! On a une escouade au palais qui se bat pour… »

Elle hocha la tête. « Il y a un autre prisonnier là-bas. » Elle indiquait une porte, à une dizaine de mètres. « Juan. Ils vont le tuer. Je ne pars pas sans lui. »

Ça aussi, c'était María.

McCaskey se retourna vers l'hélico. Les éclairs de coups de feu se multipliaient à mesure que les soldats réintégraient le palais et prenaient position aux fenêtres. Luis arrivait encore à les repousser mais il ne pourrait pas tenir éternellement.

McCaskey releva María. « Laisse-moi te ramener d'abord à l'hélico… Ensuite je redescendrai récupérer… »

Une détonation sèche claqua soudain juste au-dessus de lui. Suivie par un cri étranglé amplifié par le mégaphone. Une seconde plus tard, Luis sortait en titubant du côté de McCaskey. Il tenait le fusil d'une main, l'autre était plaquée à son cou blessé. McCaskey leva les yeux. Un tireur d'élite posté au-dessus des arcades avait réussi à l'aligner par la porte ouverte de l'hélico. McCaskey s'en voulait de n'avoir anticipé qu'une riposte au sol. Il aurait dû demander à ce putain d'hélico de le larguer et de dégager aussitôt.

Luis s'avança en titubant. Le fusil lui échappa des mains et il le laissa tomber. Son but était visiblement le capitaine qui se tordait toujours au sol. Luis fit encore deux pas et s'effondra sur lui. Plus personne ne se risqua dès lors à lui tirer dessus.

Pedro jeta un regard désespéré à McCaskey qui lui fit signe de repartir. Le pilote ne pouvait plus rien faire. Deux balles ricochèrent – *ping!* – sur le rotor alors que l'appareil s'élevait, mais sans grand dommage. L'hélico s'éloigna du palais en direction de la cathédrale et disparut bientôt, hors d'atteinte.

Ce n'était, hélas, pas le cas pour eux.

36.

Mardi, 11 : 11, Madrid, Espagne

Pour gagner la salle du trône depuis la galerie des Tapisseries, il était nécessaire de quitter le couloir long mais étroit, de contourner le grand escalier d'honneur, puis de traverser la salle des Hallebardiers. Au total, un peu plus de soixante mètres. Les Attaquants allaient devoir couvrir la distance sans traîner, au cas où le bruit de l'explosion conduirait le général Amadori à fuir se cacher.

Pour les sept soldats plus Aideen, toutefois, il fallait également vaincre bien plus que soixante mètres de tradition politique. Même si les États-Unis avaient encouragé ou participé en secret à des tentatives d'assassinat contre un Fidel Castro ou un Saddam Hussein, une seule fois dans leur histoire ils avaient désigné comme objectif à des militaires l'assassinat d'un chef d'État étranger. C'était le 15 avril 1986, quand des appareils américains avaient décollé d'Angleterre pour bombarder le QG du despote libyen Muammar al-Kadhafi. L'attaque répondait à l'attentat terroriste contre une discothèque de Berlin-Ouest fréquentée par des soldats américains. Kadhafi avait survécu au bombardement et l'aviation américaine avait perdu un

F-111 et deux aviateurs. Trois otages avaient été assassinés au Liban en représailles contre le raid américain.

Le colonel Brett August était parfaitement conscient de leur total isolement dans la mission qu'ils étaient en train d'accomplir. Au Vietnam, le « padre » de la base, le père Uxbridge, avait trouvé un mot pour ça. Le prêtre essayait d'alléger l'atmosphère en donnant au thème de chacun de ses sermons un acronyme très militaire. Pour ce genre de paradoxes moraux, il avait trouvé DÉMOLI – DÉbat MOral Largement Insoluble. À savoir qu'on pouvait retourner le problème dans tous les sens sans jamais parvenir à une solution satisfaisante pour l'esprit. Le conseil du prêtre dans ce cas était de faire ce qui semblait juste à chacun. August haïssait les despotes – en particulier les despotes qui emprisonnaient et tuaient leurs opposants. Ça, ça lui semblait juste. L'ironie était que s'ils réussissaient dans leur entreprise, tout le crédit de ce fait d'armes irait aux patriotes espagnols fidèles au roi, dont l'identité devait demeurer secrète pour des raisons de sécurité. Et s'ils échouaient, ils seraient dépeints comme de vils mercenaires engagés par le clan Ramirez pour venger la mort de son patron.

Quand la porte du cachot sauta, les Attaquants se retrouvèrent derrière les lambeaux d'une tenture vieille de trois siècles. Le bas de la tapisserie avait été arraché par l'explosion et le haut volait encore quand ils se précipitèrent dans la galerie. Leurs ordres étaient de neutraliser les adversaires chaque fois que possible, et ils étaient prêts à accueillir la première vague de soldats accourus au bruit de l'explosion. Sous leurs passe-montagne, ils avaient des lunettes et des filtres respiratoires qui les protégeraient des effets des grenades

OM incapacitantes de Scott et DeVonne. L'agent à action rapide – du malonitrile d'orthochlorobenzylidène – provoquait toux et brûlures oculaires. Dans un espace confiné comme les salles du palais, le gaz neutraliserait un adversaire pendant près de cinq minutes. La majorité des sujets ne pouvaient supporter les effets plus d'une minute ou deux et tentaient au plus vite de regagner l'air pur. Durant leur manœuvre d'approche par saute-mouton, Scott et DeVonne se relaieraient pour lancer les grenades au fur et à mesure.

Le premier groupe de soldats espagnols se retrouva englouti dans une épaisse nappe de gaz jaune et noir. Ils tombèrent comme des mouches, la plupart à la porte de la salle, quelques-uns juste après le seuil. Prévoyant que les autres allaient tirer à l'aveuglette dans le brouillard, les Attaquants s'empressèrent de filer en longeant le mur côté sud. La porte de la salle des Hallebardiers était droit devant, du même côté.

Des soldats fonçaient vers eux, fusil au poing. Le partenaire de Scott, Pupshaw, s'accroupit et tira à hauteur de genou. Deux soldats tombèrent et le reste courut se précipiter dans les embrasures de portes. Pendant qu'ils s'égaillaient, Scott fit rouler une grenade dans le couloir. Au bout de trois secondes, le couloir s'emplit de fumée. August et Honda avancèrent d'une position, suivis par DeVonne et le caporal Prementine.

Les Attaquants étaient à mi-distance de la salle des Hallebardiers quand August entendit des cris à l'intérieur, accompagnés d'une fusillade. Dès qu'ils furent revenus en tête de colonne, le colonel leva la main pour arrêter leur progression. Il ne savait pas combien de gens se trouvaient à l'intérieur ni pourquoi ils tiraient, mais le commando allait devoir neutraliser toute la salle avant leur entrée. Il leva trois doigts, puis deux – indiquant le passage au plan d'attaque trente-deux – et désigna ensuite DeVonne et Scott de l'autre main. Il leur fit signe d'avancer jusqu'à la porte, Scott de son côté, DeVonne du côté opposé. Dès qu'ils furent en position, tous deux firent rouler des grenades dans la salle des Hallebardiers.

Quand il participait à l'entraînement des troupes de l'OTAN en Italie, August comparait l'effet du gaz OM à l'inondation d'une fourmilière à l'eau bouillante : les cibles tombaient sur place en se tortillant au sol. Ici, alors que les Attaquants progressaient de salles en galeries, l'impression d'évoluer dans une fourmilière était particulièrement saisissante.

August se retourna pour faire signe à Prementine et Pupshaw qui rejoignirent leurs camarades, postés de chaque côté de la porte. Ils entendirent tousser et vomir à l'intérieur. Ne voyant personne sortir, August et Honda entrèrent, couverts par les deux soldats restés accroupis devant la porte, l'arme prête.

August ne s'était pas vraiment préparé au spectacle qui l'attendait : des centaines de corps, pour l'essentiel des civils, se débattant sur le sol de la salle des Hallebardiers. August savait que leur vie n'était pas en danger. Mais lui revinrent en un éclair des images de l'Holocauste, des chambres à gaz de la Seconde Guerre mondiale, et il eut un bref accès de culpabilité – un des fameux paradoxes moraux du père Uxbridge. Il le mit de côté. Il le fallait. Une fois l'attaque lancée, aucun de ses participants ne pouvait se permettre d'hésitation. La vie des soldats ne tenait pas à une idéologie commune. Mais à un don de soi partagé.

August fit signe à Honda de contourner la masse des

corps. Toujours accroupi, il fila sur la gauche. L'un et l'autre en rasant le mur. Des balles avaient éraflé le marbre près de la porte. Les soldats espagnols avaient manifestement tiré dans cette direction en apercevant les grenades. Même s'ils n'étaient plus en état de tirer pour le moment, August les surveillait avec un surcroît d'attention malgré l'épais brouillard jaune. Il restait toujours possible que l'un ou l'autre parvienne à rassembler assez de forces pour tirer quelques balles. Mais non. Quand il parvint devant la porte de la salle du trône, le colonel August saisit la torche électrique fixée à sa cuisse. Il émit deux brefs signaux lumineux pour indiquer au groupe suivant que la voie était libre. DeVonne, Aideen et le caporal Prementine entrèrent en rasant le mur, tête baissée, comme l'avaient fait August et Honda. Les soldats Pupshaw et Scott suivirent.

Le premier groupe entra dans la salle des Hallebardiers, tandis qu'August continuait à couvrir de son arme les soldats suffoquant et que le soldat Honda fixait une noisette de plastic sous le bouton de la porte. Il y introduisit un détonateur, qu'il régla sur cinq secondes. La porte défoncée, Scott ferait rouler par l'ouverture une autre grenade lacrymogène. D'après leur plan, cette porte était la seule issue de la salle du trône. Une fois ses occupants neutralisés, le commando s'attaquerait à Amadori.

Quand tout le monde fut en position, Honda activa le détonateur. L'amorce rougit et le plastic sauta, fendant la porte à l'horizontale. Le soldat Scott balança sa grenade. Il y eut des cris, des coups de feu dirigés vers la porte, puis l'engin explosa avec un *bang!* suivi d'un chuintement sonore. Aussitôt, la fusillade cessa, remplacée par des bruits de quintes de toux. August fit alors signe à DeVonne et Prementine d'entrer.

Toujours en avant-garde, DeVonne prit le premier coup en pleine poitrine. Elle tituba et tomba en arrière sur Prementine. Le caporal recula, la tira avec lui, et les Attaquants reculèrent de plusieurs pas. August savait que la doublure en kevlar avait empêché la balle de pénétrer mais Sondra avait sans doute une ou deux côtes cassées. Elle gémissait de douleur.

August fit signe à Scott de balancer une seconde grenade. Puis il s'approcha en rampant de DeVonne pour récupérer une grenade dans sa pochette. Le gaz se dissipait dans la salle des Hallebardiers et il en relança une dans la foule. Il n'avait que deux ou trois minutes pour se décider à poursuivre ou annuler la mission.

August rampa jusqu'au seuil. Quelqu'un les avait guettés de l'intérieur. Quelqu'un ayant encore l'esprit assez clair pour viser et tirer une seule balle sur la première personne à s'encadrer dans la porte. Il réfléchit en vitesse. Les caméras de surveillance n'auraient pas laissé au général le temps de s'éclipser mais elles avaient pu lui fournir une indication sur l'importance des forces attaquantes. Et l'inciter à prendre un masque à gaz s'il en avait un. Et il devait en avoir un.

Il avait pu demander des renforts. Ils ne pouvaient se permettre d'attendre qu'il sorte. August fit signe à Scott et Pupshaw. Tous trois se disposèrent de chaque côté de la porte. August sur la gauche, Pupshaw et Scott sur la droite. August leva quatre doigts puis un. Plan quarante et un : un feu croisé de deux tireurs sur une cible définie, avec le troisième en couverture. August se désigna avec Pupshaw, indiquant qu'ils allaient se charger d'Amadori. L'entrée se ferait en recourant à la tactique des Marines consistant à effectuer une roulade, puis à s'étirer, les bras croisés sur la poitrine, tenant l'arme, les pieds dirigés vers la cible. La manœuvre du premier soldat était destinée à attirer le feu adverse de son côté, permettant ainsi à son compagnon d'entrer. Une fois les deux hommes à l'intérieur, ils s'asseyaient – les jambes toujours tendues – pour tirer devant eux. Dans l'intervalle, le soldat responsable du tir de couverture demeurait à l'extérieur. Il roulait à plat devant la porte pour se positionner face à la cible, mais toujours dehors. Il s'immobilisait sur le ventre, l'arme pointée devant lui.

August se désigna lui-même. Il allait entrer par la gauche, suivi de Pupshaw. Le temps que Scott se manifeste sur le seuil, les deux autres Attaquants auraient la cible en ligne de mire.

August se défit de son sac à dos et se coula vers la porte. Pupshaw et Scott en firent de même sur la droite. August regarda Pupshaw et fit un signe de tête. Le colonel entra d'une roulade, et s'allongea pour rouler rapidement vers la gauche. Il y eut une fusillade, mais qui suivit son mouvement. Pupshaw entra et se plaça avant que le tireur ait pu se retourner vers lui. Les deux hommes avaient aligné la cible quand Scott roula pour se mettre en position.

La main droite d'August s'était levée, les doigts écartés. C'était le signal de retenir leur feu.

Aucun ne tira. August découvrit dans sa mire un prêtre, gémissant, presque étouffé. Une arme automatique dépassait de sous son aisselle droite, braquée vers la porte. Derrière lui, un général portant masque à gaz et lunettes. À en juger par la carrure et la couleur des cheveux, c'était Amadori. Sa main gauche enserrait la gorge du prêtre. Derrière le général, un autre officier – un général de division, d'après ce que put voir August à travers le brouillard jaune. Six autres gradés se trouvaient dans la salle, tous de haut rang, tous gisant à terre ou couchés sur la table de conférence au centre de la pièce.

Le général agita son canon de bas en haut : il faisait signe aux Attaquants de se relever. August hocha la tête. Si Amadori tirait, il pouvait descendre l'un des trois. Mais pas tous. Et si le général tuait le prêtre, alors il devait savoir qu'il serait lui-même un homme mort.

Ils étaient dans une impasse. Mais le temps jouait désormais contre Amadori. Il n'avait aucun moyen de savoir si les Attaquants formaient une unité autonome ou bien l'avant-garde d'une force plus importante. Si tel était le cas, Amadori ne pouvait se laisser prendre au piège ici.

De toute évidence, le général prit rapidement sa décision, comme l'avait prévu August. Il se mit à pousser lentement le prêtre. Le vieux prélat avait du mal à tenir debout. Mais la pression des doigts du général autour de sa gorge le forçait à se redresser dès qu'il menaçait de défaillir. L'autre général les suivait, serrant de près Amadori. Alors qu'ils s'approchaient d'August, celui-ci découvrit qu'Amadori avait une arme de poing. Il soupçonna que leur seule raison de ne pas avoir fait feu était qu'ils ignoraient ce qui les attendait à l'extérieur de la salle du trône.

August regarda avancer les trois hommes. Il ne faisait aucun doute qu'ils pouvaient descendre Amadori. Le problème était le prix à payer de chaque côté. Dans ce genre de situation, la décision revenait à l'officier responsable. Pour August, la question était la même qu'aux échecs : savoir si un échange de pièces importantes valait le coup. Pour lui, la réponse avait toujours été non. En fonction du niveau relatif et du degré de préparation de chaque joueur, mieux valait parfois prolonger la partie et guetter une erreur éventuelle de l'adversaire.

August tendit la main droite, la paume vers le sol. Soit : ne rien faire sauf provocation. Dehors, Scott transmit le signal aux autres Attaquants. Scott recula en rampant à l'approche d'Amadori. Sans cesser toutefois de le tenir en joue. Dès que le général eut franchi le seuil et pénétré dans la salle des Hallebardiers, les autres Attaquants en firent de même. Tous, à l'exception du caporal Prementine, toujours en train de secourir DeVonne.

Le gaz dans la salle commençait à se dissiper. Au signal d'August, Scott balança une autre grenade pour couvrir leur retraite. Ils se levèrent et ressortirent sur les pas du général. Scott reculait, le dos plaqué contre celui d'August. Le soldat faisait face à la salle du trône pour couvrir leurs arrières. Mais aucun des soldats en train de suffoquer ne fit mine de leur tirer dessus.

August ne pouvait se permettre d'avoir des regrets, alors qu'Amadori se dirigeait vers la galerie. Le général avait sur lui un masque à gaz : sage précaution. Le président des États-Unis en avait bien un dans le Bureau Ovale. Il y en avait dans la plupart des pièces du 10, Downing Street, Boris Eltsine en gardait un dans son bureau et un dans chacune de ses limousines. Non, la surprise venait de ce qu'Amadori ait pris un otage. Se retrouver avec un otage mort ou blessé était toujours regrettable ; mais on était en Espagne, et si cet otage était un prêtre, ce serait un désastre.

August envisagea la situation avec soin. S'ils laissaient Amadori ressortir, ses troupes pourraient d'autant mieux le protéger. Et s'il s'échappait, leur attaque aurait fait de lui un héros aux yeux de ses partisans. Mais le problème le plus grave n'était pas là. August n'avait aucune idée du moment où arriveraient les renforts des rebelles. Et si jamais ils arrivaient, ils risquaient eux aussi d'être pourvus de masques à gaz.

Au diable mes stratégies de jeu d'échecs, pesta le colonel. Il décida qu'il fallait s'en prendre au roi. Il ne pouvait pas le toucher à la tête ou au torse, mais ses jambes étaient parfaitement dégagées et il pourrait ainsi le jeter à terre. Même si le général ou son aide de camp se retournaient contre lui, cela donnerait toujours aux autres Attaquants une chance de l'abattre.

Il leva l'index à deux reprises. Le numéro un allait s'en prendre au numéro un.

August et Scott étaient toujours dos à dos. August se tourna à moitié pour lui souffler, alors qu'ils se dirigeaient vers la galerie : « Dès que je bouge, tu plonges sur la gauche. »

Scott acquiesça.

Un instant après, August fit feu.

37.

Mardi, 11 : 19, Madrid, Espagne

Le père Norberto avait entendu le bruit caractéristique d'un hélicoptère descendant sur l'esplanade devant le palais. Peu après, il avait été suivi par le crépitement tout aussi caractéristique d'une fusillade. Il écouta d'une oreille tout en poursuivant la lecture de Matthieu, 26 au petit groupe assemblé autour de lui. Ce n'est que lorsqu'un paroissien revint en toute hâte après être sorti aux nouvelles, que l'assemblée des fidèles sut qu'il se passait des événements graves.

« On tire, dehors, s'écria l'homme en revenant dans la cathédrale. Des soldats sont en train de tirer sur des gens, sur la place. »

Un long silence suivit cette annonce. Puis frère Francisco abandonna le groupe qu'il conseillait devant la nef. Il leva les bras, comme pour bénir la foule.

« Je vous en prie, gardez votre calme, dit-il en souriant. On ne risque rien ici dans la maison de Dieu.

– Et le préposé général ? s'écria quelqu'un. Est-ce qu'il est en sécurité, lui ?

– Le préposé général est au palais, répondit Francisco, d'une voix posée, avec l'espoir de garantir un rôle pour notre sainte mère l'Église dans l'Espagne nouvelle. Je suis certain que Dieu veille sur lui. »

Le père Norberto jugeait l'attitude du frère Francisco pour le moins bizarre. Sa seule foi en Dieu ne pouvait suffire à lui donner une telle assurance. Ce pressentiment qu'il avait déjà eu, à savoir que le général des jésuites était impliqué dans le putsch, voilà qui pouvait expliquer l'attitude de Francisco. Surtout s'il savait qu'il y aurait une fusillade. Mais pour quelle raison ? Norberto n'en voyait qu'une : des exécutions.

L'homme se précipita de nouveau dehors. Les prêtres reprirent leur discussion avec les fidèles réunis autour d'eux, alternant prières et paroles de réconfort. Quelques minutes après, l'homme revint.

« Il y a des nuages de fumée jaune qui sortent des fenêtres du palais, annonça-t-il. Et on entend tirer à l'intérieur ! »

Cette fois, frère Francisco perdit de sa superbe. Il s'éclipsa sans un mot, gagnant d'un pas pressé la porte derrière le déambulatoire qui donnait sur la Plaza de la Armería, devant le palais.

Le père Norberto le regarda filer. Le silence dans la nef était de plus en plus lourd. Autour de lui, il entendait maintenant claquer des coups de feu. Norberto baissa les yeux sur le texte ouvert devant lui, puis il contempla les visages anxieux des fidèles. Ils avaient besoin de lui. Alors il se souvint de son frère Adolfo, mourant, lui demandant l'absolution. Derrière l'abri de ces murs régnaient désormais les épreuves et le péché. Sa place était d'abord auprès de ceux qui réclamaient le sacrement de pénitence, avant le réconfort.

Norberto posa la main sur l'épaule d'une jeune mère venue avec ses deux petites filles. Il lui sourit et la pria de poursuivre un moment la lecture du Livre saint à sa place. Il expliqua qu'il voulait voir si le père Francisco avait besoin de lui.

Descendant alors rapidement le bas-côté, le père Norberto se dirigea vers le déambulatoire pour sortir par la grande porte donnant sur l'esplanade.

38.

Mardi, 11 : 23, Madrid, Espagne

Le colonel August s'était incliné sur la gauche pour avoir une meilleure visée sur la jambe d'Amadori. Il réussit juste à le toucher au-dessus du pied mais cela suffit. Le général beugla dans son masque à gaz et retomba contre son aide de camp. En même temps, il lâcha une rafale. L'arme automatique dépassait toujours de sous le bras du prêtre et plusieurs coups partirent dans la direction d'August, traçant en pointillé la chute en arrière du général. Mais le colonel avait déjà bondi sur la gauche tandis que Scott plongeait sur la droite. Hurlant les mains plaquées aux oreilles, le prêtre était tombé à genoux pour rester paralysé, la tête entre les jambes. Les balles ricochèrent sur les murs de marbre mais personne ne fut touché.

Les deux hommes se rétablirent avec une roulade parfaitement synchronisée, l'épaule touchant le sol, la tête rentrée dans la poitrine. Le reste du corps enroulant le mouvement de telle sorte qu'ils se retrouvèrent debout, face à la direction du plongeon. Ils se retournèrent vivement vers leur cible tandis que le reste des Attaquants se déployait dans la galerie, en s'assurant que les autres soldats étaient toujours à terre.

DeVonne émergea de son côté, bien que toujours pliée en deux, souffrant visiblement du coup reçu.

Durant le temps pris par August et Scott pour leur roulade, le général de division avait retenu Amadori en lui passant un bras autour de la poitrine, l'aidant d'une main ferme à se maintenir debout. Les deux hommes battirent en retraite, tout en arrosant leurs assaillants à l'arme automatique, les obligeant à se jeter au sol et à rouler à terre pour se mettre à l'abri. Il y eut des cris alentour, plusieurs soldats rebelles avaient été touchés.

Durant cet échange, Aideen était demeurée à l'entrée de la salle des Hallebardiers. Non par peur, mais pour ne pas risquer d'entraver le plan du commando américain. Elle voulait en outre secourir ceux qui seraient blessés. Elle avait ainsi voulu aider Sondra mais celle-ci lui avait soutenu qu'elle allait bien. Pour l'heure, c'était sans doute le cas. Aideen savait par expérience qu'il y avait au moins un avantage à une douleur continue comme celle due à une côte cassée ou à une blessure légère par balle : l'esprit avait la capacité de bloquer ce genre de douleur, si intense soit-elle. C'était l'élancement d'une douleur intermittente ou grandissante qui était le plus difficile à supporter.

Toujours cachée derrière le chambranle, Aideen comprit soudain qu'elle avait une autre mission. Le général blessé venait de disparaître au bout de la galerie, à l'est. Elle se retrouvait le seul membre du commando à être encore debout. Venant de l'extrémité ouest de la galerie, droit devant, elle entendit des claquements de bottes. La fumée était encore trop dense pour qu'elle voie aussi loin, mais elle savait que des renforts étaient en route. Les Attaquants allaient devoir lancer d'autres grenades pour se couvrir. Si les soldats espagnols avaient été alertés par des caméras de surveillance ou par un appel de la salle du trône, ils risquaient fort de porter des masques à gaz. Dans ce cas, les Attaquants auraient déjà fort à faire, rien que pour décrocher. Et le colonel August annulerait la mission s'il sentait qu'elle était trop gravement compromise. Entre-temps, Amadori pourrait s'échapper.

Quelqu'un devait suivre le général, surveillance électronique ou pas. Si Aideen gardait ses distances, elle avait une chance de ne pas se faire repérer. Ils contrôleraient l'image des caméras placées devant eux et non dans leur dos. Et garder ses distances jusqu'à ce qu'elle puisse viser sur le général était faisable : il y avait une trace de sang sur le sol, laissée par la jambe blessée d'Amadori. Voilà qui lui fournirait une piste aisée à suivre. Et s'il s'arrêtait pour panser sa blessure, tant mieux. Peut-être qu'elle pourrait l'avoir à ce moment.

Aideen se retourna. Les Espagnols portaient effectivement des masques. August donna l'ordre de repli à son commando, tandis que Scott et lui tiraient sur les soldats, les forçant à se débander pour se mettre à l'abri.

Aideen jura. Le colonel August allait annuler la mission. Mais elle ne faisait pas partie des Attaquants. Cet ordre ne la concernait pas. Toute cette histoire avait commencé quand on avait poussé quelqu'un à tirer sur elle et Martha Mackall. Cela lui semblait la conclusion qui s'imposait.

Aideen inspira un grand coup pour empêcher ses jambes de flageoler. Sous son masque, l'air avait des relents de charbon de bois, mais elle avait fini par s'y habituer. Se coulant le long du chambranle, elle fonça dans la galerie envahie de fumée et la suivit en direction de l'est.

39.

Mardi, 5 : 27, Washington, DC

Assis dans son fauteuil roulant, Bob Herbert songeait que rien ne pouvait se comparer à cette sensation. Alors qu'il attendait dans le bureau de Paul Hood, en compagnie de Paul, de Mike Rodgers et de leur expert en droit international, Lowell Coffey II, Bob analysa ce climat particulier qui envahit une pièce où des responsables officiels attendent des nouvelles d'une opération secrète.

Ils sont très au fait de ce qui se passe dans le reste du monde, comme de bien entendu. Et ils envient tous ces gens qui n'ont pas à gérer des problèmes dont dépendent la vie, la mort et le destin de millions d'individus. Mais ils les considèrent également avec un rien de condescendance.

Si seulement ils savaient ce qu'est le poids des vraies responsabilités...

Et puis, il y avait l'aspect personnel de la situation. Cette tension extrême devant le sort de tous ceux avec qui l'on travaille et à qui l'on tient. Certes, ce n'est pas comparable à l'attente inquiète que l'on ressent lorsqu'un être cher passe sur le billard pour une intervention grave. Mais, par certains côtés, c'est pire, car c'est en obéissant à vos ordres qu'ils se sont retrouvés dans cette situation. En acceptant la mission avec courage et sang-froid, comme de bons soldats.

Ajoutez-y l'éventualité, en cas de capture, d'avoir à désavouer ces âmes héroïques, en les abandonnant à leur triste sort. Il y avait de quoi entretenir une sérieuse dose de culpabilité. D'autant plus que pendant qu'ils risquaient leur peau, vous restiez bien peinard dans votre coin, en toute sécurité. Il y avait également de l'envie – et ce, pour les mêmes raisons : rien n'est plus excitant que de risquer sa vie. Ajoutez-y une pointe d'épuisement, les paupières qui luttent pour rester ouvertes, un esprit trop las pour traiter réflexions ou émotions, et le mélange était détonant.

Pourtant, Herbert appréciait ce type de situations chaque fois qu'elles se présentaient. Sans morosité ni pessimisme. Il arrivait que leurs pires craintes se réalisent. La mort parfois était au rendez-vous. Comme celle de Bass Moore en Corée du Nord ou du lieutenant-colonel Charlie Squires en Sibérie. Mais c'était justement tous les risques impliqués par ce genre d'opération qui redonnaient à Herbert cette énergie.

Hood ne partageait manifestement pas ces sentiments. Il s'était montré complètement abattu depuis le début de l'opération, déprimé comme jamais Herbert ne l'avait vu jusqu'ici. Dans leur équipe, Hood était d'habitude le moins facile à démonter, toujours prêt à avoir un mot d'encouragement ou un sourire. Or, ce matin, rien de tout cela. Il avait même manifesté une colère inhabituelle en apprenant que Darrel McCaskey s'était rendu en hélicoptère au palais. Et pis encore, qu'il avait emmené Luis García de la Vega. C'est qu'à la différence des Attaquants, il ne serait pas difficile d'établir le lien entre McCaskey et l'Op-Center. Par le truchement de Luis, on pourrait confirmer l'engagement du centre avec Interpol pour cette mission. Et avec le nombre de pays qui participaient à cet organisme – dont certains n'étaient pas vraiment les amis des États-Unis –, les répercussions politiques risquaient d'être désastreuses. C'était Hood – et pas Rodgers, pourtant service-service – qui avait évoqué tout haut l'éventualité de mesures disciplinaires contre McCaskey. Et c'était Coffey, d'habitude pourtant si timoré, qui avait objecté que l'initiative de Darrell n'était peut-être pas si mauvaise que le pensait Hood. Puisque María Corneja était retenue prisonnière au palais, une tentative de sauvetage pouvait d'un simple point de vue juridique se justifier parfaitement. La nouvelle eut la vertu d'apaiser aussitôt le directeur. De nouveau, seul un climat d'appréhension alourdit l'atmosphère.

Et en attendant, dans ce silence pesant rongé d'inquiétude, toujours pas de nouvelles d'Espagne ou d'Interpol. Pas avant cinq heures trente, quand ils reçurent un coup de fil d'Ann Farris, les appelant de chez elle. Elle leur annonça d'une voix ensommeillée qu'elle venait d'allumer la télé pour jeter un œil sur CNN.

Coffey bondit du canapé et se dirigea vers le fond du bureau. Il ouvrit le placard dissimulant le téléviseur tandis que Hood récupérait la télécommande sur son bureau. Tout le monde se retourna tandis qu'il allumait le poste. En ouverture du journal, on annonçait une fusillade au Palais royal à Madrid. Une vidéo amateur avait filmé l'hélicoptère redécollant de la place au sud du palais, sur fond de rafales d'armes automatiques. Puis le reportage enchaînait sur une équipe en direct survolant les lieux à bonne distance en hélicoptère. On distinguait de vagues volutes de fumée jaune s'élevant de plusieurs fenêtres du bâtiment.

« Ça, c'est le gaz irritant des Attaquants », nota Herbert.

Rodgers était installé dans le fauteuil près du bureau du patron. Il saisit le petit plan en couleurs imprimé à partir du fichier récupéré sur l'ordinateur d'Interpol. Herbert approcha son fauteuil.

« Ces panaches de fumée, à la télé, m'ont l'air sacrément proches de la Plaza de Armería, non ? remarqua le général.

– Juste à l'emplacement de la salle du trône, indiqua Herbert.

– Donc, les Attaquants s'y trouvent à coup sûr. » Hood regarda l'horloge affichée à l'angle de son écran. « Et à l'heure pile. »

Herbert se retourna vers la télé et prêta l'oreille au commentaire. L'envoyé spécial n'avait aux lèvres que des superlatifs affligés. La soupe habituelle. Et bien sûr aucune information précise sur les causes ou la nature des affrontements. Mais ce n'est pas ce qui intéressait Bob.

« J'essaie d'écouter la fusillade, expliqua-t-il, prudent. Le bruit est assourdi… comme s'il ne venait pas de l'extérieur.

– Qu'est-ce qu'il y a de surprenant ? fit Hood. On savait que si les Attaquants réussissaient à mettre la main sur Amadori, il y aurait certainement une poursuite.

– Une poursuite, oui, dit Rodgers. Mais on n'escomptait pas de résistance. Les gaz auraient dû l'empêcher.

– Sauf si on leur tire dessus à l'aveuglette, rétorqua Herbert. Les gens peuvent avoir des réactions bizarres quand ils suffoquent.

– Ces coups de feu pourraient-ils venir du peloton d'exécution dont on nous a parlé ? » intervint Coffey.

Rodgers fit non de la tête. « Les tirs sont isolés et bien trop sporadiques.

– La bonne nouvelle, reprit Herbert, c'est que si les Attaquants s'étaient fait prendre, on n'aurait pas entendu le moindre coup de feu. »

Tous se turent quelques instants. Hood regarda l'heure à son ordinateur. « Ils étaient censés prévenir le bureau de Luis dès qu'ils auraient réintégré les cachots. » Il lorgna le téléphone.

« Chef, répondit Herbert, la ligne est ouverte et mes hommes la surveillent en permanence. Ils nous préviendront dès qu'ils auront des nouvelles. »

Hood acquiesça. Il reporta son attention sur le bulletin télévisé. « J'ignore où les Attaquants trouvent le courage de faire des trucs pareils, observa-t-il. Je ne sais pas où vous le trouvez, tous. Que ce soit au Vietnam, à Beyrouth…

– Ça vient d'un tas de facteurs, répondit son ami Rodgers. Le devoir, l'amour, la peur…

– La nécessité, compléta Herbert. C'est un point important. Quand on n'a pas le choix.

– C'est une combinaison de tout ça, conclut Rodgers.

– Mike, dit Herbert, vous êtes incollable en matière de citations. Qui a dit déjà qu'on ne pouvait pas échouer pour peu qu'on réussisse à bien arrimer son courage… enfin quelque chose dans le genre. »

Rodgers le dévisagea. « Je crois que la phrase exacte

est : “Nous échouerons ! Mais vissez seulement votre courage au cran d’arrêt et nous réussirons[1].”

– Ouais, c’est ça. Qui a dit ça ? Ça ressemble à un mot de Churchill. »

Rodgers esquissa un sourire. « Lady Macbeth. Alors qu’elle est au château de Duncan et encourage son époux à assassiner le roi. C’est ce qu’il va faire, et ce sera pour lui le début des ennuis…

– Oh. » Herbert baissa les yeux. « Alors, ce n’est pas vraiment la citation du jour, hein ?

– Ça se discute, dit Rodgers sans se départir de son faible sourire. Le régicide a peut-être eu des conséquences néfastes mais la pièce a connu un indéniable succès. Tout est une question de perspective…

– Comme j’avais l’habitude de dire à mes clients pendant les délibérations du jury, nota Coffey, faites donc confiance au système et à ceux à qui nous l’avons confié. » Resté près de la télé, il fixait l’écran. « Parce que, pour paraphraser un autre grand penseur, “Rien n’est perdu tant que rien n’est fini”. »

Herbert se sentait toujours plein d’énergie. Et d’optimisme. C’était dans sa nature. Mais il eût été vain d’ignorer l’ombre qui venait de tomber sur la pièce. La triste vérité était que l’espoir que tous avaient nourri en silence ne s’était pas concrétisé : celui d’apprendre par le téléphone ou la télévision que la tentative de putsch en Espagne s’était achevée par la mort de son instigateur. En définitive la mission ne s’était pas précisément déroulée comme prévu.

---

1. Shakespeare, *Macbeth*, I, VII, 60, trad. Maurice Castelain, Aubier-Montaigne, 1937 *(N.d.T.)*.

40.

Mardi, 5 : 49, Old Saybrook, Connecticut

Sharon Hood n'arrivait pas à trouver le sommeil. Elle était fatiguée, elle était au fond de son vieux lit dans la maison de son enfance, mais son esprit ne connaissait pas de repos. Elle s'était disputée avec son mari, avait lu un de ses vieux romans de Nancy Drew jusqu'à trois heures du matin, puis elle avait éteint la lumière et passé deux bonnes heures à contempler l'ombre des feuilles découpées au plafond par le clair de lune. Et les affiches restées fixées aux murs depuis l'époque où elle avait quitté ses parents pour aller à l'université.

Des affiches du film *Le Docteur Jivago.* Du groupe de rock Gary Puckett and the Union Gap. Une couverture de *TV Guide* dédicacée « en toute amitié, David Cassidy », obtenue au bout de trois heures de queue au centre commercial local en compagnie de son amie Alice.

Comment arrivait-elle à s'intéresser à tout ça, à décrocher des mentions au lycée, à travailler à mi-temps, et à avoir un petit copain quand elle avait seize ou dix-sept ans ?

Tu n'avais pas besoin d'autant de sommeil, en ce temps-là, se dit-elle.

Mais était-ce vraiment la seule explication ? Le temps ? Ou le fait que si un boulot ne lui convenait pas, elle en prenait un autre. Ou que si un copain ne lui plaisait pas, elle s'en trouvait un autre. Ou que si un groupe enregistrait un tube qui ne lui plaisait pas, elle arrêtait d'acheter ses disques. Ce n'était pas une affaire d'énergie. Mais de découverte. Savoir apprendre ce dont elle avait besoin pour être heureuse.

Elle avait cru l'avoir trouvé avec cet exploitant viticole multimilliardaire du nom de Stefano Renaldo. Sharon avait rencontré sa sœur au lycée et celle-ci l'ayant invitée à passer les vacances de Pâques avec elle, elle avait été séduite par la fortune, le yacht et la sollicitude du beau Stefano. Mais – comble d'ironie, maintenant qu'elle y repensait – elle s'était rendu compte au bout de deux ans qu'elle ne voulait pas de quelqu'un qui avait eu toute sa fortune par héritage. Qui n'avait pas besoin de travailler pour gagner sa vie. Qu'on sollicitait pour avoir une aide financière et qui, au gré de son humeur, pouvait ou non combler espoirs et rêves. Ce genre d'existence – ce genre d'homme – n'était pas fait pour elle.

Elle s'était levée par un matin radieux, avait débarqué du yacht et pris l'avion pour regagner les États-Unis, sans se retourner. Ce salaud n'avait même pas levé le petit doigt pour savoir où elle était partie, et Sharon ne comprenait toujours pas comment elle avait pu vivre avec ce type – ce qui avait bien pu lui passer par la tête. Puis elle avait rencontré Paul au cours d'une soirée. Aucun rapport avec un coup de foudre. Stefano mis à part, aucun homme ne lui avait jamais fait cet effet – et l'attrait de Stefano n'était que superficiel. Sa relation avec Paul avait mis du temps à s'établir. Il était placide, travailleur et gentil. Elle avait l'impression qu'il saurait lui laisser sa place, qu'il la soutiendrait dans son travail, serait un père nourricier. Il ne l'étoufferait pas sous les cadeaux ou les crises de jalousie, comme Stefano. Et puis un jour, à l'occasion d'un pique-nique du 4-Juillet, deux mois après leur rencontre, il avait suffi qu'elle le regarde dans les yeux pour que ce soit le déclic : l'affection s'était muée en amour.

Une branche racla la fenêtre avec bruit et Sharon tourna la tête. Sûr qu'elle avait poussé depuis qu'elle était gamine. À l'époque, cette même branche effleurait si doucement cette même fenêtre.

Elle a grandi, mais elle n'a pas changé. Elle se demandait si c'était un bien ou un mal de pouvoir toujours rester identique à soi-même. *Bien pour un arbre, mal pour les hommes,* décida-t-elle. Mais le changement était une des choses les plus difficiles à vivre. Le changement et le compromis. Admettre que sa façon de voir les choses n'est peut-être pas la seule et surtout pas la meilleure.

Sharon renonça à vouloir essayer de dormir. Elle allait se prendre un autre Nancy Drew sur l'étagère. Mais d'abord, elle se coula hors du lit, enfila une robe de chambre, et alla voir Harleigh et Alexander. Les enfants dormaient dans la couchette qui avait servi jadis à ses deux frères cadets, les jumeaux Yul et Brynner. Ses parents s'étaient rencontrés lors d'une séance en matinée de la version originale du *Roi et moi.* D'ailleurs, ils se chantaient encore en duo « Hello, Young Lovers » et « I Have Dreamed ». Ils chantaient faux, mais c'était superbe.

Sharon enviait l'affection manifeste que partageaient ses parents. Et le fait que son père ait pris sa retraite et qu'ils puissent passer tout ce temps ensemble et semblent si formidablement heureux.

Bien entendu, il y a eu des moments où papa et maman n'étaient pas aussi heureux...

Elle se souvenait de la tension muette qui régnait quand les affaires de son père n'allaient pas trop bien. Il louait des vélos et des bateaux aux touristes qui fréquentaient la plage pépère du détroit de Long Island, et il y avait des étés pourris. Il y avait eu des pénuries d'essence et des récessions. Son père avait dû alors faire des heures sup, faisant ses journées puis travaillant le soir à confectionner des casse-croûte. Quand il rentrait, il sentait la graisse et le poisson.

Sharon contempla le visage paisible de ses enfants. Elle sourit en entendant ronfler Alexander : tout le portrait de son père.

Son sourire vacilla. Elle referma la porte et resta plantée dans le couloir obscur, les bras serrés autour du corps. Elle en voulait à Paul et il lui manquait terriblement. Elle se sentait à l'abri dans cette maison, mais ce n'était pas son foyer. Rien d'étonnant : le foyer ne se trouvait pas là où elle avait ses affaires. Le foyer était là où se trouvait Paul.

Sharon regagna lentement sa chambre de petite fille.

Mariage, carrière, enfants, émotions, sexe, obstination, conflits, jalousie – était-ce l'espoir ou l'arrogance qui possédait deux êtres au point de les convaincre que toutes ces choses pouvaient se fondre pour réussir une vie commune ?

Rien de tout cela : c'était l'amour. Et par quelque bout qu'elle prenne le problème, en définitive, son mari avait beau l'énerver comme jamais aucun homme avant lui, il avait beau ne pas être là aussi souvent qu'elle ou les enfants l'auraient souhaité, elle avait beau éprouver autant de colère que d'affection pour lui – elle l'aimait toujours autant.

Profondément.

Dans la solitude du petit matin, Sharon s'avisa qu'elle s'était peut-être montrée un peu trop dure envers Paul. Quitter Paul avec les enfants, l'engueuler au téléphone… pourquoi ne pouvait-elle pas se résoudre à lui laisser un peu la bride sur le cou ? Était-ce parce qu'elle lui en voulait de pouvoir consacrer tout le temps qu'il voulait à sa carrière et pas elle ? C'était bien possible. Était-ce aussi parce qu'elle gardait le souvenir des absences de son père pendant la saison touristique, quand il devait travailler aussi la nuit ? Sans doute. Elle n'avait pas envie que ses enfants vivent la même expérience.

Elle n'avait pas l'impression d'avoir dit à Paul quelque chose de faux. Il devrait effectivement passer plus de temps auprès des siens et moins au travail. Son boulot exigeait certes de s'y impliquer un peu plus que de neuf heures à cinq heures, mais l'Op-Center continuerait malgré tout de tourner s'il rentrait dîner certains soirs, s'il passait les vacances avec eux de temps en temps. Le problème, c'était la façon de le lui dire. Elle était à cran et, au lieu de le lui expliquer, elle l'avait mis devant le fait accompli. Après qu'elle lui eut ainsi enlevé ses enfants, il devait se sentir bien seul.

Elle ôta sa robe de chambre, s'allongea sur le lit. L'oreiller trempé de sueur était glacial, la branche raclait toujours la vitre. Elle se retourna. Et son regard rencontra le mobile posé sur la table de nuit. Le plastique noir brillait au clair de lune.

Roulant sur le côté, elle saisit l'appareil, l'ouvrit, se mit à composer le numéro privé de Paul. Elle s'arrêta après l'indicatif de zone. Elle coupa, reposa le téléphone.

Elle avait une meilleure idée. Au lieu de lui passer un coup de fil où le moindre détail, comme d'entendre un courrier vocal, une parole déplacée, risquait de tout gâcher à nouveau, elle allait lui tendre un rameau d'olivier. Partagée entre indulgence et culpabilité, Sharon se rallongea, ferma les yeux, et sombra presque aussitôt dans un sommeil satisfait.

41.

Mardi, 11 : 50, Madrid, Espagne

Quand les soldats sur la place se retirèrent soudain, Darrell McCaskey adressa un remerciement muet à Brett August. Les Attaquants devaient être la cause de ce retrait précipité.

Après le décollage de l'hélicoptère, les soldats sur les toits avaient cloué au sol McCaskey et María. Dans le même temps, ceux qui s'étaient dispersés derrière les arcades se regroupèrent. Apparemment, ils s'apprêtaient à donner l'assaut. Mais l'attaque n'eut jamais lieu. Tous semblaient fascinés par les détonations qui résonnaient à l'intérieur du palais.

« Ça a commencé », dit McCaskey.

Une fumée jaune s'échappait de plusieurs fenêtres le long du mur prolongeant les arcades. On entendait aboyer des ordres secs à l'autre bout de la place, près de l'aile ouest du palais. Même si le soleil éblouissant empêchait de voir dans les ombres denses, le gros des soldats parut disparaître. Peu après, McCaskey entendit des coups de feu derrière les murs blancs décorés.

« Qu'est-ce qui se passe ? » demanda María. Elle était appuyée contre l'intérieur de l'arcade la plus proche du mur du palais. Les jambes tendues devant elle.

McCaskey avait placé son mouchoir sur sa blessure au flanc et le maintenait en place.

« C'est la riposte au putsch », murmura-t-il. Il ne voulait pas trop en dire au cas où on les entendrait. « Comment tu te sens ?

– Très bien. »

Tout en lui parlant, McCaskey avait scruté, les yeux plissés, la place éclaboussée de soleil. Au sud – sur sa gauche – une haute grille de fer forgé séparait l'esplanade de la cathédrale. Ses portes avaient été fermées un peu plus tôt mais il semblait à présent que des gens commençaient à en émerger – des prêtres ainsi que des paroissiens. Ils avaient dû entendre l'hélicoptère et les coups de feu qu'il avait essuyés. De leur côté de la grille, Luis était toujours couché en travers du capitaine. Le chef d'Interpol était silencieux mais l'officier espagnol gémissait.

« Il faut qu'on le récupère, dit María.

– Je sais. » McCaskey continua de scruter la place ensoleillée. Il réussit à repérer au moins trois soldats demeurés en retrait. Deux se trouvaient à cent cinquante mètres d'eux, tapis derrière un des montants du portail en fer forgé, de l'autre côté de la grille. Le troisième était planqué derrière un vieux réverbère, cent mètres devant, dans l'axe, côté ouest.

McCaskey déposa son arme dans la main de María. « Écoute, je vais essayer de récupérer Luis. Je vais voir si les soldats sont prêts à l'échanger contre ce capitaine.

– Il n'y a pas d'échange possible, déclara María avec colère. Luis est un homme. Ce capitaine n'est qu'un vil serpent qui se traîne dans la poussière. » Elle jeta un regard vers l'officier et sa lèvre supérieure tuméfiée découvrit ses dents. « Il est à sa place : à plat ventre.

– Par chance, reprit Darrell sans se démonter, les soldats ne verront pas les choses tout à fait de la même façon. Peux-tu te tourner un peu, qu'ils voient le pistolet ? »

María plaqua la main gauche sur le mouchoir ensanglanté et pivota légèrement. Elle leva la main droite.

Il l'arrêta : « Attends… je veux d'abord leur dire quelque chose. Comment dis-tu : "Ne tirez pas" ?

– *No disparar.*»

McCaskey sortit la tête de derrière l'arcade et lança : « *¡ No disparar !* » Sans se cacher de nouveau, il demanda à María : « Et comment dis-tu : "Occupons-nous de nos blessés" ? »

Elle le lui dit. Il répéta d'une voix forte : « *¡ Cuidaremos nuestros heridos !* »

Pas de réaction des soldats. McCaskey fronça les sourcils. C'était un de ces moments où vous deviez jouer cartes sur table et espérer.

« Très bien, dit-il à María en se levant. Montre-leur notre artillerie. »

María se tourna un peu plus jusqu'à ce que sa main soit visible derrière l'arcade. Le pistolet étincela au soleil dans le même temps que McCaskey apparaissait à découvert. Il leva les mains pour bien montrer qu'il était désarmé. Puis, lentement, il s'avança sur l'esplanade.

Les soldats ne réagirent pas. Sous le soleil brûlant, McCaskey s'approcha des blessés. Il entendait se prolonger la fusillade derrière les murs du palais – mauvais signe : les Attaquants auraient déjà dû réussir leur incursion sans engagement avec l'ennemi.

Soudain, un des soldats jaillit de derrière le montant du portail. Il franchit la grille et se dirigea vers McCaskey. Il était armé d'une mitraillette. Braquée droit sur lui.

« *¡ No disparar !* » répéta McCaskey au cas où il ne l'aurait pas entendu la première fois.

« *¡ Vuelta !* » cria le soldat.

McCaskey le regarda en haussant les épaules.

« Il veut que tu te retournes ! » lui cria María.

McCaskey comprit. L'autre voulait s'assurer qu'il n'avait pas un pistolet planqué derrière la ceinture. Il s'immobilisa, pivota, releva ses jambes de pantalon pour faire bonne mesure. Puis il se remit à avancer. Le soldat ne le descendit pas. Il n'abaissa pas non plus son arme, qui était un MP5 fabriqué à Hongkong, nota McCaskey. À cette distance, s'il lui tirait dessus, il le coupait en deux. McCaskey aurait bien voulu distinguer les traits du soldat sous sa casquette. Histoire d'avoir une idée de ce qu'il pensait.

Il fallut moins d'une minute pour rejoindre l'endroit où gisait Luis mais cela lui parut infiniment plus long. Quand il parvint à sa hauteur, le soldat espagnol était encore à plus de dix mètres. Il le visait toujours avec son arme. L'Américain s'agenouilla lentement, les bras toujours levés. Il contempla les deux blessés.

Le capitaine leva les yeux sur lui, les dents serrées, la respiration sifflante. Sa jambe était entourée d'une mare rougie. Si on ne le secourait pas au plus vite, il allait se vider de son sang.

Luis était couché en croix à plat ventre sur l'officier. McCaskey pencha la tête, le regarda. Il avait les yeux clos, la respiration faible. Son visage normalement basané était livide. La balle avait pénétré dans le cou, quatre ou cinq centimètres sous l'oreille droite. Du sang gouttait sur les dalles de pierre, rejoignant la mare de sang coagulé provenant de la blessure du capitaine.

McCaskey se releva lentement et enjamba les hommes. Il glissa les bras sous Luis et le souleva. À ce moment, il perçut une agitation à la grille. Il se retourna, de même que le soldat espagnol.

Un sergent au portail retenait par le bras un prêtre. Celui-ci lui parlait précipitamment en désignant les deux blessés. Le sergent criait. Au bout de quelques secondes, le prêtre libéra simplement son bras d'une secousse et fonça dans la cour. Le sergent continuait de crier dans son dos. Il lui ordonna de s'arrêter.

Le prêtre lui cria sans se retourner qu'il n'en ferait rien. Il indiquait le palais d'où provenaient toujours des bruits de fusillade accompagnés d'épais nuages de fumée jaune. Il expliqua qu'il allait voir s'il pouvait secourir quelqu'un.

Le sergent l'avertit que c'était dangereux.

Le prêtre répondit qu'il s'en fichait.

Donc, c'était ça la question primordiale, songea McCaskey qui avait saisi l'essentiel du dialogue. La sécurité du prêtre. *Toujours se décharger des responsabilités.*

Il n'avait pas envie de rester planté là alors que Luis se vidait de son sang. Le serrant délicatement contre sa poitrine, il fit demi-tour pour regagner l'abri des arcades. Le soldat le laissa faire. McCaskey se retourna et le vit s'occuper du capitaine blessé.

McCaskey rejoignit les arcades. Avec délicatesse, il déposa Luis à côté de María. Il regarda derrière lui. Le prêtre était agenouillé à côté du capitaine. Il reporta son attention sur le patron d'Interpol.

« Pauvre Luis », dit María. Elle posa le pistolet et lui effleura la joue.

McCaskey éprouva une pointe de jalousie. Non pour le geste de María mais pour l'inquiétude qu'il lisait dans ses yeux. Ce regard venait du tréfonds de son être, lui faisait oublier sa propre douleur. Quel imbécile avait-il été de la perdre… Il notait maintenant combien elle était pâle elle aussi. Il devait au plus vite leur trouver des secours.

McCaskey déboutonna son poignet, arracha le bas de sa manche de chemise. Il s'en servit pour panser la blessure de Luis.

« Vous avez tous les deux besoin d'un médecin. Je vais essayer de trouver un téléphone… d'appeler une ambulance. Et ensuite, je m'occuperai de ton ami Juan. »

María secoua la tête. « Ça risque d'être trop tard… »

Elle voulut se lever. McCaskey lui posa fermement les mains sur les épaules. « María…

– Arrête !

– María ! Est-ce que tu vas m'écouter ! Laisse-moi un répit. Avec un peu de chance, cette attaque nous évitera d'aller secourir Juan ou les autres victimes des barbouzes du général Amadori.

– Je ne crois pas à la chance », cracha María. De sa main libre, elle écarta ses bras. « Je crois surtout en la bassesse des gens. Et jusqu'à présent, je n'ai jamais été déçue. Amadori pourrait très bien exécuter ses prisonniers rien que pour les empêcher de révéler ce qu'il est en train de faire… » Elle se tut, regarda derrière McCaskey. Ses yeux s'agrandirent.

« Qu'est-ce qui se passe ? fit Darrell en se retournant.

– Cet homme, je le *connais* ! »

McCaskey regarda vers la place. Le prêtre se hâtait dans leur direction. Bientôt, il ralentit le pas. À l'évidence, il l'avait reconnue elle aussi.

« María ! fit-il en parvenant sous l'arcade.

– Père Norberto, répondit-elle. Que faites-vous ici ?

– C'est un étrange concours de circonstances... » Il s'accroupit, posa la main sur sa tête dans un geste de réconfort. Puis il examina sa blessure. « Ma pauvre enfant...

– Je survivrai...

– Vous avez perdu beaucoup de sang. » Il regarda Luis. « Comme cet homme. A-t-on appelé un médecin ?

– J'y vais, dit McCaskey.

– Non ! s'écria María.

– Ne vous inquiétez pas, dit le prêtre. Je reste avec vous.

– Ce n'est pas ça... Il y a un prisonnier... Il faut le secourir !

– Où ? demanda Norberto.

– Dans une salle, là-bas. » Elle indiquait la porte dans le mur du palais. « J'ai peur qu'ils le tuent. »

Norberto lui prit la main. Il la tapota tout en se relevant. « Je vais m'en occuper, María. Vous, restez ici en essayant de ne pas bouger. »

Le regard de la jeune femme passa du prêtre à l'Américain. L'inquiétude que McCaskey avait lue dans ses yeux avait disparu, remplacée par le mépris. Le cœur brisé, il s'éloigna sans un mot. Le père Norberto le suivait de près.

Tous deux gagnèrent la porte, McCaskey passa le premier. Il avait laissé son arme à María, au cas où les soldats se raviseraient. Il espérait qu'il n'en aurait pas besoin ici. Les coups de feu étaient plus perceptibles, bien sûr. Mais la fusillade se déroulait suffisamment loin pour qu'ils ne risquent pas d'être pris sous le feu croisé. Il contempla la vieille croix de bois pendue au cou du prêtre. Ses yeux las s'attardèrent dessus, tandis qu'il priait pour ses camarades qui se retrouvaient peut-être au milieu des combats.

Il y avait huit portes dans le petit couloir. Toutes fermées. McCaskey se tourna vers le prêtre et lui demanda, dans un murmure, s'il parlait anglais.

« Un peu, répondit Norberto.

– Bien… Je ne vais pas vous laisser seul.

– Je ne suis jamais seul, répondit doucement Norberto, en caressant sa croix.

– Je sais. Je voulais dire… sans protection.

– Mais les blessés…

– Il y a peut-être un téléphone dans l'une de ces pièces. Si oui, je passe mon coup de fil et je vous accompagne. On retrouve l'ami de María et on le fait ressortir. »

Norberto acquiesça tandis que McCaskey tournait le premier bouton. La porte qui s'ouvrit révéla une petite pièce obscure. Après l'éclat du soleil dans la cour, il lui fallut quelques secondes pour accommoder et découvrir alors un bureau, tout au fond de la pièce. Il avisa un téléphone près de l'entrée.

« Je m'arrête un instant…

– Allez-y, dit le prêtre. Moi, je continue de chercher le compagnon de notre amie.

– Très bien, je vous retrouve dès que j'en ai terminé. »

Norberto opina et passa à la porte suivante.

Refermant la porte, McCaskey se rendit au téléphone. Il décrocha le combiné et poussa un juron : pas de tonalité. C'est ce qu'il avait craint. Les séides d'Amadori avaient dû couper toutes les lignes autres qu'intérieures. Si jamais les prisonniers s'évadaient, ils ne pourraient obtenir de secours de l'extérieur.

Retournant dans le couloir, McCaskey visita la pièce suivante. La porte était ouverte. Il y jeta un coup d'œil : un salon de musique. Il y régnait une vague odeur de fumée et il nota des cendres sur le sol. C'était sans doute là que l'alerte s'était déclenchée. Le père Norberto était dans l'angle, avec un prisonnier. McCaskey supposa qu'il s'agissait de Juan.

« Mon père… comment va-t-il ?

Norberto ne se retourna pas. Les épaules affaissées, il se contenta de hocher gravement la tête.

McCaskey se retourna. Le seul moyen pour lui désormais d'obtenir de l'aide était de mettre la main sur les Attaquants. Eux pourraient contacter Interpol pour appeler les secours. Même si leur force d'intervention n'avait pas réussi à tuer Amadori, le général allait avoir besoin, lui aussi, de personnel médical au palais. Ses partisans avaient dû être blessés dans les combats.

McCaskey prit une grande inspiration et s'élança dans la galerie.

42.

Mardi, 12 : 06, Madrid, Espagne

Le salon de musique du palais était plongé dans l'obscurité. Il filtrait toutefois suffisamment de lumière du couloir pour que le père Norberto puisse voir l'homme tassé par terre dans un angle. Il était grièvement blessé. Il était couvert de sang, il y en avait sur ses vêtements, sur le mur derrière lui. Et il continuait de couler de plaies béantes à la joue, au front, aux lèvres. Il avait également plusieurs profondes blessures aux jambes et au torse.

Le père Norberto pouvait littéralement sentir planer la Mort – comme au moment où il s'était agenouillé auprès de son frère. La sensation était toujours identique, qu'il administre les derniers sacrements à un malade en phase terminale ou tienne la main à quelque malheureux mortellement blessé. La Mort avait une odeur douceâtre, vaguement métallique, qui emplissait les narines et retournait l'estomac. Le prêtre sentait presque son contact. Comme une fumée froide, invisible, qui glaçait l'atmosphère et s'insinuait dans sa chair, ses os, son âme.

La Mort était venue chercher cet homme. À mesure qu'il s'accoutumait à l'obscurité, Norberto put constater que si l'homme était encore en vie, c'était vraiment un miracle. Les monstres qui l'avaient emprisonné l'avaient truffé de balles, tabassé et brûlé sans retenue ni pitié.

Et pour quoi ? songea Norberto, avec une indignation amère. *Pour lui soutirer des renseignements ? Assouvir une vengeance ? Se distraire ?*

Quelle que soit leur raison, rien ne pouvait justifier ces actes. Et les auteurs de ces crimes ne connaîtraient jamais la grâce de Notre Seigneur.

Même si ce n'est pas ce qui allait aider ce malheureux. Le père Norberto s'agenouilla près du mourant. Il releva ses cheveux trempés de sueur, caressa sa joue ensanglantée.

Le prisonnier ouvrit les paupières. Nul éclat dans ces yeux ; seulement de la confusion et de la souffrance. Ils avisèrent la soutane du prêtre, remontèrent vers son visage. L'homme voulut soulever le bras. Le père Norberto saisit sa main tremblante et la tint entre les deux siennes.

« Mon fils, lui dit-il. Je suis le père Norberto... »

L'homme leva les yeux. « Mon père... que... que se passe-t-il ?

– Tu as été blessé. Repose-toi. Ne bouge pas.

– Blessé ? C'est grave ?

– Ne bouge pas », répéta doucement Norberto. Il serra la main de l'homme, lui sourit. « Quel est ton nom ?

– Juan... Juan Martinez.

– Je suis le père Norberto. Désires-tu te confesser ? »

Juan jeta autour de lui un regard effrayé. « Mon père... est-ce que... je vais... mourir ? »

Norberto ne répondit pas. Mais son étreinte s'accentua.

« Mais comment… comment est-ce possible ? Je ne souffre pas…

– Dieu est miséricordieux. »

Juan serra les doigts du prêtre. Ses yeux se refermèrent lentement. « Mon père… si Dieu est miséricordieux, alors je vais prier… Il me pardonnera mes péchés.

– Il te les pardonnera seulement si ton repentir est sincère », répondit Norberto. Il entendait au loin des coups de feu, mais moins fréquents. Nombreux seraient ceux qui allaient avoir besoin du secours de Dieu – et de Son pardon. Norberto posa sa croix sur les lèvres du blessé et demanda : « Regrettes-tu sincèrement d'avoir offensé Dieu par tous les péchés de ta vie passée ? »

Juan baisa la croix. « Je les regrette sincèrement, fit-il, contrit, en s'exprimant avec effort. J'ai tué… beaucoup d'hommes. Plusieurs à la station de radio. Un autre dans une chambre… un pêcheur. »

Norberto sentit la Mort se tourner vers lui, moqueuse. Il n'avait jamais connu d'expérience aussi éprouvante, aussi cruelle : découvrir que la main nichée dans la sienne était celle-là même qui avait ôté la vie à son frère.

Les yeux de Norberto étaient des éclairs de rage dans un océan de glace. Ils vrillèrent ceux de l'homme étendu devant lui comme s'il était le diable en personne. Le père Norberto brûlait de repousser cette main et de voir l'homme glisser vers la damnation éternelle, à jamais privé de confession et de pardon.

Cet homme a assassiné mon frère…

« On m'a forcé… à les tuer », s'étrangla Juan. Sa main tremblait, et il s'accrocha désespérément aux doigts du prêtre. « Mais… je me repens sincèrement… »

Norberto ferma les yeux. Les dents serrées, les lèvres tremblantes, se contraignant à rester sans réaction. Comme il brûlait pourtant de lâcher cette main qui avait assassiné Adolfo. Mais il avait beau pleurer son frère, il était aussi un prêtre ordonné dans les sacrements de Dieu.

« Mon père…, s'étrangla Juan. Aidez-moi… à prononcer… les paroles. »

Norberto respira entre ses dents. *Je n'ai pas besoin de lui pardonner. Le pardon est du ressort de Dieu.*

Le prêtre rouvrit les yeux et contempla d'un regard dur le visage tuméfié, le corps brisé gisant devant lui.

« Mon père, pardonnez-moi mes péchés, dit Norberto d'une voix glaciale, dont je me repens sincèrement.

– Je… me repens, répéta Juan d'une voix grinçante. Je… me repens… sincèrement. » Il ferma les yeux. Sa respiration était un souffle ténu.

« Les péchés pardonnés sont effacés de l'âme, et celui qui avait péché se retrouve en état de grâce, poursuivit Norberto. Que Dieu te pardonne tes offenses et t'accorde Son salut. »

Les lèvres de Juan s'entrouvrirent lentement. Il y eut un bref soupir. Puis plus rien.

Norberto continua de contempler le défunt. La main de Juan était froide. Du sang continuait de goutter de ses blessures au torse et à la joue.

Norberto ne pouvait justifier ou pardonner les actes de cet homme. Mais Adolfo était allé pêcher dans des eaux où la proie se défend. Si Juan n'avait pas tué son frère, un autre s'en serait chargé. Des larmes emplirent les yeux du prêtre. Il aurait dû pouvoir retenir Adolfo.

Si seulement il avait connu la double vie de son frère. Si seulement il avait été moins dur, alors peut-être qu'Adolfo n'aurait pas redouté de se confier à lui. Pourquoi l'avait-il laissé partir, ce soir-là ? Pourquoi ne l'avait-il pas accompagné pour aller livrer cette bande magnétique, la cassette qui avait contribué à déclencher tout ceci ? *Pourquoi n'ai-je pas agi quand il était encore temps ?* Et le pire châtiment était qu'il n'eût pas été capable de sauver l'âme de son frère – seulement celle de son assassin.

« Ô Dieu… », fit-il, rejetant la tête en arrière, laissant couler ses larmes. Il reposa la main de Juan et se cacha les yeux.

Toujours agenouillé, il sentit la Mort prendre congé – même si elle ne s'éloigna guère. Le prêtre s'obligea à retenir ses larmes. L'heure n'était pas à pleurer Adolfo ou maudire ses errements. D'autres avaient besoin de réconfort et d'absolution – d'autres qui s'étaient peut-être montrés arrogants dans la fleur de l'âge pour ne découvrir, au bout du compte, l'humilité qu'au seuil de la damnation éternelle.

Le père Norberto se releva. Il fit un signe de croix au-dessus de la dépouille de Juan Martinez. « Que Dieu te pardonne », murmura-t-il.

Et que Dieu me pardonne aussi, songea-t-il en se retournant pour quitter la pièce. Il haïssait l'homme qui venait de mourir. Mais dans son cœur, au plus profond de son âme, il espérait aussi que Dieu avait entendu son repentir.

Cela faisait bien assez de damnation pour la journée.

43.

Mardi, 12 : 12, Madrid, Espagne

La politique de tous les corps d'élite américains était de ne laisser traîner derrière eux aucun indice exploitable. Dans certains cas, comme les missions classées « secret rouge » – celles où nul ne devait être au courant de leur présence –, on allait jusqu'à récupérer les douilles de projectiles. Dans une opération classée « secret vert » comme celle-ci, la seule contrainte était que l'identité des agents ne soit pas révélée.

Le colonel August était conscient qu'Aideen Marley avait décroché du groupe. Elle n'en avait pas reçu l'ordre mais il ne pouvait lui reprocher son initiative. En fait, même si elle ne parvenait pas à retrouver Amadori, la mission serait considérée malgré tout comme un succès partiel. Les Attaquants avaient réussi à prendre le général par surprise. La fusillade allait contraindre la police madrilène à intervenir avec d'autres forces loyalistes. Découvrant les prisonniers, on apprendrait les conditions de leur arrestation. Amadori serait peut-être encore en position de prendre le pouvoir, mais ça risquait de lui compliquer légèrement la tâche. Nul doute qu'il aurait du mal à trouver du soutien dans le reste de l'Europe quand on aurait vent des atrocités qu'il avait commises.

Malgré tout...

Le colonel August n'aimait pas les succès partiels. Aideen avait filé vers l'aile ouest du palais sur les traces d'Amadori. Si les Attaquants parvenaient à fixer assez longtemps les militaires et si, à cause de sa blessure, Amadori songeait plus à fuir qu'à se protéger, elle avait encore une chance de finir elle-même le travail qu'on leur avait confié. Qu'ils réussissent et ils pouvaient épargner à l'Espagne des mois de conflit violent et de purges sanglantes, inévitables si l'apprenti dictateur survivait.

Il y avait un peu moins de cent mètres entre les Attaquants et les rebelles. Même si les troupes d'Amadori portaient des masques à gaz, l'épaisse fumée jaune des gaz lacrymogènes les avait empêchées de progresser plus vite. Alors que les Attaquants avaient pu battre en retraite à un rythme soutenu. Ils avaient même pu aider un certain nombre de prisonniers à s'échapper – ceux qui étaient retenus dans la salle des Hallebardiers et avaient réussi à se frayer un passage à travers le nuage de gaz qui se dissipait.

Les Attaquants approchaient du grand escalier d'honneur. Derrière s'ouvrait la descente aux cachots. Au sud, la galerie empruntée par Amadori et Aideen. Se glissant vers le caporal Prementine, le colonel August lui donna l'ordre de charger un de ses hommes de couvrir leur retraite. Prementine devait ensuite mener le reste du commando vers la sortie du palais.

« Mon colonel, objecta le caporal. Un seul homme n'y suffira pas. J'aimerais rester avec lui.

– Négatif. On se retrouverait à trois.
– Mon colonel ?
– C'est moi qui reste.
– Mais mon colonel…
– Exécution, caporal !
– À vos ordres, mon colonel. » Prementine salua.

Le caporal informa le soldat Pupshaw qu'il allait rester en couverture avec le colonel August. L'imposant deuxième classe réagit avec un salut enthousiaste et fila se présenter devant son commandant. August lui demanda, dès qu'ils auraient rejoint l'escalier, de prendre position juste à l'entrée de la galerie. Lui-même tiendrait l'angle nord de l'escalier, en feu croisé. Si l'un était attaqué par-derrière, l'autre serait bien placé pour le couvrir.

Les soldats Scott et DeVonne leur laissèrent leurs dernières grenades. Il n'y en avait plus que trois. August estima que les deux premières allaient leur permettre cinq bonnes minutes de résistance acharnée. La dernière leur offrirait deux minutes de plus pour couvrir leur retraite. C'était serré, mais jouable. Il espérait juste qu'Aideen parviendrait à rattraper sa proie blessée, à faire ce qu'il fallait et à s'éclipser sans anicroche.

Le caporal Prementine leur souhaita bonne chance. Sans bruit, il s'éloigna avec les autres Attaquants.

August le remercia puis il informa Pupshaw qu'ils devraient tenir leur position pendant exactement cinq minutes à partir du moment où ils se retrouveraient accrochés par les soldats espagnols. Au signal d'August, ils prendraient ensuite la même route que leurs compagnons pour « redescendre dans le trou », Pupshaw ouvrant la marche.

Les deux hommes s'allongèrent à plat ventre pour se préparer à cueillir les assaillants. Ils avaient ordre de ne pas tirer plus haut que le niveau du genou. Pupshaw tenait une grenade, prêt à la lancer sur les Espagnols. August leva le bras gauche.

Vingt secondes plus tard, le premier soldat apparut derrière le nuage de gaz qui se dissipait. August abaissa le pouce.

Pupshaw dégoupilla la grenade et la fit rouler.

47.

Mardi, 12 : 17, Madrid, Espagne

Darrell McCaskey se sentait tout nu sans arme, dans le couloir. Mais pour lui, il était plus important que María en ait une. Cela faisait un bail qu'il n'avait pas utilisé ses talents à l'aïkido, en fait depuis qu'on le lui avait enseigné à son entrée au FBI, mais il allait devoir faire avec.

McCaskey ralentit en débouchant dans la galerie. Il s'arrêta à l'angle, jeta un coup d'œil furtif, comme lorsqu'il était en planque. Il prit un cliché mental de la scène et se planqua aussitôt, le cœur s'emballant soudain.

Un grand type bloquait le passage, un peu plus loin. C'était un général, à la dégaine très franquiste, avec ses galons et sa brochette de médailles. Il avait une arme au poing et portait masque à gaz et lunettes. Darrell nota également sa jambe ensanglantée.

Ce devait être Amadori.

L'homme avait regardé derrière lui alors qu'il approchait. McCaskey était certain de ne pas avoir été repéré. Il se maudit d'avoir laissé son arme à María. Il n'avait rien pour se défendre. Rien sinon ses poings et l'effet de surprise.

Au FBI, il avait appris que si un agent n'avait pas la supériorité de feu dans un affrontement, il devait reculer jusqu'à ce qu'il ait repris le dessus. Une situation d'équilibre favorisait toujours le traqueur. L'échec favorisait le traqué.

Seulement, vu l'importance de l'enjeu, McCaskey ne pouvait courir le risque de laisser Amadori s'échapper.

McCaskey leva les yeux et s'arma de courage. Il prêta l'oreille à la démarche claudicante du général. Amadori n'était plus qu'à trois mètres. Il allait s'accroupir, pivoter, essayer de le plaquer au mur en lui maintenant les jambes, puis lui saisir le bras avant qu'il ait eu le temps de faire feu.

Juste à cet instant, il entendit des pas derrière lui. Il se retourna et vit le père Norberto se diriger vers lui. Mais il ne vit pas que cela : au-dessus de la porte du salon de musique, il avisa l'œil rouge qui l'observait du plafond.

L'œil d'une caméra. Et Amadori portait des lunettes RSS – couplées au système de surveillance électronique.

Les pas s'arrêtèrent. McCaskey laissa échapper un juron. Trop crevé pour y avoir pensé, il se retrouvait à présent dans un beau pétrin. Amadori avait l'avantage sur lui de connaître sa position précise.

Il n'avait plus d'autre choix que de battre en retraite. Il pivota et courut vers la porte ouvrant sur l'esplanade.

« Que se passe-t-il ? » demanda le père Norberto.

McCaskey lui fit signe de le suivre. Le prêtre resta planté sur place, interdit.

« Bon Dieu ! » s'exclama Darrell, irrité. Il ne pensait

pas qu'Amadori tirerait sur un membre du clergé. Mais un prêtre ferait un otage idéal. Personne n'oserait ordonner une attaque de peur qu'il ne soit touché.

McCaskey devait absolument le tirer de là. Fonçant vers le père Norberto, il l'entoura de ses bras en cherchant à le traîner vers la porte. Quelques secondes plus tard, il sentit comme un coup de poing dans le dos, suivi d'une détonation, et puis tout disparut dans un éclair rouge aveuglant.

45.

Mardi, 12 : 21, Madrid, Espagne

Aideen n'avait pas de mal à suivre la trace ensanglantée. Les gouttes étaient si rapprochées qu'elles se superposaient par endroits. Amadori perdait beaucoup de sang. Ce qu'elle n'avait pas prévu, en revanche, c'était que le général soit seul quand elle le rattraperait. Seul, à l'attendre.

Amadori tira un coup de feu lorsqu'elle déboucha du coin. Elle avait reculé d'un bond en l'apercevant et la balle la frôla. Puis ce fut le silence après que fut retombé l'écho de la détonation. Aideen tendit l'oreille, cherchant à déceler si le général bougeait. Alors qu'elle écoutait, elle sentit un contact froid au creux des reins. Elle pivota et vit un homme qui finissait de sortir d'une embrasure. C'était le général de division. L'aide de camp d'Amadori. Avec un pistolet.

Aideen jura en silence. L'officier portait ses lunettes RSS. Il avait dû les régler sur les caméras de surveillance placées dans son dos et la repérer ainsi. Les deux hommes s'étaient séparés et elle se retrouvait prise au piège.

« Tournez-vous et levez les mains en l'air », lui ordonna-t-il en espagnol.

Aideen obéit. Il la délesta de son arme.

« Qui êtes-vous ? »

Aideen ne répondit pas.

« Je n'ai pas de temps à perdre, cracha l'officier. Répondez, et je vous laisse partir. Refusez, et je vous laisse sur place avec une balle dans les reins. Je compte jusqu'à trois. »

Aideen n'avait pas l'impression qu'il bluffait.

« Un », dit le général.

Elle fut tentée de lui dire qu'elle était un agent d'Interpol. Jamais encore elle n'avait frôlé la mort d'aussi près. Il y avait de quoi faire céder les plus résolus.

« Deux. »

Elle doutait que le général l'épargne, même si elle lui disait la vérité. Mais elle mourrait à coup sûr si elle ne disait rien.

Pourtant, en disant la vérité, elle pouvait très bien ruiner la vie et la carrière de María, de Luis et de leurs camarades. Et elle détruirait d'innombrables autres existences en aidant Amadori à survivre à cette attaque.

Peut-être qu'elle avait été destinée à mourir dans la rue avec Martha. Peut-être qu'on ne pouvait échapper à son destin.

Aideen entendit le pistolet aboyer derrière elle. Elle sursauta. Sentit du sang sur son cou. Mais elle était toujours debout.

Quelques secondes plus tard, elle sentit le général tituber contre elle. Elle eut un sursaut involontaire en le sentant basculer. Deux armes tombèrent au sol avec fracas. Elle se retourna vers l'officier. Un flot de sang s'échappait de sa nuque. Elle leva les yeux.

Une silhouette familière approchait du bout de la galerie. Tenant un pistolet encore fumant, arborant un sourire satisfait.

« Ferdinand ? »

Le membre de la *familia* hésita.

« Non… tout va bien », lança-t-elle en se retournant vivement vers la caméra de surveillance derrière elle. Certaine de ne pas être vue, elle releva brièvement son masque pour qu'il la reconnaisse. « Je suis ici avec d'autres. On veut vous aider. »

Ferdinand avançait toujours. « Je suis ravi de l'entendre. Juan et moi, nous doutions de vous, au chantier naval, après l'attaque. Désolé.

– Je ne vous le reproche pas. Vous ne pouviez pas savoir. »

Ferdinand brandit son pistolet. « J'ai enfin compris, quand votre amie a provoqué tout ce chambard. Ils l'ont emmenée avec Juan. Je veux les retrouver… et je veux surtout retrouver Amadori.

– Il est parti de ce côté. » Elle indiqua la direction tout en se penchant pour récupérer son arme.

Aideen sentit le sang du cadavre se figer contre sa nuque et elle l'essuya d'un revers de manche. Elle s'éloigna, écœurée. Non pas à cause de la mort de cet homme ; il avait bien failli la tuer. Non, ce qui la bouleversait, c'est que ni le général ni son aide de camp n'avaient de responsabilité directe dans l'événement qui avait initialement conduit l'Op-Center à intervenir : l'assassinat de Martha Mackall. Bien au contraire. Ils avaient fait tuer les auteurs du meurtre. Le crime pour lequel on les traquait était d'avoir fomenté un putsch contre un allié de l'OTAN – un coup d'État que, ironie de l'histoire, la majorité du peuple espagnol aurait sans doute approuvé si on lui avait demandé son opinion par un vote.

Martha s'était trompée, songea Aideen, atterrée. *Il n'y a pas de règles. Il n'y a que le chaos.*

Aideen et Ferdinand se remirent à la poursuite d'Amadori. Aideen en tête, Ferdinand quelques pas derrière. Elle vérifia l'arme qu'elle avait récupérée. Le cran de sûreté était relevé. Ce salopard de galonné s'apprêtait bel et bien à la flinguer d'une balle dans le dos.

La galerie devant eux était déserte. Ils entendirent un coup de feu et pressèrent le pas. Aideen se demanda si quelqu'un d'autre – María, peut-être ? – avait trouvé Amadori. La piste ensanglantée se poursuivait après le coin. Ils la suivirent, s'arrêtant au débouché du couloir donnant sur le salon de musique. C'est là qu'ils découvrirent le général Amadori, immobile, tenant une arme dans sa main gantée de blanc. L'arme était pointée sur la tête de quelqu'un. Il fallut un moment à la jeune femme pour comprendre qui le général tenait en joue.

C'était le père Norberto. Et, à ses pieds, gisait un autre homme, étendu sur le dos, immobile : Darrell McCaskey.

46.

Mardi, 12 : 24, Madrid, Espagne

Quand le père Norberto avait franchi la grille devant le palais, il n'avait pas imaginé un seul instant que les soldats puissent s'en prendre à lui. Il avait pu le lire dans leurs yeux, l'entendre dans leur voix.

Il ne se faisait en revanche aucune illusion sur cet homme, lui qui venait d'abattre l'Américain d'une balle dans le dos. L'officier lui avait enfoncé un pistolet sous la joue tout en le tenant fermement par les cheveux de l'autre main. L'homme saignait. Il n'avait ni le temps ni l'envie de discuter.

« Où est mon aide de camp ? » cria Amadori.

Aideen jeta au sol ses lunettes et son arme. « Il est mort. Maintenant, relâchez ce prêtre.

– Une femme ? hurla Amadori. Bon Dieu, qui ose m'affronter ? Montrez-vous, maintenant !

– Relâchez le *padre*, général Amadori. Laissez-le, je prendrai sa place.

– Je ne négocie pas », s'écria Amadori. Il jeta un rapide coup d'œil derrière lui. La porte donnant sur la place n'était qu'à quelques pas. Il ôta ses lunettes, les jeta. Puis il enfonça le canon de son pistolet dans la gorge du père Norberto et continua de se diriger vers la porte, à reculons. « Mes hommes sont toujours dehors, ils tiennent la place pendant que leurs frères d'armes combattent. Je n'aurai qu'à les appeler pour qu'ils accourent. Ils vous traqueront.

– Vous m'abattrez si je me montre.

– C'est exact, dit Amadori. Mais je relâcherai le prêtre. »

La femme ne dit rien.

Au long de ses années d'apostolat, le père Norberto avait eu l'occasion de parler à des veuves éplorées, des paroissiens qui venaient de perdre, qui un frère, qui une sœur ou des enfants. La plupart exprimaient alors le désir de mourir eux aussi. Malgré son deuil personnel, Norberto n'éprouvait pas ce sentiment. Il n'avait aucune envie d'être un martyr. Il voulait vivre. Continuer à secourir son prochain. Mais il n'allait pas non plus laisser sacrifier cette femme à sa place.

« Mon enfant, reste ici ! » lui cria-t-il.

Amadori lui tira les cheveux. « La ferme !

– Mon jeune frère, Adolfo Alcazar, a cru en toi. Il est mort en te servant.

– Ton frère ? » s'étonna le général, sans s'arrêter. Il n'était plus qu'à quelques pas de la sortie. « Tu n'as pas encore compris que c'est justement ceux qui ont tué ton Adolfo qui sont dehors ?

– Je le sais. L'un d'eux vient de mourir dans mes bras, tout comme mon frère.

– Alors, comment peux-tu prendre leur parti ?

– Je n'ai pas pris leur parti. Mon seul parti est celui de Dieu. Et c'est en Son nom que je t'implore de mettre fin à cette guerre fratricide.

– Je n'ai plus le temps, cracha Amadori. Mes ennemis sont ceux de l'Espagne. Dis-moi qui est cette femme et je te relâche.

– Je ne t'aiderai pas.

– Alors, tu mourras ! » Amadori gémit en parvenant à la porte. Il souffrait manifestement. Tenant toujours le prêtre, il apparut dans l'éclat du soleil et s'avança vers la grille sud de la place. « J'ai besoin d'aide ! » hurla-t-il. Il se retourna pour s'assurer qu'Aideen n'avait pas bougé.

Les soldats de l'autre côté de la place avaient leurs fusils pointés vers les arcades. Ils se retournèrent vers la porte du palais. Soudain, l'un d'eux sortit de l'abri de la poterne d'entrée.

« Restez où vous êtes, mon général ! » lança-t-il.

Amadori tourna son regard vers les arcades. Il avisa deux personnes tapies dans l'ombre – un homme, ensanglanté, et une femme.

« Ramenez ici votre unité ! hurla Amadori. Verrouillez la place ! »

Le soldat décrocha de sa ceinture un émetteur de campagne pour appeler des renforts. La femme tapie derrière l'arcade en profita pour mettre en joue Amadori. Furieux, le général fit brutalement tournoyer le prêtre dans sa direction. La femme se retint de tirer ; plusieurs rafales tirées par les soldats la repoussèrent derrière l'arcade. Amadori se retourna vers le palais pour s'assurer que l'autre femme n'avait pas débouché du coin.

Non. Elle n'avait pas besoin : Darrell McCaskey gisait sur le flanc en travers du couloir. Tourné face à Amadori, il brandissait l'arme qu'Aideen lui avait passée en la faisant glisser au sol d'un coup de pied.

Le père Norberto regardait, lui aussi. Sans comprendre. Pas trace de sang. Pourtant, il avait bien vu le général lui tirer une balle en pleine poitrine.

Amadori voulut faire pivoter le prêtre pour parer à ce nouveau danger. McCaskey ne lui laissa pas le temps de s'en faire un bouclier. Et cette fois, il n'avait pas l'intention de blesser le général. Il tira, lui logeant coup sur coup deux balles dans la tempe.

Amadori était mort avant d'avoir touché le sol.

47.

Mardi, 12 : 35, Madrid, Espagne

« Vous aviez pris un des gilets pare-balles…, dit Aideen en se précipitant vers McCaskey.

– Je ne m'en sépare jamais en voyage », répondit Darrell. Il grimaça quand elle l'aida à se relever. « Je l'avais enfilé avant de venir. Après qu'il m'a tiré dessus… je me suis dit que je n'avais qu'à attendre, peinard, un truc comme ça…

– Encore heureux que je n'aie pas choisi de vous refiler les lunettes », nota Aideen.

Ferdinand passa devant eux en coup de vent pour rejoindre le prêtre. Debout dans l'embrasure, le père Norberto contemplait le corps du général Amadori. Il s'agenouilla et entama une prière pour le défunt.

« Mon père, il ne mérite pas votre bénédiction, objecta Ferdinand. Venez… Il faut qu'on file. »

Norberto acheva sa prière. Il ne se releva qu'après avoir fait le signe de croix au-dessus de la dépouille. Il regarda Ferdinand. « Où ça ?

– Loin… Les soldats…

– Il a raison, mon père, intervint Aideen. On ne sait pas ce qu'ils vont faire. »

Accroché à l'épaule d'Aideen, McCaskey essayait de

retrouver son souffle. « Il faut aussi qu'on avertisse au plus vite le patron de ce qui se passe. Où sont les autres ?

– Ils ont rencontré une certaine résistance lors du nettoyage. Ils ont décroché.

– Est-ce qu'on peut les rejoindre ? »

Aideen opina. « Vous pouvez marcher ?

– Oui, mais je ne viens pas avec vous. Je ne peux pas laisser María.

– Darrell, vous avez entendu ce qu'a dit Amadori. Des renforts arrivent.

– Je sais. » Il sourit faiblement. « Raison de plus pour que je ne l'abandonne pas.

– Il ne sera pas seul, intervint le jésuite. Je reste avec lui. »

Aideen les contempla tour à tour derrière son masque. « On n'a pas le temps de discuter. Je préviendrai les autres. Vous trois, faites gaffe. »

McCaskey la remercia. Tandis qu'elle faisait demi-tour pour filer vers l'escalier d'honneur, McCaskey rejoignit le prêtre clopin-clopant. Il s'adressa à lui en anglais, en indiquant le corps : « Je suis désolé pour ce qui s'est passé. Mais c'était nécessaire. »

Norberto ne dit rien.

Ferdinand remit son pistolet à sa ceinture. « Moi, je pars à la recherche de mon ami Juan. » Il considéra McCaskey. « Merci, monsieur, d'avoir débarrassé l'Espagne de cet apprenti *caudillo.* »

McCaskey n'était pas vraiment certain d'avoir compris la remarque de Ferdinand mais il en avait saisi le fond. « *¡ De nada !* répondit-il. À votre service. »

Le père Norberto passa soudain le bras autour du cou de Ferdinand. Il le serra avec fermeté.

« *¿Padre* ? s'étonna Ferdinand.

– Ton ami est là-bas », dit Norberto. C'est avec les larmes aux yeux qu'il lui indiqua le salon de musique. « Mort.

– Juan, mort ? Vous en êtes certain ?

– Certain. J'étais auprès de lui quand il a rendu l'âme. Il m'a confessé ses péchés. Il est mort absous. »

Ferdinand ferma les yeux.

Norberto raffermit son étreinte. « Tout chrétien a droit à l'absolution, mon fils, qu'il ait tué un homme ou qu'il en ait tué des millions. »

Le prêtre relâcha Ferdinand et rejoignit McCaskey qui était passé devant lui pour glisser avec précaution la tête à la porte. McCaskey ne savait pas de quoi les deux hommes avaient pu discuter, mais ça n'avait pas l'air de s'être trop bien passé.

« Que devrait-on faire ? demanda le prêtre.

– Je ne sais pas trop », admit McCaskey.

Il regarda les soldats le regarder. Les renforts venaient de déboucher d'une autre porte un peu plus loin dans la grille. McCaskey eut l'impression qu'ils portaient des masques à gaz. Ils devaient avoir fait partie du groupe qui avait poursuivi les Attaquants.

Une fois encore, il se sentait impuissant. Il était fort possible que les guetteurs d'Interpol ne se soient pas rendu compte de la disparition d'Amadori, et du fait qu'une simple démonstration de force de la police pourrait suffire à éteindre la flambée putschiste. Surtout si elle intervenait avant que les soldats aient pu se rallier à un nouveau chef.

« Et si j'allais parlementer avec eux ? proposa Norberto. Leur dire qu'ils n'ont désormais plus aucune raison de se battre ?

– Je ne crois pas qu'ils écouteraient. Vous réussirez peut-être à en faire douter quelques-uns, mais pas tous. Pas assez pour nous sauver.

– Il faut que j'essaie », insista le prêtre.

Il contourna McCaskey et sortit. Darrell ne chercha pas à le retenir. Il ne pensait pas que les soldats s'en prendraient au prêtre. Et s'il réussissait à leur faire gagner une minute ou deux, ce serait toujours ça. Au point où il en était, il était prêt à tout tenter.

McCaskey n'avait aucune idée de l'évolution du mouvement maintenant qu'Amadori était mort. Mais à voir comment la quarantaine de soldats était en train de se masser le long du flanc sud de la place, il avait une idée de ce qui les attendait, María, lui et tous les prisonniers retenus au palais.

Ils allaient devenir des pions dans l'une des plus terribles prises d'otages de cette fin de siècle.

48.

Mardi, 6 : 50, Washington, DC

« Un appel des Attaquants », annonça Bob Herbert.

Il s'occupait de la ligne de Paul Hood pendant que ce dernier, accompagné de Rodgers, était en téléconférence avec Burkow, le patron du NSA, et García Abril, l'ambassadeur d'Espagne à Washington. Le conseiller juridique Lowell Coffey et Ron Plummer étaient également là.

L'ambassadeur informa Washington que le Premier ministre de son pays, en accord avec le roi, avait démis de ses fonctions le général Amadori. Son commandement était désormais confié au général García Somoza qui était en train d'arriver en avion de Barcelone. Dans l'intervalle, les forces de police madrilènes – dont faisait partie le corps d'élite de la garde royale du palais de la Zarzuela, résidence du souverain – s'organisaient pour lancer une contre-attaque destinée à reprendre le palais.

Hood prit l'appel aussitôt, retransmis par le QG madrilène d'Interpol. Il mit l'ampli. Le silence radio avait été épuisant nerveusement, surtout depuis que les guetteurs et les satellites de reconnaissance avaient signalé des coups de feu et des nuages de gaz lacrymogènes en plusieurs endroits du palais. Il redoutait surtout que la police n'intervienne avant que leur commando ait pu s'éclipser.

« Partie gagnée ! annonça August, dès qu'il eut Hood au bout du fil. L'équipe a quitté le terrain adverse. On est revenus dans notre camp. »

Il y eut des sourires alentour, des poings levés en signe de victoire. Rodgers informa aussitôt Burkow et l'ambassadeur Abril.

« Excellent », lança Hood avec enthousiasme. Comme les Attaquants se retrouvaient à découvert, August allait devoir reprendre le code sportif qu'ils avaient mis au point. « Pas de bobo ?

– Juste une contusion mineure, répondit August. Mais on a un petit problème : au lieu de suivre le match, l'entraîneur a décidé d'aller défendre sa nana contre les supporters adverses dans les gradins... Il s'est fait accompagner par le capitaine. Pas de problème pour l'entraîneur mais les deux autres ne sont pas frais. Ils auraient vraiment besoin d'un soigneur.

– Vu », dit Hood. L'entraîneur, c'était McCaskey. Le capitaine, Luis. August était en train de lui annoncer que les deux hommes avaient filé de leur côté pour tenter de récupérer María. Et que la vie de María et de Luis était en danger.

« Encore un truc, ajouta August. Quand on a voulu éliminer le meilleur joueur adverse, pendant le match, on s'est retrouvés bloqués par leur défense. C'est en définitive l'entraîneur qui a obtenu sa sortie du terrain. »

Hood et Rodgers échangèrent des regards. C'était donc McCaskey qui avait réussi à éliminer Amadori. Ce n'était pas prévu dans le plan d'attaque. Mais si Hood avait découvert une qualité chez les hommes de son équipe – Herbert, Rodgers et McCaskey les tout premiers –, c'est qu'ils étaient des as de l'improvisation.

« On a bien l'impression que l'entraîneur ferait mieux de ne pas s'attarder dans le stade après le coup de sifflet final. On ne sait pas trop comment vont réagir les supporters de l'autre équipe. Vous voulez qu'on retourne le chercher ?

– Négatif », dit Hood. Si bon qu'il soit, il refusait de renvoyer les Attaquants au charbon sans un minimum de repos, surtout avec la police qui s'apprêtait à intervenir. « Où sont l'entraîneur et les autres, en ce moment ?

– L'entraîneur est près de la sortie, tribune B1, dit August. La fille et le capitaine sont rangée V5, places 1 et 3.

– Parfait, dit Hood. Bon boulot. À présent, rentrez aux vestiaires. On discutera à ce moment-là. »

Herbert avait roulé jusqu'à l'ordinateur pour entrer les coordonnées du plan fournies par August. Il demanda une image satellite récente du site indiqué. Stephen Viens les avait reliés directement au serveur de téléchargement du NRO et l'image leur arriva au bout de quinze secondes.

« J'ai María et Luis », annonça-t-il. Il fit un zoom arrière pour embrasser l'ensemble de la place. « J'ai également une trentaine de soldats qui préparent quelque chose… »

Rodgers mit au fait Burkow et Abril. Pendant ce temps-là, Lowell Coffey s'était levé pour aller se servir un café à la machine. « Paul, dit Lowell, si Amadori est mort, il est bien possible que ces soldats décident de ne plus tuer personne mais bien plutôt de prendre des otages. Et de s'en servir de monnaie d'échange pour négocier une amnistie...

– Qu'ils obtiendront sans doute, en plus, remarqua Plummer. Quel que soit le nouveau dirigeant espagnol, il voudra sans doute éviter de commencer son mandat en braquant les partisans de l'un ou l'autre camp.

– Donc, si les forces loyalistes n'attaquent pas, poursuivit Coffey, on arrivera sans doute à récupérer tout le monde à temps – y compris Darrell. Les soldats ne gagneront rien à les tuer.

– Sauf McCaskey, rétorqua Herbert. Le colonel August a raison. Si jamais les soldats du palais découvrent que c'est lui qui a descendu Amadori, il risque de passer un très mauvais quart d'heure.

– Comment le sauraient-ils ? objecta Coffey.

– Les caméras de surveillance, répondit Herbert en affichant le plan du palais. Regardez où il se trouve. »

Coffey et Plummer s'approchèrent de l'ordinateur. Rodgers était toujours au téléphone avec Burkow et l'ambassadeur d'Espagne.

« Il y a des caméras à chaque bout du couloir, poursuivit Herbert. Darrell risque d'avoir été filmé. Quand ils vont découvrir le cadavre du général, ses soldats risquent de prendre le temps de visionner la bande et de voir qui a fait ça.

– On a un moyen de l'effacer avec une quelconque interférence électronique ? s'enquit l'avocat.

– C'est faisable avec un avion passant à basse altitude qui lancerait une salve électromagnétique dirigée, répondit Herbert. Mais ça va prendre du temps. »

Rodgers coupa le haut-parleur et se leva : « Messieurs, il est peu probable que nous puissions faire quoi que ce soit en temps voulu.

– Explique-toi…, demanda Hood.

– Interpol a informé le Premier ministre espagnol du succès de la mission. L'ambassadeur vient de me prévenir qu'ils veulent faire intervenir la police sans tarder, avant que les forces rebelles aient eu le temps de se ressaisir. »

Herbert jura.

« Quels sont leurs ordres si les militaires prennent des otages ? » demanda Hood.

Rodgers hocha la tête. « Il ne va pas y avoir d'otages. Le gouvernement espagnol n'a pas envie d'offrir aux rebelles – je reprends leur terme – une tribune qui les place sous les feux de la rampe.

– Ce n'est pas moi qui le leur reprocherai, dit Herbert.

– Moi si, quand un de mes gars est encore bloqué au palais, rétorqua Hood avec colère. On leur a quand même rendu un foutu service…

– Et ils profitent désormais de la voie royale qu'on leur a ouverte, dit Rodgers, en agissant dans le meilleur intérêt du pays. Le boulot que nous avait demandé le président des États-Unis était de contribuer à rétablir en Espagne le pouvoir légitime. On n'avait aucune garantie, Paul, sur sa réaction par la suite. »

Hood repoussa sa chaise et se leva. Il mit les mains sur ses hanches, secoua la tête, puis alla se servir un café.

Rodgers avait raison, bien sûr. Il était fort probable que le Premier ministre espagnol, voire le roi ne survivrait pas à cette débâcle. Ce n'était pas leur intérêt personnel qu'ils défendaient, mais l'intégrité de l'Espagne ; et à long terme, l'Europe et les États-Unis. Pas un seul pays au monde n'a intérêt à voir son voisin éclater dans un processus de balkanisation.

Pourtant, ce n'était pas l'action des politiques qui le chagrinait. C'était leur façon dédaigneuse de reprendre les rênes, une fois le plus gros du travail effectué. Auraient-ils oublié toutes les vies sacrifiées pour rectifier les erreurs commises alors qu'ils étaient aux affaires ?

« Paul, dit Rodgers, le gouvernement espagnol ignore sans doute le rôle de Darrell dans cette affaire. Sans doute supposent-t-ils que l'infiltration des Attaquants s'est déroulée comme prévu.

– Ils n'ont pas pris la peine de s'informer.

– L'auraient-ils fait que cela n'y aurait rien changé. C'était impossible. Le gouvernement ne peut pas nous laisser un délai pour trouver une solution tout simplement parce qu'ils ne peuvent pas se permettre de laisser du temps aux rebelles. »

Hood revint au bureau avec son café.

« J'ai déjà été confronté à ce genre de problème, nota Herbert. C'est toujours la merde. Mais Darrell est loin d'être un bleu. Il aura sans doute saisi de quoi il retourne. Peut-être qu'il va trouver un moyen de s'en tirer et de mettre les autres à l'abri jusqu'à ce que le calme soit revenu.

– J'ai également informé Interpol de la situation, intervint Rodgers. Je ne leur ai pas parlé de l'initiative de Darrell. On pourra toujours y revenir plus tard, avec un peu de chance, une fois qu'on l'aura récupéré.

– Ouais, dit Herbert. Qu'on puisse au moins s'amuser à nier avec aplomb qu'il ait jamais mis les pieds au palais.

– Je leur ai dit où se trouvaient Darrell, María et Luis, poursuivit Rodgers, et qu'ils nécessitaient des soins médicaux. Il faut espérer que le message suivra la filière hiérarchique. »

Hood se rassit. « *Sans doute. Peut-être. Avec un peu de chance. Il faut espérer.* J'imagine qu'il y a des termes moins optimistes.

– Une flopée, confirma Herbert. Genre : *Jamais. En aucun cas. Impossible* et *décédé.* »

Hood le regarda. Regarda les autres. Il allait tous les regretter quand il remettrait sa démission – tous ces bons patriotes, ces professionnels dévoués. Ce qu'il ne regretterait pas, en revanche, c'était l'attente, l'inquiétude, le chagrin. Il en avait eu largement sa dose pour le restant de ses jours.

Il ne regretterait pas non plus la solitude et le remords. Celui d'avoir désiré Nancy Bosworth en Allemagne, ou Ann Farris à Washington. Ce genre de flirt sans lendemain ne correspondait pas à son idéal de vie.

Hood se prit à espérer que Sharon ait changé d'avis et, qui sait, qu'elle ait décidé de revenir. Et il dut admettre que Bob Herbert avait raison : *peut-être* était toujours préférable à *jamais.*

49.

Mardi, 12 : 57, Madrid, Espagne

Pour McCaskey, respirer était une vraie torture. Mais comme l'avait un jour remarqué son mentor au FBI, le directeur adjoint Jim Jones, « l'autre solution c'est de ne plus respirer du tout, et ça ne vaut guère mieux ». Les gilets pare-balles étaient destinés à empêcher les projectiles de pénétrer dans le corps. Ils ne réduisaient pas la force de l'impact et ne l'empêchaient donc pas de briser les côtes ou – selon le calibre et la distance de tir – de provoquer des hémorragies internes. Pourtant, malgré l'intensité de la douleur, McCaskey s'inquiétait moins pour lui que pour María. Il avait retardé sa sortie, envisageant d'endosser l'uniforme du général. Mais Amadori était trop grand, il y avait trop de sang sur ses vêtements et, surtout, Darrell ne parlait pas espagnol. Le bluff n'abuserait les soldats que quelques secondes – ça n'en valait pas la peine.

Un bip retentit soudain au bout du couloir : un message sur la radio de campagne de l'aide de camp. Les soldats n'allaient pas tarder à venir voir pourquoi l'officier ne répondait pas.

Des renforts arrivaient sur l'esplanade. McCaskey glissa la tête dehors. De l'autre côté des arcades, côté est, c'était la Calle de Baílen – et la liberté. Mais il y avait plus de cent mètres pour gagner la rue. Une fois que María aurait quitté l'abri des arcades, elle n'aurait plus rien pour se protéger des soldats. Et obligée de traîner Luis, elle ne pourrait pas conserver son arme. McCaskey ignorait si les soldats seraient prêts à l'abattre. Ce dont il était sûr, en revanche, c'est qu'ils seraient fous de laisser s'échapper qui que ce soit. Surtout un des témoins des exactions subies par les prisonniers.

McCaskey décida de tenter le tout pour le tout pour rejoindre María et couvrir sa fuite. Alors qu'il s'apprêtait à demander un coup de main à Ferdinand, ce dernier lui dit quelque chose et lui tendit la main. Darrell se tourna vers le prêtre : « Il compte filer sans nous ?

– Tout à fait, confirma Norberto.

– Un instant. » McCaskey refusa de prendre la main de l'Espagnol. « Dites-lui que j'ai besoin de son aide pour récupérer María. Il ne peut pas partir. »

Norberto traduisit. Ferdinand répondit avec un signe de dénégation.

« Il dit qu'il regrette, expliqua Norberto, mais que sa *familia* a besoin de lui.

– Moi aussi, bon sang ! s'irrita McCaskey. Il faut que je récupère Luis et María pour les aider à sortir d'ici. »

Ferdinand s'apprêtait à filer.

« Bordel, s'écria McCaskey. J'ai besoin de quelqu'un pour me couvrir !

– Laissez-le aller de son côté, fit Norberto, catégorique. On va y aller ensemble. Ils n'oseront pas nous tirer dessus.

– Si, quand ils s'apercevront que leur chef est mort. »

Ils entendirent une cavalcade dans la galerie. Suivie de coups de feu. Ferdinand poussa un hurlement.

« Merde ! s'écria McCaskey. Allons-y ! »

Les traits du père Norberto restaient impassibles mais il hésita.

« Vous ne pouvez pas m'aider, dit McCaskey en se dirigeant vers la porte. Allons, venez… »

Norberto le suivit. McCaskey essayait d'avancer le plus vite possible, et chaque pas provoquait des élancements douloureux. Il voulut lever le bras droit ; un éclair aveuglant lui transperça les poumons, son dos s'arqua. Il fit passer son pistolet dans l'autre main. Il ne tirait pas aussi bien de la gauche, mais sa décision était prise : il allait récupérer María, en rampant s'il le fallait, mais il allait la rejoindre.

Les deux hommes sortirent, le père Norberto interposé entre Darrell et la ligne de soldats. McCaskey titubait, encore sous le coup de la douleur d'avoir voulu lever le bras. Le prêtre le soutint par le coude. McCaskey s'appuya sur lui avec reconnaissance. Le père Norberto en profita pour lui subtiliser son arme.

« Mais qu'est-ce que vous faites !? » s'écria McCaskey.

Le jésuite brandit l'arme en la tenant par le canon. Puis il se pencha et la déposa bien en vue à terre. « Je leur donne une raison de moins pour nous tirer dessus.

– Ou une raison supplémentaire ! « rétorqua McCaskey tout en se remettant à avancer.

Il préféra ne pas y penser. Oublier les soldats qui les interpellaient en espagnol. María les observait de son abri au pied de l'arcade, son arme toujours bien en évidence.

Puis il y eut un coup de feu, un claquement sec, à un

mètre à peine du père Norberto. Des éclats de pierre volèrent dans leur direction. L'un d'eux atteignit le prêtre à la cuisse. Il grimaça mais continua d'avancer.

María riposta. L'un des soldats lui tira dessus, l'obligeant à se cacher.

La fusillade reprit. Cette fois, une balle frappa le sol à quelques centimètres du prêtre. Faisant jaillir de nouveaux éclats de pierre. Norberto eut un soubresaut et s'appuya contre McCaskey, atteint au côté par plusieurs éclats.

« Ça va ? » demanda l'Américain.

Norberto opina. Mais il avait les lèvres serrées, le front plissé. Il souffrait.

Soudain, des cris retentirent derrière eux. Venant du palais.

« *¡ El general está muerto !* » lança quelqu'un.

McCaskey n'avait pas besoin que le prêtre lui traduise. Le général était mort… et d'ici peu, ce serait leur tour.

« Vite ! » pressa-t-il.

Mais dans le même temps, il se rendit compte qu'ils n'y arriveraient jamais. Plusieurs soldats avaient entendu eux aussi. Des cris de rage incrédule retentirent.

Bientôt toutefois, leurs cris furent couverts par un autre bruit : des claquements d'hélicoptères. McCaskey s'immobilisa. Il regarda sur sa gauche, vers le palais, au nord de la place. Les soldats firent de même. Peu après, six hélicos apparurent au-dessus de l'aile sud. Ils s'immobilisèrent à l'aplomb de la place, obscurcissant le soleil, dans un grondement assourdissant.

Pour McCaskey, c'était le son le plus mélodieux

qu'il ait entendu. Et le spectacle le plus sublime qu'il ait jamais vu se produisit quand des tireurs d'élite de la police se penchèrent par les portes ouvertes des appareils pour pointer leurs fusils d'assaut sur les soldats rebelles.

McCaskey entendit en même temps des sirènes dans les avenues longeant le palais. Aideen et les Attaquants avaient dû réussir à s'échapper et fournir à la police des indications suffisamment précises pour leur permettre d'envoyer la cavalerie – et même la grosse cavalerie.

McCaskey se remit en route. « Venez, mon père, ils sont de notre côté ! »

Cette double approche, par voie de terre et par la voie des airs, suggérait que la police s'attendait à voir les rebelles se diviser et comptait ainsi mieux fixer une éventuelle résistance en l'affaiblissant notablement.

L'Américain et le jésuite finirent de traverser la place alors que les sirènes retentissaient tandis que les hélicos tenaient les rebelles à distance. McCaskey avait hâte de serrer María dans ses bras. Mais, dans son état actuel, il risquait de se bousiller les poumons. Elle aussi d'ailleurs était en bien triste état, sans oublier Luis qui exigeait également des soins.

« Ça fait du bien de te revoir, lui dit María avec un sourire. Ai-je bien entendu, au sujet d'Amadori ? »

McCaskey acquiesça tout en regardant Luis. Le policier avait le teint cendreux, la respiration sifflante. McCaskey inspecta son pansement improvisé. Puis il ôta sa chemise et se mit à la déchirer en lambeaux.

« Mon père, il faut qu'on conduise Luis à l'hôpital. S'il vous plaît, vous pourriez faire signe à un automobiliste ?

– Je ne crois pas que ce sera nécessaire », répondit Norberto.

McCaskey regarda vers la rue. Une voiture de police venait de s'arrêter au bord du trottoir et quatre hommes en descendirent. Ils portaient une tenue caractéristique : uniforme et casquette bleus, ceinturon et demi-guêtres blancs.

« La Guardia Real, souffla María. La garde personnelle du roi. »

Un cinquième personnage était descendu derrière eux. Grand, les cheveux blancs, le port martial. Il s'approcha d'un pas rapide.

« C'est le général de la Vega », indiqua McCaskey. Puis il cria : « Vite ! On a besoin de secours. Il faut un médecin pour Luis !

– *Una ambulancia !* » ajouta María.

Les membres de la garde royale se précipitèrent vers eux. L'un d'eux cria quelque chose à María.

Elle hocha la tête, puis se tourna vers McCaskey. « Ils sont en train d'établir un hôpital de campagne sur la Plaza de Oriente, de l'autre côté de l'avenue, entre le théâtre et le palais. C'est là qu'ils vont le conduire. »

McCaskey contempla Luis. Il termina de panser l'agent d'Interpol, puis il lui prit la main et la serra. « Courage, l'ami. Les secours arrivent. »

Luis réagit mollement. Ses yeux restèrent fermés. Le père Norberto s'agenouilla près de lui pour prier. Le prêtre souffrait visiblement. Mais il était manifeste qu'il n'avait pas l'intention de se laisser arrêter par un tel détail.

Bientôt, on entendit de nouveaux coups de feu au palais. McCaskey et María échangèrent un regard.

« On dirait que le gouvernement a décidé de jouer son va-tout », observa McCaskey.

La jeune femme acquiesça. « Nous allons perdre quantité d'hommes de valeur, aujourd'hui. Et pour quoi ? A cause des visions d'un insensé.

– Ou de sa vanité. Je ne sais jamais ce qui, des deux, motive le plus les dictateurs… »

Entre-temps, la police était arrivée. Deux hommes soulevèrent Luis avec précaution et l'emmenèrent vers la place de l'autre côté de l'avenue. Le général remercia McCaskey et María pour tout ce qu'ils avaient fait, avant de se hâter derrière les sauveteurs. Les deux autres gardes royaux s'occupèrent de la jeune femme.

« Ma garde d'honneur », rit-elle.

McCaskey sourit et se releva avec l'aide du père Norberto. Ils accompagnèrent María qu'on emportait. À chaque pas, McCaskey avait l'impression qu'on lui flanquait un coup de poignard. Mais il se maintint à la hauteur des gardes. Il était si rare d'avoir une seconde chance, que ce soit pour rectifier un mauvais choix lors d'une crise ou pour retrouver un amour perdu… Il avait eu l'occasion de connaître les deux. Il savait ce qu'était la torture due aux événements déclenchés par votre indécision, votre faiblesse ou vos craintes.

Si María Corneja voulait bien de lui, il n'avait pas l'intention de la perdre à nouveau. Pas même une minute. Cette autre douleur, celle de gâcher une seconde chance, serait infiniment pire.

À tâtons, María chercha sa main, la trouva. Une seconde après, leurs regards se croisèrent. Et il sentit une douleur au moins s'évanouir quand il lui apparut évident qu'elle éprouvait la même chose que lui.

50.

Mardi, 7 : 20, Washington, DC

Même s'il n'avait guère dormi au cours des dernières vingt-quatre heures, Paul Hood se sentait incroyablement en forme.

Il s'était entretenu avec le colonel August et Aideen Marley dès leur retour au quartier général d'Interpol. Le sort de Darrell McCaskey, María Corneja et Luis García de la Vega n'était pas encore connu pour le moment – même si le général Manolo de la Vega lui avait assuré qu'en temps opportun, une unité d'assaut de la police interviendrait, dût-il pour cela leur botter le cul lui-même.

McCaskey finit par appeler d'un hôpital de campagne, en se contentant de l'informer que tous se portaient bien. Un compte rendu plus détaillé serait acheminé au siège d'Interpol par une ligne cryptée.

Hood, Rodgers, Herbert, Coffey et Plummer fêtèrent l'événement avec un nouveau pot de café chaud et un échange de congratulations. L'ambassadeur Abril appela pour leur annoncer que le roi et le Premier ministre avaient été informés et qu'ils s'adresseraient au pays à quatorze heures, heure locale. Abril ne pouvait leur confirmer que le Palais royal avait été repris aux troupes du général Amadori. Cette information leur serait transmise par la Maison-Blanche dès qu'elle serait disponible, et transiterait par les voies diplomatiques habituelles.

Abril ne pouvait pas non plus leur dire quel serait l'avenir de l'Espagne – non seulement parce que ce n'était pas son rôle, mais surtout parce que, sincèrement, il n'en savait rien.

« Le député Serrador et le général Amadori ont été l'un et l'autre les révélateurs de forces d'opposition très puissantes. Des haines séculaires ont été réveillées. J'espère – avec quelque doute, malgré tout – qu'on pourra les apaiser.

– C'est notre vœu à tous », répondit Hood.

L'ambassadeur le remercia.

Dès que Paul Hood eut raccroché, Herbert marmonna quelques expressions sudistes imagées à l'encontre de l'ambassadeur et de sa langue de bois – même si Ron Plummer ne manqua pas de lui rappeler qu'Abril s'était simplement conformé aux usages diplomatiques.

« Je me rappelle encore la contrariété de Jimmy Carter au moment de la libération des otages américains à Téhéran. Les Iraniens avaient attendu l'investiture de Ronald Reagan pour les relâcher. Quand l'ancien président téléphona à la Maison-Blanche pour savoir si les Américains étaient libres, on lui répondit que cette information était secret défense. Il ne put en avoir la confirmation que bien plus tard. »

Ce n'était pas fait pour apaiser Herbert. Il décrocha le téléphone intégré à l'accoudoir de son fauteuil pour appeler son bureau. Il pria son assistant de contacter Interpol en leur demandant si les guetteurs avaient du nouveau sur la situation au palais. Moins de deux minutes plus tard, on lui annonça que les fusillades avaient cessé et que dans tous les secteurs visibles depuis leur position, la police semblait maîtriser la situation. Un coup de fil à Stephen Viens et un coup d'œil sur les derniers clichés satellitaires confirmèrent que des soldats étaient désarmés un peu partout au palais et qu'on conduisait des civils vers les tentes de la Croix-Rouge installées sur le parvis de la cathédrale.

Herbert eut un sourire de triomphe. « Qu'est-ce que vous diriez qu'on informe Abril que les "voies diplomatiques" utilisent un peu plus de canaux que dans le temps ? »

Le coup de fil de McCaskey leur parvint en définitive à sept heures quarante-cinq. Hood brancha l'ampli. Darrell leur annonça qu'il était en sale état, qu'il avait trois côtes cassées et une contusion aux reins. À part cela, il gardait le moral. María et Luis étaient sur le billard, mais leurs jours n'étaient pas en danger.

« Je pense rester un peu sur place pour me retaper, conclut-il. J'espère que ça ne pose pas de problème.

– Pas le moindre, répondit Hood. Vous pouvez rester aussi longtemps que vous le jugerez utile. »

McCaskey le remercia.

Ils ne discutèrent pas de son rôle dans l'élimination du général Amadori. La question ne viendrait sur le tapis qu'après qu'un membre de l'Op-Center – sans doute Mike Rodgers – se serait rendu à Madrid pour l'interroger. Il était admis dans le milieu du renseignement qu'un assassinat devait toujours être traité avec une révérence presque cérémonieuse. L'interrogatoire devait avoir lieu en tête à tête, presque comme une confession. C'était la garantie que le meurtre d'un dirigeant politique ou d'un espion, s'il était parfois nécessaire, ne soit jamais pris à la légère.

« Il reste quand même une question que j'aimerais régler le plus vite possible, dit McCaskey.

– Laquelle ? demanda Hood.

– Il y a eu pas mal de troubles dans les milieux religieux dans le pays, dit McCaskey. Le général de la Vega me dit qu'il semblerait que le préposé général González, le religieux à la tête de l'ordre des Jésuites, ait été un fervent partisan du général Amadori. Le préposé général aurait été atteint par les gaz lacrymogènes lors de l'assaut des Attaquants – il était à ce moment-là en audience avec le général dans la salle du trône. Il ne fait pas de doute qu'il y aura une enquête du Vatican.

– Voilà qui risque de chagriner un certain nombre d'Espagnols, observa Rodgers. Surtout si le général des Jésuites nie les accusations portées contre lui et que les liens se tendent entre l'ordre et le reste des catholiques espagnols.

– Cela contribuera sans aucun doute à accélérer l'effondrement de l'Espagne que nous avons connue, ajouta McCaskey. En tout cas, tout le monde ici pense que c'est imminent. Le général de la Vega tient d'un proche du Premier ministre qu'une nouvelle constitution serait déjà en projet – accroissant encore l'autonomie des régions et ne laissant subsister qu'un semblant de gouvernement central. »

Herbert croisa ses bras puissants. « Dites, si on appelait plutôt Abril pour l'informer de ce qui va se passer dans son pays ? »

Hood fronça les sourcils et lui intima le silence.

« Si j'ai soulevé le problème du général des Jésuites,

reprit McCaskey, c'est qu'un des prêtres de son ordre a contribué à nous sauver la vie. Le père Norberto Alcazar.

– Est-il sain et sauf ? s'enquit Hood en inscrivant son nom.

– Il a été blessé en me protégeant pour me permettre de rejoindre María… deux ou trois sévères ecchymoses dues à des ricochets lors de la fusillade dans la cour du palais. Rien de sérieux, toutefois. Mais je voudrais faire quelque chose pour lui. Il ne m'a pas donné l'impression d'un prélat avide de coiffer la mitre. Sous la tente de l'hôpital, le père Norberto m'a confié qu'il avait perdu son frère au cours des événements. Il en a pas mal bavé. Peut-être qu'on pourrait avoir un geste pour sa paroisse. Faire intervenir le Vatican, si la Maison-Blanche peut arranger ça.

– On essaiera de leur en parler, dit Hood. On pourrait financer une fondation quelque part, en mémoire de son frère…

– Par exemple. Peut-être que de toute cette folie il sortira au bout du compte un peu de bien. »

Après que les autres lui eurent souhaité un prompt rétablissement – « et je ne parle pas que de ta santé », précisa Herbert –, Hood raccrocha. L'histoire du père Norberto lui rappela un élément qu'on a tendance à oublier en pareilles circonstances. Il n'y a pas que le destin d'un pays qui est modifié. Les vagues se diffusent vers l'extérieur en affectant le reste du monde, mais aussi vers l'intérieur, touchant chaque citoyen. La métamorphose est déjà formidable à contempler, mais il y a de quoi être submergé quand on s'est retrouvé à faire partie intégrante du processus. Et cela, sans avoir quitté son bureau…

Il était temps pour lui de raccrocher.

Hood sonna Bugs Benet et lui demanda d'appeler sa femme. Il lui indiqua qu'elle était chez ses parents à Old Saybrook.

Herbert regarda son patron. « Un voyage impromptu ? »

Signe de dénégation. « Ça couvait depuis un bout de temps. »

Hood fit pivoter vers lui le moniteur. Il accéda à son fichier personnel.

Bugs le sonna. « Monsieur ?

– Oui ?

– M. Kent vous fait savoir que Sharon et les enfants sont partis tôt ce matin pour regagner Washington. Ils devaient prendre le vol de huit heures. Voulez-vous lui parler ?

– Non », répondit Hood. Il regarda sa montre. « Remerciez-le et dites-lui que je le rappellerai plus tard.

– Voulez-vous que j'appelle Mme Hood sur son portable ?

– Non, Bugs. Je lui dirai de vive voix en la retrouvant à l'aérogare. » Il raccrocha et finit son café. Puis il se leva.

« Vous filez à l'aéroport, maintenant ? s'étonna Herbert. Chef, je suis sûr que vous allez devoir faire un rapport au président. »

Hood s'adressa à Mike Rodgers. « Mike, tu veux bien t'en occuper ?

– Sans problème. » Il tapota ses pansements. « J'ai eu le temps de me refaire emballer avant de venir.

– Parfait », dit Hood. Il sortit le téléphone mobile de son blouson et le fourra dans un tiroir. « Je me dépêche de filer avant qu'ils me convoquent...

– Vous revenez quand ? » s'enquit Herbert.

Hood regarda le moniteur. Ses mains étaient au-dessus du clavier. « Je vous reverrai tous à la cérémonie pour Martha. »

Il regarda enfin Rodgers. Les yeux du général ne cillaient pas. Il avait compris.

Hood poursuivit : « Je peux quand même vous confier ceci : Darrell avait raison. Il peut y avoir du bon même dans la folie. À travers toutes les crises que nous avons dû affronter, jamais je n'aurais pu trouver une équipe aussi formidable.

– Oh, ça ne me dit rien qui vaille, tout ça », nota Herbert.

Hood sourit. Toujours souriant, il expédia par e-mail sa démission à la Maison-Blanche. Puis il se détourna du bureau, adressa un salut respectueux à son ami Mike Rodgers, et sortit du bureau.

REMERCIEMENTS

Nous tenons à remercier ici Jeff Rovin pour ses idées inventives et sa contribution inestimable à la préparation de ce manuscrit. Nous aimerions également rendre hommage, pour leur aide, à Martin H. Greenberg, Larry Segriff, Robert Youdelman, Esq. Ainsi qu'à la merveilleuse équipe de Penguin Putman, Inc, et tout particulièrement à Phyllis Grann, David Shanks et Tom Colgan. Comme toujours, nos remerciements vont à Robert Gottllieb, de l'Agence William Morris, notre agent et notre ami, sans qui ce livre n'aurait jamais pu naître.

Mais avant tout, c'est à vous, amis lecteurs, qu'il reste à décider dans quelle mesure notre effort collectif aura été couronné de succès.

Tom Clancy et Steve Pieczenik

Impression réalisée sur Presse Offset par

BRODARD & TAUPIN

GROUPE CPI

18165 – La Flèche (Sarthe), le 19-05-2003
Dépôt légal : janvier 2000

POCKET – 12, avenue d'Italie - 75627 Paris cedex 13
Tél. : 01.44.16.05.00

Imprimé en France

COLLECTION « THRILLERS » CHEZ POCKET

BALDACCI DAVID
Une femme sous contrôle
Une triche si parfaite
La simple vérité

BANNEL CÉDRIC
Le huitième fléau

BLANCHARD ALICE
Le bénéfice du doute

BLAUNER PETER
L'intrus

BRUNO ANTHONY
Seven

LEE CHILD
Gages pour l'enfer

CLANCY TOM, PIECZENIK STEVE
Op-Center 1
Op-Center 2 : Image virtuelle
Op-Center 3 : Jeux de pouvoir
Op-Center 4 : Actes de guerre
Op-Center 5 : Rapport de force

COLLINS LARRY
Les aigles noirs
Dédale
Demain est à nous

JOHN CONNOLLY
Tout ce qui meurt

COOK ROBIN
Mutation

CORDY MICHAEL
Resurrections

ROBERT CRAIS
L.A. Requiem

CRICHTON MICHAEL
Congo
Extrême urgence
Harcèlement
L'homme terminal
Prisonniers du temps
Jurassic Park
Le monde perdu
Soleil levant
La variété Andromède
Un train d'or pour la Crimée
Sphère
Turbulences

DEMILLE NELSON
Le déshonneur d'Ann Campbell
Retour de l'enfer
Le voisin
L'île des fléaux

DEMILLE NELSON, BLOCK THOMAS
Mayday Mayday !

DIBDIN MICHAEL
Cosi fan tutti
Vengeances tardives
Orage de sang

DRESDEN THOMAS
Un rire dans la nuit

DUNANT SARAH
Double sens

DURAND LOUP
Daddy
Le grand silence
Le jaguar

EASTERMAN DANIEL
Le nom de la bête
Le testament de Judas
La nuit de l'apocalypse
Le jugement final
La nuit du 7e jour
K
Incarnation
Le masque du jaguar

PAUL EDDY
Flint

EVANS PENELOPE
La locataire
Voyage au cœur des ténèbres

FIELDING JOY
Ne pleure plus
Vies éclatées

FINDER JOSEPH
L'instant zéro
La trahison aux deux visages

FOLSON ALLAN
Jour de confession

GALLAGHER STEPHEN
Mort sur catalogue

GRIPPANDO JAMES
L'informateur
Une affaire d'enlèvement

GRISHAM JOHN
La firme
L'affaire Pélican
Non coupable
Le couloir de la mort
Le client
L'idéaliste
L'associé
La loi du plus faible
Le testament
Maître du jeu

ARTHUR HAILEY
Détective

HARRINGTON KENT
Le jour des morts
Sombre balade

HARRIS ROBERT
Fatherland
Enigma
Archange

HARRIS THOMAS
Black Sunday
Dragon rouge
Hannibal
Le silence des agneaux

HARRIS COLIN
Manhattan nocturne

HARRY ERIC
10 juin 1999
L'ordinateur

HAYDER MO
Birdman

HIAASEN CARL
De l'orage dans l'air
Jackpot

HIGSON CHARLES
Le secret du bonheur

HOAG TAMI
Tu redeviendras poussière

HUNTER EVAN
Conversations criminelles

HUNTER STEPHEN
Sales blancs

IGNATIUS DAVID
Le scoop

JOHANSEN IRIS
Bien après minuit
Mort sur objectif

KELLERMAN JONATHAN
Double miroir
Terreurs nocturnes
La valse du diable
Le nid de l'araignée

KELMAN JUDITH
Un dernier baiser
Phobies
Plus que vous n'en savez
Entre les mailles du filet
Comme un voile d'ombre

KING LAURIE
Un talent mortel
Le jeu du fou

KOONTZ DEAN R.
Prison de glace
Ne crains rien

LA GALITE JOHN
Mon nom est Kate Crow
Zacharie

LAPIERRE & COLLINS
Le cinquième cavalier

LESCROAT JOHN T.
Faute de preuves
Meurtre par pitié

LIRA GONZALO
Opération providence

LUDLUM ROBERT
Le duel des gémeaux
L'illusion Scorpio
Le manuscrit Chancellor
La route d'Omaha

Les veilleurs de l'apocalypse
L'agenda Icare
L'échange Rhinemann
La conspiration Trevayne
Le secret Halidon
La vengeance dans la peau
Le week-end Ostermann

MADELIN PH., RAMONET Y.
23 heures pour sauver Paris

MAGNUSON JAMES
Le gros lot

MARGOLLIN PHILIP M.
La rose noire
Dernière chance
Les heures noires
Piège funéraire
Le dernier homme Innocent
Une pierre dans le cœur

MELTZER Brad
Délit d'innocence
Mortelle défense

MOORE ROBIN
Moscow Connection

MOORE SUSANNA
À vif

NORTH DARIAN
Violation

OUIMET GILLES,
PONS ANNE MARIE
Thérapie mortelle

PARKER BARBARA
Justice cruelle

PATTERSON JAMES
Et tombent les filles
Jack et Jill
Au chat et à la souris
Souffle le vent

PELECANOS GEORGES
Anacostia River Blues
Un nommé Peter Karras

PERRY THOMAS
Chien qui dort

PRESTON DOUGLAS,
CHILD LINCOLN
Cauchemar génétique

RAMBACH ANNE
Tokyo chaos

REICHS KATHY
Déjà dead
Passage mortel

ROVIN JEFF
La nuit des chauve-souris

RUBINSON LÉA RUTH
Une attention vénéneuse
Soupçons aux urgences

SANDFORD JOHN
La proie de l'ombre
La proie de la nuit
La proie de l'esprit
La proie de l'instant

SICH MARC
Mortels abîmes

SILVA DANIEL
L'espion qui n'existait pas

STRAUB PETER
Koko
Mystery
La gorge

SULLIVAN MARK
La mémoire du sang

SWINDLE HOWARD
Compte à rebours mortel

TRUONG JEAN-MICHEL
Le successeur de pierre

WEAVER MICHAEL
Obsession mortelle
La part du mensonge

WILLOCKS TIM
L'odeur de la haine

WINSLOW DON
Mort et vie de Bobby Z